國家出版基金項目
NATIONAL PUBLICATION FOUNDATION

明清戲曲序跋纂箋

八

郭英德
李志遠 纂箋

人民文學出版社

韞山六種曲（朱鳳森）

朱鳳森（一七七六—一八三二），字韞山，臨桂（今廣西桂林）人。朱琦（一八〇三—一八六一）父。嘉慶三年戊午（一七九八）舉人，六年辛酉（一八〇一）進士。十五年（一八一〇），任河南濬縣知縣，以守城功陞同知。著有《韞山詩稿》、《守濬日記》、《守城詩》等。撰傳奇《才人福》、《十二釵》、《金石錄》、《輞川圖》四種，雜劇《平錁記》，連同許鴻磐（一七五七—一八三七）《守濬記》雜劇，合刻爲《韞山六種曲》，現存嘉慶間晴雪山房刻本。傳見鄧顯鶴《南村草堂文鈔》卷一四《墓志銘》、姚輿《姚正父文》卷八《事記》、《續碑傳集》卷四一、《國朝耆獻類徵初編》卷二四六、《皇清書史》卷四等。參見鄧長風《十五位明清戲曲作家的生平史料·朱鳳森》（《明清戲曲家考略》）、《關於〈明清戲曲家考略〉及其〈續編〉的若干補正·朱鳳森》（《明清戲曲家考略三編》）、韋盛年《朱鳳森年譜》（《廣西地方志》二〇〇五年第六期）。

韞山六種曲序

朱鳳森

桂林有山，在獨秀峯之西，疊綵山之左，樸而秀，窈而深。吾嘗居其巔，讀古人書，愛『玉韞山含輝』之句，名其山曰『韞山』，而人遂因之以呼我。朝夕丹鉛，作曲五種。既出仕，嘉慶十八年歲在癸酉，有守濬之役。任人許子雲嶠記其事〔一〕，以宫商而譜之，得六種曲焉。晴雪山房，不知何許人也，授之梓。予曰：『藏之可也，韞山能無意乎？』

桂林朱鳳森爲之序。

（《傳惜華藏古典戲曲珍本叢刊》第八一册影印清嘉慶間晴雪山房刻本《韞山六種曲》卷首）

【箋】

〔一〕任人許子雲嶠：即許鴻磐（一七五七—一八三七），字漸逵，號雲嶠，生平詳見本卷《六觀樓北曲六種》條解題。其《六觀樓北曲六種》第五種《儒吏完城》，即據其《守濬記》改訂而成。

才人福（朱鳳森）

《才人福》傳奇，爲《韞山六種曲》第一種，《古典戲曲存目匯彙考》著録，現存嘉慶間晴雪山房刻本。據惲珠（一七七一—一八三三）《正始集》載，朱鳳森妻姚氏亦參與此劇創作。

才人福自跋

朱鳳森

嘉慶庚辰春，寓粱園，與許子雲嶠友善。余讀《史記·司馬相如列傳》，以爲長卿與文君之事，兒女私情耳。後世史筆不肯書，不暇書，亦不能書。而史公文，乃淋漓曲盡如此，因玩賞不忍去手。適雲嶠至，曰：『蘊山，曷加之粉黛，叶以宮商，使古人復開生面乎？』余唯唯，謝不敏，然竊韙之。偶坐小窗，演《才人福》十六折。喜雲嶠諳於宮調，句之拗口者，相與酌定。書成，聊以自娛，不敢示他人也。

桂林朱鳳森韞山記。時庚辰三月二十四日辰刻。

（同上《韞山六種曲》所收《才人福傳奇》卷末）

才人福傳奇序

許鴻磐

嘗聞文章憎命，英雄無造福之權；富貴逼人，天地有憐才之意。是蓋山川清氣，偶注華腴；遂令今古奇緣，統歸風雅。故傑士無嫌負俗之累，大德不踰；終立絕世之勛，榮名不朽。則有薰香名士，臨桂才人，感馬卿之舊聞，據龍門之列傳，加之粉黛，叶以宮商，歷譜厥奇，請言其略。

原夫峨山毓秀，錦水鍾靈。降天上之文星，作皇家之祕寶。敲金戛玉，乃一朝典冊之宗；咀華含英，爲百代詞章之祖。是何意態，吞雲夢於胷中；似此才華，走玉差於腕下。宏文早傳於宮禁，天子則恨不同時；雅操偶托於弦歌，美人則恐不得當。漫①云雄文相似，不過竊其風容；即至韓筆起衰，亦嘗效其體製。故文明之運，變渾樸之風。爲藝苑之笙簧，崇名山之俎豆。此其可傳者一也。

若夫提琴既返，攜玉重來。囊無一錢，家徒四壁。不逢狗監，恐辜題柱之心；除卻蛾眉，誰念淩雲之客？再作依人之計，廡下爲難；聊尋寄傲之方，市中可隱。高漸離酣歌擊筑，未免悲涼；伍子胥乞食吹簫，徒形困頓。豈若佳人放誕，暫使當壚；須知名士風流，何妨滌器？遊戲三昧，別具神通；盧牟一時，曾無芥蔕。雲泥雖異，何須寄慨於錢神？榮辱相關，或可貽羞於財虜。類東方之穢德，玩世不恭；豈次公之醒狂，任我作達。可傳者又其一也。

斯時也，志殲胡越，孝武開邊；路梗狑猺，夜郎自大。昔楚有莊蹻之命，未踰滇池；卽秦收陸梁之區，難窺洱海。乃擁旄建節，初無率乎戈鋋；布德宣威，第遙傳夫檄諭。筆尖橫掃，喜蠻烟瘴霧之全消；馬首是瞻，看錦臂花襠之悉至。湛恩汪濊，早滂沛乎碧雞金馬之間；威武紛紜，更震疊乎斯榆苞蒲而外。從此牂牁交趾，開西南半壁之天；豈僅玄菟眞番，啓東北一隅之地。是以鄒枚之才藻，收衛霍之勛名。遇大有爲之君，建非常人之事。可傳者又其一也。

夫蒐苗獮狩，特著於經；皮革齒牙，且登於器。卽風毛雨血，聊寄英主之雄心；歕野欱山，亦肄太平之武事。然而躬馳嶮岨，難免銜橛之憂；手格熊羆，應思垂堂之戒。直如汲黯，未聞陳卽鹿之兇；醇似仲舒，何嘗有從禽之諫。乃臣雖多病，口固能言。用華國之宏詞，作回天之封事。力摧蟲股，懦比公儀；逆犯龍鱗，勇同烏獲。三百字危言篤論，忠愛無雙；五十年鉅製名篇，簡嚴第一。遂使膠倉徐樂，共推敷奏之周詳；夏后吾丘，羣仰風裁之峻整。可傳者又其一也。

至如文君者，逢辰不偶，顧影獨憐。自謂月裏之仙姝，陰相天下之奇士。不意流水高山之韻，風遞簾中；頓令孤鸞寡鵠之思，神飛座上。雖百年有願，固屬兒女之情；而一顧傾心，大有豪俠之氣。明眸善睞，識英雄於落拓之中；雅意憐才，偕伉儷於風塵之表。且也黛眉畫就，慣蹙雙蛾；白首吟成，尤工五字。如怨如慕，乃秋風團扇之先聲；可泣可歌，亦陰雨方舟之遺響。固非華陰少女，惟善鼓琴；豈似曼倩細君，僅堪分肉。可傳者又其一也。

他如車王孫者，斗筲之器，何足挂諸齒牙？駔儈之才，且恐汙吾翰墨。然而一貴一賤，古來不過戲場；忽倨忽恭，世上還多花面。故嬉笑怒駡，盡屬文章；鄙賤矜憐，均歸忠厚。此又史公傳之以寄慨，而吾友演之以覺人者矣。

嗟乎！文難奪命，詩善窮人。知己難逢，懷才莫試。飄蹤異地，惆悵兮私自憐；抱影窮廬，抑鬱而誰與語？而且嫣紅姹紫，空禱花神；美玉精金，徒銘文冢。文通賦恨，從古無補恨之天；叔寶言愁，何處是埋愁之地？而乃錦屏擁翠，富貴卽是神仙；玉署殺青，文章特承雨露。梅花避俗，幾世修成？牡丹宜時，一枝占盡。塡【如夢令】，無殊得酒以忘憂；作如是觀，且將破涕而爲笑。

任人雲嶠許鴻磐譔。

（同上《才人福傳奇》卷首）

【校】

①漫，底本作『慢』，據文義改。

十二釵（朱鳳森）

《十二釵》傳奇，《韞山六種曲》第二種，《古典戲曲存目彙考》著録，現存嘉慶間晴雪山房刻本。

十二釵題詞

朱鳳森

我家臨桂深山曲，一帶矮牆黄土築。四圍烟水板橋通，兩株老樹三間屋。誰將碧玉琢爲笙？吹向秋天風月清。名士無多王子晉，佳人難再董雙成。晴窗飛過娟娟鳳，有客袖書雙鯉送。遠自三山青玉峯，寄來一部《紅樓夢》。教余按曲譜宫商，珠樹瑶林别有香。最憐狡獪巫峯女，雨暮雲朝媚楚王。酒杯如冰月如燭，花下把書看不足。湘江無竹可成簫，閬苑有山皆是玉。身居玉洞五千崖，筆寫金陵十二釵。靈石後身餘夢蝶，絳珠前事記香懷。蛾眉朱鳥窗下死，隔牆哭煞東鄰子。天下女爲悦己容，士爲知己而已矣。我今切之磋之琢之磨之豪氣仍不除，强欲讀盡人間不讀書。天上白雲黄雲黑雲卷復舒，我欲一掃歸太虚。月華滿地霜華冷，幾處梧桐墜金井。草根忽聞促織鳴，風簷乍散林於影。山上之雲出縎縎，山下之水流濺濺。楊柳橋邊人似玉，子規聲裏雨如烟。綠雲垂垂滄海立，醉中不似我執筆。肺肝得酒勢蓬勃，眞氣拂拂十指出。仰天大嘯浮雲開，亟須酌我黃金罍，如何不飲空徘徊？ 桂林韞山朱鳳森漫題

（同上《十二釵》卷首）

輞川圖（朱鳳森）

《輞川圖》傳奇，《韞山六種曲》第四種，《古典戲曲存目彙考》著錄，現存清嘉慶間晴雪山房刻本。

輞川圖評

闕　名(一)

王摩詰出山問世，毫無丘壑曲折，可以發揮紓寫之處，不過一言兩語，一篇半幅，便可完結。乃敷演八齣曲文，亦能事畢矣。

『摩詰聲名千古高，文章華國詩思豪。誰知全憑衣錦繡，琵琶一曲《鬱輪袍》。』爲摩詰者不亦傷乎？乃塡詞者之罪也。

（同上《輞川圖》）

【箋】

〔一〕此評語兩則，墨筆手寫，分別附於《出山》出末、《轡輪》出末。未詳評者。

平錁記（朱鳳森）

《平錁記》雜劇，《韞山六種曲》第五種，《清代雜劇全目》著錄，現存嘉慶間晴雪山房刻本。

平錁記序〔一〕

朱鳳森

余與李子勺洋交最契〔二〕，不獨以詩文相唱酬，並以古循吏相切劘。嘉慶庚辰春，勺洋見余《守濬日記》，因出其所紀尊甫青萍觀察擒馬錁事，余擊節歎賞不置。時方請假多暇，遂仿《元人百種曲》，作《平錁記》四齣，竊欲爲觀察廣其傳也。遂不揣譾陋而付之梓。

時孟秋七夕前一日，韞山朱鳳森識。

（同上《平錁記》卷首）

【箋】

〔一〕底本無題名。

〔二〕李勺洋：即李兆元（一七五七—一八二八），字瀛客，號勺洋，一說字勺洋，掖縣（今山東萊州）人。廣西右江兵備道李瑛（一七一九？—一七六八，字青萍）子。乾隆五十九年甲寅（一七九四）舉人，嘉慶六年辛酉（一八〇一），大挑一等，分發河南試用，歷署光州、長葛、魯山，獲嘉縣事。罷職歸。潛心理學，工詩文，善楷書。著有《古本大學詁略》、《中庸貫》、《說卦傳集注》、《古韻徵》、《十二筆舫詩稿》、《慎樞堂集》、《十二筆舫雜錄》等。傳見光緒《再續掖縣志》卷上。

絳蘅秋（吴蘭徵）

吴蘭徵（一七七六—一八〇六），原名蘭馨，小名孋寶，初字香倩，又字軼燕，號夢湘，新安婺源（原屬安徽，今屬江西）人。諸生俞用濟室。工詩文詞，兼曉音律。編纂《金閨鑒》，著有《湘靈草》。現存俞用濟編《零香集》（含《撫秋樓詩稿》、《撫秋樓雜著稿》、《撫秋樓詞稿》，附《絳蘅秋傳奇》）。撰傳奇《三生石》、《絳蘅秋》二種，合稱《撫秋樓曲稿》。傳見俞用濟《室人吴孋寶香倩傳》、車持謙《誄》（二文均見中國藝術研究院圖書館藏清嘉慶十一年丙寅撫秋樓刻本《零香集》附）。參見鄧丹《明清女劇作家研究》第四章《吴蘭徵與紅樓夢》（首都師範大學博士學位論文，二〇〇八）。

《絳蘅秋》傳奇，《古典戲曲存目彙考》著錄，現存嘉慶十一年丙寅（一八〇六）撫秋樓刻《零香集》附刻本。

絳蘅秋序

許兆桂

乾隆庚戌秋，余至都門，詹事羅碧泉告余曰〔一〕：『近有《紅樓夢》，其知之乎？雖野史，殊可觀也。』維時都人競稱之，以爲才。余視之，則所有景物，皆南人目中意中語，頗不類大都。既至金陵，乃知作者曹雪芹，爲故尚衣後，留住於南，心慕大都，曾與隨園先生遊〔二〕，而生長於南，則言亦南。吾友仲雲澗於衙齋暇日曾譜之〔三〕，傳其奇。壬戌春〔四〕，則淮陰使者〔五〕，已命小部按拍於紅氍上矣。

丙寅春〔六〕，俞生悼亡〔七〕，亟刻其結褵吳夫人夢湘《絳蘅秋》三十闋於《零香集》、《三生石傳奇》之後。《情原》、《幻現》之奇，《護玉》、《珠聯》之切，兼之《巧緣》、《詞警》，間有情矣，亂以《埋香》、《試玉》，不亦悲乎？觀其寓意寫生，筆力之所到，直有牢籠百態之度，卓越一世之規。雖遊戲之作，亦必有一種幽嫺澹遠之致溢乎行間，不少留脂粉香奩氣。東嘉之畫工，實甫之化工，兹以一掃傖之筆，直取其魄，返其魂，而兼而存之。覺彼《鴛鴦夢》、《相思硯》諸傳奇〔八〕，洵不足喻其幽深而瓌麗也。

夫今古一情天也，海寓一情區也。文生於情，王道本乎情，人情以爲田，則情可薄乎哉？俞生負倜儻非常之氣，抱不羈之才，而鍾乎情，正我輩爾。而吳夫人《絳蘅秋》之所以言情者，復起而迎之，此千秋之事也。有讀《絳蘅秋》而忘情者，果太上也耶？亦祇非人情不可近而已矣。

嘉慶丙寅季夏，雲夢許兆桂題於白下之西樓。

（阿英編《紅樓夢戲曲集》）

【箋】

〔一〕羅碧泉：即羅修源（一七五二—一七九六），字星來，號碧泉，湘潭（今屬湖南）人。乾隆三十六年辛卯（一七七一）舉人，次年壬辰（一七七二）進士，丁母艱歸。四十年乙未（一七七五）殿試，選庶吉士，散館授編修。擢少詹事、侍講、庶子、侍講學士、侍讀學士。凡四典鄉試，三爲分校官。著有《湘烟書屋詩鈔》。傳見羅汝懷《綠漪草堂文集》卷二八《行略》、《湖南通志》卷一七九《國朝人物五·湘潭》、《湘潭羅氏族譜》等。參見周紹良《記羅修源與許兆桂》（收入《紅樓夢研究論集》，太原：山西人民出版社，一九八三）。乾隆五十五年（一七九〇），羅修源以侍講充會試同考官。

〔二〕隨園先生：即袁枚（一七一六—一七九八）。

〔三〕仲雲澗：即仲振奎（一七四九—一八一一）。

〔四〕壬戌：嘉慶七年（一八〇二）。

〔五〕淮陰使者：姓名、籍里、生平均未詳。

〔六〕丙寅：嘉慶十一年（一八〇六）。

〔七〕俞生：即俞用濟。

〔八〕《鴛鴦夢》：此處應指雜劇，江蘇吴江女子葉小紈（一六一三—？，字蕙綢）撰，《今樂考證》著錄，現存鈔本、明崇禎九年（一六三六）刻本。《相思硯》：浙江錢塘女子梁孟昭（字夷素）撰，《今樂考證》著錄，已佚。

吳香倩夫人絳蘅秋傳奇敍

萬榮恩〔一〕

《紅樓夢》一書，言情也，記恨也。千古傷心，首推釵、黛，愛之憐之，悼之惜之。若神遊於粉白黛綠間，領會夫顰兒之癡，玉兒之恨，釵兒之酸，一切有情物，皆作如是觀者，後之視今，一猶今之視昔，此新安女士吳香倩所以有樂府之作也。

香倩爲余内兄俞子遙帆之夫人，德性溫和，聲名賢淑。幼事椿萱，克盡孝道。其延父嗣，守母喪，撫弱弟，又能目識名流，辭富安貧，願得賢如伯鸞者從之。以迄善事翁姑，和聯上下，睦媚任卹，慈厚寬柔，已備載遙帆所述《吳孺人傳》，及諸名公記敍中者，余不復贅。

更可稱者，雅善詩歌，妙解音律，劈箋分韻，有林下風。所著有《湘靈集》詩詞雜著稿十卷，及集史鑒中凡事涉閨閫、足爲勸懲者爲一書，名《金閨鑒》，得二十卷，又《三生石傳奇》，皆各如春在花，如水行川，議論横生，濃澹盡致，爲一時所膾炙。

寒歲冬暮，遙帆兄折柬相招，過柳塘書屋西軒，坐梅花樹下，埽雪煮茗，論談竟日，出《絳蘅秋》一冊見示曰：『此予閨中人之近作，尚未告成，子其爲細校之。』予敬置几席，按拍恬吟，其中警幻示夢，寧榮追歡，玉鏡含愁，銀瓶寫怨，情之一往而深，皆文之相引於無盡。《哭祠》一折，纏緜蘊藉，得《三百篇·蓼莪》之遺，知其所感觸者微也。他如《醉俠》、《鬬調》，世情曲盡；《村遊》、《魔魘》，神采飛揚。才華則玉茗風流，妙倩則粲花月旦。此際吉光片羽，已抒佳句於多情；有時玉合珠聯，再讀新詞以補恨。此予之深望於遙帆與夫人者也。

豈意紅箋猶濕，碧落雲遙，離恨天中，相思地下，古今人若出一轍，命也如何？有不堪回首已矣！遙帆以奉倩之神傷，安仁之心苦，思於《珠沉》之下，續成是書以問世，得《瑛弔》數折，字字淚痕，遂擱筆不能復作，以待異日之續成焉。慷慨淋漓，聲淚交迸，紅霏綠碎，不是過矣。名之曰《零香集曲稿》，索予志數語於上。

予曰：噫！情之所鍾，正在我輩，幸而閨房倡和，雅號同心，古才人不多讓焉。天乃忌其才而奪之算，猶幸其富於著作，流傳於後，得追美於林亞清《芙蓉峽》諸才媛〔二〕，斯亦足矣。

而予且有祝焉：夜月懷歸，春風省識，焚是編以迎迓，庶幾哉！美石三生，靈河一面，得如神瑛之重入太虛，相與握手話別，並商酌是書以後之情節，則其驚才絕豔，必皆有高出於人世之文章者。遙帆擬子建之才，抱宋玉之情，眞所謂以奇才而號情種者也。怡紅佳話，余將拭目俟之。

嘉慶丙寅暮春下浣，江寧愚弟玉卿萬榮恩拜題。

（阿英編《紅樓夢戲曲集》，頁三五〇—三五一）

【箋】

〔一〕萬榮恩：生平詳見本卷後文《醒石緣》條解題。

〔二〕林亞清：即林以寧（一六五五—？），字亞清。《芙蓉峽》傳奇，《曲海目》著錄，《劇說》作林以寧撰，《今樂考證》作錢肇修撰。

絳蘅秋序

俞用濟

香倩既作《三生石傳奇》，復取說部《紅樓夢》，就其目錄，摘其關要者傳其事。余見而謂之曰：『以君傳神之筆，奚不自出杼機，號標意旨，更如《三生石》名目，而必於兹《紅樓》加之意乎？』

香倩曰：『是何爲者？古人有勃勃欲發之氣，藉紙筆代喉舌，往往憑空結撰，以寫人情之難言。觀《元人百種曲》及玉茗堂《四夢》，皆有似乎海市蜃樓，烟雲起滅，何嘗指其人以實之？矧兹《紅樓夢》說部，作者眞有一種抑鬱不獲已之意，若隱若躍，以道佳公子淑女之幽懷，復出以貞靜幽嫻，而不失其情之正。即寫人情世態，以及瑣碎諸事，均能刻劃摹擬，以爲司家政者之炯戒。雖消遣之作，而無傷名教，小說中亹然可觀者。余定其事，以傳其奇，庸何傷？』

余曰：君其善爲說法者乎？又所謂藉他人酒杯，澆自己塊壘者乎？《哭祠》、《濕帕》、《埋香》及《護玉》、《珠聯》、《詞警》諸折，寫怡紅瀟湘之怨、之愁、之言情，及蘅蕪之嫵媚澹遠，直奪其魄而追其魂。其大聲發於水上也，則有若《演恆》、《林殉》；其嬌囀起於花間也，則有若《醋屈》、《嬌箴》；其激烈於金石而反覆於波瀾也，則有若《金盡》、《醉俠》、《設局》、《村遊》，光怪陸離，婀娜剛健。覺若士有其幽而無其峭，笠翁有其趣而無其深，《鴛鴦夢》、《瑤池宴》有其致而無其纏辭〔一〕。卽科白亦不稍懈，曲白相生，雅俗各致，依其目而不少爲束縛，得以自抒其洋洋灑灑之文，洵可歌、可詠、可驚、可喜之佳製矣乎？　痛乎青翰猶濕，紅粉已消，不使之卒成此編，以寄其恨，而寫其情。噫！　天之遇香倩其何如哉？

余不忍是編之斷鳧續鶴，意欲照其目以成之，僅得《珠沉》、《瑛弔》數折，哽咽不能成字，遂擱筆，將以俟他日之卒成焉。更未識神傷之殆復難支者，能了此一番心事否？　茲先將所有者授梓，並志數言。觀雪芹之鍾情，曷禁淚涔涔下也。

嘉慶歲次丙寅仲秋月日，遙帆俞用濟識。

香倩《三生石傳奇》三十六齣，其寫才子佳人，寄恨斟情，言畫工則高東嘉《琵琶記》，言化工則王實甫《西廂》曲，至寫世情反覆，有尤西堂、蔣苕生、張漱石之牢騷，而渾厚過之。塡成，並偕《絳蘅秋》二十五齣之未畢者，於今正寄同窗友陶希棠〔二〕，順至杭州，以正詞手，尚未寄回。茲先將《絳蘅秋》付梓，其《三生石》一俟寄歸，卽授剞劂。

（阿英編《紅樓夢戲曲集》）

【箋】

〔一〕《鴛鴦夢》：當指葉小紈（一六一三—？），字蕙綢，撰雜劇，今存。詳見本卷前文許桂兆《絳蘅秋序》條箋證。《瑤池宴》：當指崑山李博室宋淩雲（安逸仙）撰雜劇，《古典戲曲存目彙考》卷一二據仁和朱雲翔《木蘭花慢·蝶夢詞》著錄，已佚。

〔二〕陶希棠：字號、籍里、生平均未詳。

玉門關（汪仲洋）

汪仲洋（一七七七—一八二九後），字少海，號海門，室名心知堂，别署青城山樵，成都（今屬四川）人。嘉慶六年辛酉（一八〇一）舉人，歷任桐廬、山陰、海鹽、錢塘、餘姚等縣知縣。著有《心知堂詩稿》、《隴頭集》等。曾爲羅瀛（一八〇五？—？）《禱河冰》傳奇正拍。撰傳奇《玉門關》。傳見光緒《海鹽縣志》卷一四。參見鄭志良《汪仲洋與沈觀——〈玉門關〉、〈一合相〉傳奇作者考》（《明清戲曲文學與文獻探考》）。

《玉門關》，《今樂考證》著錄，約脱稿於道光九年（一八二九），現存道光間刻本、清鈔本。

玉門關題辭

查元偁 等

大荒西去，有三十六國，龍沙封域。苜蓿蒲萄曾入貢，萬里回疆新闢。倚漢如天，視金若土，都護輪臺職。何人負乘，花門敢爾作賊。　賴有燕頷虎頭，飛而食肉，名將眞無敵。好借當年班定遠，寫出英姿偉績。葦渡成功，金蒲偕老，一柱天西壁。紅毹試演，玉門關外春色。（右調【百字令】）　查元偁琣齋〔一〕

擲筆成西笑。笑書生、飛而食肉，天生奇表。燕頷虎頭行萬里，休論貳師嫖姚。且重唱玉關人老。文武一家光史策，更妹能友愛兒能肖。如此事，古來少。　詞人立意存忠孝。爲生平、風雲奇氣，來游邊徼。錦水一枝穠麗筆，變作《甘涼》淒調。算中有、苦心懊惱。白草黄沙何限感，祇漢時明月來相照。留此意，後人曉。（右調【金縷曲】）　姚椿春木〔二〕

（清嘉慶、道光年間刻本《玉門關》卷首）

【箋】

〔一〕查元偁（一七七二—？）：原名有銙，字岑華，一字又山，號琦齋，一作銙齋，別署岑華道人，海寧（今屬浙江）籍，其父刑部郎中查世倓（一七五〇—一八二一）始遷嘉興（今屬浙江）。嘉慶十三年戊辰（一八〇八）進士，歷官江南、福建、貴州各道監察御史，權戶、禮、兵、刑四科給事中。二十三年，任吏部稽勳司郎中。著有《廣蒙求》、《琦齋集》（包括《詩存》、《文存》、《詩餘》、《試律》）。傳見《海寧查氏族譜》卷四《世次三集》第十七、光緒《嘉興縣志》卷二六等。此詞見於《琦齋詩餘》，詞牌下題：『題汪少海《玉門關傳奇》』。

〔二〕姚椿（一七七一—一八五三）：字春木，一字子壽，號蹇道人，別署樗寮生、樗寮病叟、東佘老民等，室名通藝閣，婁縣（今上海）人。四川布政使姚令儀（一七五四—一八〇九）長子。國子監生，屢躓場屋。道光元年辛巳（一八二一），薦舉孝廉方正，固辭不就。歷主河南夷山、湖北荊南、松江景賢等書院講席。師事姚鼐（一七三一—一八一五），受古文法，終身服膺弗失。輯有《國朝文錄》、《古文辭類纂續編》等。著有《通藝閣詩錄》、《通藝閣詩續錄》、《通藝閣詩三錄》、《和陶集》、《晚學齋文集》、《樗寮先生全集》（一名《通藝閣全集》）、《樗寮詩話》、《茸城筆記》、《萬里圖述》、《望雲集》等。傳見沈曰富《受恆受漸齋集》卷二《行狀》、王柏心《百柱堂全集》卷四三《墓志銘》、《清史稿》卷四八六、《清史列傳》卷七三、《續碑傳集》卷七八、《湖海詩人小傳》卷四四、《清儒學案小傳》卷九、《清代七百名人傳》、《桐城文學淵源考》卷六、《清代畫史增編》卷一二、光緒《婁縣續志》卷一七等。

逍遥巾（湯貽汾）

湯貽汾（一七七八—一八五三），字雨生，號若儀，晚號粥翁，别署掃雲子、掃雲道人、琴隱道人，武進（今江蘇常州）人。以祖廕襲雲騎尉職，歷任江蘇、粤東、山西、浙江等省守備、都同、參將。嘉慶元年丙辰（一七九六），官至浙江樂清協副將，道光十二年（一八三二）解職。咸豐三年（一八五三），江寧（今江蘇南京）陷，賦絶命詩，投池死，謚貞愍。擅詩文，通音律，工書畫。著有《書荃析覽》、《琴隱園詩詞集》、《畫梅樓倚聲》等。撰傳奇《劍人緣》，雜劇《雙補恨》、《逍遥巾》，合稱《梯仙閣三種曲》。傳見《清史稿》卷三九九、張維驤《清代毗陵名人小傳稿》等。參見鮑志宏《湯貽汾研究》（浙江大學碩士學位論文，二〇一一）。

《逍遥巾》雜劇，《清代雜劇全目》著録，現存清鈔本、民國二十五年（一九三六）南京襄社景石印本。

逍遥巾敍〔一〕

湯貽汾

予嘗在嶺南奉檄捕逆，黄冠破衲，攜一琴一麈，深入羅浮。折予姓名之半，爲『昜貝水』，從者呼予爲師。名藍古刹，齋焉宿焉，雲水遇之，莫予疑也。有道士詰余曰：『師無名乎？「貝水」必字耳。』余卽妄應之，曰：『然，余固名易一仙也。』道士乃伏地稽首，曰：『吾山惟吾師最尊，而吾師且後君四世。』蓋道家字行，曰一、元、來、復、本，其師則『本』字行，而余固未嘗知也。

酥醪洞主江瀛濤者，與余有舊，留居稍久。瀕別，以梅花衲、逍遙巾贈焉。明年，遂遷靈邱，距雁門外數百里，戴氈擁羯，腥塵滿身。顏彥度雖有山澤容，而白草黃沙，無處著穀皮巾矣。

會頃以事之蔚州，蔚尉徐子容〔二〕，與余相慕而未識者。欲造之，而懼煩東道，乃仍羅浮姓名，巾衲往訪，以詩代刺，一見甚歡。卽坐，互貽詩畫，留飲甚堅，抵暮迺別。方余對子容搦管時，數客聞聲踵至，亦環乞筆迹。刺史亦數遣人探余，又和韻來。窗側屏窺，嘖嘖咄咄，更不知凡幾。有爨奴靈邱人，私識余，密白子容，迺遣人迹得余所居。余第疑童子所洩，急持詩示別，而子容已大笑入門。因復爲城南之遊，痛飲蘭若，成兄弟交。又贈之長歌，以逍遙巾爲別。是道光壬午三月廿七日事。是遊也，兒子祐名從焉。祐名亦羽衣，託爲弟子。歸而請余塡詞記之，以余遊羅浮時，嘗有作雜劇意耳。

掃雲子自敍。

（民國二十五年南京裏社景石印本《逍遙巾雜劇》卷首）

【箋】

〔一〕底本無題名。

〔二〕徐子容：卽徐廣緒（約一七八二—約一八四七），字子容，別署聽雲居士，沭陽（今屬江蘇）人。嘉慶十六年辛未（一八一一），官蔚州倅，轉薊州吏目、正定主簿。後分發浙江，歷攝錢塘、德清、嘉善主簿，烏程縣丞，程安、孝豐典史。道光二十七年（一八四七），復任錢塘，終焉，卒年六十六。傳見民國《重修沐陽縣志》卷八。評點湯貽汾《逍遥巾雜劇》。

逍遥巾跋〔一〕

藜　乙〔二〕

此一頂巾，名由人製，道自天生。鴻濛未闢之先，組織何來花樣？情性既耽之後，投贈奚別形骸？借文字以寓機，因物情而寄慨。曰變曰幻曰化，亦儒亦佛亦仙。信道則有名有難名，養眞則無可無不可。願一切翰墨因緣，氣息意味，共指此巾，咸爲撮合。

乙酉冬日〔三〕，藜乙讀竟，書於茶半香初之館。

（民國二十五年南京襄社景石印本《逍遥巾雜劇》卷末）

【箋】

〔一〕底本無題名。

〔二〕藜乙：即桂青，字藜乙，籍里、生平均未詳。

〔三〕乙酉：道光五年（一八二五）。

逍遥巾跋〔一〕

黄憲臣〔二〕

塵海浮沉，詞場游戲。豁胷中之丘壑，下筆通靈；吐海外之烟霞，著壁成繪。何須輕裘緩帶，見名士之風流；　即此破衲幅巾，傳散仙之韻度。

予友湯雨生者，倜儻高標，太平儒將。翩翩蝴蝶，啣香飛度羅浮；　策策驊騮，放眼羣空冀野。昔傾蓋於紅塵隊裏，知我多年；（戊辰秋〔三〕，予在并州，一見如舊相識。）旋尋春於白草關邊，憑渠越境。莫怪行蹤奇異，爲然照魅之犀；　遂令倒屣殷拳，儼迓驂雲之鶴。魚躍身於畫裏，任彼逍遥；　俄遊神於詩中，證茲因果。方寸五嶽，摩若士之壘，而別具神奇；　咫尺三山，拍洪厓之肩，而丕傳圭旨。於是主賓都忘言象，神仙竟在風塵。或於市，或於朝，大隱儘多曼倩；　可以車，可以笠，游仙不讓景純。誰歟内熱結而難寒，空勞蔗汁；　外獲弛而不固，請看巾盟。

道光丁亥首夏，讀湯雨生《逍遥巾傳奇》跋後，呈廉齋二兄大人哂正。次皋黄憲臣。

（民國二十五年南京裏社景石印本《逍遥巾雜劇》卷末）

【箋】

〔一〕底本無題名。

〔二〕黄憲臣：　字次皋，南海（今屬廣東）人。嘉慶五年庚申（一八〇〇）舉人，任山西趙城知縣，補萬泉。年六十五卒。嘉慶二十二年（一八一七），輯刻《靈石縣志》。著有《澹虚閣詩草》。傳見道光《南海縣志》卷二六、同治《南海縣志》卷一〇等。

〔三〕戊辰：　嘉慶十三年（一八〇八）。

（逍遥巾）題詞

黄憲臣　等

羅浮來處現前身，一具焦琴一道巾。不待曲終都叫絕，神仙原只在風塵。

奇情驀上筆尖來，若士家風生面開。須識尋春深意在，半緣摘伏半憐才。黄憲臣次皋

發姦摘伏託尋春，道服蕭然物外身。名士行蹤無不可，天涯同調更何人？（《尋春》）

好夢懵騰酒一杯，孤懸薄秩敢言才？同心只有湯都尉，羈絆官身不便來。（《卜夢》）

闖然入座爲投詩，暢領玄談字字奇。須信釋儒原一理，衣冠奇異莫猜疑。（《衲訪》）

相逢大笑快平生，兩字逍遥好弟兄。卻怪疏狂張水屋，未來蘭若證同盟。（《巾盟》）張煒赤臣〔一〕

詩境飄然已屬仙，詞場鼓次復銘燕。才人都是羅浮客，情任逍遥性任天。桂青藜乙

仙風道骨戲談禪，作畫投詩笑拍肩。誰謂相逢未相識，原來才子即神仙。

兩地惺惺夢幻眞，奇文一段局翻新。高吟莫向湖簾下，須避當年詠絮人。潘葆廉齋〔二〕

（民國二十五年南京襄社景石印本《逍遥巾雜劇》卷首）

【箋】

〔一〕張煒：字彤叔，號赤臣，別署石癡山人，臨汾（今屬山西）人。善詩文，工書法。著有《赤臣詩存》。傳見民國《臨汾縣志》卷三。

〔二〕潘葆：字廉齋，籍里、生平均未詳。

附　逍遥巾附贈答詩

湯貽汾　等

掃雲子名貽汾

初訪子容以詩代刺

眼底千秋口一杯，胷中海嶽脚蓬萊。衹因要識徐東海，野鶴輕隨塞雁來。

爲子容作雲海歸鴻圖

烏紗歲月付深杯，仲蔚何須憶草萊。其是鴻泥無定迹，不知何處是歸來。

爲子容畫倒枝梅花

我是羅浮千歲梅，化爲羽客戲蓬萊。託根只在白雲裏，清夢期君日日來。

次日，子容知余，遣人迹得苦留，答詩示別

萬里芒鞋一片雲，雲烟變幻劇紛紛。不須細問眞名姓，袖裏青蛇記贈君。（嘗爲五容刻袖裏青蛇印。）

雲海高鴻計豈非，漢坊村（君故里）裏舊荊扉。幅巾他日登堂拜，莫笑黃冠挂卻歸。（座客有問余羊城某道士者，余謂：『酬應紛沓，今甚於昔，要得清閒，除是黃冠挂卻。』末句戲及之。）

子容邀遊城南蘭若，衆客先在，留飲，口占

入門三客笑，是昨鐵橋仙。忽共鐘前飯，來尋醉裏禪。高吟妨佛夢，縱步了游緣。見說黃蓮好，芒鞋不怕穿。（有偕遊黃蓮峯之約。）

同子容臥佛寺題壁

我醉佛貪臥，人間醒實難。諸天豈不旦，深雪亦知寒。（佛有衾枕。）堂靜樹留客，門閒犬吠官。支郎能愛馬，换我一蒲團。（子方鬻馬。）

留别蔚州同人

無酒學佛有學仙，仙不能學酒亦難。偶然獵酒屐齒折，今日燕南昨代北。鹿巾鶴氅君爲難，達官貴客紛疑猜。我豈藏頭露尾客，高吟大步堂堂來。來從海嶽雲霄際，題壁榴皮回老戲。回老惟耽十八仙（酒名），醉餘袛合去飄然。多情共堅十載約，肉芝長大逢君年。（諸公初見仝，俱訂十年後從游方外。）年高更有張安道（蔚牧張水星），心迹相親肝膽照。莫嫌對面不相逢，蓬萊有徑無人通。煩君寄語留緣在，贈我滄江一釣篷。（時索寫秋江罷釣圖。）

徐廣緒子容

喜掃雲子見訪，予既爲三生石上圖贈之，又題此惜别

眼中滄海小如杯，飄忽游蹤到五臺。（蔚有小五臺。）好句吟成明月白，教人那不愛仙才。

天涯客去肯重來，只算三生夢一回。知己自難人自遠，落花無語獨徘徊。

答掃雲子示别二首次韻

袖裏青蛇世外雲，三千變化太繽紛。若非淨洗凡夫眼，怎識神仙便是君。

薄宦曾經悟昨非，十年夢繞舊柴扉。荷巾合並初衣著，（君以逍遥巾見贈。）看向烟雲畫裏歸。（君爲寫《雲海歸鴻圖》。）

再和掃雲子留别原韻

一宵酣臥成遊仙，覺來不識逢仙難。梅花親向羅浮折，仙自日南來塞北。混迹塵寰識者誰？紛紛鬧裏空相猜。與君把酒論滄海，吾道何嘗有去來。三千變化本無際，人間何事非遊戲。但能適意卽爲仙，此語雖迂理或然。玄芝玉液安足貴，枕流漱石俱延年。鯫生惡足與論道，先生肯以心相照。芝蘭交訂記良逢，當前珠玉慚吾庸。吾將入海尋崆峒，何時重見滄江篷。

姚輿 益齋

聽雲齋喜晤掃雲子卽和原韻

丰格居然是嶺梅，不須相見費疑猜。定知此日一堂聚，都是三生石畔來。

茹素猶能飲百杯，酥醪洞裏卽蓬萊。他年笠屐尋雲水，便學坡仙羽化來。

贈别掃雲子四首

袖大袍長度更寬，堂堂道服一儒冠。致身卿相尋常事，贏得詩人下拜難。

雅會今朝願忽虚，緣慳再面悵何如？挂冠日後重相訪，且向明湖一問余。（余有遷居歷城之意。）

久矣傾心未觀顔，常愁雲樹隔重關。誰知咫尺天涯近，親見濡毫畫遠山。

忠孝傳家志克承，佳兒丰骨更嶙峋。莫耽野趣游方外，要使勛名竹帛登。

朱履權竹鄉

聽雲齋喜晤掃雲子，卽次原韻

道德千言酒百杯，羅浮深處卽蓬萊。知君已得長生術，得得芒鞋萬里來。
萬里雲烟腕底收，詩情畫意兩相謀。不知上界神仙筆，肯賜凡塵一幅否？

附 逍遙巾敍〔一〕

湯 滌〔二〕

先曾祖貞愍公，生平著作詩詞以外，尚有雜劇若干種。就滌所知者，有《劍人緣傳奇》、《逍遙巾雜劇》。《劍人緣》舊有刻本，兵燹後散失，三十年求之不可得。壬戌夏〔三〕，客北平，於友人處見鈔本《逍遙巾》，因以重價購之，久藏篋衍。今春在滬瀆，獲交江寧盧冀野先生。先生研精詞曲，有聲於時。偶與談及，諄屬錄本彙刊，以廣其傳，意致可感。《逍遙巾》爲先曾祖官靈邱時，訪盜至蔚州，遇徐子容州尉而作，其詳已見於《自敍》中。是冊眉評旁批，朱墨爛然。評語注明『雲』字者，卽聽雲居士徐州尉。其餘諸公，皆一時名流，賞奇析異，各抒所見。書中但標別號，其姓氏本末，小子生晚，莫得而詳焉。

甲戌秋日〔四〕，曾孫滌謹識於海上辛家花園。

（以上均民國二十五年南京襄社景石印本《逍遥巾雜劇》卷末）

【箋】

〔一〕底本無題名，版心書名下題『敍』。

〔二〕湯滌（一八七八—一九四八）：字定之，小字丁子，號樂孫，別署太平湖客、雙於道人、琴隱後人，室名畫梅樓、茗閒堂，武進（今江蘇常州）人。湯貽汾曾孫。年未弱冠，書畫皆通。中年長居北京，與蕭遜、王雲同爲民國間北京畫壇名家。

〔三〕壬戌：民國十一年（一九二二）

〔四〕甲戌：民國二十三年（一九三四）。

紫蘭宮（蔣學沂）

蔣學沂（約一七八〇—約一八三三），字小松，號藕湖，別署藕湖居士，陽湖（今江蘇常州）人。吳堦（一七五七—一八二一）壻。諸生，屢試不第，以遊幕、傭書爲生。工駢體文及詩詞。著有《菰米山房文鈔》、《菰米山房駢文鈔》、《藕湖詞》、《閩談》等。撰傳奇《紫蘭宮》、《麒麟閣》，皆存。傳見《清代毗陵名人小傳稿》卷七。參見鄧長風《五位清代江蘇戲曲家生平考略·蔣學沂》（《明清戲曲家考略續編》）、胡瑜《晚清曲家蔣學沂及其孤本戲曲考論》（《戲曲藝術》二〇一五年第二期）。

《紫蘭宮》傳奇，齊氏《百舍齋戲曲存書目》著録，作藕湖居士撰；《明清傳奇綜録》著録。現存清鈔本，中國藝術研究院圖書館藏。

紫蘭宮序〔一〕

蔣學沂

壬午冬莫〔二〕，流寓京師。檢閲樂蓮裳孝廉《耳食録》二編『何生了奴』一則〔三〕，喜其新異，盡脱凡逕，因廣其意，製劇十二齣，名《紫蘭宮》，仍其舊也。時則殘雪在地，冰又墮簷，擁敗絮以挑燈，撥寒灰而命酒，凡二十餘日，而後脱稿。空中樓閣，影裏情郎，作如是觀，想當然語，不足資歌場一噱也。

藕湖居士記。

（清鈔本《紫蘭宮樂府》卷首）

【箋】

〔一〕底本無題名。

〔二〕壬午：道光二年（一八二二）。是年冬暮，公元當已入一八二三年。

〔三〕樂蓮裳孝廉：即樂鈞（一七六六—一八一四），著有筆記小說《耳食録》。

麒麟閣（蔣學沂）

《麒麟閣》，齊氏《百舍齋戲曲存書目》著録，作藕湖居士撰；《明清傳奇綜録》著録。現存清鈔本，與《紫蘭宫》訂爲一册，中國藝術研究院圖書館藏。

麒麟閣序〔一〕

蔣學沂

李陵生降，太史公以救友被刑，古今遺恨，志士流涕。向欲翻演爲傳奇，未暇也。壬午冬莫，假寓宣武坊南，風雪中譜《紫蘭宫》。稿本既畢，謬爲同人許可，暇日復製此曲，自成翻案文字。由此以推，則關壯繆之克復許都，葛武侯之功成歸隱，南霽雲之生滅賀蘭，岳武穆之直抵黄龍，陸秀夫之匡山奏捷，皆人心必然之事。夫人心有之，則以爲事竟有之可也，又何疑焉！又何疑焉！他日被諸管絃，資學士大夫酒酣譚笑，兼使愚夫婦有所觀感云爾。

藕湖居士志。

（清鈔本《麒麟閣傳奇》卷首）

【箋】

〔一〕底本無題名。

遇合奇緣記（鈕祜禄氏）

鈕祜禄氏（一七八四—一八一九），名字未詳，或名瑞芸，禮部尚書恭阿拉（一七五三—一八一三）次女，嘉慶帝孝和睿皇后（一七七六—一八四九）妹。宗室肅親王永錫次子敬敘（一七八一—一八二六）室。能詩文詞曲，與清宗室存華（一七八三—一八五三）唱和，合集爲《處泰堂和鳴集》（清嘉慶二十二年存華序稿本）。撰《遇合奇緣記》傳奇，今存，實爲自傳，化名「桂仙」。傳見《鈕祜禄氏家譜》。參見戴雲、戴霞《傳惜華的研究著述及其戲曲收藏》（《文學遺產》二〇〇六年第五期）、鄧丹《稀見清代女作家戲曲二種敘錄》（《戲曲藝術》二〇一〇年第二期）、鄭志良《雖說是奇緣，其實是孽緣——清宗室曲家存華與〈遇合奇緣記〉考論》（《文學遺産》二〇二〇年第三期）。

《遇合奇緣記》傳奇，未見著録，現存嘉慶二十五年（一八〇二）朱墨稿本，《傅惜華藏古典戲曲珍本叢刊》第八三册據以影印。

遇合奇緣記序

闕　名〔一〕

嘗謂有天地即有陰陽，有陰陽即有夫婦，是以君子之道，以夫婦爲造端也。上古草昧初開，儀文未備，情緣義起，禮自心生。窈窕之思，未必是父母之命；虞賓之納，幾曾聞媒妁之言。所以鼓瑟鼓琴，宜家宜室。牆茨之醜無多，中冓之辱甚少。後世婚禮肇興，雁文大備，防之愈嚴，犯之尤甚。何以故？弊生於繁禮之中，變起於人情之外。燕婉之求，定不喜戚施之得；荇菜之咏，必非爲嫫母之思。此理之不待辯而自明者耳。

有桂仙夫人者，以咏絮之鴻才，塡《金縷》之豔曲。編年紀事，運史筆爲香奩；彙古鎔今，記幽情於優孟。悲歡離合，譜入聲歌；禮樂衣冠，登諸場上。寔人寔事，直筆直書。蓋以忘身取義，何妨一道並行；舍己從人，矢諸二天必報。眞名士自取其風流，假道學甘從其指摘。五就湯，五就桀，誰曰不然？爾爲爾，我爲我，又焉能浼？況乃繡窗筆墨，祇圖知己陶情；金屋聲容，非爲他人悅目。既不災乎梨棗，又不譜於氍毹。作記者卽記中之旦，觀戲者卽戲內之生。空谷生香，孤芳自賞，此則我桂仙夫人塡此《遇合奇緣》之本志也。

惟是《霓裳》麗句，空埋沒於月中；紅葉新詞，不飄流於宮外。璞石韞玉，誰見山輝；濁水藏珠，徒增川媚。縱殉情郎之墓，地府成雙；不傳石室之經，人間缺典。此又余日夜懷思而無可如何者也。嗚呼！豐城劍氣，豈終無出現之期；洛水圖書，自應有呈禎之日。是所拭目而望於後人也。因亂之以詩曰：

禮越過情情更深，鍾情士女古如今。舜妻姑祖寧非聖，孔見南威豈爲淫。情自中生天所賦，禮緣外起法相禁。欲求情禮能兼到，會向《奇緣記》裏尋。

【箋】

〔一〕此文當爲存華撰。存華（一七八三—一八五三），生平詳見本卷後文箋證。

遇合奇緣記凡例 編列於左，計開十六條

存　華〔一〕

一、凡作傳奇，必有幾齣武戲，參錯其間，一則爲生、旦稍歇，二則爲熱鬧場面。此記惟傳寔事，故不敢附會武事也。

一、此記惟述兒女私恩，凡有關係國家政事者，無論得失，不敢附入。

一、此記皆係生、旦寔錄，故必生、旦同場，始入記傳。其餘生家私事、旦家私事，概從刪減。

一、《閨思》一齣，有旦無生；《館憶》一齣，有生無旦。是皆彼此相思，雖不登場，寔有其人在焉。

一、《寇驚》一齣，欲敷衍武事，抑又何難？然因其有關國政，故僅就驚劇之壯點染。

一、前四齣原係楔子，故有神、佛、仙、鬼出場。既入正傳，不敢以妄誕矜奇也。

一、本記皆按年編錄寔事，故無所謂埋伏照應，虛張聲勢之處。

一、上下場詩，有用舊詩者，有集舊句者，有自作一首者，要皆看其文勢之自然，不能一定。

一、填詞不按元人故套，興到則填，惟取其可歌可咏，以成段落。然譜入九宮，依然吻合。

一、詞用大字正寫，詞中帶白者，用小字旁寫。

一、白用大字低一格正寫，白中帶科介者，用小字旁寫。曲牌名、詩曰、歌曰，皆用紅字寫，以期便於觀覽。

一、《作記》一齣之後，生、旦皆在中年，應續之事正多。以俟後之才人，另成續編，閨中筆墨，正不妨悠然而止也。

一、記中雖有淨、丑登場，凡一切粗俗鄙猥，插科打混，俚言濫語，一概不入。

一、記中稱呼不敢率真，無非夫子、夫人，相公、小姐，哥哥、妹妹，媽媽、姐姐而已，識者自明。

一、衣冠仍用古制，蟒袍玉帶，鳳冠霞帔，紗帽圓領等服色。奴婢亦用裙衫、背心、束帶、繡履等類，一別時粧。

一、聲調皆用蘇白崑曲，雖有【北新水令】、【北點絳脣】等幾折，均非弋腔。

嘉慶戊寅季春上浣，韞齋筆記〔二〕。

（《傅惜華藏古典戲曲珍本叢刊》第八三冊影印清嘉慶間朱墨稿本《遇合奇緣記》卷首）

【箋】

〔一〕存華（一七八三—一八五三），字韞齋，愛新覺羅氏，滿洲人。嘉慶七年壬戌（一八〇二），中式翻譯舉人。八年癸亥（一八〇三），中式翻譯進士，授禮部主事，因迴避候缺。十三年（一八〇八），補授副理事官。次年調補戶部緞匹庫員外郎。因失察，降捐筆帖式。道光五年（一八二五），補放正白旗蒙古副都統。十二年，調補寧夏副都統。十八年，補放廂藍旗蒙古副都統。十九年，因寧夏任上克扣兵餉案革職，次年謫黑龍江，二十五年，放歸。

與鈕祜祿氏唱和，合集爲《處泰堂和鳴集》（嘉慶二十二年序稿本），著有《慎修堂外集》（稿本）、《塞上同人集》（稿本。以上三種，清華大學圖書館藏）、《秦游記》（附《慎修堂詩稿》，《稀見清代四部叢刊》第九輯第四二冊影印稿本）。恩華《八旗藝文編目》著錄《歷代災祥考》、《讀書雜記》二書，云：『字韞齋，餘俟考。』此韞齋疑卽存華。撰雜劇《龍江守歲》，《清代雜劇全目》著錄，現存清道光間朱墨稿本。傳見咸豐四年（一八五四）鑲白旗第三族族長宗室受綸奏折《爲呈報鑲白旗已故寧夏副統宗室存華履歷事》、《愛新覺羅宗譜》、《玉牒》甲冊、《大清國史人物列傳及史館檔傳包傳稿》等。參見鄭志良《清宗室曲家存華與〈遇合奇緣記〉考論》。

〔二〕題署之後有陽文方章『韞齋』。

遇合奇緣記後跋

存　華

嗚呼！自作記之後，夫人卽絕筆矣。問其故，則笑而不答。求其詩古文詞，片紙隻字，皆吝而弗與。未二年而修文天上，可勝悲哉！豈彼蒼之定數，僅令留此一記，以爲人間之夢幻泡影乎？是又不可知也。然讀之則傷心，置之則未忍，談之則無人，刻之則不敢。將抱此以爲殉乎？是使錦心繡口，後世無知音也。可奈何？思之思之，鬼神通之。俟余罷閑之日，諒擇一二同志之友，於花朝月夕，酒後燈前，讀之、玩之、評之、注之、歌之、咏之，以不傳之傳而傳之。使記內之生、旦、淨、末、外、貼、老、丑，以至鸚鵡金鈴，凡屬含生賦者，一併同垂於不朽焉，斯亦庶幾其無憾矣。

庚辰三月〔一〕，總角盟兄櫝珍氏抆淚跋。

（同上《遇合奇緣記》卷末）

【箋】

〔一〕庚辰：嘉慶二十五年（一八二〇）。

黃河遠（謝堃）

謝堃（一七八四—一八四四），初名均，字佩禾，乳名星官，別署春草詞人，室名春草堂、蘭言書室，甘泉（今屬江蘇揚州）人。清國子監生，官曲阜衍聖公屯田郎。中年後遊學四方，客山東曲阜最久。輯友人詩作爲《蘭言集》。著有《春草堂集四種》（含《文集》、《詩集》、《詩話》、《詞集》）、《恩怨錄》、《書畫所見錄》、《金玉瑣碎》、《錢式圖》、《花木小志》、《雨窗寄所寄》、《雨窗隨筆》等，合刻爲《春草堂叢書》（現存道光二十五年刻本）。撰傳奇《黃河遠》、《十二金錢》、《血梅記》、《繡帕記》，合稱《春草堂四種曲》，今存。傳見《清畫家詩史》庚上、《畫家知希錄》卷七、民國《甘泉縣續志》卷二四等。參見劉世德《謝堃和春草堂四種——清代戲曲家考略之一》（《中國古典小說戲曲論集》，上海古籍出版社，一九八五）、蔣芳《謝堃戲曲小說研究》（華東師範大學碩士學位論文，二〇一一）、潘偉娜《謝堃戲曲研究》（南京師範大學碩士學位論文，二〇一三）。

《黃河遠》傳奇，《今樂考證》著錄，現存道光十年庚寅（一八三〇）春草堂刻本（《傳惜華藏古典戲曲珍本叢刊》第八四冊、《鄭振鐸藏珍本戲曲文獻叢刊》第四五冊據以影印)、道光二十五年(一八四五)刻《春草堂叢書》本。

黃河遠小引〔一〕

謝堃

孔雀南飛，伯勞東去。春風影裏，忽拈來十丈情絲；電火光中，早證取三生慧業。當其西華初歲，被褐騎羊；翁子頻年，負薪友鹿。遂使脩無羔贄，人憎何物書生？系出牛醫，誰識諸侯上客？隴頭流水，聲嗚咽以空悲；天末行雲，色淒涼而誰問。乃有青樓俠伎，北里名倡，翻玉珮兮歌春陽，汙羅裙兮逞嬌豔。停車小坐，滿林紅葉爭飛；對酒發聲，一曲『黃河遠上』。當年待字，鳩鳥爲媒；此夕傳書，虺虵入夢。烏虖！淮陰進食，哀王孫於未遇之初；瀨水投金，報佳人於既亡之後。慚無上德，何以忘情？況值中年，那能無涕？嗟嗟！傷旗亭之舊事，寫樂府之新聲。借他優孟衣冠，點染吾家絲竹云爾。

年月日，春草詞人紀實。

(《傳惜華藏古典戲曲珍本叢刊》第八四冊影印清道光十年春草堂刻本《春草堂黃河遠傳奇》卷首)

【箋】

〔一〕此文亦見中國國家圖書館藏清道光二十五年(一八四五)刻本《春草堂集·駢體文》之『小引』類，文字悉同。

傳奇自序〔一〕

謝堃

傳奇者，傳其事之奇也。事雖奇，不假粉墨登場，徵詞演曲，烏可得而傳其奇也。《左氏傳》載其優孟，《太史公書》載其侏儒，蓋侏儒、優孟能像聲肖色，上可幾諫君父，下可醒悟頑愚，雖小道而厥功偉矣。後人因有功於世，故不以其賤而廢之。沿至唐代，調音協律，被之絲竹，名之曰梨園子弟。實院本之先聲也。有元起自北方，未諳華夏之習，故開國諸臣，議以詞曲取士，蓋亦有深意存焉。余之所演，履迹前賢，摭拾時事，知無補於當世，或冀賞音於將來者哉！

（首都圖書館藏清道光二十年刻《春草堂集》本《黃河遠》卷首）

【箋】

〔一〕底本無題名。

補天石傳奇（周樂清）

周樂清（一七八五—一八五五），字安榴，一作安流，號文泉，別署鍊情子，海寧（今屬浙江）人。諸生，屢應鄉試不舉。嘉慶十九年（一八一四），因父難，蔭授湖南道州通判。二十四年起，歷任湖南祁陽、永明、沅陵、新化、黔陽等縣知縣。道光十年（一八三〇），擢麻陽知縣。十四年，署鳳凰、乾州同知。二十二年，轉任山東成武知縣。三十年，調補掖縣，授知州銜，後兼署即墨知縣、萊州同知。咸豐三年（一八五三）冬，以病衰辭官。五年正月，卒於萊州。著有《靜遠草堂稿》、《靜遠草堂詩稿》、《靜遠草堂初稿》（附《文章遊戲選鈔》），內有《補天石傳奇》，稿本，收入《清代稿鈔本》第一編第二八冊）、《桂枝樂府》、《靜遠草堂詩話》、《靜遠草堂塵談》、《並蒂葫蘆》等。傳見宗稷辰《躬恥齋文鈔》卷一〇《墓志銘》、光緒《三續掖縣志》卷一、宣統《山東通志》卷七七、民國《海寧州志稿》卷二八等。參見劉世德《周樂清和補天石傳奇——清代戲曲家考略之一》（《文史》第一九輯，一九八三年八月）、劉紀明《周樂清補天石傳奇研究》（山西師範大學碩士學位論文，二〇一六）。

撰雜劇《宴金臺》、《定中原》、《河梁歸》、《琵琶語》、《紉蘭佩》、《碎金牌》、《紞如鼓》、《波弋香》八種，總稱《補天石傳奇》，《曲錄》著錄，現存原稿本（山東圖書館藏）、道光間清稿本、道光十年庚寅（一八三〇）靜遠草堂原刻、道光十七年（一八三七）跋印本（《傅惜華藏古典戲曲珍本叢刊》第八五、八六冊據以影印）、咸豐五年（一八五五）靜遠草堂重刻巾箱本。

補天石傳奇八種自序〔一〕

周樂清

天居高而聽卑，何以楚騷有《天問》而無天對？蓋幢幢來往，萬殊不均，或氣運之偶乖，若造化之力絀，天亦有難言之者，雖村夫牧豎，祁寒暑雨，指而憾之，故爲懵懂不顧，此所以成天之大也。然使媧人事以彌縫之，天又未嘗不爲許可，亦足以見六合蒼蒼，初無成見矣。

余曩閲毛聲山評序《琵琶》傳奇，云欲撰一書，名《補天石》，歷舉其事，皆千古之遺恨，天欲完之而不能，人欲求之而未得者。雖未見其書，而覽其條目，已爽心快膈，如食哀梨，使人之意也消。三十年來，遍訪其書，杳不可得。豈聲山當時本無是書，但標其目，使後人過屠門而大嚼，以虚饗快意耶？嘗竊訝之。

己丑冬北上〔二〕，雨雪載途，征車無事。偶憶及此，輒假聲山舊鼎，補鍊五色雲根。時颷輪硌碌，鈴語郎當，若代爲按腔應節者。越宿輒成一劇，抵都而八劇就焉。寄情抒恨，人有同然。如《離騷》、和親等事，前輩坦庵、西堂諸公及明人雜劇，往往及之。不揣固陋，别創規模，非好與古人爭勝也，正如共此一副洪罏，所以銷鎔塊壘者，用各不同耳。至其間參差信史，不協宮商，余既非太史公世掌典章，亦非柳屯田善謳風月，知我者定有以諒之。倘必欲事事考其正僞，則有《通鑒》、《二十一史》在，無庸較此戲場面目也。余僅爲補聲山有志未逮，又何嘗欲以區區頑石，塞東南缺陷，聲聞於天耶？

鍊情子題於别有罏軒〔三〕。

【箋】

〔一〕此文又見周樂清《靜遠草堂初稿》（稿本）第八冊《雜體文集》，文字同。

〔二〕己丑：道光九年（一八二九）。

〔三〕署題之後有印章二枚：陰文方章『鍊情子』，陽文長方章『別有罏軒』。

補天石傳奇八種凡例

周樂清

一、各劇中，有與史鑒背謬者，勢處不得不然，所謂『戲者，戲也』。然亦有借正史發揮者，如樊於期因成嶠事逃燕；李陵爲當戶遺腹子，降胡族誅，爲管敢、公孫敖所誤；其他任立政、李禹等，皆列傳所有。至陳湯、甘延壽功高賞薄，呼韓牙后妒，均可借以敷演。他如趙武靈王英偉，足爲秦敵；岳忠武遺粱興招集太行豪傑，李若虛因班師致書，微及檜事，亦皆傳中實事。至叩馬書生，雖不知名姓，而秦檜航海而歸，有王姓者爲之邏應，因牽合之。鄧伯道與周伯仁相契；循良爲南渡冠，因焚廐事，胡人報以牛馬；荀奉倩好談黃老，皆傳志中班班可考者。餘散見於他書，更難指屈，苟可引證，亦牽類及之，毋謂《子虛賦》一概烏有先生焉。

一、明人有《易水寒》一劇，作爲荊軻生劫秦王，繞殿追逐，幾如村夫毆撲，令人齒冷。且一經秦政虛諾，卽隨王子喬仙去。作如此不了事漢，何苦以田、樊性命爲兒戲？尤令人挹悶。又徐坦庵《大轉輪》，則以三國爲韓、彭、黥後身，以亡漢興晉爲關目。然六出祁山者，何以慰厥躬盡瘁？余以爲葫蘆谷之火及《拜斗》等劇，已梨園熟演，童稚皆知，又何妨就題變幻，較之另創排場者，似更快心悅目。

一、尤西堂太史《弔離騷》、《琵琶怨》兩劇，見於本集。時人又有《懷沙》、《和番》兩記焉，若作屈子乘龍仙去，懷王終死於秦，恐未足以暢忠魂。至昭君本係掖庭之女，何以竟作后妃遠嫁？夫一介小民，亦未肯輕分伉儷，豈萬乘和親，如是喪氣，怨則寫矣，如漢帝何？至《懷沙記》組織《離騷》語句入曲，備極苦心，竊恐知音難得。《和番》則曲白鄙俚已極，關目亦毫無情理。自宜另出心裁，不敢輕拾牙慧，非好與前人辯難也。

一、聲山所列名目，尚有『博浪沙始皇中擊』一條。余以爲事類燕丹，未便複見，故於科白中表出。卽荊軻刺刃，漸離擊筑，亦以片語及之。蓋文熟求生，事詳宜略，相題所應爾也。此外又摭古人遺憾之事，添列數種，以補聲山所未及。魚魚鹿鹿，未克竣功，然未敢如聲山之先標名目，使閱者作望梅畫餅想也。

一、此卷歌詞，塡於途次。隨手而錄，信口而歌，祇求達意快心，不能律以南北套數。解鞍之後，繙閱院本，塡注九宮，聊以分別牌名而已。移宮換羽，亦行樂之一端，顧曲者幸勿拘拘以格譜繩之也。

一、自蒞錦江，催科撫字，昕夕不遑，何暇作『曉風殘月』之問？久已束諸高閣。乃荷譚鐵簫郡伯爲之按譜正拍，陳雨峯都督又復欣賞再三，敦勸付梓，並代爲鑒定開雕，適增余之愧怍。然簿書叢午，究未嘗自校魯魚亥豕也。

鍊情子附記〔一〕。

【箋】

〔一〕題署之後有印章二枚：陽文圓章「一行作吏」，陽文方章「顧曲家風」。

（補天石傳奇）敍

陳階平〔一〕

文泉明府以樞曹功蔭，作宰錦江，三月政成，一時輿誦。適余偶覩其《補天石傳奇》一册，爲奏擢赴都途中近作，擴前人所未發，補前人所未逮。而乃祕不示人，則以寄情詞齣，於文學政事，均非所宜爲慮。而余則曰：「否否。」

夫文生於情，情根於性。古者教忠教孝，有不得已而託爲歌咏，或播諸管絃，甚有補其缺陷，從離恨天上，極意形容，使人觀感。此後世樂府院本所由肇始。而乃歧其類者，則以造意選詞之深淺爲區别。如此集中之《宴臺》、《歸廬》、《求盟》、《醉凱》諸齣，其忠愛懇摯、百折不回之忱，皆能於關目扼要處立案翻新，令閲者擊節稱快，歎未曾有。至於歸璧合絃之情得其正，墓封鼓圓之事動以誠，此亦扶持倫常，何在非秉彝之所同好者？

明府以浙西名家子，屢膺鶚薦，一行作吏，知必有學道愛人，而以弦歌敷爲雅化者矣。夫何鐍置清詞，使都人士不先聆其至和而鼓舞精神耶？是以代付剞劂，爲鼓吹休明一助。若夫響成金石，調叶宮商，鐵簫太守已引爲知己，而余以粗聽邊笳之聲，又安能於紅豆紫雲，强作解事人乎？是爲序。

道光歲次庚寅冬〔二〕，泗州陳階平識〔三〕。

【箋】

〔一〕陳階平（一七六六—一八四四）：名安魁，字階平，號雨峯，以字行，遂改字雨峯，別號鹿岑，泗州（今安徽泗縣）人。乾隆五十一年丙午（一七八六），投河標中營。六十年，拔把總。嘉慶十八年（一八一三），因功擢海州營參將。道光十二年（一八三二），署湖南提督。次年擢廣西提督。十九年，調廈門提督，力抗英艦。輯《鑒撮》，著有《陳雨峯集》。傳見包世臣《行狀》（收入《續碑傳集》卷五〇）、《國朝耆獻類徵初編》卷三二三、光緒《泗洪合志》卷一一等。

〔二〕道光歲次庚寅：道光十年（一八三〇）。時陳階平任湖南鎮筸鎮總兵官。

〔三〕署題之後有印章三枚：陰文方章『陳階平印』，陽文方章『奎五』，陽文圓章『太平氣象』。

（補天石傳奇）序

譚光祜〔一〕

余初識文泉明府於邵陵，讀其古今詩及咏史樂府，鏗鏗然有絲竹之聲。因知尊人從軍辰沅，未竟其志。既而君浮洞庭，涉湘嶺，抱西河之戚，又有錦瑟之傷，發爲詩歌，慷慨激昂，纏綿悱惻。謬引余爲同調，訂金石之交者有年矣。

頃自金臺歸，以途中所撰《補天石傳奇》詞，屬余正譜，蓋毛聲山《琵琶記》序中所擬之目也。省博浪沙於燕太子《宴金臺》之中，增岳鵬舉痛飲黃龍府爲《碎金牌》，而刪南霽雲殺賀蘭、趙德昭勘趙普二事，餘則如聲山之舊。得傳奇八種，自署曰『鍊情子撰』，誠足以塡東南之陷，扶西北之傾矣。

前人院本，如《易水寒》、《大轉輪》、《弔離騷》、《琵琶怨》、《南陽樂》諸作，各有短長。要其借歌作證，補恨甘心，慰古人叫閶之靈，慫後人破荒之想，終不若此本之淋漓痛快也。其曲終之語曰『把轉輪王大權奪轉』，曰『誰肯畫依樣葫蘆』，曰『例變《春秋》太史公』，曰『鐵鑄姦人頸帶傷』，曰『是民是子皆平等』，作者之胷臆，於是乎見。而殿之以荀奉倩之《波弋香》，卒章之亂曰：『塊壘難消借酒杯。』鍊情子之情，可謂一往而深矣！余既正其譜，又以鐵簫度其曲，雅合九宮。因揭其意旨所在，視君所爲古今詩及咏史樂府，蓋誠有異曲同工者。是爲序。

道光十年七月七日，吹鐵簫人譚光祜書於吹簫看劍讀書處〔二〕。

【箋】

〔一〕譚光祜（一七七二—一八三一）：別署吹鐵簫人，生平詳見本書卷七《六如亭序》條箋證。《補天石傳奇》卷首，署『吹鐵簫人正譜』。

〔二〕題署之後有印章二枚：陽文圓章『鐵簫』，陰文方章『譚光祜印』。

（補天石傳奇）序

邱開來〔一〕

庚寅仲夏〔二〕，文泉明府自都旋任錦江，寄示途中懷古各咏，並所製《補天石傳奇》。時天久不雨，當空火傘，如坐甑中。余方病瘧伏枕，忽接嘉訊，驚喜至再。亟取讀之，神甦魄爽，如張北風圖畫，不知身之所苦，擊節高吟，家人呼晚餐，勿應也。

友某館宅之東廂，異而問曰：『久不聞君書聲，今而琅琅若此，豈驟獲生平未見書耶？』予作而應曰：『然。此文之奇而新，新而至者也。吾讀之，而二豎避焉。檄愈頭風，果非虛語焉。』友求閱，未及半，謂予：『此特傳奇耳。舊事翻新，實者虛之，虛者實之，殆亦文人狡獪。子特傾倒之甚，可得聞厥旨乎？』

應之曰：『自兩儀既判以後，無陳陳相因之世界。山川民物，飛潛動植，無刻不新。盛平之世，民氣敦龐，物無夭札，舊矣無奇焉。迨運數否而刑賞失中，殘賊起而忠孝不明，其於善惡，有報應全爽者，天亦若莫可如何。如後人讀史，每爲之扼腕流涕，思欲於舊事之判乎常者，務反之正而後即安，此非人心自然感發之新機乎？羲經卦象，特名曰《易》，解者謂交易、變易，而卒歸於不易。非交不奇，非變不新，非卒歸不易不可言至。夫忠臣孝子，離人怨婦，感時傷事，不平之鳴，釀成缺陷宇宙，當時已莫之救而聽之矣。若使慘魄幽魂，賫憾泉臺者，千載永戴覆盆，揆諸民彝物則之衷，究屬百世未定之案。嗚呼！士無上下千古之識，不克爲古人擔憂則已矣。如其不然，天生才人，必能重開生面，補苴罅漏。於舊史之傳熟者，一朝忽易其局，雖爲異樣翻案文章，卻是生大歡喜故事。蓋理之不易，而協乎人心之所同然故也。被絃管而登歌場，令觀者無不悅目快心，觸發天良，則誅姦慝於既死，發潛德之幽光，不是過矣。戲也云乎哉！傳奇多矣，若此文之奇而新、新而至者，得未曾有。』

友曰：『如君言，信非强作解事者。明府此書，所關在倫常，非同小補，苦心終當不沒。曷不以此意跋其後？』友退，乃敍次所論如此。

道光庚寅六月既望立秋後一日，湘漁邱開來頓首拜書於烟谿之猶興書屋〔三〕。

（以上均《傅惜華藏古典戲曲珍本叢刊》第八五册影印清道光十年庚寅靜遠草堂原刻、道光十七年跋印本《補天石傳奇》卷首）

【箋】

〔一〕邱開來（一七六一—一八三六）：字覺吾，號湘漁，別署湘漁老人，黔陽（今屬湖南）人。嘉慶八年癸亥（一八〇三）歲貢生。道光八年（一八二八），任貴州錦屏縣龍標書院山長。十二年，選郴州學，以老疾辭。工詩善書。修《黔陽縣志稿》。著有《覺吾語錄》、《臨池心解》、《童訓新篇》、《瑞錦堂詩》、《湘漁詩存》、《揖山堂詩文集》、《湘漁詩話》等。傳見《國朝耆獻類徵初編》卷四四一、《皇清書史》卷二〇等。

〔二〕庚寅：道光十年（一八三〇）。

〔三〕題署之後有印章二枚：陽文方章『開來』，花章『湘漁』。

（補天石傳奇）跋

呂恩湛〔一〕

『天道無親，常與善人』，豈非古今通論乎哉？顧有時愚夫愚婦，慷慨發憤，徑行己志，其精誠所感通，天亦若或默相之。至舊聞所傳忠臣孝子，仁人義士，扶綱常而輔世教，慨然欲有所爲於天下，而天若阻塞摧抑之，使不克竟其志。如李廣之不侯，李陵之降虜不反；諸葛武侯之志決身殲，而漢祚終不可復；岳忠武之恥和金虜，而痛飲黄龍之願不克副。讀史者未嘗不廢書三嘆，終歸於天道之不可知。此天之缺也，抑造物者故爲此狡獪，使後人代爲之不平耶？

周子文泉，秉異才，經術飾治。以上計入都，塗中雜取古人事蹟，可爲扼腕太息、無可如何者，譜傳奇八種，名曰《補天石》。構思於車塵馬足之間，擲筆於土灶篝鐙之側，翻新出奇，代伸其志而平其憾，使不得於天者而皆償於人，令讀者眉飛色舞，若眞有其事者，信所謂『筆補造化天無功』也。信乎！天不可知於前，若天缺而摶土爲石以補之，豈非補天之手乎？余故樂書於後。

道光十有七年歲次丁酉秋九月，純如子江左呂恩湛識〔二〕。

（同上《補天石傳奇》卷末）

【箋】

〔一〕呂恩湛（一七八三—一八六一）：原名士澤，字麗堂，別署純如子，沭陽（今屬江蘇）人。呂昌際（一七三五—一八〇七）次子。由郎署議敍，得知府，簡發湖南，以郡治者九，以州治者三。擢辰沅道，陞任按察使。因病告歸。道光五年（一八二五），署永州知府，修《永州府志》（道光八年刻本）。著有《平苗紀事》。傳見民國《重修沭陽縣志》卷八。

〔二〕題署之後有印章二枚：陰文方章『呂恩湛印』，陽文方章『麗堂』。

（補天石傳奇）題詞

歐陽紹洛 等

往事誰能叩九閽？茫茫天意總難論。憑將旋轉乾坤手，一洗人間萬斛冤。

文章舊價數瓊蕤，贏得清詞付雪兒。試遣老龍吹鐵笛，不應新調犯龜茲。新化歐陽紹洛磵東〔一〕

大塊蒼蒼恨可穿，郞陽鍊石總徒然。多君五色生花管，盡補媧皇萬古天。

快事奇文似此無，宮商況可叶吳歈。銅琶鐵綽當筵上，處仲應防碎唾壺。湘潭張家榘蓉裳〔二〕

千秋缺陷事如林，精衛難填北海深。入破應輸公識曲，驚飛殊愧我知音。剪裁經史翻疑案，施斡乾坤費匠心。莫向癡人前說夢，高山流水伯牙琴。黔陽危煥臺漢南〔三〕

（《傅惜華藏古典戲曲珍本叢刊》第八五冊影印清道光十年庚寅靜遠草堂原刻、道光十七年跋印本《補天石傳奇》卷首）

【箋】

〔一〕歐陽紹洛（一七六七—一八四一）：晚更名輅，字念祖，號磵東，新化（今湖南婁底）人。乾隆五十九年甲寅（一七九四）舉人，屢試春官，不遇。乃南走粵，北遊燕代，歷遊節幕，高尚不仕。晚年躬耕，閉門不復出，奉母以終。工詩，著有《磵東詩鈔》、《夜譚追錄》等。傳見《清史列傳》卷七二、《磵東詩鈔》卷首《傳》、《續碑傳集》卷七七、《國朝耆獻類徵初編》卷四三六、《國朝先正事略》卷四四、《皇清書史》卷二一等。

〔二〕張家榘（一七七七—一八三四）：字靜安，號蓉裳，湘潭（今屬湖南）人。少貧，傭書自給。嘉慶六年辛酉（一八〇一）舉人，屢困禮部試。道光六年（一八二六），謁選得知縣，乞改官，除新化教諭，卒於任。工琴，能詩。著有《蓉裳詩鈔》。傳見鄧顯鶴《南村草堂文鈔》卷一四《墓志銘》（《國朝耆獻類徵初編》卷二五九）、諸洛《類穀居近稿·小傳》等。

〔三〕危煥臺：號漢南，黔陽人。道光十一年（一八三一）歲貢。次年任龍標書院山長，轉趙州。著有《竇香齋詩稿》。

（補天石傳奇）題詞

李聯璧 等

千古傷心事可哀，百年遺憾力難回。天生一片多情石，補出乾坤造化來。

恨事翻成快事多，移宮換羽喜聞歌。『大江東去』青雲上，不使千秋唱奈何。沅陵李聯璧穀舲〔一〕

鰲擲鯨呿一卷開，狂歌痛吸掌中杯。快心創論探喉出，放膽雄鳴震耳來。泉下韓、彭同雪涕，古時遷、固盡銜枚。鴻渠鄭重春秋筆，可惜參僚鬱史才。湘陰李星沅石梧〔二〕

鴻爐大啟任陶甄，一片曾經百煉純。武帝謾思訴眞宰，媧皇應許作功臣。銷將此日難銷恨，了卻當年未了因。便說夢夢天網漏，補天竟有世間人。黔陽危煥臺漢南

文字因緣數載前，瑤篇枉贈意綿綿。譜成法曲神尤豔，吟到陽春句欲仙。清福幾人能領略，奇才終古不虛傳。他時重與周郎晤，夜雨寒燈醉管絃。

筆尖橫掃五千軍，滴粉搓酥氣味芬。塵世浮名堪笑我，乾坤事業總輸君。天涯落拓同搔首，

海國蒼涼屬異聞。等是有家歸未得，願拋書劍學耕耘。南豐鄒均壽泉〔三〕

銅琶鐵板繼眉山，案盡掀翻恨盡删。此曲定知天上有，偶然吹落到人間。

心眞是佛骨眞仙，結到千秋歡喜緣。盡把英雄兒女淚，一時散作雨花天。武陵李翔臯渠〔四〕

離奇光怪語驚筵，收拾奚囊付一編。不讀三千年上史，騷壇許挾筆如椽。

珠璣錯落錦離披，爲付旗亭唱莫遲。自古才人誰比例，香山風調悔庵詞。同邑朱元佑雪篁〔五〕

樂府傳新製，挑燈仔細吟。補天抒夙恨，擲地有餘音。常抱千秋感，曾傾三載心。鶴聲飛一一，甘自守雞喑。元和劉嘉淦雲階〔六〕

劫灰歷盡萬千秋，開闢多將缺陷留。別有爐錘一鎔鑄，補天功與女媧侔。

極目蒼茫喚奈何，唾壺擊碎發清歌。一瓻贈我中山酒，澆卻胷中塊壘多。陽湖周懷綬亦山〔七〕

嬴兒頭腦碎沙塵，婦女容顏志竟伸。若念長城功萬世，扶蘇差可嗣西秦。

狙擊祖龍人亦奇，秦亡豈獨救燕危。金臺縱有金千萬，難鑄當年力士錐。（《宴金臺》）

老姦畏蜀眞如虎，名士殲曹幸得龍。羽扇功成青蓋人，快心炎鼎返關中。

樓桑業改三分局，歸里桑仍八百株。茅屋陰濃高臥穩，只悲同出鳳雛無。（《定中原》）

斷無國士肯降胡，夜聽霜笳淚欲枯。若使白頭親尚在，定應尺組擊單于。

將才難得負詩才，揮手河梁幸又回。令德果然崇皓首，故人重聚並顏開。（《河梁歸》）

環珮依然返漢家，邊愁懶再訴琵琶。佛門獅吼慈悲甚，不使花容委塞沙。

身出離宫卽謫仙，劫餘豈復戀塵緣。卻憐易代和親女，幽恨難望青鳥傳。（《琵琶語》）

方城漢水固金湯，未必雄圖遜虎狼。早遣三閭爲令尹，商於那得誤懷王。

忠魂湘水竟能招，蘭佩芬芳賦早朝。賈傅若逢此漁父，鵩鳴詎肯殞牢騷。（《紉蘭佩》）

一意和金甚肺腸，蠟丸姦露也難防。當時若磔秦長腳，頑鐵誰還鑄廟旁。

二帝鑾回五國城，奇功十載費經營。笑余看到黄龍飲，也對寒燈酒滿傾。（《碎金牌》）

爲保孤兒棄己兒，匆匆縛樹痛生離。若論天道兒應活，況復循聲五馬馳。

一顆珠還去郡年，莫須有事想當然。那堪老我童烏渺，淒若餘生秖自憐。（《耽如鼓》）

盲風容易折鴛鴦，豈獨荀郎神暗傷。兒女情深空爾爾，世間那有返魂方。

誤人性命是庸醫，惡道輪迴戚自貽。料得才人悲錦瑟，借題笑駡墨淋漓。（《波弋香》）

歷城周樂二南〔八〕

（清咸豐五年靜遠草堂重刻巾箱本《補天石傳奇》卷首）

【箋】

〔一〕李聯璧：號穀舲，沅陵（今屬湖南）人。生平未詳。

〔二〕李星沅（一七九七—一八五一）：字子湘，號石梧，湘陰（今屬湖南）人。道光十二年壬辰（一八三二）進士，選庶吉士，散館授編修。官至太子太保、江西總督、欽差大臣、督辦廣西軍務，謚文恭。著有《李文恭公遺集》、《湘陰李文恭公書翰》等。傳見李星沅《李文恭遺集》卷首李概《行述》、何栻《悔餘庵文稿》卷六《家傳》（又見《焦桐集》卷三）、李元度《天嶽山館文鈔》卷五《别傳》、張金鏞《躬厚堂雜文》卷下《神道碑》、《清史稿》卷三九九、《清史列傳》卷四二、《續碑傳集》卷二四、《國朝先正事略》卷二五、《詞林輯略》卷六、《清代七百名人傳》等。

〔三〕鄒均：字壽泉，南豐（今屬江西）人。以國學應鄉試，屢薦不售。乃以布政使司經歷分發湖北，權興國州。陞山西應州，轉霍州，調永寧，以勞瘁卒。工詩畫。著有《十二樹梅花書屋叢著》，内有《方輿纂要》、《讀史論略》、《讀史樂府》、《輿國略論》、《詩鈔》等。傳見同治《南豐縣志》卷二七、光緒《續刻直隸霍州志》卷上等。

〔四〕李翔：號皋渠，武陵（今屬湖南常德）人。生平未詳。

〔五〕朱元佑（一八一二—一八五八）：字乾始，號雪篁，海寧（今屬浙江）人。禮部郎中朱栻之長子。道光十七年丁酉（一八三七）拔貢，屢薦不售。咸豐二年壬子（一八五二），始中副車。晚選慶元教諭。八年，赴秋闈，歿於省寓。著有《綠衫野屋詩文鈔》、《綠衫野屋詩文集》。傳見《清代科舉人物家傳資料彙編·道光丁酉科履歷》、光緒《慶元縣志》卷八、民國《海寧州志稿》卷二九等。

〔六〕劉嘉淦：號雲階，元和（今江蘇蘇州）人。生平未詳。

〔七〕周懷綬（一七八二—?）：字寨衫，號亦山，陽湖（今江蘇常州）人。嘗主講濂山書院。著有《耕道獵德齋詩文集》、《耕道獵德齋吟稿》、《耕道獵德齋詠史樂府》等。

〔八〕周樂（一七七七—一八四九後）：字二南，歷城（今屬山東濟南）人。諸生，屢躓場屋，以歲貢終。其友李肇慶宰咸寧，以書招之，遂攜眷往，居關中十年。既又辭去，漫遊燕趙，年已近七十矣。歸，主講濟南景賢書院，與友人結鷗社，吟詠自適。著有《是眞語者齋吟草》、《二南詩鈔》、《二南續鈔》、《二南文集》、《周二南外集》、《二南制藝》等。傳見民國《續修歷城縣志》卷四一。

影梅庵（彭劍南）

彭劍南（一七八五？—一八五〇？），字梅坨，一字小陸，號稚觀，别署稚觀山人，溧陽（今屬江蘇）人。廪生，科場不遇。工詞曲，與孫如金合撰傳奇《影梅庵》，獨撰傳奇《香畹樓》，合稱《茗雪山房二種曲》。傳見陳文述《頤道堂詩鈔》卷二四《挽彭梅坨》、光緒《溧陽縣志》卷九等。

《影梅庵》傳奇，《今樂考證》著録，現存道光六年丙戌（一八二六）夏茗雪山房刻本、道光八年（一八二八）冒氏水繪園刻本（《傳惜華藏古典戲曲珍本叢刊》第八四册據以影印）。

（影梅庵傳奇）跋

彭劍南

清明節後，扶病歸館，調攝浹旬，神氣始復。偶檢《虞初新志》，養痾消遣。讀《冒姬董小宛傳》，心緒悵然，爲於邑者久之。以彼其才其遇，勞瘁以死，夭年不永，傷已！

明季士大夫敦尚氣節，乃至教坊樂籍，時時產奇女子。如柳如是之於錢牧齋，顧眉生之於龔芝麓，李香君之於侯朝宗，皆豔情奇遇，嘖嘖人口。而宛君於辟疆，則尤歷之風波疾厄之際，而終始不渝者也。夫顧媚有《白門柳》，李香有《桃花扇傳奇》行世，獨柳、董二姬無之。因爲小宛戲塡此劇，每日午後，輒成一齣，經三旬而脱稿。以《影梅庵憶語》、張公亮本傳爲經，旁取吴梅村《題董白小像詩》、范質公《壬午救荒記》、韓慕廬《潛孝先生冒徵君墓志銘》，爲之證佐。末學膚受，何敢與芝麓、云亭諸前輩抗行？而以稿質之友兄元甫大令、雲巖孝廉〔一〕，均以爲不乖於騷人麗則之旨。爰命仲弟，書而藏之。俟子墨有暇，尚將爲柳夫人了此重翰墨緣也。

嘉慶十有九年歲在甲戌清和月上浣，稚觀山人彭劍南自題於小嫏環館。

余始撰《影梅庵》，止六折。雲巖水部見之，笑曰：『此《桃花扇》筆墨也，但如食江瑤柱，以過少爲憾耳！』因與雲巖製題分譜，余塡詞什之七，雲巖塡詞亦什之三，故京本用雲巖款〔二〕。附筆於此，用志不敢掠美之意云。稚觀又記。

（清道光六年丙戌茗雪山房刻本《影梅庵傳奇》卷末）

【箋】

〔一〕友兄元甫大令：即史載熙（一七八五？—一八二八？），溧陽（今屬江蘇）人。舉人。嘉慶十九年（一八一四）任平和知縣。雲巖孝廉：即孫如金（一七八五—？），字在鎔，號雲巖，休寧（今屬安徽）人。嘉慶二十二年丁丑（一八一七）進士，選庶吉士，改知縣。工書。

〔二〕京本：未詳是否存世。

（影梅庵傳奇）敍

李蟠根〔一〕

昔蔡邕倒屣，識王仲宣之雋才；劉棻擔簦，問揚子雲之奇字。快覩丹鉛玉映，獲聆咳唾珠生。迺若噓谷之瑨，以氣相感；滋畹之蘭，以神相交。雖遙隔雲山，而邇踰几研。

溧陽彭君小陸，余庚午分校所薦士也〔一〕。才高繡虎，技學屠龍。以終、賈之齡，擅盧、駱之體。熊熊之光，上燭乎星垣；渾渾之源，旁汩乎宿海。良繇琅函藻笈，讀破萬卷；遂爾赫蹏栗尾，立就千言。頃以所撰《影梅庵》院本，遣使索敍。發緘香滿，展卷光溢。黎綠耀廡，而珩璜掩其斑駁；珧華登俎，而軒膾失其甘腴。緣情綺靡，淵乎麗矣。

夫笛步佳人，傾城難再；雉皋公子，名士無雙。白堤尋到，雪映梅花；黃海歸來，雲生蓮步。赴司馬臨邛之約，締彩鸞鍾陵之緣。角枕午夜，尚擁緗帙；瓊臺甲帳，自有緑襦。不櫛進士，咀江花謝草之菁英；掌案書仙，萃蘇錦班紈之藪澤。每當蟬翼烟細，魚鱗乳沸。如木蘭之墜露，泛瑤草以臨波。間有梅英半舒，鷴斑宿火；桃花薄醉，蛤脯沃湯。即或時丁坎坷，數厄屯邅，累夫壻以多愁，念家山而已破。而危瀕九死，智保萬全；茹蘗若飴，履險如坦。其人不沒一日，斯事洵足千秋。

君迺鏤香作心，粲花於吻。狀悽惋拂鬱之情，寫惚怳婉孌之致。烏絲摛藻，則彤管流芬；紅牙按歌，則白雲儷響。若報雙成，擊雲璈而屬和；定邀一顧，付協律以倚聲。縱令水繪園廢，影梅庵蕪，而鯨呿鼇擲，魚瞰鷄睨，有不留湘水之仙，豔漢皋之遇者歟？

嗟乎！吉光之裘，片羽亦貴；蒲陶之錦，升縷可珍。君能繞梁激塵，尋節中雅，固宜賡磬濩冒，英莖律呂。星雲祓飾，河漢而徒；含敏嚼經，鞭闢笞白。銅弦鐵琶，匹斯壯浪；曉風殘月，嗣茲綿邈。祖楚《騷》之麗則，循《子夜》之變聲。渙揚雅頌，其猶有待；不揣膚受，聊爲喤引。穆灑清風，如聽古樂；高晞流水，伊懷好音。蕊珠宮裏，得非辟疆後身？羣玉山頭，自是宛君知己。方將貰酒旗亭，奏伎下雙鬟之拜；所望分曹雲陛，揚葩擷六藝之芳。彭君勉乎哉！余惟昕夕以冀矣。

太和李蟠根敍。

【箋】

〔一〕李蟠根（一七七一—？）：字茂實，號鄴園，太和（今屬雲南）人。嘉慶六年辛酉（一八〇一）舉人，七年壬戌（一八〇二）進士，選庶吉士，改授安徽休寧縣知縣。捐陞員外郎，戊辰（一八〇八）、庚午（一八一〇）鄉試同考官。傳見《清代科舉人物家傳資料彙編·壬戌齒錄》卷下。

〔二〕庚午：嘉慶十五年（一八一〇）。

（影梅庵傳奇）敍

楊文蓀〔一〕

《影梅庵傳奇》者，瀨上彭君梅垞，摭取冒公子辟疆與董姬小宛軼事，倚聲而成者也。嗟乎！《春燈》、《燕子》，共誰抒吊古之悲；紈扇《桃花》，何處寄相思之淚？謂天荒地老，恨不解於河山；將歷劫窮塵，情自鍾於兒女。

則有西園公子，南國佳人。溯崔俊之雋望，雉皋久著香名；趁蘇小之閒情，鶴市偶羈芳躅。

盈盈一水微波，通兩好之詞；脈脈半塘皦日，證三生之矢。是時也，趨庭在念，逐狼烽於七澤三湘；解珮無期，遲鳳約於六張五角。當行李倉皇之會，正大椿竭蹶之秋。伏丹陛以陳書，感深顛覆；就梓鄉而貸粟，慟極流離。

慨自桐橋判襼，一杭揚京口之帆；蘆溆探丸，三日乏矛頭之米。郎既遭家不造，沈芳訊而久斷文鱗；妾亦與病爲緣，失慈蔭而幾同涸鮒。蓋姬自別公子後，無恃而聊爲獨活，幽憂而莫寄當歸。且於揚子迴舟，猝逢剽劫，絕粒者數日，亦瀕危矣。嗟乎！歷諸艱險，判之死而靡它；揆厥纏綿，定此生之不易。

乃天上之《霓裳》甫咏，人間之鴛社旋開。長洲牧著意栽花，旛遮鈴護；虞山叟關心贈藕，鈿合釵圓。方幸三星可賦，弘農翻得寶之歌；不圖一網無餘，元祐興樹碑之黨。金絲夜奏，羣姦歌舞之場；鐵壘晨摩，悍帥飛揚之地。遂使田單閤室，裁籠潛逃；庾冰孑身，覆船暗遁。姬迺揄袂而前，不惜一身保障；易裝而出，爰得八口安恬。拋羅綺而長征，心堅苦竹；痛藁砧之罹患，骨瘦香桃。涉世之緣既深，出世之心已迫。

嗟乎！自然名士，解悅傾城；豈有才人，終歸廝養？藉毫端之繾綣，寫簿上之氤氳。不比斜陽古柳，作場而妄說是非；略如香草美人，伸紙而曲摹哀怨。眞眞欲喚，負負難忘。此日銀尊畫燭，登筵招倩女之魂；當年綠鬢黃花，欹枕賦遊仙之夢。

道光元年歲在辛巳夏五月，海昌楊文蓀敍。

【箋】

〔一〕楊文蓀（一七八二—一八五五）：字芸士，號秀實，海寧（今屬浙江）人。嘉慶六年（一八〇一），與顧廣圻、何元錫等，應阮元之聘，同輯《十三經校勘記》。道光七年丁亥（一八二七）貢生。好藏書，有稽瑞樓、述鄭齋、璇樹居等，收藏甚富。尤嗜說文與金石。輯刻《國朝古文彙鈔》。著有《逸周書王會解》、《廣注》、《南宋石經考》、《南北朝金石文字考》、《西漢會要補遺》、《希鄭齋詩文》等。傳見《昭代名人尺牘續集小傳》卷五。參見李玉安、黃正雨《中國藏書家通典》（中國國際文化出版社，二〇〇五）。

（影梅庵傳奇）敘

馮調鼎〔一〕

曇花一現，證明月之前身；蕚綠重來，認春風之小影。生自眾香國裏，移當羣玉峯頭。即色即空，亦莊亦雅。詢烟花於北里，罷說眘樓；掇金粉於南朝，慵談《桃扇》。若《影梅庵》樂府者，殆爲板橋故事，寫豔箏琶，水繪名園，傳神羅綺也乎！

則有膺、滂黨魁，金、張貴胄，薰香入座，擲果盈車。過大道之朱樓，訪小家之碧玉。名符蘇小，易結同心；姓是雙成，兼工法曲。靡顏膩理，分顧兔之圓輝；嫵服倪裝，指牽牛之靈匹。此固纔通款語，定許目成；未賦定情，劇憐魂與者已。

夫何粱燕移巢，檣烏泊岸？枇杷花下，皂莢橋邊，窈窕藴其善心，擗摽結其幽怨。病餘骨瘦，竟爲蕭郎；愁入眘濃，忽逢衛女。春江花影，綠珠汲井之泉；秋雨苔紋，西施浣紗之石。參媒氏妁，那解閒情？浩水育魚，能傳隱語。

既而半臂忍凍，一舸載春。染杏子之單衫，闢蛾兒之新樣。江皋競渡，疑招洛渚之仙；水榭移尊，競餞青谿之妹。寵緋桃於媵李，嗤彩鳳之隨鴉。倚玉何心，貯金此夕。銷文人之豔福，閨房甚於畫眉；羨大夫之多才，笑語因於射雉。博山一氣，翠幄分香；凍雪千株，紅窗佇月。婦眞不妒，我見猶憐，任荔子之側生，笑倉庚之不食。流黃罷織，共寫花箋；朱墨兼書，同裁奩史。重以敦槃遠集，蓁牘紛來。讌侈郇公之庖，罰餘石尉之酒。夷門公子，倚馬成文；罨畫詞人，取金貿賦。極南皮之盛事，紀西園之雅遊。

無何海水羣飛，天星散落。黃旗紫蓋，王氣潛銷；白馬青袍，寇氛漸逼。燃中涓之逆焰，收太學之清流。左鎮樓船，潰圍皖水；高家兵馬，爭據揚州。鐵騎南來，輧車北去。金蓮失步，玉樹無花。通德則擁髻悲啼，杜秋則《縷衣》罷唱。

爰乃漂泊江關，崎嶇戎馬。叱利雄稱蕃將，平陵慣劫義公。鶴唳空山，鵑啼故國。顧善持之燈屏繡帳，回首猶新；黃皆令之斷水殘山，傷心不少。錦衾負此粲者，膏沐念我伯兮。

卒之保護全家，免窮途之慟哭；浮游近縣，知佳俠之含光。不分鏡於樂昌，終還珠於合浦。黃花共瘦，骨出飛龍；白雲是乘，絃彈別鵠。枉覓延齡之藥，空懸續命之絲。天道難知，美人不壽。此則姱容絕世，兼覈於才德者難；行樂芳年，葆貞於患難者寡已。

嗟乎！記續粧樓，枉多怨女；名塡樂籍，大有奇人。卞玉京遁迹空門，柳河東委身遺老。

未若此鶼翼早儷，備挹蘭馨；鴻迹偶乖，劇嘗荼苦。指鴛鴦之卅六，洵有前緣；飛孔雀於東南，原非怨耦。信嬋媛之麗則，亦稗史之清芬也。

梅垞夙賦『三影』，能諧四聲。釣遊漂女之鄉，嘯歌仙尉之里。借梅庵而說法，因雉水作情波。憑吊滄桑，干卿甚事？流連風月，忍俊不禁。熟諳荊楚之土風，愛續金元之小說。惜彩雲之易散，看蠟淚以成堆。《水調》重歌，君是解音之坡老；花蔭敷坐，我慚顧曲之周郎。

道光丙戌春仲上浣，金壇愚弟馮調鼎拜敍。

（以上均清道光六年丙戌夏茗雪山房刻本《影梅庵傳奇》卷首）

【箋】

〔一〕馮調鼎（？—一八五四）：字梅龔，一字玉溪，金壇（今屬江蘇）人。優貢生。道光元年辛巳（一八二一）恩科舉人。安徽蒙城訓導，改豐縣訓導。咸豐四年（一八五四），闔家死於難。工詩文，輯《金壇十六家詩鈔初集》、《二集》。著有《城東草堂詩文集》、《談詞》等。傳見光緒《金壇縣志》卷九、民國《重修金壇縣志》卷九等。

書影梅庵後

陳裴之〔一〕

冒、董之事，雅矣豔矣，始終之際，不無遺憾。梅垞仁兄此作，消納斡①旋，筆補造化。至其立言得體，驅使典核，忽而沈雄激楚，忽而悱惻纏綿，忽而月滿花芳，忽而啼烟泣露。正如黃山雲海，俯仰變幻，有一會飛翥舞色、有一會驚心動魄者，詞境詞筆，仿佛似之。

蒙新抱梨雲之感，有《香畹樓憶語》之作。閨湘女史撰敍謂：『世有牙、曠，譜入宮商，烏紗細鬢，登場學步之時，不知賺人清淚，又將幾許？』如梅垞者，當世之牙、曠也，含宮嚼徵，梅兄其有意乎？

余家紫君，自十九歲歸余，其年與宛君同，而彩雲易散，眎宛君尚少五年。稽其生平行事大略，詳於太夫人所撰傳中。余之《憶語》，自問於影梅庵所作，似亦未肯多讓。猶憶蕊香閣閨姬歸余，輒曰：『奇緣仙偶，鄭重分明。』見者皆以爲確論。因讀此作，棖觸紛來，既題三絶，又拉雜書之如此。冒、董有知，當必不以爲妄相菲薄也。

時在龍江關舟次，阻風夜泊，漏已四下。繐帷遺挂，伴我如生；長簟餘香，臨風未歇。鐙影人影，髣髴夢中；墨痕淚痕，迷離紙上。今宵耿耿，此恨綿綿。梅兄箇中人，得無訝其過情否？

甲申七月〔二〕，錢塘愚弟陳裴之小雲識。

（清道光六年丙戌夏茗雪山房刻本《影梅庵傳奇》卷末）

【校】

①斡，底本作『幹』，據文義改。

【箋】

〔一〕陳裴之（一七九四—一八二七）：字孟楷，號小雲，一號朗玉，別署朗玉山人、夢玉生，室名朗玉山房，錢塘（今浙江杭州）人。陳文述（一七七一—一八四三）子，汪端（一七九三—一八三八）夫。諸生，屢試不第，入貲爲通判，授雲南府南關理民廳，稱病辭職。遂以遊幕爲生，因病卒於湖北武漢。著有《澄懷堂詩外》、《澄懷堂詩集》、

《夢玉詞》、《澄懷堂文鈔》、《香畹樓憶語》等。傳見陳文述《頤道堂文鈔》卷一三《事略》、汪端《夢玉生事略》（清道光九年漢上題襟館刻本《澄懷堂詩集》卷首）、徐尚之《陳小雲司馬傳》（附見清道光間刻本《頤道堂文鈔》卷一三）、《兩浙詞人小傳》卷一一、《武林人物新志》卷四等。參見李匯羣《閨閣與畫舫——清代嘉慶道光年間的江南文人和女性研究》第五章《陳裴之的眞情與幻情》（中國傳媒大學出版社，二〇〇九）。

〔二〕甲申：道光四年（一八二四）。

（影梅庵傳奇）題詞

史炳等

水繪園荒久寂寥，紅牙新按董嬌嬈。彭郎年少多才思，擬更章臺畫柳條。（自跋云：欲補撰河東君事〔一〕。）

少日狂歌解遏雲，烏絲寫曲倚微醺。於今頭白荒山去，賭唱『黄河』合讓君。史炳恒齋〔二〕

引商刻羽譜新詞，名士風流信有之。怪底傷心渾不解，一簾烟雨送春時。（三月晦日，得讀此作。）

水繪名園迹已荒，雉皋風景劇難忘。（庚午游雉皋〔三〕，曾訪水繪園故址。）從今似把遊蹤續，輕按紅牙錦瑟傍。（蒙委余正拍。）海陽孫如金在鎔

秦淮水榭駐郎驂，入骨相思死亦甘。水繪園中花事盡，倩魂長傍影梅庵。

仲容妙筆寫深情，憔悴腰肢續舊盟。天下有情盡才子，人間不少董雙成。叔虎文芝音〔四〕

蕭瑟寒窗愛日晴，紅牙紫玉按新聲。半塘風月仙凡別，相見無言是定情。

水繪園林繫客思，綺羅都入最妍詞。東風不管閒花草，竹外横吹自一枝。桐城姚長煦皖董〔五〕

白門柳色半含烟，詩句蘼蕪亦可憐。不及幽居名士好，影梅長憶董青蓮。

摘豔新詞擬楚《騷》，須知清絕本滔滔。才多別有愁多處，不僅多情染玉毫。

伏虎潛蛟結禍胎，議降議撫盡庸才。讀君半部傷心史，可抵當年《蜀碧》來。（《蜀碧》四卷，彭遵泗作〔六〕。）山陰周銘鼎梅生〔七〕

一樣人間小玉名，生來薄命總多情。影梅留得香魂在，要補陽關第四聲。

顧曲彭郎舊恨牽，新詞寫出衍波箋。琴心合有雙文識，妒煞同時白樂天。宋鑛北臺〔八〕

一樹梅花是後身，暗香疏影弔遺民。何當譜作《離騷》讀，樂府西堂有替人。

《白門柳》共《桃花扇》，久付登場菊部頭。年少彭郎能按曲，傾城名士又千秋。潘桐鳴梧岡〔九〕

玉樹歌殘王氣終（許渾），向陵鴉亂夕陽中（溫庭筠）。長籌未必輸孫皓（李商隱），乞火無人作蒯通（杜牧）。金庫夜開龍甲冷（張蠙），彩雲天遠鳳樓空（楊巨源）。於今四海爲家日（劉禹錫），將相多收蓟北功（殷堯藩）。

柳帶東風一向斜（李山甫），十年兵踐海西涯（張蠙）。香燈悵望飛瓊鬢（溫庭筠），繡鞅璁瓏走鈿車（杜牧）。閶闔不知戎馬事（薛濤），管絃長奏綺羅家（薛逢）。高歌一曲掩明鏡（許渾），落盡溪頭白葛花（曹唐）。

武牢關下護龍旗（許渾），楊柳千條拂面絲（溫庭筠）。相勸早移丹鳳闕（韓翃），昭陽歌唱碧雲詞（白居易）。曾從建業城邊路（吴融），休話如臯一笑時（羅虯）。今昔兩成惆悵事（無名氏），他生緣會更難期

(元稹)。

鈿暈羅衫色似烟(白居易),秋風疏柳白門前(韓翃)。相思相見知何日(李白)?傾國傾城並可憐(萬齊融)。歸去定知還向月(李商隱),坐來雖近遠如天(吳融)。不眠特地重相憶(馮延巳),憑著朱欄思浩然(鄭準)。

秦淮有水水無情(温庭筠),第宅今來亦變更(韓偓)。戚里舊知何駙馬(楊巨源),人間因識董雙成(曹唐)。風波不信菱枝弱(李商隱),世事方看木槿榮(皇甫曾)。十八鬟多無氣力(李賀),各調絃管對聞聲(王涯)。

竹樹閒園偶辟疆(張南史),秣陵烟樹在何鄉(韋莊)?江妃玉佩留爲念(王翰),荀令熏爐更換香(李商隱)。一自紛爭驚宇宙(吳融),初聞涕淚滿衣裳(杜甫)。雍門琴感徒爲爾(李紳),細細歌聲繞畫梁(章孝標)。史載熙元甫〔一〇〕

姓董人原女謫仙,河東猶自讓嬋娟。鉛華不御眞奩豔,肯向秦淮水閣傳。

江北江南九死身,昇平自合號巢民。疑君恐是重來者,水繪園墟爲寫神。續溪許會昌果園〔一一〕

水繪園空景色移,名流佳話幾人知?豔情傳共《桃花扇》,深感文人幼婦詞。

競渡江干畫檝迎,金鼇背上並肩行。無端耀殺遊人眼,疑是神仙下玉京。

才人心事最無聊,金屋何因見阿嬌?可是玉溪惆悵甚,閒中借得酒杯澆。

芙蓉好向遠山芳,豈必金釵列幾行?他日小紅低唱處,可應顧曲倩周郎。丹陽周玉瓚西

賡（一二）

秦淮韻事擅江南，六代風流歌舞酣。菊部梨園舊繁盛，《羽衣》一曲調能諳。董家有女饒才色，小字青蓮名曰白。豐容盛鬋冠平康，曲聖鍼神傾座客。座客何人最少年？雉皋公子度翩翩。羣推國士無雙品，揀取姮娥第一仙。姮娥會合非容易，半塘一見驚神異。曲闌無語笑凝眸，色授魂挑眞得意。黃山峨峨黃海深，雲霞萬變儘搜尋。擬將絕頂登高意，寄得深閨望遠心。彈指三秋繫離夢，桐橋再見常陪奉。立馬江山最上頭，疑是江妃爭步擁。從此杜門解珮璫，爲郎顑頷益思郎。賴有多情老名宿，明珠十斛爲催妝。油壁車來得所適，卅六鴛鴦共羅列。臨書學畫太癡生，鬬茗評香劇清絕。朝朝暮暮樂無虞，那知陵谷變丘墟？稱兵曾說高無賴，置獄先聞阮佃夫。盡室倉皇謀遠避，關山飄泊腰支細。幸得從軍有木蘭，能使軍中皆作氣。維持調護賦歸來，太平世界喜追陪。無如道韞愁常積，怎奈文君骨易灰。病不禁秋淚沾臆，黃花相對空相惜。讀遍影梅記憶詞，泉臺有識悲何極！羨門才思鬱芊綿，妙筆生來似謫仙。塡詞不數《桃花扇》，度曲能翻《燕子箋》。拾得殘編閒點綴，含宮嚼徵多淒切。曉風楊柳換新聲，夜雨梧桐移促節。我愧周郎曲未工，倚聲曾不解絲桐。快把《霓裳》擊節讀，十指拂拂生清風。《皇荂》屬和良堪笑，載名其上有榮耀。何當置酒會高堂，與君慷慨歌同調。狄子奇惺庵（一三）

《桃花扇》與《影梅庵》，先後詞人韻事探。都是一般才子筆，擬教合唱聽何戡。

蜂起黃巾僭莫懲，蜀民慘酷最難勝。開椷棖觸傷心事，灑盡唐衢淚數升。涇縣朱澧蘭皋（一四）

金粉人何處？烟花迹已銷。新聲傾北里，余恨譜南朝。曾是風塵誤，空憐才色嬌。曲終還

按拍，我亦感漂搖。鎮洋楊正源子泉〔一五〕

佳人屢出董嬌嬈（杜甫），瑟瑟羅裙金縷腰（和凝）。菖花發豔無人識（李德裕），見之令人魂魄銷（薛蘊）。欲托清香傳遠信（王初），忽枉情人吐芳訊（王起）。蓮帳無因見女郎（張綺），綠樹碧簾相掩映（李建勳）。再到天台訪玉真（曹唐），和嬌扶起濃睡人（崔珏）。春興酒香熏肺腑（釋齊己）。醉烟輕罩一團春（李山甫）。此時花下逢仙侶（秦韜玉），情多最恨花無語（鄭谷）。留情深處駐橫波（許渾），百年恩愛兩相許（李涉）。伯勞東去燕西飛（薛濤），夢見雖多相見稀（馮延巳）。飛雲閣上春應至（上官儀），桐柏山頭去不歸（宋之問）。碧海之波浩漫漫（孟郊），惟留皎月當銀漢（唐彥謙）。自從消瘦減容光（崔鶯鶯），離腸恐逐金刀斷（裴說）。繡屏愁背一燈斜（張泌），病來簾外即天涯（裴夷直）。長門盡日無梳洗（江采蘋），莫怨東風當自嗟（李氏）。洛陽行子空嘆息（李頎），高堂明鏡悲白髮（李白）。更堪江上鼓鼙聲（盧綸），沙場烽火侵胡月（祖咏）。一封朝奏九重天（韓愈），馬邑龍堆路幾千（皇甫冉）？今日龍鍾人共老（劉長卿），可能無礙最團圓（張籍）。只緣存想歸蘭室（周繇），花開可折直須折（杜秋娘）。青山何用隔同心（錢起），驀上心來消未得（殷堯藩）。雙成膩臉偎雲屏（李咸用），長釵墜髮雙蜻蜓（溫庭筠）。忽喜叩門傳語至（魚玄機），玉容驚覺濃睡醒（張碧）。別恨轉深何處寫（李端），安得千金遺侍者（文茂）？憔悴支離爲憶君（武曌），玉骨瘦來無一把（李商隱）。也知心許恐無成（牛希濟），夜來潛已告精誠（盧嗣立）。垂死病中驚坐起（元微之），定爲連理相並生（王建）。遙夜獨棲還有夢（陸龜蒙），今朝何事偏情重（鄭據）？一臂初交又解攜（胡宿），映花避月遙相送（李珣）。約開蓮葉上蘭舟（曹松），無限神仙在上頭（顧況）。向道似龍剛不信

（盧肇），更疑神女弄珠遊（孟浩然）。　同心攜手今如此（徐鉉），怎忍抛奴深院裏（歐陽炯）？　錦書其奈隔年光（劉兼），身多疾病思田里（韋應物）。　此心難捨意難論（韋洵美），花滿中庭月滿尊（令狐楚）。　爲惜紅芳今夜裏（來鵠），梨花滿地不開門（劉方平）。　兒家門戶重重閉（蔡爲翰），直爲相思腰轉細（蔡瓌）。　郎心如妾妾如郎（無名氏），珊瑚枕上千行淚（劉卓）。　若能相伴入仙壇（吳彩鸞），鼓子花開也喜歡（唐末朝士）。　殷勤遺下輕綃意（李節度姬），十斛明珠亦易拚（司空圖）。　纖腰舞盡春楊柳（薛能），也應攀折他人手（韓翃）。　列卿御史尚書郎（岑參），麗詞珍貺難雙有（楊巨源）。　青鸞飛入合歡宮（王昌齡），解寄繚綾小字封（韓偓）。　膩粉暗銷銀縷合（女威），殘香猶暖繡熏籠（孫光憲）。　喜字漫書三十六（孫玄晏），縱態迷歡心不足（毛熙震）。　干戈未定欲何之（王中），月不長圓花易落（吳融）。　羽檄交馳日夕聞（王維），柳暗朱樓多夢雲（杜牧）。　日暮鄉關何處是（崔顥）？　架上塵生翡翠裙（胡曾）。　丹鳳城南秋夜長（沈佺期），青楓江上秋帆遠（高適）。　骨肉流離道路中（白居易），鳳釵翠翹同宛轉（徐凝）。　一片孤城萬仞山（王之渙），朝朝馬策與刀鐶（柳中庸）。　於今四海爲家日（劉禹錫），羅袂紅巾復往還（王勃）。　最是五更留不住（韓熙載客），會須攜手乘鸞去（趙嘏）。　魂隨暮雨此中銷（劉商），人面不知何處所（崔護）？　竹樹閒園偶辟疆（張南史），桃花歷亂李花香（賈至）。　經過此地無窮事（劉滄），二月春風最斷腸（羅隱）。　月照花林皆如霰（張若虛），蒼苔古道行應遍（郎士元）。　石上青苔思煞人（樓穎），年年花落無人見（司馬禮）。　花妒紅腮柳妒眉（段成式），休話如皋一笑時（羅虬）。　四面雲山誰作主（朱灣）？　爲君起唱《長相思》（李賀）。　《陽春》唱後應無曲（黃滔），風動玲瓏水晶箔（邵楚長）。　願隨仙女董雙成（項斯），如在廣寒宮裏宿（鮑溶）。　裁霞曳繡一篇篇

（方干），傾國傾城並可憐（萬齊融）。聲中唱出纏綿意（李羣玉），留與工師播管弦（湯悅）。長白聯璧玉農〔一六〕

秀影横交碧玉枝，才多只合伴微之。聰明比福難消受，風月如人易别離。細寫烏絲空惜惜，浪傳紅粉亦師師。雙成仙去情無限，贏得彭郎絶妙辭。蘭陵史丙肩子春〔一七〕

疑是江妃降水濱，凌波瑶踏動芳塵。如何雅雨金焦志，不爲名山寫美人。

芝麓詞壇舊擅名，《影梅憶語》太關情。可憐風定聲聲雨，誰記横波月旦評？潘際雲春洲〔一八〕

樓臺花木尚依然，水繪名園憶昔年。奇遇奇緣奇女子，至今猶話董青蓮。

生花妙筆譜新歌，遺事風流感慨多。寫到玉人離合處，情懷渺渺問如何？海虞吴象嵘宓堂〔一九〕

園荒水繪幾經年，香粉飄零劇可憐。奉倩最爲相憶處，神傷當日女青蓮。

座上迦陵冠一時，東堂未譜影梅詞。於今二百餘年久，讓我才人杜牧之。

歌扇《桃花》久擅名，何人按拍繼新聲？羨君腕有生花筆，寫出千秋絶豔情。海虞吴憲澂筱軒〔二〇〕

水繪名圓迹未荒，玉梅如雪隕寒香。零膏冷翠無窮恨，可獨南朝冒辟疆？

戎馬風波賸此身，家山重到已離塵。秦淮一片傷心水，月滿花芳有幾人？

我近中年鬢欲華，怕燒銀燭拍紅牙。青衫兩袖龍鍾淚，新向秋風哭落花。錢塘陳裴之郎玉

復社牲盟日，迷樓盒會年。梅花因樹屋，桃葉渡江船。舊夢殘金粉，新詞韻管弦。南朝白門

柳，豔事與同傳。同懷弟劍虹燭垣〔二一〕

北方矜獨立，南國見雙成。韻事修奩史，韶年主月盟。黨人魁復社，名士儷傾城。無限滄桑感，都歸鐵笛聲。金囦女史史靜琴仙〔二二〕

良人的有奇才（杜羔妻趙氏），醉後仍將笑口開（白居易）。珠玉會應成欬唾（牛僧孺），綺羅長擁亂書堆（魚玄機）。誰言瓊樹朝朝見（李商隱）？莫學遊蜂日日來（方干）。花下偶然吹一曲（曹唐），卻思金馬笑鄒、枚（李紳）。

秋盡江南草木彫（杜牧），佳人屢出董嬌嬈（杜甫）。紅樓翠幕知多少（羅隱）？羅襪金蓮何寂寥（韓偓）？自嘆馬卿常帶疾（崔峒），偶逢神女學吹簫（陸暢）。傷心欲問前朝事（竇鞏），二十年前舊板橋（周德華）。

柳樹迎風一向斜（元稹），七雄戈戟亂如麻（胡曾）。可憐芳草成衰草（楊凝），不覺楊家是李家（李山甫）。持贈敢齊青玉案（陸龜蒙），弄兒閒望白羊車（李紳）。江山不管興亡事（包佶），惟有斑斑滿地花（張籍）。

願隨仙女董雙成（項斯），狎客紅筵奪眼明（皮日休）。天外鳳凰誰得髓（杜牧）？來時鸚鵡亦知名（張蠙）。清風明月長相憶（徐鉉），湘瑟秦簫自有情（李商隱）。一束宮商裂寒玉（王轂），碧雲猶戀豔歌聲（曹唐）。

玉鈎簾下影沉沉（元稹），斜倚彤雲盡日吟（曹唐）。誰許風流添興咏（韓溉）？無愁當路少知音（李中）。歡筵每恕嫦娥醉（張蠙），悅耳寧如鄭衛淫（李山甫）！萼綠華來無定所（李商隱），十洲仙路彩雲深（韋莊）。金沙女史于月卿蕊生〔二三〕

垂楊垂柳舊樓臺，冶葉倡條鬭剪裁。南國佳人奩史續，東村公子黨人魁。忽聞玉局江東去，曾立程門雪下來。但道辟疆園似昔，影梅庵剩幾枝梅？ 受業狄圻子京〔二四〕

女蘿篇賦曉珠迎，扣扣青衣識小名。（蔡女蘿、金曉珠、吳扣扣，皆辟疆姬人。扣扣名湄蘭，字竹逸，本宛君婢也。）羅列鴛鴦三十六，幾人得似董雙成？

染香亭子影梅庵，五色紛披彩筆探。井水能歌新樂府，詞壇壓倒大江南。 受業史甾稼彝

飛花飛絮送南朝，丁字簾前舊板橋。一笑山頭工射雉，美人畢竟讓嬌嬈。

隨風欬唾暗生珠，牙板屯田鐵板蘇。我侍彭宣問奇字，許聽絲竹後堂無？ 受業史圖芝谷

爐香茗椀列參差，盥手閒吟絕妙辭。猶恨優曇花一現，九年彈指不多時。

傾城名士本如膠，奩豔塵封未忍拋。一粒返魂無覓處，費君才思苦推敲。 桐城余自伸荊門〔二五〕

瓜字春纔十六餘，半牀鼎鑪半牀書。樸巢偕隱風流壻，多少紅顏愧不如。

自是憐才更惜花，新詞曲曲付琵琶。秦淮水榭還如舊，何處相逢古押衙？ 桐城劉汝楫小瀛〔二六〕

分明《憶語》感優曇，何處梅花舊影庵？猶有相思消不得，化爲紅豆滿江南。

事關兒女易銷魂，曲裏嬌嬈舊淚痕。解與女蘿①爲字說，當年君是杜茶村。 常熟席振起震也〔二七〕

水繪園亭迹已陳，春風吹夢易如塵。嫏嬛才子鍾情甚，特綴銀毫寫美人。

南朝風月可憐生，黨禍紛紛閱變更。頭白江南老詞客，梅花影裏哭雙成。

韻事新翻《燕子箋》，一箱紅豆記歌筵。尊前多少興亡憾，豈獨嬌嬈是可憐？

浪有才名小宋呼，填詞何處寄蘼蕪。知君合受雙鬟拜，許共旗亭貰酒無？ 常熟席振逵梅生〔二八〕

水繪園亭舊迹蕪，新詞重與按吳歈。香閨當日編奩豔，比得彭宣樂府無？

雙成姓氏憶翩翩，摭拾閒情付管絃。羨煞生花一枝筆，真從舌本粲青蓮。昭文吳慶增修來〔二九〕

（清道光六年夏茗雪山房刻本《影梅庵傳奇》卷首）

【校】

①蘼，底本作『羅』，據前文改。

【箋】

〔一〕河東君：即柳如是（一六一八—一六六四），本姓楊，名愛，改姓柳，名隱，字蘼蕪，後改名是，字如是，號影憐，別署我聞居士，又號河東君，嘉興（今屬浙江）人，一說吳江（今屬江蘇）人。錢謙益（一五八二—一六六四）室。著有《湖上草》、《戊寅草》。參見陳寅恪《柳如是別傳》（三聯書店，二〇〇一）。

〔二〕史炳（一七六二—一八三〇後）：字恆齋，室名句儉山房，溧陽（今屬江蘇）人。乾隆四十二年丁酉（一七七七）舉人，屢上春官不第。以咸安宮官學教習期滿，嘉慶五年（一八〇〇），選興化教諭。十六年，陳鴻壽（一七六八—一八二二）任溧陽知縣，復聘修縣志，現存嘉慶十八年（一八一三）刻本。後改涇縣教諭，以老乞歸。精音學，旁通算術，尤工試帖。著有《大戴禮正義》、《杜詩瑣證》、《句儉堂集》等。傳見光緒《溧陽縣續志》卷一一。

〔三〕庚午：嘉慶十五年（一八一〇）。

〔四〕叔虎文：即彭虎文，字守威，號芝音，溧陽（今屬江蘇）人。嘉慶六年辛酉（一八〇一）拔貢。文藝詞賦，並擅時譽。十八年癸酉（一八一三）舉人，次年甲戌（一八一九）進士，以知縣用。鬱鬱不自得，未之官，沒於京師。傳見光緒《溧陽縣續志》卷七。

〔五〕姚長煦：號皖薑，桐城（今屬安徽）人。生平未詳。

〔六〕彭遵泗（一七〇四—一七五四）：見本書卷七《（介山記）敘》條。

〔七〕周銘鼎：字梅生，山陰（今浙江紹興）人。官通判。著有《響山樓詩集》、《柯山小志》等。

〔八〕宋鐄：字北臺，溧陽（今屬江蘇）人。幼家貧，遊學四方。以廩貢教職，援例爲知縣，宰浙江嘉興。未期，卒於官。著有《洮湖盟鷗館詩鈔》、《續瀨上遺聞》等。傳見光緒《溧陽縣續志》卷七。

〔九〕潘桐鳴：號梧岡，溧陽（今屬江蘇）人。嘉慶十九年甲戌（一八一四）歲貢。

〔一〇〕史載熙：原名載颺，字默齋，號元甫，溧陽（今屬江蘇）人。嘉慶十二年丁卯（一八〇七）舉人。國史館議敘知縣，歷任福建平和、建安。傳見光緒《溧陽縣續志》卷八。

〔一一〕許會昌：字鶴汀，號果園，績溪（今屬安徽）人。乾隆六十年乙卯（一七九五）舉人，官溧陽訓導。著有《鶴汀詩文稿》、《醉二白齋遺稿》。傳見光緒《重修安徽通志》卷二二五。

〔一二〕周玉瓚（一七八八—一八五八）：字西賡，一作熙賡，號平園，別署瑟庵、憩亭，丹陽（今屬江蘇）人。周柸（？—一八二一）子。道光十七年丁酉（一八三七）舉人，官河南正陽、淯川知縣。工詩古文。著有《周憩亭集》。傳見丁紹周《墓志銘》（光緒五年雅存堂刻本《周憩亭集》卷首）、民國《丹陽縣志》卷一九、《晚晴簃詩匯》卷一三九等。

〔一三〕狄子奇：　字叔穎，一字惺庵，或作惺垣，溧陽（今屬江蘇）人。監生。究心經籍，著《周易推》、《孔孟編年》、《四書質疑》（一名《經學質疑》）、《四書釋地辨疑》、《鄉黨圖考辨疑》、《戰國策地名考》（與程恩澤合撰）等。道光十五年乙未（一八三五）舉人，主安徽宿州、河南覃懷書院，以風疾卒於講舍。傳見《清儒學案小傳》卷一五、光緒《溧陽縣續志》卷一一等。

〔一四〕朱澧：　字濤生，號蘭皋，成都（今屬四川）籍，涇縣（今屬安徽）人。嘉慶五年庚申（一八〇〇）舉人。官教諭。《紫陽家塾詩鈔》卷一二錄其詩。

〔一五〕楊正源：　號子泉，鎮洋（今江蘇蘇州）人。生平未詳。

〔一六〕聯璧：　字元甫，一字玉農，又作玉山、玉生，西林覺羅氏，滿洲正藍旗人。官刑部主事。擅詩詞曲，工書畫。參見《中國美術家人名大辭典》。

〔一七〕史丙肩：　號子春，蘭陵（今屬山東）人。生平未詳。

〔一八〕潘際雲（一七六三—？）：　字人龍，號春洲，溧陽（今屬江蘇）人。嘉慶十年乙丑（一八〇五）進士，選庶吉士，改官安徽霍山、靈璧知縣。乞歸養親，遂不復出。博通經史，長於考據，尤善詩古文辭。著有《學海》、《西夏備史》、《溧陽志商》、《藏芸閣書目》、《春洲札記》、《苔岑詩輯》、《清芬堂文集》、《清芬堂集》、《清芬堂續集》等。傳見《詞林輯略》卷五、光緒《溧陽縣續志》卷九、光緒《霍山縣志》卷六等。

〔一九〕吳象嵥：　字宓堂，昭文（今江蘇常熟）人。禮部主事吳蔚光（一七四三—一八〇三）子，吳憲澂兄。廩貢生，例授訓導，歷署上海、嘉定、無錫、溧陽、金山學。傳見光緒《常昭合志稿》卷二七、民國《重修常昭合志》卷二〇等。

〔二〇〕吳憲澂：字筱軒，昭文（今江蘇常熟）人。禮部主事吳蔚光（一七四三—一八〇三）子，吳象嶸弟。增廣生。積學能文，善隸書，精鑒古。著有《金石續編》、《炳燭軒經測》、《一得齋所知錄》等。傳見《皇清書史》卷六、光緒《常昭合志稿》卷二七、民國《重修常昭合志》卷二〇等。

〔二一〕劍虹：即彭劍虹，號燭垣，溧陽（今屬江蘇）人。彭劍南弟。生平未詳。

〔二二〕史靜：字琴仙，別署金困女史，溧陽（今屬江蘇）人。陳文述（一七七一—一八二三）碧城仙館女弟子。著有《停琴佇月樓詩》。傳見《清代閨閣詩人徵略》卷八。

〔二三〕于月卿：字蕊生，別署金沙女史，金壇（今屬江蘇）人。陳文述（一七七一—一八二三）碧城仙館女弟子。著有《織素軒詩》。傳見《清代閨閣詩人徵略》卷八。

〔二四〕狄圻：與以下史邕、史圜，籍里、生平均未詳。

〔二五〕余自伸：號荊門，桐城（今屬安徽）人。生平未詳。

〔二六〕劉汝楫：號小瀛，桐城（今屬安徽）人。嘉慶元年（一七九六），任山東福山知縣。

〔二七〕席振起：號震也，常熟（今屬江蘇）人。當爲席振逵兄弟行。

〔二八〕席振逵：一作振奎，字梅生，一作枚生，常熟（今屬江蘇）人。拔貢生，咸豐元年辛亥（一八五一）舉人，主游文書院講席。著有《掃紅山館詩律》。傳見光緒《常昭合志稿》卷三〇、民國《重修常昭合志》卷二〇等。

〔二九〕吳慶增：字修來，號損齋，昭文（今江蘇常熟）人。吳象嶸子。道光二十六丙午（一八四六）舉人，鎮江府學教授。著有《芬蘭書屋詩集》。傳見光緒《常昭合志稿》卷二七。

（影梅庵傳奇）題詞

葉紹棻 等

【臨江仙】畫舫乘潮看競渡，淩波羅襪生塵。龍舟圍繞靚裝新。掃眉才子，金粟是前身。如此風波行不得，虧他歷盡艱辛。好留黄絹與詞人。梅邊倩影，若個喚眞眞。歸安葉紹棻薌溪〔一〕

【朝天子】倡條露苗，姓字雙成好。輕烟濬粉話南朝，可惜朝廷小。梅影疏寮，颿影江潮，悶名園都廢了。《離騷》濁醪，又一輩才人老。吴江郭麐頻迦〔二〕

【金縷曲】樂府翻新曲。怪量來、影梅庵裏，舊愁盈斛。春好難禁風雨妒，況彼傾城如玉！況消受、參軍如鵠。本事分明悲《憶語》，又《食單》、《奩史》、《茶經》續。甘折盡，聰明福。挑燈不忍從頭讀。比當年桃花扇子，更添棖觸。紅豆蘼蕪同作合，一樣神仙眷屬。也一樣、怨香零綠。千載秦淮嗚咽水，盡秦娥、歌後唐衢哭。莫重寫，小名錄。上元歐陽長海藥譜〔三〕

【滿江紅】綉虎雄才，揮灑處、天垂海立。肯多讓、牙歌柳岸，銅彈赤壁。梅影簾前雲共雨，桃葉渡口風和月。笑蒼茫舊事付洪濤，情凄切。　珊瑚架，琉璃筆；琅玕紙，珠璣墨。譜雲璈、聲振蓬萊宫闕。璀璨朝驂鸞鳳舞，悲涼夜起蛟龍泣。遇知音流水倩同彈，魚銜沫。叔氏中鳳樓〔四〕

【壺中天】淩雲絕調，喜阿連年少，多情如此。南國佳人遺世立，聽汝含宫嚼徵。笛步風情，雉皋景物，迷炫雲藍紙。凄涼法曲，衹應天上相似。　但道曲聖鍼神，茶經食品，都讓青蓮美。三

九韶華剛一瞬，不信流年似水。一片紅氍，兩行銀燭，譜入璈笙裏。旗亭畫壁，雙鬟合拜才子。兄劍光薛門〔五〕

【菩薩蠻】雉皋公子青蓮女。石城打槳來迎汝。江北又江南。影梅空結庵。　章臺春日柳。作合憐垂手。遺恨孔都官，風波行路難。

兒家夫壻多才思。紅牙拍按當年事。丁字畫簾前。傷心《燕子箋》。　喁喁兒女語。寫盡相思苦。低唱念家山。淚痕斑復斑。金瀨女史狄沅湘蘅〔六〕

【菩薩蠻】横波姓顧香君李。青蓮名冠平康里。辛苦五流連。黨碑元祐年。　鸞飄和鳳泊。一樣人如玉。金粉話南朝。東風啼伯勞。

《白門柳》共《桃花扇》。掃眉才子時相見。未若《影梅庵》。相思死亦甘。　流離何太苦？不敢圖眉嫵。唱到【定風波】。其如人瘦何？同懷弟劍采星橋〔七〕

【浪淘沙】香夢落誰家？疏影横斜。醉來融墨寫紋紗。十載情根偏有恨，笑問梅花。　夫壻說秦嘉，底許韶華？相思無盡是天涯。黃土青山同一哭，付與紅牙。上元汪度鄴樓〔八〕

（清道光六年夏茗雪山房刻本《影梅庵傳奇》卷下之首）

【箋】

〔一〕葉紹棻：號薌溪，歸安（今浙江湖州）人，一說紹興人。葉紹本（一七六八—一八四一）兄。嘉慶十三年（一八〇八），任福建永泰知縣。移署泉州守，又移廈門海防同知。傳見民國《永春縣志》卷二六。

〔二〕郭麐（一七六七—一八三一）：字祥伯，號頻迦，別署蘧庵、蘧庵居士、復翁、白眉生，吳江（今屬江蘇）

人。諸生，累試不售，三十後即絕意進取，而專詣於詩文。少遊姚鼐（一七三一—一八一五）之門，尤爲阮元（一七六四—一八四九）所賞識。常作客揚州，文采照耀江淮間。晚年居嘉善。工詞章，善書畫。著有《靈芬館集》、《靈芬館雜著》、《嚢餘叢話》、《樗園消夏錄》、《金石例補》、《江行日記》、《靈芬館詩話》、《蘅夢詞》、《浮眉樓詞》、《懺餘綺話》等。傳見馮登府《石經閣文集》卷五《墓志銘》、《清史稿》卷四九〇、《清史列傳》卷七三、《碑傳集補》卷四七、《國朝耆獻類徵初編》卷四四一、趙蘭佩《江震人物續志》卷四、《清儒學案小傳》卷一四、《桐城文學淵源考》卷四、《國朝詩人徵略二編》卷五六、《湖海詩人小傳》卷四三、《昭代名人尺牘續集小傳》卷五、《墨林今話》卷一〇、《皇清書史》卷三一、《清畫家詩史》己下、《清代畫史增編》卷三五、光緒《吳江縣續志》卷二二等。

〔三〕歐陽長海（一七九八—？）：號藥諳，別署藥諳居士，上元（今江蘇南京）人。道光五年乙酉（一八二五）舉人。與梅曾亮（一七八六—一八五六）友善。著有《小畫舫齋詞稿》。傳見蔣啓勛等《續纂江寧府志》卷九。《湘烟小錄》錄其詞【金縷曲】「別有傷心曲」，序云：「舊題《影梅庵傳奇》【金縷曲】一詞，曾爲朗玉兄所賞。今用原調原韻，奉題玉兄《香畹樓憶語》後。」

〔四〕中鳳樓：彭劍南叔氏，溧陽（今屬江蘇）人，名字、生平均未詳。

〔五〕兄劍光：即彭劍光（一七八九—一八五〇）：字薜林，一作薜門，號薌林，溧陽（今屬江蘇）人。彭劍南兄。諸生。著有《薌林詩鈔》。參見《清代詩集敍錄》卷六二。

〔六〕狄沅：字湘蘅，別署金瀨女史，溧陽（今屬江蘇）人。生平未詳。

〔七〕劍采：即彭劍采，號星橋，溧陽（今屬江蘇）人。彭劍南弟。生平未詳。

〔八〕汪度：號鄰樓，上元（今江蘇南京）人。諸生，工楷法。曾跋侯嘉繙《彝門詩存》。傳見《皇清書史》卷一八。

影梅庵傳奇識語〔一〕

何兆瀛

孫君雲岩與先公同官水部，曾題先生《影梅庵傳奇》本。余時年十八歲〔二〕，得讀此本，寫定未刊之書也。今冒太守出如臯刊本見視〔三〕，如遇舊交，喜可知矣。惟標目處爲『溧陽梅坨填詞』，先生僅署正譜，則與余昔所見寫本相異，不知因何誤刊？讀竟，用志卷首。時年政八十，去始讀此卷時，甲子一周已。

白門何兆瀛通甫志，時光緒戊子四月中。

卷中詞句有當日極賞心者，一字不譌，故知其誤刊無疑。

通甫再記〔四〕。

（《傅惜華藏古典戲曲珍本叢刊》第八四册影印清道光八年冒氏水繪園刻本《影梅庵》卷首）

【箋】

〔一〕底本無題名。此文見書衣，以墨筆題。

〔二〕余時年十八歲：當即道光六年（一八二六）。

〔三〕冒太守：即冒長清，字不波，如臯（今屬江蘇）人。道光六年（一八二六），重刻冒襄（一六一一—一六九三）輯《同人集》。

〔四〕題署之後有陽文方章『八十翁』。

香畹樓（彭劍南）

《香畹樓》傳奇，彭劍南撰，《茗雪山房二種曲》第二種，現存道光六年丙戌（一八二六）茗雪山房刻本。

（香畹樓）自敘

彭劍南

《香畹樓傳奇》，爲陳朗玉司馬作也〔一〕。余友兄宋北臺明經僑居白門〔二〕，每旋里，稱當世奇材異能之士，無有出朗玉右者。余固心識之，未暇謀面也。客秋，北臺招余爲平山之游，始識朗玉於揚州，傾蓋如故。余稍長於朗玉，以弟畜焉。時朗玉新喪姬紫湘，貌甚戚，每向余縷述紫君賢孝事，輒淚下如連珠。因攜《湘烟小錄》一冊示余，且曰：『刻羽引商，非梅兄不能鑒余哀情，亦非梅兄不能寫余惻感，梅兄其有意乎？』余方據案讀龔太夫人所作《紫姬小傳》，讀畢，北臺從旁慫慂，余應之曰：『唯唯。烏虖，姬可傳已！』

三人放舟桃花庵，烟絲吹暝，霜葉如畫，綠意紅情，闌珊盡矣。一山一水，一樓一閣，一草一木，一花一石，一蟲一鳥，無非助朗玉傷懷，余亦悄然悲也。會日晡，至平山堂下，不登堂，興盡而返。遊之明日，北臺束裝歸白下，而朗玉將以謁選北發，余亦買櫂歸。

今歲夏初，方破釜沈舟，爲背城借一之計。而命途多舛，遽攖張太常之疾甚劇，幾以盲廢。趺坐蒲團三閱月，甫獲小愈。余壬午以是疾罷省試〔三〕，至是者再，天生我材，殆將以樗櫟終耶！息壤在彼，按譜尋聲，朋從既寡，同調亦罕。日成一齣，不輕示人，經月餘而脫稿。

友兄史默齋明府見之〔四〕，撫案於邑曰：『嗟乎，梅垞！余壹不知夫情之生於文，文之生於情也。錄寄朗玉，當令司馬青衫濕也。』爰識默齋語於簡末，鐵研冰消，竹爐火活，投筆而起，爲之黯然。

道光乙酉長至前三日，稚觀道人彭劍南自敍於茗雪山房。

【箋】

〔一〕陳朗玉司馬：即陳裴之（一七九四—一八二七）：字孟楷，號小雲，一號朗玉，生平詳見本卷前文《書影梅庵後》條箋證。

〔二〕宋北臺明經：即宋鑅，字北臺。

〔三〕壬午：道光二年（一八二二）。

〔四〕史默齋明府：即史載熙，原名載颺，字默齋，號元甫，溧陽（今屬江蘇）人。

（香畹樓）敍

馮調鼎

夫清皋扇芳，有地皆秀；空谷掞采，無人亦香。顧搴都荔之芬，今昔均感；而紉采葛之怨，才色難兼。若論同心，匪誇燕姞；由來嘉耦，定屬騷人。萱有難忘之憂，蕙多莫解之戚。英雄好色，青眼對其啼粧；女子善懷，紅心弔夫怨冢。未有玉臺續咏，芬琰萃於一門；金爐挹香，椒絮吟於片席。擬女師之德象，寫黶瓜年；誦大婦之《周南》，聯芳芝室者也。

夫其跗承楚畹，華斐秦淮。柏樹門前，芙蓉江上。小姑獨處，鴛機開姊妹之花；公子多情，玳棟夢夫妻之燕。珠量十斛，絃譜雙聲。賦繁欽之《定情》，學彩鸞之寫韻。固已條桑在陌，芳風自流；擢蓮於泥，濁水不染者已。

既而畫船桃葉，雙槳渡江；官閣梅花，一枝黶雪。窗窺朱鳥，黛試蒼螺。秦女乘鸞，鄭姬儆雁。芳原竟體，羣推王者之香；高不勝寒，儼有仙人之好。作夫人之弟子，慧擅工書；歸小婦之高堂，勤逾織素。歌《金縷曲》，面靧桃紅；經玉鉤斜，魂消草碧。奚止廿四橋邊，芬留步屧；十三樓外，黶紀妝臺而已哉！

又如折梅西洲，藉草南浦。憐卿小謫，贈子將離。親裁寄婦之詩，不少望夫之什。美人天末，遠緘雙璫；夫壻東方，貴擁千騎。短衣躍馬，征南則武庫兼資；沈璧搴茭，都水則河防奏績。

馳驅王事，儕英俊於周郎；婉娩閨儀，結殷憂於衛女。長齋繡佛，懺悔燈前；竊藥奔仙，寄愁天上。匪爲郎而銷瘦，已斷塵緣；倘憶母而傷離，勉支病骨。白門再返，猶認莫愁之家；青溪重遊，不見蔣侯之妹。抑亦鰈鶼共命，偶現優曇；蕭艾懷人，誰憐獨活者與？

於是曹氏大家，廣爲銘誄；左思嬌女，痛憶音容。乞珠佩於漢皋，夢墮三湘之月；遺錦衾於洛浦，淚灑九嶷之雲。桐樹心孤，桃花命短。念彼美其已逝，眷清芬而告誰？淑德勝於曼殊，芳名擬之小宛。書竹素而無慙色，被梨園而多賞音。望西北之高樓，儻存遺挂；飛東南之孔雀，罷拊哀絃。

僕亦恨人，君眞佳士。中年絲竹，頗奈情多；寒雪旗亭，偶逢客至。是則山木是說，難擲黃金而買春；井水能歌，合翻《白雪》以儷曲云爾。

道光乙酉涂月，金壇愚弟馮調鼎拜序。

（香畹樓）題詞

孫如金　等

【浣溪紗】奉題梅垞仁弟香畹樓傳奇戲效蕃錦集體

王母新開一樹桃（薛能）。佳人屢出董嬌嬈（杜甫）。魂隨暮雨此中銷（劉商）。　檀的慢調銀字管（徐鉉），簾鉤纖挂玉葱條（花蕊夫人）。自書自勘不辭勞（白居易）。海陽孫如金雲巖

【賀新涼】用東坡韻奉題梅垞仁弟香畹樓樂府

大婦營金屋。駕香車、六萌迎到，鴛鴦窺浴。秋水盈盈山淡淡，難得可人如玉。正想那、洞房眠熟。入破《霓裳》驚鴻起，月三分記得珠簾曲。紅牆隔，吹橫竹。　如何似水流年蹙？只檀郎、倚樓望月，天涯影獨。好續《影梅》新樂府，鈿鬢烏紗粧束。寫一片、怨紅愁綠。我亦中年潦倒甚，聽哀絲急管多棖觸。如鉛淚，傾簌簌。史載熙元甫

【虞美人】題小陸大弟香畹樓傳奇爲陳小雲司馬作

紉秋水榭延秋館。大婦營香畹。雲和緱嶺並吹笙。香界司花又見董雙成。　阿連年少多才思。寫盡纏綿致。塵心已淨俗緣拋。一片仙音齊奏紫雲璈。兄劍光薛門

題伯兄香畹樓院本兼呈朗玉別駕

雙成小影現優曇，手把芙蓉鶴馭驂。奉倩神傷最相憶，哀詞又續《影梅庵》。

少小詞場愧未工，憑將兒女寫英雄。輕攏慢撚《霓裳》譜，此事應須讓長公。同懷弟劍虹燭垣

陳小雲司馬追悼亡姬畹君作《香畹樓憶語》伯兄倚聲填詞爲題詩餘一闋寄調【菩薩鬘】

蓬山一夜罡風急。蘭香吹去渾無迹。司馬卽巢民。影梅庵後身。　紅牙新樂府。續寫雙成譜。（伯兄曾爲冒姬、董小宛撰《影梅庵傳奇》。）急管並哀絃。傾城眞可憐。同懷弟劍彩星橋

【朝天子】題稚觀夫子香畹樓傳奇

巢民後身。金粟如來影美人。畢竟下雙成。無那紅顏盡。　水繪園陳。香畹樓新。只傾

城同一瞬。流鶯比鄰，又替寫文簫韻。金沙女史于月卿蕊生

題梅垞兄公香畹樓傳奇得兩截句

香畹樓中是後身，影梅庵裏悟前因。雲和笙和緱山月，相伴仙壇兩璧人。

伯氏吹塤仲氏篪，紅閨慣與寫烏絲。封胡遏末多才俊，頫首『黄河遠上』詞。金囦女史史靜琴仙

【浪淘沙】題小陸大兄香畹樓

名士悦傾城，畫鶼相迎。香桃骨瘦可憐生。九點齊烟歸路杳，鶴返瑤京。　緱嶺罷吹笙，不見卿卿。詼諧曼倩筆縱横。寫出神仙離別恨，哭煞雙成。弟劍華焕豐

奉題梅垞兄香畹樓卽次見贈元韻

八咏兼工譜四聲，梅庵梅垞稱才名。翦秋那用金篦刮，巖下徐看紫電生。（壬午、乙酉，君以目疾不與秋試。）

楚畹幽蘭賸幾枝？神仙天上亦傷離。二分照遍揚州月，愁絶花間按拍時。

幼讀奇書號等身，鴛機不信慣翻新。科名未抵詩名貴，風雪旗亭畫壁人。金壇馮調鼎玉溪

奉題梅垞弟香畹樓樂府

渡江詩思片雲催，誰似彭郎絶妙才。萬卷嫏環一樓月，有人高咏待君來。（甲申十月(一)，梅垞自金沙來邗，朗玉屬爲《香畹樓傳奇》，時朗玉寓芸臺宫保嫏環仙館。）

雷塘烟柳尚青青，曲按紅牙酒乍醒。十斛珠沈孤月上，夜烏啼過竹西亭。宋鑛北臺

讀香畹樓樂府賦題兩絶

苦覓吟仙替寫眞，優曇彈指現前因。不教紅粉埋黄土，夫壻秦嘉信可人。

姓氏雙成豔若耶，梅邊曾與按紅牙（君曾撰《影梅庵傳奇》）。撫絃重續幽蘭操，慣品人間第一花。金壇于選巽之〔二〕

【臨江仙】集唐奉題一笑

怨入清塵愁錦瑟（曹唐），世間惟有君知（白居易）。杜蘭香去未移時（李商隱）。玉花珍簟上（徐彦伯），萬片寄相思（李洞）。

只爲從來偏護惜（司空圖），花開葉落堪悲（李中）。傾城消息杳無期（韓偓）。傷心潘騎省（韋莊），閒捻紫簫吹（杜牧）。再叔瑛紫亭〔三〕

家元甫大令招飲，喜晤梅垞，以香畹樓見示，即席口占應屬

迴風一曲舞將闌，漫寫韋郎痛玉環。獨怪歲星能好事，賺他簫史到人間。

比翼連枝意已灰，怏隨青鳥夜飛回。從今背著情天去，莫爲蘭因絮果來。史麟仲仁〔四〕

題梅垞尊兄香畹樓樂府

湘烟湘雨黯絲絲，司馬青衫淚濕時。腸斷玉鉤芳草地，落花心事杜鵑知。

樂府新翻續《影梅》，生花妙筆謫仙才。竹西一片淒涼月，猶認珊珊倩影來。良常馮照緩卿〔五〕

題香畹樓傳奇

緩緩歸來走鈿車，破瓜碧玉好年華。情田不結相思果，霜裏幽蘭短命花。

聘下何須玉鏡臺，詩媒一紙早傳來。江東俊豔羅昭諫，絶代蛾眉識此才。

揚子潮生畫鷁飛，渡江桃葉夢依稀。隔簾防有紅鸚鵡，聽唤琵琶淚滿衣。
夢裏曇花現霎時，秋墳榕暗雨如絲。閨房恰有賢蘇蕙，翦錦親書誄玉辭。
隴西才子劇清狂，樂府填詞舊擅場。繪出春風琴客影，粲花舌是返魂香。
風絮因緣一霎休，人天好夢付東流。虧佗曼倩工饒舌，留與詞場作話頭。
天意分明妒國香，空山何限夢淒涼。悲秋自有青衫淚，漫借名花慟一場。
綵箋曾譜《影梅盦》，曲按紅牙唱慣諳。一管藏園好辭筆，才名贏得滿江南。昭文孫原湘子瀟〔六〕

（以上均清道光六年茗雪山房刻《茗雪山房二種曲》所收《香畹樓傳奇》卷首）

【箋】

〔一〕甲申：道光四年（一八二四）。

〔二〕于選：字巽之，金壇（今江蘇）人。生平未詳。

〔三〕再叔瑛紫亭：籍里、生平均未詳。

〔四〕史麟：字仲仁，號啓堂，溧陽（今屬江蘇）人。諸生。著有《小紅泉山莊詩稿》（中國國家圖書館藏稿本）、《五雲溪漁唱》等。

〔五〕馮照：號縵卿，句容（今屬江蘇）人。生平未詳。

〔六〕孫原湘（一七六〇—一八二九）：字子瀟，又字長眞，號心青，別署心青居士、子濟、長嫂叟、謫仙人、姑射仙人侍者，昭文（今江蘇常熟）人。乾隆六十年乙卯（一七九五）恩科舉人，嘉慶十年乙丑（一八〇五）進士，選庶吉士，充武英殿協修官。假歸，因怔忡症，遂不出。歷主毓文、紫琅、婁東、游文諸書院講席。與妻席佩蘭（一七六〇—一八二九後）同爲袁枚（一七一六—一七九八）弟子，以詩古文辭名，精善書畫。著有《天真閣集》。傳見趙允懷《小松石齋文集》卷四《行狀》、李兆洛《養一齋文集》卷一二《墓志銘》、《清史稿》卷四九〇、《清史列傳》卷七二、《國朝先正事略》卷四三、《續碑傳集》卷七六、《碑傳集三編》卷三七、《清代七百名人傳》、《桐城文學淵源考》卷一、民國《重修常昭合志》卷二〇等。

蝶歸樓（黃治）

黃治（約一七八九—一八五〇前），字台人，號琴曹，又號今樵，別署今樵居士，書齋名味蔗軒，太平（今浙江溫嶺）人。貢生黃際明子，知縣黃濬（約一七七九—約一八六〇）季弟。邑庠生。善詩畫，兼通醫理。隨兄遠遊，遍交士大夫，詩歌唱和，人比之蘇氏軾、轍。道光十八年（一八三八），兄被誣戍邊，辭館赴江西，萬里從行，居塞外七年。二十五年隨兄東歸。著有《伊洄錄》、《孔懷錄》、《西音錄》、《圖南錄》、《荊舫隨筆》、《亦遊詩草》、《味蔗軒詩草》、《竊餘賸草》、《卍雲齋詩鈔》、《塞春小品》等。現存《今樵詩存》八卷（上海圖書館藏光緒間刻本）等。撰雜劇《玉簪記》、《雁書記》（總稱《味蔗軒春燈新曲》），傳奇《蝶歸樓》。傳見王棻《柔橋文鈔》卷一四《志傳》、光緒《台州府志》卷一二〇、光緒《太平續志》卷五等。參見劉世德《黃治和黃濬——清代戲曲家考略之一》（人民文學出版社古典文學編輯室編《中國古典文學論叢》第一輯，一九八四）。

《蝶歸樓》傳奇，《古典戲曲存目彙考》著録，現存舊鈔本二種（皆爲殘本，一佚失第十一齣至第十九齣，一僅存下卷）、上海中華書局民國六年（一九一七）鉛印本。

蝶歸樓傳奇自序

黄　治

歲庚寅六月〔一〕，余以事寓雩陽。時久旱炎酷，室湫溢，瓦不蔽椽，日光逼射，几榻皆焦灼。余日皇皇於中，譬魚之在炙也。爲消遣計，取少日所聞王女化蝶事，譜而傳之。初躁甚，久乃安焉，不以爲苦，且不知有暑。比卒業，已及秋矣。嘻，惜哉！以有用之精神，付之無用之筆墨，大雅奚取？王荊公選唐詩，猶謂費日於此爲可惜，況此之爲哉！《山鬼》、《雲中君》，騷之詭也；周與蝶與，蘧蘧栩栩，莊之誕也。古人於不得意之時，每借此荒忽無稽之譚，以自攄寫，今人業已亮之矣。然則余之實有其事，而非詭且誕者，以寄其無聊之思於無可奈何之日，古人顧不我亮與？今且四寒暑矣，每覽舊編，勝情如昨。客邸無事，爰録存之。其費日力，又何暇恤！至復有以言情見規者，則將應之曰：『玉茗我導師，君其問焉可也。』

癸巳重陽日〔二〕，今樵居士自識於豫章之天光禪院。

【箋】

〔一〕庚寅：道光十年（一八三〇）。

〔二〕癸巳：道光十三年（一八三三）。

（蝶歸樓傳奇）題詞

蔣鳳翽　等

香夢沉羅綺。種相思、幾番聚散，幾番悲喜？千古青陵魂化後，閱卻繁華過矣。算只有、芳心不死。到底春蠶絲未斷，續鴛盟、依舊朱樓倚。情至者，類如此。　東風那管閑桃李？幻羅浮，是花是蝶，仙蹤奇詭。聽到旗亭歌豔曲，我欲狂招鳳子。怎喚得、青蛾重起？璧玉團圞金鈿合，比肩人、更有雲英姊。圓好事，占雙美。（調寄【金縷曲】）　午莊蔣鳳翽倚聲〔一〕

塵劫難消，俗緣難斷，再世市恩承寵。鏡約釵盟，無限纏綿吹夢，惡風堪恐。影幻羅浮，魂化青陵，惹得玉郎淚涌。續情絲、待結來生，依舊枕衾相擁。　算薄命總是紅顔，歡娛有幾，葬送一抔香冢。同阿姊、許訂鸞交，一樣比肩情重。我本多愁，聽到冰絲檀板，怎禁心動？嘆茫茫今古，《牡丹亭》後，又添情種。（右調【蘇武慢】）　內弟虞卿蔣森榮題〔二〕

庚戌夏日〔三〕，少琴表兄出此示觀，時舅氏已謝世矣。讀竟不勝感慨。

樓上相逢緣最巧。妒煞天公，好事難長保。羽化登仙香夢杳。斜陽荒冢生秋草。　再世姻緣何足道，姊續新婚，轉被多情惱。此恨綿綿何日了？挑燈忍讀傷心稿。（右調【蝶戀花】）　甥壻蔣尚清敬題〔四〕

（上海中華書局民國六年鉛印本《蝶歸樓傳奇》卷首）

【箋】

〔一〕蔣鳳翽：號午莊，籍里、生平均未詳。

〔二〕蔣森榮：號虞卿，黄治内弟，籍里、生平均未詳。

〔三〕庚戌：道光三十年（一八五〇）。是年黄治已逝。

〔四〕蔣尚清：黄治甥壻，籍里、生平均未詳。

附（蝶歸樓傳奇）跋

陳栩〔一〕

《蝶歸樓》傳奇，不知誰氏手筆。由老友董晢香君見示〔二〕，屬爲點定。細讀一過，覺其結構藴藉，逼近藏園，而措辭造句，尤兼《四夢》之長，似非近人所能。輓近塡詞家，類皆强作解人，好爲傳奇。或則襯逗不明，任意增損；或則過贈無序，雜湊成章，句法舛誤，等於自度，不復能名之爲曲者，蓋比比也。得此一篇，實强人意。其間雖不無瑕疵，然盛名如玉茗，尚有極不可通之句，即世所稱『四大傳奇』，亦多生硬牽附，不可索解之語。蓋院本非比散曲，所貴一氣呵成，因事屬詞，用等科白，非復能字字推敲，致礙文思，及脱稿後，則易一字且不能矣。是蓋作者苦衷，不得不爲曲諒。故圈點時，但於格調不合或出韻失叶處，略爲改正，其辭意不明顯者，則仍其舊，蓋不足爲全書病也。

其間惟《閨謔》、《病圓》二齣，頗涉猥褻，且復辭不達意，語病百出。故將《閨謔》中【金絡索】第二闋八、九兩句，第三闋第三、第六兩句，第四闋第二、第三及第九句，均爲換去。《病圓》中【後庭花】、【青歌兒】、【浪裹來煞】三闋，則竟抹去原文，即就排場，另塡三闋，雖非道學語，然視原作，似較溫存得體。作者倘在今世，及見此書，諒不以續貂爲嫌也。至《借寓》一齣，則通體流走自然，洵爲全書之冠，視《香祖樓》且有過之，無不及矣。

第二十八齣《緣盡》中，【下山虎】後兩闋，原著爲【小桃紅】，但其體格不合，當是【山桃紅】之誤。又【包子令】後一闋，原著爲【黑麻令】，亦不合，【黑麻令】或【黑麻序】，均無此格。爰就原句，分爲兩闋，庶與本宮【金蕉葉】相合，不審作者以爲然否？又【尾聲】後，復綴【哭相思】半闋，且換別宮下場，亦無此例，因辭句均妥，故仍之。《題樓》齣中【步步嬌】，原著止七句，至前字韻便止，後即換接【醉扶歸】，亦於體例不合，爰補一句，以成完璧。又第二十齣『皆來』韻中，有誤犯『支微』韻者，亦經改正。蓋『灰』韻實分兩部，『開來』等韻，則隸於『佳』韻，而『回杯』等韻，則隸於『支微』，與『歸爲』等叶。周德清《中原音韻》，固與沈約韻書，不可同日語也。近人輒以詩韻塡詞，自謂謹守規律，殊不知識者方且笑之，斥爲謬戾不可訓也。

痛元音之不作，慨知音之愈稀。徒令村謳俚唱，塞破宇宙；砌韻綴辭，欺人耳目。而盲詞瞎弄，猶以高雅自矜，禍棗災梨，實乃貽誤後學。視此一篇，能不慚汗無地哉！故吾以爲此書一出，可爲塡詞家當鍼砭，可爲傳奇家作圭臬，正不徒作小說觀也。

丙辰重九後七日〔三〕，天虛我生識。

（上海中華書局民國六年鉛印本《蝶歸樓傳奇》卷末）

【箋】

〔一〕陳栩（一八七九—一九四〇）：原名壽嵩，字昆叔，後改名栩，字栩園，號蝶仙，別署天虛我生、太常仙蝶、惜紅生、國貨之隱者等，錢塘（今浙江杭州）人。光緒間貢生，署鎮海知縣。民國初，創辦《大觀報》、《著作林》月刊、《藝林新報》，任《遊戲雜志》、《女子世界》、《申報》副刊《自由談》主編。五年，入南社。後創辦實業。好小說、戲曲、彈詞、詩詞。著有《文苑導遊錄》、《栩園叢稿初編》、《天虛我生詩詞曲稿》等。著譯小說《淚珠緣》、《柳非烟》、《鬱金香》、《療妒針》、《間諜生涯》、《杜賓偵探案》等。撰傳奇《桐花箋》、《花木蘭》、《自由花》、《媚紅樓》等。傳見鄭逸梅《南社叢談·南社社友事略》。

〔二〕董皙香（？—一九三六）：原名康，字皙香，後以字行，一字哲薌，別署西湖伊蘭，錢塘（今浙江杭州）人。民國三年（一九一四），創辦《中華小說界》，任主編。善書法。後亦創辦實業。

〔三〕丙辰：民國五年（一九一六）。

味蔗軒春燈新曲（黃治）

《味蔗軒春燈新曲》，簡稱《春燈新曲》，《清代雜劇全目》著錄，包括雜劇《玉簪記》、《雁書記》二種，現存道光二十七年（一八四七）椿蔭軒刻本（《不登大雅文庫珍本戲曲叢刊》第二四冊據以影印）、清鈔原稿本（中國國家圖書館藏）。

（味蔗軒春燈新曲）自序

黃　治

此編乃予於乙未歲暮〔一〕，偕伯兄壺舟〔二〕，旅泊維揚時所作也。客中無冗，各拈二事，爲燈劇八折。兄得蕭史、柳毅事，予得蘇子卿、明武宗事。既成，彼此欣賞過，即棄諸故篋中，不復省覽久矣。

茲由塞外回都，就椿陰軒故榻，與梅修、湘雨兩阮論曲學〔三〕，因出此稿相示。梅修喜甚，且以爲可傳，即付剞劂。嘻，其眞可傳耶？一時狡獪之作，將勿令知音者齒冷耶！時方溽暑，梅修與湘雨據案校錄，揮汗不輟，其勤又如此。予蓋善其意而莫之能止也，因書其緣起云。

道光二十七年六月朔日，今樵居士自識。

【箋】

〔一〕乙未：道光十五年（一八三五）。

〔二〕伯兄壺舟：即黃濬（一七七九或一七八一—約一八六〇），字睿人，號壺舟，別署壺舟生、古樵老人、四素老人，齋名四素堂，太平（今浙江溫嶺）人。黃治長兄。嘉慶十三年戊辰（一八〇八）舉人，道光二年壬午（一八二二）恩科進士。揀選江西知縣，歷任萍鄉、雩都、臨川、東鄉、贛縣、彭澤等縣，署南安府同知。十一年，被誣入獄。十八年，謫戍新疆。二十五年，東歸，次年抵家。後主講黃巖萃華書院、太平宗文書院、鶴鳴書院。詩文、書畫、詞曲皆通。著有《夏小正注》、《周穆紀傳注》、《萍鄉縣志》、《衍儀》、《東還紀程》、《壺舟詩存》（附黃際明《不俗居詩遺鈔》)、《壺舟文存》、《四素餘珍》、《心安樂窩吟稿》等。撰雜劇二種，譜蕭史、柳毅事，未見著錄，已佚。傳見王棻《柔橋文鈔》卷一四《志傳》、《清代硃卷集成》、光緒《太平續志》卷五、潘衍桐《兩浙輶軒續錄》卷三〇等。參見劉世德《黄治和黄濬——清代戲曲家考略之一》(人民文學出版社古典文學編輯室編《中國古典文學論叢》第一輯，一九八四)。

〔三〕梅修：即李鏅，字梅修，襄平(今遼寧遼陽)人。湘雨：即李亨普，字湘雨，襄平(今遼寧遼陽)人。李鏅姪。二人均爲黄治學生，生平未詳。

(味蔗軒春燈新曲)題辭

張鳳翽　等

橫空迴雁，正孤臣、遼海嚙氈餐雪。踏遍①平沙，衰草地、猶抱漢家殘節。紫塞千山，金門萬里，隻翼飛難越。南天遙望，長安一片明月。　且喜十五胡姬，穹廬對酒，心事寒宵說。裂碎弓衣題血字，好借西風催發。馬上刀環②，圖中黻珮，也許金釵列。美人奇士，可稱千古雙絕。

佳人難得，任六宮、花好看來都遍。聞說邊關，春色麗、儘費君王宵旰。笑指珊鞭，悄尋綺陌，省識卿卿面。玉釵盟定，乘龍眞許如願。　幾日鼙鼓臨江，旌旗南下，暫隔迎鸞便。待掃風烟天闕淨，望斷樓頭歸燕。錦幛香塵，瑤臺璧月，攜手重相見。昭陽宵永，恩情莫似秋扇。

揚州騎鶴，愛紅橋、月夜春燈新試。詞客閑翻《金縷曲》，也算風流游戲。冰窖餘生，蘭閨殘夢，有甚干卿事？借他杯酒，胷中一吐豪氣。　自笑浪迹天涯，重逢黄九，旅館聯吟袂。落日燕臺屠狗侶，不盡悲歌長慨。末路江關，中年絲竹，都化青衫淚。爲君高唱，唾壺眞把敲碎。（調寄【念奴嬌】，丁酉〔一〕） 吴興張鳳翮午莊③〔二〕

元夕揚州好。鬧紅橋、銀花火樹，春燈圍繞。詞客卻嫌無意趣，特地試翻新稿。借韻事、寄情綿渺。絕塞羈臣聯美眷，更烟花奇遇從來少。都譜入，風流調。 當年衹把閒愁掃。又誰知、玉關西去，竟同先兆。塞雁南征空寄恨，漫擁金釵醉倒。燈影裏、分明寫照。何日新詞傳鞠部？好春宵、一聽歌聲裊。同按拍，掀髯笑。（調寄【賀新郎】） 山陰章啓昆同卿〔三〕

客到江南，鶯花宛約，何事放懷絕塞？孤臣萬里，伏節荒天，偏是助人悲慨。杯酒消愁，夜闌拍碎，紅牙描他風概。算前因注定，十年磨盾，玉門關外。 念古人、亮節清風，齧氈吞雪，日與羝羊逐隊。商飆緊急，雁信無憑，同是千秋淚灑。俗眼誰青胡姬，還肯相憐，英雄粉黛。羨先生、冠劍歸來，爭奇漢代。（調寄【蘇武慢】）

千古揚州，二分明月，伊人幽獨。嬾看春燈，閒舒繭紙，寫出搔頭玉。風流天子，雲和仙史，又結三生眷屬。最銷魂，秋涼紈扇，膩語誓藏金屋。 乘龍緣在，求凰琴冷，未見瑶簪來復。密約幽期，芳心自警，蹙損蛾眉綠。青樓軼韻，君何多事，當作女英修竹。是借他、湘蘭沅芷，寄愁萬斛。（調寄【永遇樂】） 長白裕貴八橋〔四〕

偏是玄冬，星低霜緊，半空旅雁嗚咽。氈幕燈寒，荒城雲冷，玉關人老風雪。故鄉回首，正千里、胡天慘裂。餐冰大漠，走馬窮邊，都成奇節。 隴頭竟夕長歌，鐵笛悲傷，塞笳淒切。茫茫瀚海，黃沙無際，想見漢家明月。子卿休矣，又重覩、千秋豪傑。河山迢遞，仗劍從戎，古今雙絕。

今昔邊頭，繁華幾許，亂烟冷絮芳草。金勒尋嬌，銀瓶沽酒，紫雲新曲飄渺。塞春何限，把風月、淮南抹倒。無愁天子，重色官家，翠圍珠繞。旅人也有閒情，寶鏡星明，綠鬢雲擾④。鶯鶯燕燕，烟花三月，肯任等閒過了。畫樓簫管，敢誇那、涼州娟好。平康留豔，北里傳奇，想同懷抱。（師著有《塞春小品》一卷。）

歌到揚州，三分明月，二分夜景如洗。珠樹生輝，銀花搖影，助他春色妍媚。旅愁無限，都傳入、風流筆底。名高鞠部，譜豔梨園，恁般游戲。許時夢返鈞天，斷雁沈簪，落花流水。紅兒在否？瓊簫檀板，唱遍合離悲喜。唾壺敲缺，管招得、英雄垂淚。冰霜餘劫，粉黛前塵，付將醒醉。（調寄【慶春宮】）　受業李錋

萬古詩人恨，偏荷戈從戍，荒塞棲息。老矣鬚髯，爲鴒原情重，敢辭鞭策！身世都虛擲，便行盡、伊涼西北。又怎知雪窖冰天，還有一番春色。絕域名花堪惜。似品豔虹橋，重念疇昔。（師著《塞春小品》，蓋《北里志》之屬。）走馬輪臺，倩紅兒度曲，玉兒橫笛。灑酒邊風急，更愁甚，沙黃雲黑。不道十載詞場，夢華有迹。

旅泊維揚日，剛滿城燈月，轟飲春夜。消受繁華，奈一瞥罡風，玉關星駕。弔古傷心也，嘆遺事、淚珠盈把。記那時落拓襟懷，曾付醉歌陶寫。客舍偏多風雅。任箋擘烏絲，名士揮灑。別樣傳神，看松筠氣節，鶯花聲價。誰是知音者？且留做、千秋佳話。更擬輕撥檀槽，淺斟翠斝。（調寄【曲遊春】）　受業李亨普

（《不登大雅文庫珍本戲曲叢刊》第二四冊影印）

清道光二十七年椿陰軒刻本《春燈新曲》卷首）

【校】

①遍，中國國家圖書館藏清鈔原稿本《春燈雁書記》卷首《題詞》作『破』。

②環，清鈔原稿本《春燈雁書記》卷首《題詞》作『鐶』。

③『調寄』至『午莊』十三字，清鈔原稿本《春燈雁書記》卷首《題詞》作：『琴曹仁兄出《春燈新曲》見示，戲譜【百字令】三闋，卽請正拍。丁酉初冬大雪新霽，午莊張鳳翽倚聲。』

④擾，清鈔原稿本《春燈雁書記》卷首《題詞》作『繞』。

【箋】

〔一〕丁酉：道光十七年（一八三七）。

〔二〕張鳳翽：字午莊，吳興（今浙江湖州）人。按本卷前文《（蝶歸樓傳奇）題詞》條有蔣鳳翽，字午莊。二人當爲一人，姓張或姓蔣，待考。

〔三〕章啓昆：字同卿，室名雲葉山房，山陰（今浙江紹興）人。生平未詳。

〔四〕裕貴：字乙垣，號八橋，又號鑄廬，巴雅拉嘉氏，滿洲鑲紅旗人。杭州駐防。嘉慶二十三年戊寅（一八一八）舉人，官禮部員外郎。著有《鑄廬詩剩》（附《蕉竹山房詞剩》）、《亦是吾廬詩》等。傳見《晚晴簃詩匯》卷一二七、《柳營詩傳》、《詞綜補遺》卷八七等。

（味蔗軒春燈新曲）跋

李銏

今樵師出塞，遺故篋於椿陰之室。銏偶檢《春燈新曲》一卷，寘之案頭，以時耽玩。舅氏秀楚翹先生見之〔一〕，曰：『此佳構也，二百年無此手矣。』攜之去，誇諸士大夫，且出藏鏹，屬伶人某，令砌末登場，即以此本畀之。近燈宵或見《雁書記》之首折，而他無聞，則某伶之爲也。

洎今樵師至，因亟請原本，以付梓氏。師笑曰：『此予十年前遊戲之作，五日而成者。其中音節，慮或疎略。頗記【繡帶兒】以下係【正宫】，即不用【隔尾】，亦宜標以過宫名目。茲閩海之行迫矣，無暇此爲。吾子有意，其審定之。』鋤自惟譾陋，於聲音之道茫無所知，未敢稍事修飾，仍就原本蒇事，而識其言於此。嗚呼！焉得起吾舅氏於九原，而同爲欣賞也哉！

丁未新秋〔二〕，受業李鋤謹跋。

（同上《春燈新曲》卷末）

【箋】

〔一〕秀楚翹：即秀寧（一七七五—一八四二後），後避道光帝諱，改名秀堃，字琪原，一字楚翹，號松坪，别署鋤月老人，他塔喇氏，滿洲正藍旗人。嘉慶三年戊午（一七九八）舉人，六年辛酉（一八〇一）進士，選庶吉士，散館授編修。歷任刑部、禮部、吏部侍郎。二十三年，任西寧辦事大臣。道光二年（一八二二），任喀什噶爾參贊大臣，遷和闐辦事大臣。次年病免，旋歸京。著有《只自怡悦詩鈔》、《他塔喇氏家譜》等。傳見《清代硃卷集成》卷四。

〔二〕丁未：道光二十七年（一八四七）。

遺臭碑政績（徐信）

徐信（一七八四後—一八四八前），字小園，號青藤，海安（今屬江蘇）人。性疏放，嗜酒行吟，一生落拓。擅詩詞，工畫。著有《青藤館詩草》、《小園詩稿》、《小園詩餘》等。撰《遺臭碑政績》傳奇。傳見民國《續纂泰州志》。參見陳妙丹《新見清代傳奇二種考論》（《文化遺產》二〇一八年第五期）。

《遺臭碑政績》傳奇，約創作於道光二十三年（一八四三）至二十八年（一八四八）間，僅存今人鈔本，蘇州圖書館藏。

遺臭碑政績序

闕名

元人雜劇，專貴本色，不尚藻繪。或實有所指，或平空結撰，莫非義關風人，情深惇史。此劇自鳴天籟，純用白描，抽祕騁妍，窮形盡相，深得元人三昧。視時下腸肥腦滿、多買胭脂者，有仙凡之别。花前月下，浮白賞之，輒饕軒鼓舞而不能已。

夫事不奇不傳，事奇而文不奇，仍不足以傳其事。今天下滔滔，事本不奇，而作者以化工之筆寫之，曲盡窮奇之情狀，遂化臭腐爲神奇。不但事不足以累其文，而膾炙其文者，轉津津樂道其事。此劇傳，而夫己氏如淮南雞犬，隨王升天矣。幸哉！

（遺臭碑政績）凡例

闕　名〔一〕

一、古昔傳奇之作，大抵文人學士藉兒女之情，著文章之妙也。即如《西廂記》、《牡丹亭》諸劇，莫不膾炙人口，而登場演唱，不無删改。此劇成後，頗叶工商，雖僅見一斑，然識相巨眼，或有其人爲龍點睛，豈無同好？予姑俟之。

一、此劇實人實事，確有所指。雖插科打諢之中，間有移前補後之處，然句句皆出自本人之口，絕非平空結撰也。

一、詞中或用方言，或用典故，信手拈來，俱稱卻好，不露餖飣堆砌之痕，絕無艱澀扭捏之病。若徒取聲調，令人不解，雖强合音堦，亦覺索然無味，識者鑒諸。

【箋】

〔一〕此文當爲徐信撰。

附　（遺臭碑政績）跋

仲一侯〔一〕

此爲吾邑海安鎮（今海安縣治）徐小園氏作。按《泰州民國志·藝文門》，徐氏諱信，字小園，別號青藤。擅詩詞，著有《青藤詩集》。清道、咸時，與王左亭、夏退安同有聲於時。此作爲徐氏抨擊當時貪官巡檢而作，惟究係何指，尚未能考索得人。按《志》，泰縣海安司有巡檢。劇中秦川司巡檢，即所影射者。此作有的放矢，繪影繪聲，足爲封建社會貪官污吏寫照。尤能反映當時現實，筆誅墨伐，與《桃花扇》寫勝國興亡，眞有異曲同工之妙，固不僅以傳奇見長也。

泰州市仲中甫一俟跋，時公元一九六二年十月。

已考索得人。按係劉肇堂。劉字肯泉，係道光二十三年任，任未一年，即由謝琮來接，是犯法撤職者。

六二年十二月，一俟補志。

（以上均蘇州圖書館藏今人鈔本《遺臭碑政績傳奇》卷首）

【箋】

〔一〕仲一俟（一八九五—一九六九）：名中，字一俟，一字仲中，號省盧，室名深柳堂，泰州（今江蘇蘇州）人。畢業於南京工業學校。民國初任教師，參加南社。工詩文，擅書法。歷任全國古物保管會泰縣支會委員、泰縣修志局編纂、泰縣文獻會委員、泰州工商聯歷史資料編纂等。

廣寒秋（吴嘉洤）

吴嘉洤（一七九〇—一八六五），字清如，號澂之，吴縣（今江蘇蘇州）人。道光八年戊子（一八二八）舉人，十八年戊戌（一八三八）進士，由内閣中書入直軍機，陞宗人府主事、戸部河南司員外郎。充癸卯（一八四三）鄉試同考官，丙午（一八四六）四川副考官。工詩古文詞。同朱綬、沈傳桂、王嘉禄、韋光黻、彭蘊章、潘曾沂稱「吴中七子」。著有《儀宋堂集》、《儀宋堂文二集》。撰《廣寒秋》、《雕玉佩》傳奇二種，均佚。傳見亢樹滋《市隱文稿》卷一〇《傳》（《續碑傳集》卷二一）、《桐城文學淵源考》卷一、《皇清書史》卷六等。

自題廣寒秋樂府

吴嘉淦

顧曲周郎未易求，新詞分付雪兒謳。明知補恨終傳恨，無那言愁竟欲愁。天上星期原縹緲，人間蘭訊總虚浮。他年玉碎珠沉後，贏得芳名菊部留。

（清咸豐間刻吴嘉淦《儀宋堂詩外集》本，轉引自鄧長風《明清戲曲家考略三編》）

鏡裏花（蔣世鼎）

蔣世鼎（一七九二—一八五五前），字重三，一作重山，號楂薌，一作茶薌，又作茶香，室名鶴警草堂，寧海（今屬浙江）人。清諸生。喜詩賦，與鄉人聯爲詩會。著有《鶴警詩草》。撰傳奇《鏡裏花》。傳見光緒《寧海縣志》卷二四。參見李聖華《鶴警詩草提要》（《寧海叢書提要·明清卷》，上海古籍出版社，二〇一六）。

《鏡裏花》，民國《寧海縣志續志稿》卷一二著錄，現存清鈔本，《寧海叢書·明清卷》據以影印。

（鏡裏花傳奇）題詞〔一〕

蔣世鼎

特立羞爭凡卉榮，依稀胷有不平鳴。泥丸漫策對函谷，瓦合誰教唱渭城？風雨夜窗孤鶴唳，江湖秋水幾鷗盟。未須屢照珊瑚架，鐵笛樓頭月倍明。

草草春光轉瞬差，文心無刻不生花。眼前慧業懸秋月，身外浮名屬晚霞。鬼谷愁思琴五曲，漁陽通快鼓三撾。閒情擬挾銅琵唱，楊柳風前莫亂哇。

【箋】

〔一〕蔣世鼎《鶴警詩草》（稿本）卷三有《題鏡裏花劇本詞後》七律二首，其一云：『磊落羞爭凡卉榮，誰知胷次不平鳴？泥丸有策封函谷，瓦合何心唱渭城？風雨夜窗孤鶴唳，江湖秋水亂鷗盟。未須屢照珊瑚架，鐵笛樓頭月倍明。』其二云：『草草春光轉瞬差，文心無刻不生花。眼前慧業懸秋月，身外浮名屬晚霞。鬼谷愁思琴五曲，漁陽通快鼓三撾。閒來擬撥銅琵唱，楊柳風前莫亂哇。』詩題小字注云：『己亥』。己亥：道光十九年（一八三九）。

鏡裏花傳奇題後〔一〕

王吉人〔二〕

窠臼翻新壓辯才，傳奇插架總塵埃。滿奩春色迷人眼，都是心花結撰來。
掃除荊棘剪蒿蓬，愛替金鈴護曉叢。多少如花小兒女，一齊頫首喚天公。
將才畏縮吏才貪，摹繪聲情妙語言。莫道文人游戲筆，官場從古一梨園。
空門大會本無遮，卻被清修兩字差。那得如君好檀越，曇花都變作庭花。

【箋】

〔一〕底本無題名。

〔二〕王吉人（？—一八五六）：字雲樵，號星曹，室名雙琴居、萬壑松風樓，寧海（今屬浙江）人。道光十五年乙未（一八三五），舉順天鄉試。考取教習，候補陝西知縣。入秦，謁長官即歸。二十九年，應河南督學俞子相之邀，校文中州。後應山東學政徐樹銘（一八二四—一九〇〇）聘，未幾以病返。咸豐六年（一八五六）卒。著有《萬壑松風樓詩》、《日吟小草》。傳見鮑淦《雲樵王君傳》。參見李聖華《萬壑松風樓詩十四卷提要》（《寧海叢書提要·明清卷》）。

鏡裏花總評

王吉人

辛亥仲冬〔一〕，余養痾橄欖軒中。茶①香伴□□□□□□□□□□□□□□□□已消。

□□□□□□失，其諸陳檄之愈風，□□之驅瘧歟？因作四截句酬之。

然茶香②於己所製，殊不愜意，爲筆過放低，詞太塡薄，故每不以示人。余曰：自來□□□者，其他文詞，寧不高且厚哉？爲雅俗共賞計，不得不就夫低而薄也，否則曲高和寡矣。且卷中筆不高，而喜其曲，詞不厚，而喜其研，亦因無害於文品也。余當爲細評之，緣冬殘未果。開歲越八日〔二〕，即就公車。遂攜其副本，於蓬窗旅邸中，藉以遣愁。及抵都而評訖，亟附寄還。雖未足洽作者之心，亦聊以醒閱者之目云爾。

卷中有三奇□二伶，中聯作七偶，人數無□□，各堪配對。其明演拜堂者五，洞房者四，□□□而偶者，□□□面對面也。穿插不厭其□□□偶而偶者，文之正面旁面也。點題不□□□□謀篇之奇也。文宜避生，又宜避熟。生貴□□□然，熟最嫌夫襲舊。若風流之韻事，兒女之私情③，不可脫，亦不可粘。卷中於事之韻，賦詩飲酒，不必高朋；於情之私，才子佳人，反無會面。團圓饒夫醜類，何物難容；婚嫁及乎僧尼，何人失所？此命意之奇也。文之最陋者，唯科諢。先事或徵諸夢兆，臨急或救以神仙，終場或報以殺戮，此則概爲屏去，隨手展收。每一洞房，間一相鬧，無一劇同，無一詞複，此運筆之奇也。

賦物之工，一命名而已。見題爲『鏡花』，文當爲花寫照。古園之梅，得老幹，然後舒芳展萼。斯時岸容待臘，山意衝寒，相配宜柳，自然隨以寒□□園桃李，有侯白之美種，方能吐其絳英，襯以碧烟，愈增其豔。若棘乎園者，唯蓬蓽。蓬之際萊，猶葛之蒙楚也。蓬至秋而必飛，類楊花之無定。故《凱風》雖頌乎棘心，不若秋風爲素，能助其飛。竹本無花，乃天竺氏屢以優曇鉢花示現，究屬空花。此正『菩提本無樹』，恰似『明鏡亦非臺』也。與蓬同類，莫若荊茅，最可憎者，荊之猾夏，故後之撻伐荊楚，猶前之拔茅連茹耳。桂宜西園，色丹者，香遙而倍烈。至桂馥而金風振厲，亂蓬失勢矣。此以花定人也。至若司水而江且不識，捍陸而馬竟全生，宜乎再逢水而怕浪，逢陸而避瘴矣。他如庵名水月，刹號碧蓮，釵取四照，帕表九華，與夫翠簪之招，虛舟之觸，金花之誤，蓉鏡之明，或雙關乎花，或映合夫鏡，尤見匠心獨運焉。

雲樵王吉人題。

（以上均清鈔本《鏡裏花傳奇》卷末）

【校】

①『茶』字，底本闕，據文義補。

②茶香，底本作『香茶』，據文義改。

③『私情』二字，底本闕，據下文文義補。

【箋】

〔一〕辛亥：咸豐元年（一八五一）。

〔二〕開歲：指咸豐二年（一八五二）。

紅羅記（秦城）

秦城（一七九四後—一八六九後），字子陵，初號蓮鄉，晚號逸春，別署葉村、小雅、臥雲山房主人、雙龍潭釣客，書齋名臥雲山房，如皋（今屬江蘇）人。工詩古文詞。著有《臥雲山房投筆集》。撰傳奇五種，總名《五鳳樓》，今僅知『第四樓』《紅羅記》、『第五樓』《如意珠》，均存。參見孫書磊《〈如意珠〉傳奇及其作者考辨》、《秦城〈紅羅記〉傳奇稿本考論》（《南京圖書館藏孤本戲曲叢考》，中華書局，二〇一一）。

《紅羅記》，一名《駐春樓》，又名《芭蕉樓》，未見著錄，現存道光間清稿本。

（紅羅記）序

管　華〔一〕

昔者，湯若士、屠緯眞、徐文長、王元美諸儒爲時文之名家，文名傾天下。迄於今，社藝中幾不知其爲何許人，而里嫗牧豎往往有稱其名而津津然不置者，詢其故，曰：『見演《玉茗堂四夢》、《曇花》、《鳴鳳》、《四聲猿》諸劇，淑我性，陶我情，惡有所懲，善有所勸，鼓之舞之，振起作興之，直欲驅吾身至於忠孝節義之途。推其原，爲徐、湯、屠、王四人所撰，然後知今古來天地有此四人焉。』異哉！是四儒，不能以文傳，而以曲傳矣。心嘗怪之。

蓋無韻之文曰文，有韻之文曰辭。文始古文、《尚書》、史傳，變而爲子乘，而漢魏八家，以及制義策論，以及時文，而文之體變極矣。辭始於『竹肉』、『明良』，大成於《詩》，變而騷，而賦，而古詩樂府，而近體律詩，以及詞而曲，辭之體變極矣。夫文之法，吾知之，吾能言之：謀局貴奇，措辭宜雅，有伏起照應，曲折波瀾，骨肉亭均，虛實兼到，反側相生，至於描摩口角，務在形神畢肖，是爲入彀至文。詞曲一道，恨少考究，臆度之，大約工拙與文法等爾。抑臨川、赤水、山陰、鳳洲諸大儒，皆殫畢生之學力而作之，或別有道耶？

蓮鄉秦子陵，少從余游，工詩古文詞。其舉業則風華典贍，氣勢排奡，誠所謂少年文字，氣象崢嶸者，破壁而飛，正未可量也。既而讀《禮》家居，筆墨無聊，俯就音律，作傳奇五種，曰《五鳳樓》。索稿讀，子陵以第四樓囑評點。窮日夜而卒業，覺心爲之醉，神爲之移焉。但余不能識曲聆眞，以贊其妙，即以論文論之，似又無不可以言喻者。見其鍊局端凝，詞華典雅；有起伏，有照應；波瀾則源倒三峽，曲折則山轉九嶷；虛實反側，各如其法。至於摩神肖聲，因人製詞，悲者有淚，笑者有聲，愁者縐眉，怒者蜂目，吹之欲活，呼之欲出，而其酣暢流漓之處，筆爲之歌，墨爲之舞，不待假吳兒搬演於八尺氍毹之上，始知曲高和寡也哉！噫！觀止矣，神乎技矣。

雖然，斯道更有難於文者焉。彼所謂文成法立者，此則限於排場；彼所①謂操縱自如者，此則拘於音律。寄感慨於離合悲歡，寓褒貶於嘻笑怒罵，辨四聲九宮於微芒，析六律五音於累黍，又詞家之專長，非文人所夢見者，難乎不難？子陵舍其易而爲其難者，獨何歟？吾知之矣。時文者，干祿之具，卒未有一字措諸躬行，以利人而善俗。傳奇雖小道，而忠臣孝子，或抱憾於生前，而賴以吐氣於身後，福善禍淫之權，補天之未逮，可以動里巷之嘔吟，招婦豎之歌泣。甚矣，移風易俗，莫此若矣！豈若時文，徒取功名於一時者哉？於斯悟臨川、赤水、山陰、鳳洲諸人，窮學力而作者，殆先得子陵勵世之深心也夫！然則子陵此作，亦必與《玉茗堂四夢》、《曇花記》、《鳴鳳記》、《四聲猿》諸院本，並傳不朽矣。是則爲之序。

時在道光甲午歲嘉平月竹醉日，燦亭管華書於兆花書屋之南軒。

【校】

①所，底本作『則』，據文義改。

【箋】

〔一〕管華：字燦亭，或爲如皋（今屬江蘇）人。生平未詳。

（紅羅記）序

李光瑛〔一〕

《清平調》奏，開《霓裳》、《三疊》之先聲；《喜起歌》賡，定《簫①韶》、《九成》之藍②本。束著作之《補亡詩》，惜未流傳於麴部；白舍人之《新樂府》，庶幾並重於鷄林。第《曇花》筆落，未聞紹赤水之瓣香；而玉茗風高，誰敢續黃粱之殘夢？

則有蓮鄉居士，淮海詞宗。才長玉斧，技擅雕龍；法度金針，人推繡虎。以課業之餘功，寄情聲律；分談經之半席，見作氍毹。胡取乎爾，化妒爲憐；我亦云然，愛才如命。寄托遙深，是寓勸懲於微意；曲終奏雅，如聞忠厚之遺音。不待歌之場上，已覺天動神移；若或播之人間，足見維風勵俗。

曾倩小紅而按拍，屢浮大白以高歌。淋漓悲壯，鐵綽板此日拋殘；感慨欷歔，銅唾壺一聲擊碎。辭藻則綺麗紛華，直使衙官屈、宋；情文則綢繆悽楚，何難奴隸馬、關。噫！『流水孤村』，秦學士久擅驚人之句；『曉風殘月』，柳耆卿更兼顧曲之才。含宮嚼徵，叶五典之笙簧；扢雅揚風，宣六經之鼓吹。不必襲以錦囊，速付棗梨之剞；莫使藏之石壁，獨聆絲竹之聲。

時在道光乙未歲正陽月之中浣，雲渚李光璵拜撰。

【校】

①籥，底本作『箾』，據文義改。

②藍，底本作『監』，據文義改。

【箋】

〔一〕李光璵（約一七九〇—？）：字雲渚，如皋（今屬江蘇）人。家貧好學，讀書於金陵棲霞山。著有《雲渚詩鈔》。

（紅羅記）序

宦振聲〔一〕

愚不敏，爲時文所困，而於古詩樂府、騷賦詞曲之道，絶少考究。然無作傳奇之才，實有觀傳奇之好。舌耕以來，有暇日，即閲傳奇，竊計之，數十種矣。或設想甚奇，結構不緊；或詞調甚朗，典故不詳。求其摩形肖聲，泛應曲當者，殆寥寥不多得。

壬戌歲〔二〕，遭逆擾，避居如皋之東北鄉，借數椽以蔽風雨。適與秦高士秦蓮鄉先生結爲比鄰，幸蒙垂青，不以愚爲卑鄙，訂忘年交，盤桓久之。先生將所著《芭蕉樓傳奇》示覽，愚盥薇讀之，不覺心曠神怡，躊躇滿志。向所嘆設想奇而結構不緊者，先生則無不奇、無不緊矣；向所嘆詞調朗而典故不詳者，先生則無不朗、無不詳矣；向所嘆摩形肖聲，泛應曲當者，先生則手揮目送，操縱自如矣。噫，觀止矣！雖有他作，不敢請矣。

雖然，先生之令人可欽可羨者，不止此。於舉業，則①氣象崢嶸，超超玄箸，可以彷彿乎焦、儲；於詩古，則風華典贍，色色精工，可以頡頏於李、杜。至於丹青筆妙，觸手生春，則又先生之餘事耳。嗟夫！人各有能有不能，若先生者，所謂無所不能者非耶？固不揣固陋而爲之序。

同治甲子歲姑洗月，雲陽韻卿氏宦振聲拜稿。

【校】

①『則』字後，原衍『超超玄箸』四字，據文義删。

【箋】

〔一〕宦振聲：字韻卿，雲陽（今屬重慶市）人。生平未詳。

〔二〕壬戌歲：同治元年（一八六二）。

《紅羅記》題辭〔一〕

汪桂林　等

旂亭爭唱舊詩吟，紅袖歌喉酒罷斟。今日又翻新樂府，可憐費心玉人心。當年孤館坐斜陽（謂黄瘦石先生），譜就《榴花》教月香（瘦石歌伶）。第四樓頭新奏曲，天風海水叶宫商。汪桂林半江〔二〕

遊戲文人雅事，謳吟名士優爲。歌詞仿古摛華翰，樂府翻新構藻思，試看演劇時。能使聆音忘倦，定應擊節稱奇。伶工奏出宫商譜，才子填成絶妙詞，曲高難和之。（調寄【十拍子】）朱軒霞城〔三〕

展卷重驚絶代人，羞花擲果比丰神。紅羅裁出丘遲錦，裝點山河處處春。從來造福是文章，慧業奇才早擅場。演到鳳樓新作曲，歌喉舞袖總生香。劉僎蓉坡

寫罷文章寫曲辭，居然炫異並矜奇。羨君流水高山志，何日重逢鍾子期？新腔擬自廣寒來，曹部驚誇才子才。換羽移宫譜一變，曲終不費周郎猜。劉之晉錫蕃〔四〕

新翻樂府頗鏗鏘，才子歌詞迥異常。唱到悲歡離合處，也應顧曲待周郎。

冰雪聰明合讓君，洛陽曾記咏迴紋。（向有《洛陽花迴紋集》命題，故云。）今朝又閱《芭蕉譜》，第四樓中雅曲紛。沙嶺頤園

一枝綵筆忒風流，叱鳳鞭鸞未肯休。十萬蠻箋都搨遍，又從兒女愛閒愁。（管）

翠竹黃花姓字傳，憑空撰得好姻緣。詞人業勝媧皇石，更補人間離恨天。

知交恩誼我全忘，四十無聞暗自傷。讀到遺書投伙齣，渾身毛髮一齊張。

玉茗堂遥孰繼音？蕉心剝處見文心。不同覆鹿莊周幻，開卷能將好夢尋。吴鏞呪蓮〔五〕

豔曲新翻幼婦詞，蕉窗編就教紅兒。才人手筆佳人口，想到天然入妙時。（付）

是眞才子必多情，嬉笑文章筆底成。燈燼酒闌歌一曲，不禁香豔口中生。楊紹祖芷衫

才子從來感慨多，盈箱紅豆記吟哦。芭蕉窗下瀟瀟雨，一片秋聲比得麽？

直從粉碎悟虚空，離合悲歡感不窮。小試風流修鳳手，《駐春樓》起寸心中。

能慕荊軻意氣眞，最難知己遇風塵。寰區眞有黃公子，合買新絲繡此人。

自來鳩鳥妒鴛鴦，蹤迹參商惱角張。筆底好花開並蒂，鈎娘何幸遇雲娘。

翻雲覆雨事紛紛，從此鯫生擴見聞。一樣交游分淑慝，歐陽穎與賈斯文。

淪落青衫太瘦生，江南烽火不勝情。蟾宫歇寂《霓裳》曲，慚愧何戡唱『渭城』。季士峨我山〔六〕

（以上均清道光間清稿本《紅羅記》卷首）

【箋】

〔一〕版心題『第四樓題詞』。

〔二〕汪桂林：字鳳巢，一字半江，一作號丰江，如皋（今屬江蘇）人。嘉慶元年丙辰（一七九六）庠生。壽七十六。著有《半江詩草》（附《詩餘》）。傳見同治《如皋縣續志》卷九。按，『丰江』，實爲『半江』筆誤。

〔三〕朱軒：與以下劉偀、沙嶺、楊紹祖，或爲如皋人。生平未詳。

〔四〕劉之晉：字錫蕃，如皋人。劉春華子。清道光二十九年（一八四九）庠生。

〔五〕吳鏕：字呪蓮，如皋人。同治七年戊辰（一八六八）庠生。

〔六〕季士峨：字我山，號秋樵，如皋人。咸豐四年甲寅（一八五四）庠生，光緒間附貢生。

如意珠（秦城）

《如意珠》傳奇，《今樂考證》著錄，入明無名氏傳奇目；周妙中《江南訪曲錄要》著錄，作『秦子陵』撰，斷爲明末清初人，《明清傳奇綜錄》據以著錄；《古典戲曲存目彙考》著錄，入明代傳奇，作『秦子陵』撰。現存清道光、同治間清稿本，南京圖書館藏。參見孫書磊《〈如意珠〉傳奇稿本及其作者考辨》（《南京圖書館藏孤本戲曲叢考》，中華書局，二〇一一）。

如意珠題詞〔一〕

汪承鐸 等

從來顧曲在歌喉，每爲明珠惜暗投。一自新腔按如意，劇中誰更擅風流。

君何想輒入非非，巧借姻緣寓指歸。眞箇樓頭修鳳手，穿成一字一珠璣。子陵一兄先生雅政。振夫弟汪承鐸未定草〔二〕

其人生性最風流，妙筆洵推第五樓。演到姻緣堪了处，牟尼一串叶歌喉。

敢道人間此曲無，裁雲鏤月費工夫。《會眞記》是鍾情譜，那及傳奇《如意珠》？俚言題贈，即希子陵一兄先生教削。柿亭弟馬金鐸未定草〔三〕。

明珠不向暗中投，一線穿成第五樓。妙譜玲瓏排錦字，新腔圓轉潤歌喉。星編月照文華聚，鳳吐龍啣藻彩流。聯貫莫嫌知己少，鮫人泣罷海山秋。子陵一兄大人雅正。霞城朱軒〔四〕

樓成第五又傾窺（向有詞譜囑題），《如意》奇傳分外奇。手妙敢方君造鳳，腔新轉倩我探驪。（先生佳詞疊出，開人智慧良多。）走盤大小符歌節，穿曲玲瓏構巧詞。滿目琳瑯欣給賞，明珠莫作暗投疑。子陵吟壇先生斧政。錫蕃劉之晉〔五〕

曲牌第五號名樓，諸子題詩在上頭。愧我吟哦無妙句，輸他詞藻擅風流。探驪自有千金值，集鳳頻添百尺修。如意珠穿光錯落，勸君莫向暗中投。子陵社兄大人斧政。頤園沙嶺〔六〕

【南呂・宜春引】【宜春令】愁天永，恨海重，探明珠遭逢睡龍。轉情園夢，阿嬌不羡黃金供。正絲牽，文甫初遺恰血迸，泉先自痛。【太師引】搊湘管《霓裳》譜終。（合）唱出秦青一串玲瓏。

【針線窗】【針線箱】賣珠兒天生情種，丟珠姐天成愛寵。怪無端蟲蟻紛紛，閧九曲穿來沒縫。眼中有淚流難盡，蚌外無珠采易空。【鎖窗寒】瘦蛟驚起織綃宮，仗他一哭途窮。

【柰子樂】【柰子花】價高擡阿母咕噥，書難緘侍婢嘲喁。枕頭濕透晶瑩汞，穿不起枉將人哄。【大隊樂】鞵尖點鳳，問何時翠翹半嚲，玉盤雙奉。

【秋夜令】【秋夜月】論羅胷萬斛珠璣涌，彩筆搖時星斗動，人天歡喜高魁中。【東甌令】蕊珠仙子再相逢，無淚落秋風。

【浣溪蓮】【浣溪紗】只見珠幄籠，珠簾控，笑凡魚目瞪朦朧。纏綿宛轉縈心上，美滿圓成入掌中。【金蓮子】眞知重，須向那老蚪髯，酹他一杯槽滴珠紅。

【尾】一珠一字新聲弄，是，是才人狡獪神通。只怕胡餅換將中（平）什用。蓮翁正。丁卯小除夕〔七〕，范單題〔八〕

福慧難兼病早磨，愛河日日長情波。意珠往事關心記，生恐人間染淚多。丁卯歲除日，同里弟黃方漣爲蓮鄉先生正題〔九〕

無賴姻緣費折磨，誰完好事定風波。相公竟識明珠價，翻悔鮫人淚太多。次文波韻，爲蓮鄉先生正題。同里陳國璋〔一〇〕

塵夢百年身，絮果蘭因。閒情都付杜司勳。第五樓中重補恨，刻意傷春。魚目最銷魂，眞僞難分。眼中筆底各精神。兒女英雄同一恨，君是鮫人。（調寄【浪淘沙】）

山鬼吹燈帶女蘿，爲有愁魔，攙入情魔。私恩私怨感風波，收拾悲歌，分付絃歌。三尺崑崙劍未磨，安得財多，悔煞才多。牛羊駱馬且由他，見怪如何，不怪云何。（調寄【一剪梅】）俚詞二闋，題奉子陵大兄先生郢政。秋樵弟季士峨學塡〔一一〕

豔說《桃花》與《石榴》，芭蕉繼出足千秋。空中樓閣憑心造，端的如椽筆力遒。

壓倒前人絕妙詞，恢諧怒罵兩兼之。定將此曲教歌舞，不付紅兒付雪兒。

憐才若命僅紅妝，眞奈溫柔不見鄉。蕉自有心人去也，頹垣衰草泣殘陽。

打散鴛鴦尚恃才，文章雖好力難回。前生爲欠風流債，太守風流解不開。

交遊義重此身輕，肝膽橫胷羡慕荊。一夕知心生死寄，莽兒莽不到忘情。

令取公堂紙筆時，書生弱女兩蚩蚩。情天難補甘情死，禍福恩讎總不思。

姻緣美滿福緣長，未必風流總吉羊。若道功名眞易易，禁中幾箇探花郎？

空有蠻箋學未優，擬從院本聽歌喉。更憐得意文成處，集鳳樓眞五鳳樓。己巳三春〔一二〕，題奉蓮鄉大兄大人詞壇斧正，蓮仙弟楊壽同初稿〔一三〕

（清道光、同治間清稿本《如意珠》卷末）

【箋】

〔一〕底本無題名。

〔二〕題署之後有印章二枚：陰文方章『汪承鐸印』，陽文方章『振夫氏』。汪承鐸：字振夫，或爲如皋（今屬江蘇）人。生平未詳。

〔三〕題署之後有印章三枚：陰文方章『金鐸』，陰陽文方章『指凡』，陽文方章『培金軒居士之章』。馬金鐸（一七八五—一八七二）：字柿亭，如皋人。嘉慶二十四年己卯（一八一九）庠生。著有《柿亭存草》。傳見同治《如皋縣續志》卷九。

〔四〕題署之後有印章二枚：陰文方章『軒印』，陽文方章『霞城』。朱軒，字霞城，或爲如皋人。生平未詳。

〔五〕題署之後有印章二枚：陰文方章『劉之晉』，陽文方章『錫蕃』。劉之晉：字錫蕃，如皋人。劉春華子。道光二十九年（一八四九）庠生。

〔六〕題署之後有印章二枚：陰文方章『沙嶺』，陽文方章『鶴松』。沙嶺：字頤園，號鶴松，或爲如皋人。生平未詳。

〔七〕丁卯：同治六年（一八六七）。是年小除夕，公元已入一八六八年。黄方漣題辭在『除日』，亦爲一八六八年。

〔八〕題署之後有印章三枚：陰文方章『范覃研谷氏』，陽文方章『小昂詩古文詞』、『俯仰人間今古』。范覃：字研谷，號小昂，如皋人。道光二十四年（一八四四）庠生。

〔九〕題署之後有印章二枚：陰文方章『文波詩文小記』，陽文方章『寧作鴛鴦不羡仙』。黄方漣（約一七九四—一八七三前）：字文波，一字文若，如皋人。著有《皋乘拾遺》。傳見同治《如皋縣續志》卷一三。

〔一〇〕陳國璋：或爲如皋人。生平未詳。

〔一一〕題署之後有印章三枚：陰文方章『季士峨印』，陽文方章『我山』、『游戲翰墨』。季士峩：參上一篇箋證。

〔一二〕己巳：同治八年（一八六九）。

〔一三〕題署之後有印章二枚：陰文方章『壽同』，陽文方章『朋三』。楊壽同：字蓮仙，如皋人。道光二十六年（一八四六）庠生，後爲附貢生。

秋聲譜（嚴廷中）

嚴廷中（一七九五—一八六四），字石卿，一作古卿，號秋槎，别署岩泉山人、秋槎居士、紅豆道人，宜良（今屬雲南）人。甘肅布政使嚴烺（一七七四—一八四〇）子。庠生。棄舉子業，遊幕爲生，專事吟詠。道光十四年（一八三四），援例爲丞，授山東萊陽。十八年歸鄉，二十年主講雉山書院。咸豐間，歷署福山、文登、萊陽、諸城、蓬萊等縣。同治三年（一八六四），卒於萊陽任上。文名甚著，工詩詞曲。著有《拈花一笑錄》、《懷人小草》、《麝塵詞》、《紅蕉吟館詞存》、《紅蕉吟館試帖詩存》、《藥欄詩話》、《岩泉山人詩四選存稿》、《兩間草堂古文》、《瘦紅集》等。撰雜劇《武則天風流案卷》（簡稱《判豔》）、《沈媚娘秋窗情話》（簡稱《譜秋》）、《洛城殿無雙豔福》（簡稱《洛城殿》）三種，總名《秋聲譜》。另有雜劇《鉛山夢》、《河樓絮别》二種，已佚。傳見民國《宜良縣志》卷九、民國《新纂雲南通志》卷七八、民國《萊陽縣志》卷三等。參見吴曉鈴《嚴廷中》（《吴曉鈴集》第五卷，河北教育出版社，二〇〇六）。

《秋聲譜》，《清代雜劇全目》著錄，現存咸豐四年（一八五四）原刻本，《清人雜劇初集》、《飲虹簃叢刻》據以影印，卷末署『鏡波李菱娥正譜』。

（秋聲譜）自記

嚴廷中

故山歸後，忽忽寡歡。斜月在門，遠風生水。秋聲從落葉中來，如怨竹哀絲，助人淒惻。秋以聲爲譜，吾且以秋爲譜。若賞音無人，則歌與寒蟲古樹聽之。

道光己亥八月，秋槎居士記於今是園之梅月三生室。

（秋聲譜）再記

嚴廷中

昔里居，偶製《秋聲譜》傳奇，羽謬宫乖，未敢出以問世。壬子冬在萊陽〔一〕，寄正於周文泉刺史〔二〕。甲寅秋〔三〕，以事赴萊州，則文翁已付之手民矣。紅牙拍板，愧柳七之諧聲；素手鳴箏，感周郎之顧曲。爰書梗概，聊志因緣。

時咸豐甲寅重九，秋槎嚴廷中再記。

【箋】

〔一〕壬子：咸豐二年（一八五二）。

〔二〕周文泉刺史：即周樂清（一七八五—一八五五）。咸豐二年，周樂清署萊州同知。

〔三〕甲寅：咸豐四年（一八五四）。

#（秋聲譜）序

周樂清

嗟乎！局翻狡獪，劇傷地老天荒；使錯氤氳，每慨花殘月缺。夢醒三生石上，舊約難忘；情牽一縷絲中，春風無賴。此駱賓王詩悲奇舛，桓子野歌喚奈何也已。

秋槎二兄，地毓昆明，家承屏翰。盟堅一諾，手擲千金。廣不封侯，且入哦松之廨；民原若子，歡迎騎竹之童。屈、宋衙官，漫感鸞飄鳳泊；蘇、辛樂府，咸誇冰叩珠排。偶登黃鶴樓頭，氣吞雲夢；小泊桃源洞口，伴結漁樵。心妙通仙，句靈呈佛。愴人間之風月，變世外之烟雲。卻扇交襝，婚殊草草；黃泉碧落，恨則綿綿。配新婦於參軍，斯言莫踐；嫁才人於廝養，實命不猶。紫臺飛一去之魂，紅玉灑千行之淚。但教蝴蜨，紛逐幽香；可惜鴛鴦，動遭非匹。玉版少迴生之術，銀丸乏消怨之方。未免有情，彼美瘦同黃菊；似曾相識，使君淚濕青衫。此皆莫可名言，總是不如意事。

君以爲解人難得，妙處當傳。每嫌蟻夢之非眞，奚若梨園之可假？鸞箋五色，宛開蠲忿之花；斑管一枝，特種忘憂之草。郊寒島瘦，顰嗤西子之鄰；宋豔班香，嫁必東宮之妹。不待朱衣使者，刮顯金鎞；遠驅白蠟明經，量將玉尺。飲風餐露，別傳姑射之神；暮雨朝雲，肯附高唐之迹。一唱三歎，妙有餘音；萬紫千紅，遍留春色。擲金聲而應地，君其冠幟一軍；煉卷石以補天，我願退師三舍。（時索余《補天石》拙著。）

咸豐二年壬子中秋日，海昌愚弟周樂清文泉甫拜撰〔二〕。

【箋】

〔二〕題署之後有印章二枚：陰文方章「樂清」，陽文方章「文泉」。

（秋聲譜）跋

朱蔭培〔一〕

僕與秋槎神交五年矣，歲甲寅，始相見於歷下〔二〕，與趙夢山朝夕過從。時復旗亭呼酒，使雙鬟歌以侑觴，秋槎撫篴和之，致足樂也。秋槎才名馳海內，知之者莫不愛之慕之。顧令其淪落天涯，與二三慷慨悲歌之士，吞花臥酒，消耗壯心，良足慨矣。

聚未十日，將返萊陽，以所著《秋聲譜》傳奇示僕，曰：「『忍把浮名，換了淺斟低唱。』非賞音如文泉，余寧與古樹秋風、空山明月，相和答耳。」僕曰：「『解道江南斷腸句，衹今惟有賀方回。』安得普天下盡如文泉之知秋槎者？」因書數語於卷末，並寄文泉。

弟朱蔭培熙芝甫敬跋〔三〕。

【箋】

〔一〕朱蔭培（？—一八六九）：字熙芝，號澹庵，無錫（今屬江蘇）人。貢生。曾客京、魯。師事梅曾亮（一七八六—一八五六），受古文法。著有《澹庵文存》、《芙香閣尺一書》、《半園支譜》、《山左紀忠備采》等。傳見鄒鐘《志遠堂文集》卷五《墓志銘》、《皇清書史》卷四、《桐城文學淵源考》卷七等。

〔二〕歲甲寅：咸豐四年（一八五四）。歷下：今山東濟南。

〔三〕題署之後有陽文方章一枚：『七十二芙蓉館』。

（秋聲譜）題辭

陸　葆　等

渺渺烟波，茫茫塵海，埋香何許？絮果蘭因，託根無定，誰是同心侶？慧業三生，深情一往，休怨曉風暮雨。怨東君、花開花落，此恨遂成千古。　枕倚游仙，臺經靈夢，彈指聲中說與。篆冷香銷，庭空月上，欲住渾難住。萬疊霞箋，紅牙拍遍，可奈曉雲飛去。惆悵處、非空非色，懺摩綺語。（調寄【消息】）　陽湖陸葆少逸〔一〕

昌谷《惱公》無鐵注，玉溪《錦瑟》有微辭。才人狡獪何妨爾？幻出生花筆一枝。

懺除綺語祝空王，不炷情天一瓣香。衹有名心銷未盡，百花隊裏咏霓裳。　歸安嚴廷珏比玉〔二〕

請出鶯花主。把千秋、情天恨海，一齊塡補。入地難償風月債，重點鴛鴦舊譜。收拾了、愁雲淚雨。瑣骨現身來說法，把三生喚醒癡兒女。休銜怨，在黃土。　蛾眉老去憑誰顧？驀相逢、翩翩公子，琵琶重訴。得上珠宮登蕊榜，畢竟姻緣不誤。這豔福、幾人能具？疑鬼疑仙才子筆，喚紅兒花下低聲度。又觸起，傷春緒。（【金縷曲】）　昆明謝瓊石臞〔三〕

舞柘敲檀，任陶寫曲牌詞派。翻樂府蛾眉狐媚，別開色界。入地主張風月譜，補天懺悔烟花債。

返香魂六道轉金輪，乾坤大。　秋娘怨，花娘艾。　福第一，緣難再。　更仙郎仙子，霓裳齊會。　舊恨琵琶月在舫，新思簫鼓春如海。　遣雙鬟低度向旗亭，雲霄外。（【滿江紅】）　雲間許士傑耕南〔四〕

拂衣一笑謝風塵，紅葉詩題錦字新（君以《紅葉》詩與予訂交）。　底事宮商翻樂府，弦歌曾現宰官身。
種種風魔種種緣，世間難補是情天。　臨川絕唱成千古，又譜《秋聲》一黯然。
別酒微醒畫燭紅，十年遲暮感西風。　野花含笑江芙怨，都付秋娘一曲中。
三年輶傳遍東西（予時視學滇南任滿），舊曲新聲聽易迷。　洗耳忽聆仙樂奏，爲君拚飲醉如泥。　白下葉觀儀棣如〔五〕

後果前因幾輩知？　世間好事半離奇。　文章司命花千樹，造化微權筆一枝。　畢竟有情多眷屬，最難無夢不相思。　科名簿與鴛鴦譜，祇有先生合主持。　武進盛熙瑞香谷〔六〕

迢遞蓬萊水自流，幾人福慧定雙修。　鶯花劫重仙應避，風月情多我亦愁。　落落深知空一世，非非奇想足千秋。　美人香草天難問，笛譜新翻菊部頭。
恨澥能塡色界開，要知明鏡本非臺。　此生慣作有情語，曠代難求無對才。　罵鬼鐙昏文是淚，遊仙枕熟夢堪哀。　廿年壘塊多銷盡，大白狂呼濁酒來。　程蓮槎山〔七〕

咫尺相思太有情，何時把袂話生平？　挑燈快讀《秋聲譜》，要我留題小姓名。
不厭粗才眼獨青，新聲遥寄竟忘形。　賞音眞箇無知己，只有寒蟲古樹聽。（余素不留心音律，先生自敍云：『賞音無人，則歌與寒蟲古樹聽之。』）　定遠淩泰磐石齋〔八〕

（以上均《清人雜劇初集》影印清咸豐間原刻本《秋聲譜》卷首）

【箋】

〔一〕陸葆：字少逸，陽湖（今江蘇常州）人。嘉慶十八年癸酉（一八一三）副貢生。道光八年（一八二八），以州判發雲南，歷任繁劇，遷宜良知縣。二十六年，任永平知縣，尋陞中甸同知。二十九年，任蒙化同知，以憂歸。傳見光緒《武進陽湖縣志》卷二二。

〔二〕嚴廷珏（一八〇一—一八五三）：字行之，號比玉，桐鄉（今屬浙江）人。詩人王瑤芬（一八〇〇—一八八三）夫。貢生，五試秋闈，屢薦不售。乃援例以同知需次雲南，宦滇二十餘年。歷權保山、易門、大關、臨安、澂江各府廳州縣。補雲南府同知，陞麗江府知府，調順寧。以道員注選，卒於任。長於制藝，工詩古文詞。著有《小怡紅初稿》、《小瑯玕山館詩鈔》。傳見俞樾《春在堂雜文五編》卷二《合傳》、光緒《桐鄉縣志》卷一三等。

〔三〕謝瓊：字石臞，昆明（今屬雲南）人。嘉慶十三年戊辰（一八〇八）舉人，官祿勸訓導。工詩，著有《謝石臞詩草》、《彩虹山房詩鈔》、《彩虹山房詩餘》。傳見《續修昆明縣志》卷六、《雲南通志》卷一七三、《新纂雲南通志》卷七七及卷一八二等。

〔四〕許士傑：字子偉，號耕南，雲間（今上海）人。縣廩生。道光二十年（一八四〇），例授雲南宜良知縣，歷署太和縣、廣西州、蒙化廳、元江直隸州，卒於任。傳見光緒《青浦縣志》卷一八。

〔五〕葉觀儀：字棣如，六合（今屬江蘇）人。道光十三年癸巳（一八三三）進士，授編修，官內閣學士，入直上書房。傳見《清畫家詩史》庚下。道光十二年（一八三二），曾爲李文瀚（一八〇五—一八五六）撰《題醉馨圖》詩。

〔六〕盛熙瑞：字小舟，號香谷，武進（今江蘇常州）人，一說上元（今江蘇南京）人。監生。道光二十五年（一八四五），任宜良知縣。咸豐二年（一八五二），署雲南縣知縣。傳見《新纂雲南通志》卷一八二。

〔七〕程蓮：字友青，號槎山，又號漁溪，嘉魚（今屬湖北）人。廩生。著有《借止廬詩稿》，王柏心雅重之。傳見《晚晴簃詩匯》卷一五二、《湖北人物志略》等。

〔八〕淩泰磐：號石齋，定遠（今屬安徽）人。道光二十八年（一八四八），任萊陽知縣。咸豐七年（一八五七），任郯城知縣。

附　秋聲譜跋〔一〕

鄭振鐸

右《秋聲譜》雜劇三種，宜良嚴廷中撰。廷中，字秋槎，生平事蹟無可考，似奔走四方，以作幕爲生。嘗與周樂清文泉交往甚得，樂清爲《補天石傳奇》作者。此《秋聲譜》雜劇，即爲樂清付之手民者。

廷中《自序》謂：『故山歸後，忽忽寡歡。斜月在門，遠風生水。秋聲從落葉中來，如怨竹哀絲，助人悽惻。秋以聲爲譜，我且以秋爲譜。若賞音無人，則歌與寒蟲古樹聽之。』三劇情文，雖胥爲團圓之結局，而紙背上卻隱隱透露出淒涼來，誠哉其爲《秋聲譜》也！

《洛城殿無雙豔福》嘲罵試官舉子，頗爲峻切。狀元得第，公主翻案，佳人才子，豔福無雙。失意人偏好作得意語，蓋落第舉子之常態也。劇中才女應試一節，似有所本，並其情態，亦類襲之李松石《鏡花緣》説部。

《武則天風流案卷》一劇，則大類湯若士《還魂記》傳奇中《冥判》一齣。

《沈媚娘秋窗情話》一劇，再三致慨於美人之遲暮，而結之以『多謝西川貴①公子，肯持紅燭賞殘花』云云，作者於此慨嘆自深。

中華民國十九年十二月十九日，鄭振鐸。

（《清人雜劇初集》影印清咸豐間原刻本《秋聲譜》卷末）

【校】

①貴，底本作『遺』，據《沈媚娘秋窗情話》原文下場詩改。

【箋】

〔一〕底本無題名。

鉛山夢（嚴廷中）

《鉛山夢》雜劇，葉德均《戲曲小說叢考》卷上《曲目鈎沉錄》著錄，已佚。

鉛山夢序

李於陽〔一〕

方余未晤嚴秋槎，客有過卽園者，繩秋槎於余曰：『秋槎，雋才也。年甫弱冠，而詩文極淹雅。其塡詞之工，幾埒清容居士，非近今風人所及。《鉛山夢》一書，子未之見乎？』余心識焉，而謂秋槎貴公子也，不沾沾世俗事，獨留心楮墨間，是亦有大過人者，以故欲訪之，而癖於懶，輒中止。

大寒後一日，秋槎介於謝石臞〔二〕，過我卽園。適劉寄庵師及王玉海同在看梅〔三〕，飛觴醉月，鬮韻賦詩，燭跋酒酣，相視而笑。方知秋槎亦耳余久，而以不一見爲憾。秋槎知憾余之不一見，而知余之憾不一見秋槎者爲何如也，夫然後可以釋余兩人之憾也。

余嘗愛『文字因緣，比骨肉尤爲關切』二語，言之何其沉痛。浮生三十年，有慕其人而轉交臂失之者，有日日覿面而忽不經意者，有慕其人而竟許握手談心者，是耶非耶，若眞若幻。原其故，要使情之所結，發而爲歌泣之，不容已於懷，令後之有心人悄然而悲，欣然而喜，此其中有天焉，豈人所能爲哉？余碌碌鄉曲，歲暮徒傷。秋槎則隨宦髫齡，足迹幾半天下，豈敢必有不謀之合，而强造物爲作於其間？乃數首新詩，半生交誼。

方謂春花秋月，談笑光陰，而明年柳色方新，秋槎又將唱驪歌於六千里外，余復不能爲東西南北之人。從茲聚首，豈遂無期？正恐地角天涯，同屬鳳泊鸞漂。逝水之年光，更不知何時而得萍蹤之遇，而遇與不遇，固余與秋槎所難逆料於今日把酒言歡下也。浮沉身世，大半夢中。吾輩尚不能以聚散忘情，而謂小女子能不消魂於死生契闊間哉？適讀《鉛山夢》畢，墨此數語於簡端，以質秋槎，其尚合乎是書之旨否？

（上海書店編《叢書集成續編》第一五三册影印趙藩《滇文叢錄》卷三五）

【箋】

〔一〕李於陽（一七八四—一八二六）：原名鰲，字占亭，號卽園，先世太和（今雲南大理）人，自其父徙昆明

（今屬雲南）。嘉慶十八年（一八一三），劉大紳主五華書院，受業門下七年。二十四年己卯（一八一九）副貢，九試不第，遂絶意進取，肆力詩詞。著有《倚紅軒瀋餘小草》、《卽園詩鈔》、《蒼華二集》、《浣香吟》、《題桓臺遺愛圖新樂府》、《卽園文鈔》等。傳見光緒《昆明縣志》卷六、《雲南通志》卷一七三等。李於陽《卽園詩鈔》（嘉慶二十三年刻本）卷五《愛日吟》有《鉛山夢題詞爲嚴秋槎作》詩，撰於嘉慶二十年乙亥（一八一五）。葉德均云：『疑此劇衍蔣士銓事，緣蔣爲鉛山人，曾衍湯顯祖事爲《臨川夢》傳奇，嚴氏乃以蔣氏之法譜其事也。』（《戲曲小説叢考》，頁一〇二）

〔二〕謝石臞：即謝瓊，生平詳見本卷《（秋聲譜）題辭》條箋證。

〔三〕劉寄庵：即劉大紳（一七四七—一八二八），號寄庵，寧州（今屬雲南）人。乾隆三十七年壬辰（一七七二）進士，歷仕山東新城、曹縣、文登、朝城等知縣。嘉慶十年（一八〇五），署武定府同知。以母老，解官歸，掌教五華書院。著有《寄庵詩鈔》、《寄庵文鈔》等。傳見劉鴻翱《綠野齋文集》卷四《傳》、《清史稿》卷四七七、《清史列傳》卷七五、《碑傳集》卷一〇四、《國朝先正事略》卷五三、《國朝耆獻類徵初編》卷二四二、《國朝學案小識》卷九、《道學淵源録・聖清淵源録》卷二三、《清朝學案小傳》卷二七、《皇清書史》卷二〇等。參見張婧《劉大紳繫年要録》（《西南古籍研究》，雲南大學出版社，二〇一〇）。王玉海：一名曰海，無錫（今屬江蘇）人。由四庫館議敘，任蘄水縣丞。工畫。傳見《清朝畫家筆録》卷二、《清代畫史增編》卷一七。

孟蘭夢（嚴保庸）

嚴保庸（一七九六—一八五四），原名保熙，字伯常，號問樵，丹徒（今屬江蘇）人。嘉慶二十四年己卯(一八一九)解元,道光九年己丑(一八二九)進士,選庶吉士,改知縣,授山東棲霞,以忤大府告歸。晚年落魄,客居袁浦(今江蘇淮安)。詩詞書畫皆工。著有《嚴保庸雜著》、《問樵集》、《問樵遺墨》、《蘭譜》、《珊影雜識》等。撰傳奇《蘭花步》,雜劇《盂蘭夢》、《同心言》、《奇花鑒》、《夢中緣》(一名《紅樓新曲》)、《吞氈報》、《雙烟記》等。傳見黃燮清等《國朝詞綜續編》卷一一、《墨林今話》卷一一、《墨緣小錄》、《清畫家詩史》己下、《清代畫史增編》卷二四、《清代畫史補錄》卷三、光緒《丹徒縣志》卷三三、民國《丹徒縣志摭餘》卷四、《嚴氏宗譜》等。參見嚴敦易《嚴保庸》(《元明清戲曲論集》,中州書畫社,一九八二)。

《盂蘭夢》雜劇,一名《盂蘭記》,《曲目表》著錄;《清代雜劇全目》著錄《盂蘭會》,誤題爲『莊守中』撰。現存道光十九年己亥(一八三九)仲春金閶吳青霞齋刻本《珊影雜識》卷下所收本,包括《盂蘭夢傳奇》和《盂蘭夢曲譜》,《傅惜華藏古典戲曲珍本叢刊》第八七冊據以影印;宣統元年(一九〇九)刻《珊影雜識》本;光緒三十四年(一九〇八)至宣統三年(一九一一)國學萃編社排印本《晨風閣叢書》第一集所收本(書名頁題『宣統元年夏五月』)。

(盂蘭夢)序

周恩綬(一)

天下事之不即不離、可眞可幻者,其惟夢境乎?則有春迷蝴蝶,感莊叟之寓言;雨送鴛鴦,哦虞生之佳句。非關因想,無事瘦疏。若夫望斷行雲,長簞空牀之客;魂飛墮月,輕烟薄霧之天。是也非耶，何處之鬢鬟隱隱？忽焉沒矣，經年之魂魄悠悠。大都由愛生魔，借癡償恨。文鴛綵鳳，生平之消受已多；寡鵠單鳧，來日之悲涼曷盡？從未有捧心情緒，彈指韶華。繩繫足而未牢，釵上頭而已折。以曇花之一現，了絮果之三生。如斯之紅豆相思，黃粱易醒者也。

吾鄉嚴問樵前輩，拍浮酒甕，睥睨詞場。金粟前身，玉堂傳舍。雙鬟唱出『黃河遠上』之詞，信手拈來《白雪》、《陽春》之曲。數佳麗於燕南趙北，教歌舞於燭底尊前。久已心醉軟紅，神游甜黑矣。既乃擲視草之筆，攜種花之鋤。謫類微之，尚蓬萊之得住；情深交甫，偏洛浦之遲逢。

則有張佩珊女史者，生長江南，羈棲山左。養晦於銷金窠裏，待年在漱玉湖邊。天上張星，問姓則宿先翼軫；海中琪樹，命名而珍比珊瑚。學寫韻之彩鸞，珠能記事；謝迷香於史鳳，羹早閉門。但使小家女不遇汝南王，輒恐邯鄲人終爲廝養婦。何期一顧，卽遂三挑。白璧連環，訂韋皋之姻眷；紫衣執拂，識李靖之英雄。佳耦終諧，初心未負。爰挈粲者，載賦歸與。催登油壁之車，妾非蘇小；懶聽蘭臺之鼓，郎本嚴光。

甫近鄉音，舊愁都豁；忽商別語，新恨旋添。祗緣久宦初歸，先去慰白雲之望；誰料遭家多故，重來愆紅雨之期。六日不占，三春虛度。斯時也，佩珊待黃金鑄屋，依烏榜爲家。本以善病之身，又值多愁之會。生怕閨情婉孌，誓白首以同歸；更虞庭誥尊嚴，庇紅顏而無術。曲推桃葉遲迎之故，直至榴花將放之初。握手相看，傷心欲絕。於是淒涼就道，別明月二分；倉卒諏醫，泝長淮千丈。八公已杳，斷無續命之方；二豎何知，大有銷魂之語。彼蒼者天，吁其酷矣！

嗟乎！中年樂少，孤客哀多。營齋乏十萬之錢，埋玉賃一抔之土。白楊蕭瑟，孤飛夜雨之燐；彤管輝煌，親表朝雲之碣。鬱鬱誰語，茫茫此愁。縱摹苕琬之圖，難識芙蓉之面。今夕何夕？邂逅中元。天開不夜之城，佛説無遮之會。燦四圍之蓮焰，放大光明；灑一滴之楊枝，具眞解脱。乍皈淨域，恍入華胥。豈粉誓香盟，尚留後約；即靈談鬼笑，亦是前因。然而縞袂重逢，錦鞋安在？鐘鳴漏盡，月落參横。銀缸墜花，玉樓起粟。當斯境者，能無清淚如鉛，柔腸若割乎？

問樵乃蘸墨酸吟，然脂冥寫。蕙砧啜泣，虀臼含辛。粉怨珠啼，安得古而無死；海枯石爛，乃知情有所鍾。一聲《河滿》之歌，六拍《霓裳》之譜。視横陳如嚼蠟，即色即空；偕傀儡以登場，可歌可哭。此《盂蘭夢》之所由作也。

烏絲渲染，傳近事於吳中；鴻爪迷離，駐游蹤於邗上。宛如夢寐，各話浮生。不須絳樹歌殘，已自青衫濕透。懺君綺語，參我情禪。玩鞠部之刹那，敍蓉城之顛末。莫問來因去果，大聲呼春夢婆醒；好憑豪竹哀絲，中夜聽秋墳鬼唱。

道光己亥夏仲，同里後學周恩綬撰。

（清道光十九年己亥金閶吳青霞齋刻本《珊影雜識》卷下所收《盂蘭夢》卷首）

【箋】

〔一〕周恩綬（一八一〇—一八四一）：字佩仙，又字艾衫，號小沙，丹徒（今屬江蘇）人。道光十二年壬辰（一八三二）舉人，十五年乙未（一八三五）進士，官翰林院編修。因事罷官，遊江漢間，曾主講河南上蔡書院，抑鬱而逝。工詩古文詞。著有《亨帚齋詩鈔》、《亨帚齋詞鈔》、《亨帚齋文鈔》、《亨帚齋賦鈔》等。傳見《道光十五年乙未科會試同年齒錄》、《詞林輯略》卷六、民國《續丹徒縣志》卷一三、民國《丹徒縣志摭餘》卷八等。

盂蘭夢跋〔一〕

張祥河　等

傳奇家工於言情，迷離惝怳，莫如《四夢》，得此則成五夢矣。必傳，必傳！

華亭張祥河〔二〕。

此題首尾難於整密，佈置難於空靈，排場難於熱鬧。之三難者，有一於此，皆傳奇家之所忌也。問樵現才子身，說菩薩法，擺脫三難，一空挂礙，而又能使夢中人與夢外人無不暢然意滿，尤爲大難。僕尋繹再三，謬加評點，俾讀者藉知作者苦心，非敢云顧曲也。至其情文之妙，有目者自能賞之。

貴筑彭宗岱〔三〕。

今之言傳奇者，必曰《四夢》。然說夢難，夢中說夢尤難。余爲藏園壻，嘗見清容居士作《九種曲》，《香祖樓》、《空谷香》皆本《離魂》而作。竊謂臨川以生爲夢，以死爲醒，清容又以生爲死，以醒爲夢，是於脱胎中换形也。第選事制局，不限篇幅，可以消納，則安頓不難，可以粧點，則呼應不難。且以閒人爲他人證夢，後人爲前人譜夢，則可以憑空結撰，而排場局面皆不難。

僕恨人也，雅愛說夢。生平所見，至《盂蘭夢》而止矣。夫以經年累月之事，悲歡離合，他人爲之，三十二齣所不能了者，乃欲盡之於尺幅之中，其中事實之繁雜，境況之迷離，正不知其設想時如何下手。今觀其由盂蘭而入夢，夢裏相逢，忽生忽死。不獨生者死者絕肖夢中，使觀者亦恍然若夢，尤奇於自山左而揚州，只借一葉輕舟，半霎工夫，忽變世界，無情無理，恰是夢中之境，豈俗手所能夢見！更以饑民一節現身說法，以復官一節到岸回頭。赴任則以虛演交代，上粧則以補筆收科。即中間一歌一唱，悉有關會。圓夢時，更不冷落夢中之人，不徒爲觀者之耳目計也。人之結想，以爲至難得之情，庶幾於夢中遇之；至情之所鍾，稱心而予，如願以償，則雖生者可以死矣，何況其爲夢中之人乎！噫！如是而死者，乃真可死矣；如是而死者，乃真不死矣。此《盂蘭夢》所以能以既醒之身，復入既死之夢，斯夢中之化境也，吾故歎觀止也。

戊戌冬十二月朔〔四〕，問樵四兄過訪雲間，留榻荒衙，銜杯相對，反覆原稿。時漏已四下，窗風如吼，尖寒殢人。燈星熒熒中，侍飲者猶見吾兩人喃喃說夢不休，或笑以爲癡，普天下安得癡如我輩者，與之日夕尋夢耶？讀竟，走筆記其後。

建寧夏世堂〔五〕。

僕耳問樵先生名久矣。己亥正月〔六〕，吳門枉顧，始識荊州。出示《盂蘭夢》傳奇，讀之，纏綿悱惻，一往情深。僕側聽新聲，觸撥舊事，誰能遣此？是用作歌（歌載《續識》中）。

盱眙汪雲任。

（《傳惜華藏古典戲曲珍本叢刊》第八七冊影印清道光十九年己

亥金閶吳青霞齋刻本《珊影雜識》卷下所收《盃蘭夢傳奇》卷末）

【箋】

〔一〕底本無題名。

〔二〕張祥河（一七八五—一八六二）：原名公璠，字元卿，號詩舲，別署鶴在，婁縣（今上海）人。刑部尚書張照（一六九一—一七四五）從孫。嘉慶二十五年庚辰（一八二〇）進士，歷任內閣中書，戶部主事、員外郎、郎中，山東督糧道，河南按察使，廣西、甘肅布政使，陝西巡撫，內閣學士，吏部、刑部侍郎，順天學政，順天府尹，左都御史，工部尚書等，加太子太保銜。卒謚溫和。著有《小重山房初稿》、《小重山房詩續錄》、《詩舲詩錄》、《詩舲詩外》、《詩舲詞錄》等。傳見《清史稿》卷四二一、《清史列傳》卷四六、《碑傳集三編》卷四、《昭代名人尺牘續集小傳》卷八、《近世人物志》、《墨林今話》卷一六、《國朝書人輯略》卷九等。參見張茂新等編《先溫和公年譜》（同治間家刻本）。

〔三〕彭宗岱（一七九五—一八六五後）：字詹魯，號小山，貴筑（今屬貴州）人。嘉慶二十三年戊寅（一八一八）舉人，道光二年壬午（一八二二）恩科進士，選庶吉士。三年散館，以知縣用，歷任福建沙縣、將樂，江西會昌、湖口、鄱陽、新建等縣。官至江西饒州府知府。主修《新建縣志》。傳見《道光二年壬午恩科會試同年齒錄》、《詞輯輯略》卷六、《清代官員履歷檔案全編·咸豐朝》咸豐元年、民國《貴州通志》等。評點《盃夢蘭傳奇》。

〔四〕戊戌：道光十八年（一八三八）。是年冬十二月朔，公元已入一八三九年。

〔五〕夏世堂：字玉甫，建寧（今屬福建）。幼隨父宦於上海。附貢。道光七年（一八二七），任江蘇松江府管糧通判。二十一年改銓山海關通判。嘗集漢唐石刻，補王昶《金石萃編》之闕。傳見《金石學錄》卷四。

〔六〕己亥：道光十九年（一八三九）。

盂蘭夢跋〔一〕

顧夔等

聞聲相思，已逾十載。不圖良晤，乃在有意無意之中。幸甚，快甚。伏讀大箸，此偶然寄興之作耳。然逸情綺思，直駕關漢卿、王實甫而上之。波間一鱗，雲間一爪，固足以知其全體之所在矣。曷勝佩服之至！

華亭顧夔〔二〕。

問翁傳奇，迷離恍惚。能於極繁雜瑣細中，自在遊行，埽除一切。大奇，大奇！

上海徐渭仁〔三〕

佛家説因，夢幻泡影，無非因也。讀此，悟『因』之一字，非忘情人不能喝破，非至情人不能道出。

宜黄黄爵滋〔四〕

人之有至性至情者，不必觀其大也，即一端而已見矣。嚴君伯常前輩，方已卯發解時，保已讀其文而愛之。繼又聞君之爲人，敦名節，重氣誼，益傾心焉。歲己亥，保爲江南考校試官。既蒇事，訪其地之名勝。因識君於雞鳴山，即留飲於山閣，而始大慰乎二十年嚮往之忱。君又出其亡姬《背面圖》，及所作傳奇見示。讀竟，喟然歎①曰：『君之至性至情，其流露於此乎！夫豈猶人之燕暱之私而已哉！姬亦可含笑於地下矣。』因書其後，而並志吾兩人遇合之緣起如此。

烏程鈕福保〔五〕

問樵太史仁弟，曠代逸才，夙精音律，二十年前名噪京師。其所製如《同心言》、《奇花鑒》、《紅樓新曲》各種，每一曲成，部中爭購之，紙爲貴。然皆空中結撰，不難舒卷自由。茲以絕傷心之事，而爲極費手之文，乃能運實於虛，化板爲活，使閱者驚疑悲喜，恍入夢中，尤爲極才人之能事。

旌德江瀚〔六〕

『人皆言性，我獨言情』，湯臨川語也。夫情不摯，則性不眞。讀《盂蘭夢》傳奇，纚纚幻變，非想非因，畢竟文生情耶，情生文耶？昔冒巢民爲董宛作《憶語》，毛西河爲曼殊作《小傳》，雖事殊境異，而揆情則同。至於按拍填詞，足兼玉茗、藏園能事，而離奇光怪，又可與尤悔庵《鈞天樂》合奏，同音鴻筆，信傳圖中人千古矣。

長寧曾文顯〔七〕。

（清道光十九年己亥金閶吴青霞齋刻本《珊影雜識》卷下所收《盂蘭夢》卷末）

【校】

①歎，底本作『難』，據文義改。

【箋】

〔一〕底本無題名。以下跋語，接續於盱眙汪雲任跋語之後。

〔二〕顧夔（一七九〇—一八五〇）：原名恆，字卿裳，號荃士，一說字荃士，號卿裳，華亭（今上海）人。嘉慶十八年癸酉（一八一三）舉人，次年挑取咸安宮教習。道光六年丙戌（一八二六）進士，選庶吉士。散館改知縣，九年，官山西靈石。在任三年，遭母喪，歸，遂不復出。教授里中，嘗主講金山大觀書院。晚年尤長於戲曲。著有《城北草堂存稿》、《城北草堂詩鈔》、《城北草堂詩餘》、《城北草堂詞餘》等。傳見西安碑林藏何紹基（一七九九—一八七三）咸豐間書張祥河（一七八五—一八六二）撰《山西靈石縣知縣顧夔墓志銘》、張文虎《鼠壤餘蔬・墓表》、顧蓮《素心簃文集》卷四《事略》、《清史列傳》卷七六、光緒《松江府續志》卷二四、光緒《重修華亭縣志》卷一六、民國《靈石縣志》卷七、道光丙戌科《會試硃卷》等。

〔三〕徐渭仁（一七八五—一八五五）：字文臺，號紫珊，晚號隨軒，別署不寐居士，上海人。國子生。咸豐五年（一八五五），以『從賊』之罪，死於獄中。精鑒定，富收藏，工書畫。輯有《隨軒金石》，補王昶《金石萃編》。道光二十九年（一八四九），輯刻《春暉堂叢書》十二種。著有《隨軒詩存》、《隨軒詩續存》等。傳見《墨林今話》卷一七、《清畫家詩史》庚下、《清代畫史增編》卷二、《國朝書畫家筆錄》卷三、《國朝書人輯略》卷九、《書林藻鑒》、《金石學錄》卷四、民國《上海縣續志》卷二〇等。參見李玉安、黃正雨編著《中國藏書家通典》（中國國際文化出版社，二〇〇五），邵雍、劉錦《上海紳商與小刀會起義——以郁松年、徐渭仁爲中心的考察》（邵雍《歷史回顧與評論》，合肥工業大學出版社，二〇一四）。

〔四〕黃爵滋（一七九三—一八五三）：字德成，號樹齋，又號一峯，室名仙屏書屋，宜黃（今屬江西）人。嘉慶二十四年己卯（一八一九）舉人，道光三年癸未（一八二三）進士，選庶吉士，散館授編修。遷福建道、陝西道御史，歷兵、工科給事中，擢鴻臚寺卿、大理寺少卿、通政使司通政使，官至刑部左侍郎，降員外郎。著有《仙屏書屋初集詩錄》、《仙屏書屋初集詩後錄》、《仙屏書屋文錄初集》、《仙屏書屋初集》、《黃少寇奏疏》等。傳見孫衣言《遜學齋文鈔》卷六《行狀》、《清史稿》卷三七八、《清等史列傳》卷四一與卷七三、《續碑傳集》卷一〇、《清代七百名人傳》、同治《宜黃縣志》卷三〇等。參見黃爵滋《黃一峯自紀年譜》（道光二十九年刻本《仙屏書屋初集》卷首）、王諮臣《黃一峯先生年譜》（稿本）。

〔五〕鈕福保（一八〇五—一八五四）：字右申，號松泉，烏程（今屬浙江）人。道光十四年甲午（一八三四）舉人，考取咸安宮教習。十八年戊戌（一八三八）狀元，授翰林院修撰，轉詹事府中允、國子監司業。十九年，充江南鄉試副主考官（主考官爲黃爵滋）。次年典江西鄉試。二十一年，擢廣西學政。官至少詹事，誥授通議大夫。工文辭，善書畫。傳見光緒《烏程縣志》卷一八、《詞林輯略》卷六、《皇清書史》卷二六、《清朝書畫家筆錄》卷三、《清代畫史補錄》卷三等。

〔六〕江瀚：旌德（今屬安徽）人，字號、生平均未詳。

〔七〕曾文顯：長寧（今四川宜賓）人，字號、生平均未詳。

盂蘭夢題詞

管庭芬〔一〕

春夢如雲不當眞，珊珊幻影悟前身。二分偏恨揚州月，照徹人間未了因。

紫玉無端已化烟，空將離恨補情天。幽蘭滴露蒿燈滅，一剎曇花亦可憐。

道光辛丑又三月既望，丹徒嚴問樵太史偕吴門楊稚雲茂才，過訪陜川寓齋，問樵攜贈此冊，徵詩，蓋爲其亡姬悼也。率拈二絕應之，卽錄副稿於卷末，以志萍逢之偶合云。海昌管庭芬芷湘

氏書〔二〕

（清道光十九年己亥金閶吴青霞齋刻本《珊影雜識》卷下所收《盂蘭夢》卷末）

【箋】

〔一〕管庭芬（一七九七—一八八〇）：生平詳見本卷《南唐雜劇》條解題。

〔二〕題署之後陽文印章二枚：『庭芬』、『芷湘』。

（盂蘭夢）題詞

袁祖光　等

【蘇幕遮】斷雲飄，涼雨歇。一掬春情，大半傷離別。栩栩遊魂莊子蝶。醒後誰家，昨夜中元節。　夢迷茫，愁鬱結。酒盡燈枯，已死心猶熱。譜入紅腔吹笛裂。不見知音，悄對黄昏月。太湖袁祖光暧初〔一〕

【蝶戀花】三月落花春倥傯。死後枯蠶，宛轉絲無用。談到離魂心一慟，新詞怕唱《釵頭鳳》。壓損眉尖愁更重。絲竹中年，我輩都情種。石上三生誰與共？淡雲殘月荒涼夢。古雷戴述經醒梧〔二〕

（清光緒三十四年至清宣統三年國學萃編社排印本《晨風閣叢書》第一集所收清宣統元年夏《盂蘭夢》卷末）

【箋】

〔一〕袁祖光：即袁蟫（一八七五—一九三〇），字祖光，别署曖初氏，生平詳見本書卷九《瞿園雜劇》條解題。

〔二〕戴述經：字惺吾，一字醒梧，望江（今屬安徽）人。諸生。能畫梅。著有《雷岸隱人詞》。傳見《畫家知希錄》卷七、《詞綜補遺》卷八八、沈宗畸《今詞綜》卷四等。

附 孟蘭夢跋〔一〕

柳詒徵〔二〕

吾鄉嚴氏多才人，麗生先生《海雲堂詩文》，足與舒鐵雲、陳雲伯抗行，世已鮮知之者。問樵先生文采風流，著稱當時，惜遺稿散佚，近人尤尠道及。按《丹徒縣志・文苑傳》：『嚴保庸，字伯常，號問樵，嘉慶己卯舉江南第一，己丑成進士，選庶吉士。散館發山東，任棲霞縣知縣。天才高曠，於書畫、詩詞、聲曲、絃管，靡不工細。久客京師，好作狹斜遊，視金錢如土芥。既之山東，以官署爲詞場歌榭，坐是罷官。尤善畫蘭，著《蘭譜》。感舊，作《蘭花步》傳奇。又嘗著《同心言》、《奇花鑒》、《紅樓新曲》諸院本，風行都下。唐陶山方伯集句贈之云：「孺子亦知名下士，樂人爭唱禁中詩。」紀實也。其楹聯之工，與茅三峯埒。兩人聯語，多載梁中丞章鉅《楹聯叢話》中。最可傳者，如《揚州史公祠聯》云：「生有自來文信國，死而後已武鄉侯。」《焦山夕陽樓聯》云：「夕陽無限好，高處不勝寒。」皆天然入妙。晚年，客袁浦。咸豐間卒。著《問樵》各集，未梓。』是光緒間邑人修《志》時，已不獲覩先生撰著，而其嶔崎跌宕之致，猶可想見。詒徵流轉南北，甄訪《志》目所載傳奇、院本，訖未一觀。僅從《晨風閣叢書》甲集，獲讀是編，則《志・傳》所未載也。驪毛豹斑，雖未足概生平傑構，要亦可稍窺其才藻。重爲寫印，藉補里乘之闕云。

乙亥夏四月〔三〕，鎮江柳詒徵。

（江蘇省立國學圖書館民國二十四年影印盋山精舍本《盂蘭夢》卷末）

【箋】

〔一〕底本無題名，據版心補。

〔二〕柳詒徵（一八八〇—一九五六）：字翼謀，一字希兆，號知非，晚號劬堂，丹徒（今屬江蘇）人。任教於江南高等商業學堂、江南高等實業學堂、寧屬師範學堂、兩江師範學堂、北京明德大學、南京高等師範學校（即東南大學）、清華大學、北京女子大學、東北大學、中央大學、浙江大學、貴州大學等。曾任江蘇省立國學圖書館館長、南京圖書館館長。新中國成立後，執教於上海復旦大學。著有《歷代史略》、《中國商業史》、《中國教育史》、《中國文化史》、《國史要義》等。

〔三〕乙亥：民國二十四年（一九三五）。

江梅夢（梁廷枏）

梁廷枏（一七九六—一八六一），字章冉，號鞸紅醉客，別署藤花老人、藤花閣主人，順德（今屬廣東）人。道光十四年甲午（一八三四）鄉試副貢，歷任廣東海防書局總纂修、廣州越華書院監院兼學海堂堂長、廣州粤秀書院監院、澄海縣教諭。二十九年，因功授内閣中書，加侍讀銜。著有《南漢書》、《金石稱例》、《論語古解》、《藤花亭曲話》等，總題《藤花亭十五種》。撰雜劇四種，包括《江梅夢》、《圓香夢》、《曇花夢》、《斷緣夢》，合稱《小四夢雜劇》，今存。另有傳奇《了緣記》，已佚。傳見《清史列傳》卷七三、咸豐《順德縣志》卷二七、民國《順德縣志》卷一八等。

《江梅夢》雜劇，《今樂考證》著録，《小四夢雜劇》第一種，現存道光間刻本《藤花亭十種》本、道光間刻本《藤花亭十五種》本（《傅惜華藏古典戲曲珍本叢刊》第八八册據以影印）、《今樂府選》稿本第三五册所收本、道光間刻本、道光間重刻本。

江梅夢自題〔一〕

梁廷枏

雜劇之《梧桐雨》，院本之《綵毫記》，皆演開、天遺事，然全以楊太眞爲主，不及江妃。惟《長生殿·絮閣》折偶一出場，亦嘿然不作一語，未免寂寥。向與同好論之，無不異口同聲，嘆爲缺事也。冬暖漏長，戲成此劇，一取裁於兩《唐書》及唐人所撰《江妃傳》。《傳》稱妃死亂兵之手，今以爲駡賊致死，固非盡空中樓閣。獨『獻賦』、『賜珠』兩事，在閣召前，稍更置而已。梓成，漫綴數語於首，並繫以詩。藤花主人。

開元天子全盛日，四瀛無波九重逸。廣選娥嫿置後宫，詔使貂璫相靈匹。問柳評春海國來，一枝花向八閩開。生成豔骨無雙品，冰作根苗雪作胎。愛格烏絲工禁體，閒摹繭紙試宫才。少慕蘋繁名字稱，果然翔步上璇臺。爾時嬪御空員備，武惠先薨王后棄。君王初見笑開顔，尋常脂粉都驚避。淡妝素面乍承恩，玉秀亭亭傍至尊。皓月照來微有態，情波捲盡渺無痕。離宫夜賜諸王讌，舞罷驚鴻人不見。疊旨傳宣去復回，徘徊戀住梅亭院。幾生修到喚梅精，妾面梅花一樣清。昨夜黄封新捧出，御筆親題緑萼名。雲階只管春魁占，那識垂楊較芳豔？韶華陡轉春心移，見慣幽葩天眼厭。自從柳葉嫁東風，巧織鶯簧蔽聖聰。頓使相依連理影，無端遷種上陽宫。上陽宫裏流年促，離鸞慣臥鴛鴦褥。夢迴漏永一燈孤，生把傾城埋地獄。隔院朱絃風送秋，恍惚猶聞《羽衣曲》。嶺南梅使貢離支，世事炎凉如轉轂。外家勢弱訟冤難，勸慰惟憑賈佩蘭。到底君王能念舊，潛開別岫放雲還。爲雲衹許暮經朝，忽洩春光到柳條。可奈東皇不作主，落花返樹又塵飄。青鸞此後空消息，鎖斷愁眉未肯描。漫勞翠鈿私封賜，辜負珍珠慰寂寥。千金買賦終何用，長門永絶羊車夢。萬騎胡羣蕩帝居，血汙紅顔兹斷送。塵蒙蜀道駐龍旗，斷送紅顔那得知？馬嵬已自傷埋玉，回首都門更根觸。轉疑流落在人間，鳳絲斷借鸞膠續。彈指儲皇收兩京，六轡匆匆返禁城。下詔殷勤求故劍，可憐井底覓銀瓶。梅亭無恙花消索，夜夜朝朝慘不樂。内官奏進舊春容，逗到宸衷十日惡。悲思哀怨恨嗔癡，百感環生十二時。情魄是耶眞夢見，宛轉嬌啼前致辭。辭中煩絮多難記，記訴兵荒殉死事。温泉東畔古梅邊，是妾當年棲骨地。醒來方信沒黄沙，剔遍梅根露髻鬟。死後生前問冷絶，寒株還伴玉鈎斜。墨蘸丹毫誄淑儀，盛張簫鼓葬西施。官家自賦哀蟬句，宫女重歌《薤露》詩。肥環在昔逢春煦，荔霞壓倒羅浮樹。誰解中間值亂離，釵盒縱横遺驛路。隅向昭容爲賊亡，貞聲留沁齒牙香。西巡若得隨清蹕，南内何從弔便房。自古恩深盟白水，玉兒能爲東昏死。怪煞長羈永巷人，就義從容竟如此！此回纔算恨綿綿，便介哀喉譜短絃。聽殘《秋雨梧桐》曲，猶是唐賢寫恨篇。我作新詞尚於邑，曷笑情皇淚拋粒？寄語泉臺白江州，行人按拍青衫濕①。

（《傳惜華藏古典戲曲珍本叢刊》第八八冊影印清道光間刻本《藤花亭十五種》所收《江梅夢》卷首）

【校】

①『寄語』二句，中國國家圖書館藏清道光間刻本《小四夢》之《江梅夢》卷首《自序》作『白尉當年未作歌，料應搦管衫先濕』。

【箋】

〔一〕底本無題名，版心題『自題』。此文又見中國國家圖書館藏清道光間刻本《小四夢》第一種《江梅夢》卷首，題《自序》。

（江夢梅）繡子李夫子題詞〔一〕

李黼平

少小香閨熟《女箴》，『二南』風化幾沈吟。承恩但説驚鴻舞，孤負宜家一片心。

雲里佳人賜浴初，梅亭一步不迴車。尹邢玉兒俱當夕，那爲娙何貶婕妤。（娙娥，《史記》作娙何。）

上陽花草易黄昏，拜賜眞珠欲斷魂。奏賦焉能回主眷？阿嬌終古閉長門。（《文選》言相如奏《長門賦》，陳皇后復幸，史無其事。）

鼙鼓漁陽動地來，名花摧斫亦堪哀。猶勝中道誅褒妲，鈿盒金釵棄馬嵬。

珊珊環佩出溫湯，映竹穿花見上皇。風露不辭親一到，似憐南内太淒涼。

東宮罵賊是邪非，采筆憑君與表微。怪殺元和盩厔尉，一篇《長恨》爲楊妃。

（清道光間刻本《小四夢》第一種《江梅夢》卷首）

【箋】

〔一〕繡子李夫子： 即李黼平（一七七〇—一八三三），字繡子，一字貞甫，別署著花居士、著花庵主人、李十五書生，嘉應（今廣東梅州）人。嘉慶三年戊午（一七九八）舉人，十年乙丑（一八〇五）進士，選庶吉士。假歸，主講越華書院。十五年散館，出爲江蘇昭文知縣。旋以虧空免官，繫獄八年。援赦出獄，入江蘇巡撫陳桂生幕府。三年後始歸，入阮元（一七六四—一八四九）學海堂講學閲卷。道光四年（一八二四），主講東莞寶安書院，卒於書院中。梁廷枏曾受學。著有《毛詩紬義》、《易刊誤》、《文選異義》、《讀杜韓筆記》、《繡子先生集》（含《著花庵集》、《吳門集》、《南歸集》）、《南歸續集》、《李詩三集》等。撰傳奇《桐花鳳》，未見著錄，已佚。傳見《清史稿》卷四八八、《清史列傳》卷六九、《國朝耆獻類徵初編》卷二四六（梁廷枏撰《墓志銘》）、《碑傳集補》卷四一、《清儒學案小傳》卷一四等。參見古直《李先生傳》（《客人三先生詩選》，古直自印本，一九三〇）、羅可羣《『客人先生』李黼平》（左鵬軍主編《嶺南學》第五輯，中山大學出版社，二〇一三）。

圓香夢（梁廷枏）

《圓香夢》雜劇，《今樂考證》著錄，《小四夢雜劇》第二種，現存道光間刻本《藤花亭十種》本、清道光間刻本《藤花亭十五種》本（《傅惜華藏古典戲曲珍本叢刊》第八八册據以影印）、《今樂府選》稿本第三五册所收本、清道光間重刻本。

圓香夢序〔一〕

龔　沅〔二〕

無端好夢，得此名香。夢起夙因，不聞香而亦夢；圓通至覺，得了局之爲圓。雖云夢以香生，香由夢結，要亦情殊足感，事所罕聞矣。若夫石火光中，仙塵物外，離離合合，死死生生。示幻迹於曇花，參妙香於證果。分明有影，依然圓處非圓；隱約聞香，尚爾夢中同夢。卿須憐我，今吾猶屬故吾；色卽是空，一誤何堪再誤？寫淡懷於秋水，非我非魚；結妙想於漆園，爲周爲蝶。所以眼空昨夢，迹寄莊生也。然而性賦自天，孽生於慧。大徹者至道，多情者佛心。手注甘霖，卽願流蘇並蔕；身饒豔骨，方能領護羣芳。直欲刪人間長恨之歌，補寓內有情之傳。燻蘅蕪於漢帳，扇氤氳於賈簾。夫然而香盡返生，夢俱圓覺也已。

至若其人其事，久供杯燭之談；此境此情，忽入檀牙之選。聽紅腔之一曲，咽碧玉之雙聲。記豆未終，唾壺欲碎。君且緩歌漫舞，用道其詳；僕將竟委窮原，先容此事。爰有羊裘釣侶，龍穴才人。慧擬童烏，廉稱子駿。鍾嶺南之秀氣，雅擅三家；評鄴下之雄才，首分八斗。榜花簪上，英年則桂贈秋娥；制草焚餘，曲苑則杏遲春讌。幾經玉笥，偷得智珠；前度瑶臺，冊爲花史。謂是粤多名士，間出斯人者矣。爾迺種字林間，畫眉窗下。動香草美人之慕，發榆林壯士之嗟。坐秋影於青棠，花無蠲忿；長春心於紅豆，樹有相思。曲製柳卿，金粉擅南朝之體；家連花埭，素馨結東里之鄰。嗣由藝苑閒身，喜遇香君後輩。華如穠李，表得姓之梅妃；弱比含烟，補小名於實録。薛校書箋多妙墨，崔録事巷有幽居。賦香洞之九迷，都除俗客；買畫欄之一笑，煞費金錢。眼底檀郎，得此深心有幾？鏡中香伴，較他瘦影仍多。迺博得卿憐，適逢我輩風人；易感遇知，已而情親女子。善懷匪吉，士其誰諉？似曾相識，恍訂隔宿之緣；自矢靡他，又破杜門之戒。將期韓郎以富貴，甘從趙子爲存亡。自此花下雙棲，人行暮雨；湖邊兩槳，妾帶朝雲。疑巾幗之虞翻，願酬素好；作閨房之阮籍，自累奇窮。事匪偶然，誰能遣此？

其奈春明北上，花對將離；人在南中，草存獨活。六篷催送，韓江之帆雨輕吹；半鏡分持，綺陌之蹄塵暗動。驚鶯兒於蝶夢，阻妾深心；替鴇母於鸚哥，憎他巧舌。越巢胡馬，況會面其安知；啼鳥落花，欲分飛而且止。當時韋布，敢謀贖價三千；薄命緋桃，致損年華二九。一身無主，百折難回。計惟生守粧樓，常棲燕子；死歸法苑，空伴獅王。聽珠江之舊雨寒潮，已負生涯居處；問香浦之花天酒舫，徒傷眷屬流年。此蘇小西陵，悵同心於綰帶；崔徽南浦，寫別淚於生綃者耳。既而黄鵠哀鳴，紫騮遠去。擲鞋空卜，聽鏡無期。望烏角以時移，惟存宛轉；比蠶僵而絲盡，頓絶纏綿。自分生離，那堪死别。來其莫矣，逝者仙乎？

及夫庾亮歸田，感江關之蕭瑟；劉蕡下第，悲時運之艱危。訪舊侶於花間，失驚魂於意外。嗟嗟！歸來公子，燕燕空呼；覺覓玉人，鶯鶯何處！鏤金一篋，歐陽子腸斷香鬟；軟玉四圍，河東生心傷血淚。此則封百花於冢上，應屬同情；對九檠於宵闌，不禁獨宿。已令香埋碧蘚，枉教夢繞青樓。究之往事雖非，前因未泯。歷百千萬劫化身，合拜如來；升一十八層度厄，唯稱目在。遂乃皈依我佛，超度卿靈。出小佈施，莫怪老僧饒舌；皆大歡喜，能令居士點頭。此日瞿曇，法説無遮會上；當年淨秀，躬修兜率天邊。許飛瓊卽以登仙，秦弄玉因而引鳳。邇復時逢巧夕，尚有三郎；壇降雲英，已除百媚。瞥見新粧霓羽，現過來身；雯辭舊迹烟花，得悟後境。鏡花水月，窺色相以俱空；智果情關，歷金剛而胥破。是以心超靈鷲，迹等閒鷗。憶取十年，眞成一夢。

適有梁園畸士，淪水詞人。夢入游仙，曾與阮、劉接迹；交傳傾蓋，有如李、郭同舟。借杯酒以澆香，儂稱好事；倚琴絃而説夢，生屬多情。取本事之巔涯，譜離思之悲怨。於是毫抽雙管，濯向冰壺；調按九宮，吐成玉唾。或縱談仙佛，或曲摹精誠。或生笑謔於齒牙，或狀悲歡於兒女。聞之可感，將欲歌而欲泣；作者有懷，不言性而言情。爭看被以梨園，直奪金荃之席；傳諸花國，遍生玉樹之香。此《圓香夢》一劇之所由撰也。

僕本楚騷，來爲遷客。荷覯是帙，流嘆連朝。方猿客之四聲，沾脣是血；比鮫人之一泣，著眼成珠。誰爲弔場，王伯輿良有以也；人爭拜座，田舍奴我豈妄哉！意觀者於瑤尊錦瑟之旁，恍親其澤；當紫玉、綠珠而後，復見斯人。知軼事之可傳，揣予言之不謬。按紅牙而低唱，歡匾憐婉約之喉；曳翠拍而輕敲，情客墮淒涼之淚。

時道光甲申四年展重九前一日，武陵芷舫愚弟龔沅拜言於端州官閣之小琅玕厂。

【箋】

〔一〕底本無題名，據版心補題。

〔二〕龔沅：號芷舫，武陵（今屬湖南常德）人。道光間，與梁廷枏補編祁彪佳《祁忠敏公日記》、《祁忠惠公遺集》、《祁忠敏公年譜》。

圓香夢題詞〔一〕

李黼平 等

若論北里繪相思，一代懷寧絶妙詞。別有蹇修緯繣恨，更尋殘夢譜參差。

墜鞭迎得紫騮來，邐迆檀痕咽幾回？訴與瑤姬原是客，可能朝暮住陽臺。

迴憶清歌送別辰，牽衣款款話泥塵。重來坊巷都依舊，不見櫻桃樹下人。

花易彫蕭月易沉，夜涼環佩有遺音。生天自荷師王力，未抵迦陵共命禽。

家門初立看收場，仙會須臾墮杳茫。誰信有情成眷屬？桃花遺恨孔東塘。
一色伊涼坐伎圍，人間樂府進天扉。而今莫唱新翻曲，供奉宜春已放歸。繡子李夫子

離合無端恨有涯，風雲兒女絆情懷。智珠一顆靈臺徹，暫締花緣亦復佳。
想入非非色界空，一場香夢散東風。如來也是多情者，肯渡榴裙慾海中。
說到前身事杳茫，瑤臺歸路海天長。眾香國裏愁根在，莫訝仙娥鬢有霜。
誰證菩提問慧能，生天成佛本無憑。才人舌本蓮花粲，笑殺昆明話劫僧。江右袁獻祚永伯〔二〕

小謫塵寰惱絳裙，離筵剛醉不重醺。蓮香寫就崔徽卷，地老天荒一雲分。
七千里路促征鞭，兩字相思怯可憐。愁債料應前世定，桃花薄命不禁年。
綵筆情多偏婉戀，靈魂不會認兒家。生天好把嬋娟賀，白玉闌干掃落霞。
秋館書閑添日課，蓮花妙法示前因。柔絲借取剛刀勁，聊試熬霜耐雪人。（俱集本詞句。）鶴山吳應遠雁山〔三〕

轉眼曇花委翠鈿，浮名作孽誤嬋娟。欲拚名士生天業，懺向梁王繡佛前。
珠簾憔悴①倚東風，泥絮空慚杏子紅。愁煞禹山東畔月，一枝柔櫓太匆匆。
情生情滅竟無情，惹亂黃鶯別後聲。手把蒙莊《齊物論》，一窗蝴蝶夢難成。
碧落黃泉杳夢思，散花禪悟著花癡。旗亭付與雙鬟唱，聽取尊前絕妙詞。嘉應李少漁秋颿〔四〕

巫山雲雨事荒唐，境入槐柯更渺茫。情滅情生情不盡，生香還勝返魂香。
一幅崔徽小影真，枉將玉兒委泥塵。洛濱不遇陳王賦，知在龍天第幾人？

邯鄲走馬問歸程，悔把浮名負了卿。夢醒呼人人不見，懷中香墜認分明。花變將離頃刻緣，竟符紫玉讖成烟。如何護豔東皇手，不管人間並蒂蓮。已成眷屬未還家，春事無端怨落花。遺恨海門秋夜月，當頭猶照繡簾斜。年時七夕拜雙星，癡絕梨雲喚不醒。花樣從翻新樂府，心香虔奉乞湘靈。嘉應謝培元玆皆〔五〕

洞入迷香意亦傾，絮飛湖柳怨啼鶯。青衫紅袖歸何許？贏得新翻曲子名。不斷珠江水帶溫，花開花落總銷魂。一從譜入《桃花扇》，十斛明珠未感恩。蜻蜓篷底雨瀟瀟，曾捲珠簾倚玉嬌。今日《霓裳》聽按譜，鈞天舊夢已全銷。嘉應李瀛賓仙裳〔六〕

甚情緣、人天障裏，拋將一副清淚。離鸞別鵠終難偶，都覺死生同例。長已矣！只有結果、因勘破銷愁易。華年逝水。問錦瑟佳人，玉臺詞客，上界總仙史。前盟在，一晌目成心契。平康猶記居里。羅幃偏惹春風度，無奈酒闌燈灺。雞喚起，催隔斷、關山眼底人何似？絮花飛墜。任百種香溫，千絲牽縛，瞥過夢中耳。（調【摸魚子】）三水劉步蟾與樵〔七〕

【校】

①憔悴：底本作『悴憔』，據詩律改。

【箋】

〔一〕底本無題名，據版心補題。

〔二〕袁獻祚：字永伯，號秋田，贛縣（今江西贛州）人。貢生。與順德馮龍官合輯《珠海雜詩》一冊。

〔三〕吴應逵：字鴻來，號雁山，别署雁山居士，鶴山（今屬廣東）人。乾隆六十年乙卯（一七九五）舉人。嘉慶五年（一八〇〇），主講昆陽義學。十七、十八年間，授徒於開平之長沙。道光六年（一八二六），任廣州學海堂學長。著有《雁山文集》、《譜荔軒筆記》、《嶺南荔支譜》等。

〔四〕李少漁：號秋颿，嘉應（今廣東梅州）人。生平未詳。

〔五〕謝培元：號茲皆，嘉應人。監生。學海堂肄業生。

〔六〕李瀛賓：號仙裳，嘉應人。附生。學海堂肄業生。

〔七〕劉步蟾（一七五六—一八三五）：字與樵，一作雨樵，又作羽橋，三水（今屬廣東）人。增生，屢試不第。學海堂肄業生。著有《天地一沙鷗吟舫詩鈔》。

圓香夢跋〔一〕

藕香水榭〔二〕

曲絢燦極矣，而聲律復諧，《四夢》外别張一幟。第一、二折賓白，鎔鑄莊生所作《李姬傳》，可稱天衣無縫。餘間以粤管方言，傳粤人口吻，於例無譏。至洋灑萬言，兩日而稿脱，敏捷之才，所未聞也。周氏《中原音韻》止爲北曲而設，故主人初稿，南詞用韻，於不可通者多爲叶音。既乃自嫌參差，更歸一律云。

藕香水榭訂譜訖，記之。

【箋】

〔一〕底本無題名，據版心補題。

〔二〕藕香水榭：姓名、籍里、生平均未詳。

圓香夢跋〔一〕

畸　農〔二〕

橘談二叟，石注三生。湟鹿芭蕉，彼夢我夢；湘江玉佩，有情無情。寂以感而遂通，境以眞而覺幻。是知情者夢之餘也，夢者情之正也。情有生而有滅，夢且復而且醒。未熟黄粱，難欹警枕。惟沉魂於覆水，乃抗筏於迷津。如藤花主人之《圓香夢》是也。彼固墨卿遊戲，漆吏寓言。寄優孟以寫衣冠，借酒杯而澆塊壘。暮雨巫山，説無稽矣；朝霞洛水，理亦宜之。然而三宿空桑，千年華劫。今也若此，逝者如斯。既大道之亡羊，誰仙源之問渡。以故冢必飛夫蝴蝶，樹必結於鴛鴦。寶鈿盒封，尚徵盟誓；濬英帳冷，猶想丰神。則後悟前身，須當頭之明月；十年一覺，即五夜之殘鐘矣。至於竟作達觀，早超上乘。脱塵寰之小謫，還眞宰於太虚；從天女之繞圍，入香城而不染。如木居士，作石吴儂，至矣美哉！固所謂太上忘情，至人無夢者乎！

畸農跋。

（以上均《傳惜華藏古典戲曲珍本叢刊》第八八册影印清道光間刻本《藤花亭十五種》所收《圓香夢》卷首）

【箋】

〔一〕底本無題名，據版心補題。

〔二〕畸農：姓名、籍里、生平均未詳。

曇花夢（梁廷枏）

《曇花夢》雜劇，《清代雜劇全目》著録，《小四夢雜劇》第三種，現存道光間刻本《藤花亭十五種》本（《傅惜華藏古典戲曲珍本叢刊》第八八册據以影印）、道光間重刻本。

（曇花夢）自序

梁廷枏

往閲《毛西河先生集》，文字之及其妾曼殊者，曰《葬銘》，曰《别志書磚》，曰《回生記》，知先生於死生離别之際，尚有餘情。每欲演爲雜劇，被之管絃，恐褻先生，不果。既念先生之作《别志》也，以同人所贈詩文，分注各段下。又自注稱曼殊之死，京朝爭作弔輓。同館生有託碧虚仙史作《盎中花》雜劇〔一〕，皆彙載别集。然則當時已有爲先生登場搬演者，先生固不怪也。秋風鈍甚，病逐愁來，枯坐風旬，無可驅遣，輒取其本事曲折，略爲陶鑄，撰成此劇。情眞事當，可免鑿空添演之弊。末折南北合套，南詞向不押入，今純用入韻者，噍殺之音，非此不達。且南詞本無正韻，故古人於合套之曲，欲聲奏之畫一，必以周氏北韻通之。至劇中諸人，各有本品服色，今惟以便服上場，志謹也。

藤花主人記。

（同上《曇花夢》卷首）

【箋】

〔一〕《盎中花》雜劇：碧虚仙史撰，《古典戲曲存目彙考》著録，已佚。碧虚仙史，姓名、字號、籍里均未詳。僅知其爲毛奇齡（一六二三—一七一六）同館生。

斷緣夢（梁廷枏）

《斷緣夢》雜劇，《清代雜劇全目》著録，《小四夢雜劇》第四種，現存道光間刻本《藤花亭十五種》本（《傅惜華藏古典戲曲珍本叢刊》第八八册據以影印）、道光間重刻本。

（斷緣夢）自序

梁廷枏

古今皆夢境也，普天下皆夢中人也。達者於所歷之悲歡離合，盡作夢觀。人在夢中，不知是夢。其歡合悲離之致，了不與眞異，惟既醒之後，則別之曰：夢而已。人死，其情狀不可知，若猶一一記憶生平，則視生平所作，直醒後之夢耳。古人所云『處世若大夢』，佛氏所云『六如』，又未免多一罣礙矣。

夫舉眞與夢兩者而齊之，卽眞卽夢，緣何自生？無所謂緣，更何所謂斷？當其眞也尚如此，況其夢耶？語緣於夢，虛矣；悲夢中之緣之斷，虛之虛矣。然則子虛之言，胡爲乎作也？曰：有人焉，所合所離、所歡所悲，一如斯夢也者。於永訣之久，迴想從前蹤迹，自以爲夢。既以爲夢，因遂夢之。寫其離合悲歡之致，一如其眞。所遇悉夢人，所言悉夢事，所往來悉夢地，不雜以醒後一語，則居然眞境矣。

先是，借他人酒杯，撰《江梅》、《圓香》、《曇花》三雜劇，皆以夢名。業師李太史謂〔一〕：『宜更添其一，爲小四夢。』諾焉，未卽作。秋賦新返，客履絕希，枯坐短檠，有所感憶，輒爲斯劇。師命彙附於所著書後。迨此劇刻成，而師之凶問適至，乃竟不一見，亦文字之緣斷也。是又一夢也。然而爲此序時，傷逝傷離，百端交集，不能以夢境自慰，抑獨何哉？

藤花主人記。

（同上《斷緣夢》卷首）

【箋】

〔一〕業師李太史：卽李黼平（一七七〇—一八三三）。據序云，此劇刻成於道光十三年（一八三三）。

了緣記（梁廷枏）

《了緣記》傳奇，《今樂考證》著録。已佚。

了緣記傳奇自序

梁廷枏

美人香草之句，半替騷伯箋愁；空天闊海之談，聊當漆園咏物。西陵松柏，佳話盡足移人；北里烟花，歡區便留韻事。所以金鏡佛曲，四飛天女之花；玉茗《仙圓》，一覺盧生之夢。境憑心造，語雜愁來。略性惟以言情，短歌因而代哭。

若乃西樓妙品，價噪碧雞；南苑詞人，情餘青鳥。豔蓮香之蜂蝶，簾下鞭遺；書洪度之枇杷，樓頭帽側。相逢一笑，共説三生。紅豆記宛轉之腔，緑珠曳迴旋之袖。横陳體怯，回抱身宜。太傅亦解纏頭，參軍何妨折齒？借青樓而小住，惓紅夢之長酣。

夫何別盞催斟，垂條乍折。鵾喉北叫，馬首南瞻。歌院師師，鎖愁眉而送邦彦；錦城灼灼，緘密淚以寄河東。吹殘《河滿》之歌，聲聲腸斷；唱到天涯之曲，字字魂銷。猶且謂帆檣重來，烟波無恙。劵牛星而訂約，指蟾月以爲期。逝水回潮，仍然作潤；落花返樹，依舊迎春。

豈知再訪夭桃，則雲封臺洞；移栽弱柳，而雨冷章臺。板橋之剩水無情，巫峽之高峯可望。傷春杜牧，空題感舊之篇；惜別敬宗，枉羨傳神之卷。離亭孤而長駐，恨壑闊而難填。吹參差以誰思，覓琵琶其安在？啜其泣矣，傷如之何？

然後知歡者悲之伏也，離者合之招也。心爲情根，心灰而情自滅；怨從愛出，怨極而愛遂捐。端每妙其環循，悟自資乎棒喝。對鏡中之花月，究竟何因；過眼底之雲烟，奚宜著迹？寸寸情絲之裏，誰人解奪剛刀？茫茫欲海之中，彼岸急尋寶筏。此所以消除煩惱，微聞木犀之香；解脫塵氛，頓灌醐醍之露者也。

僕也病劫相遭，文魔未懺。偶因種字，路出藍田；頗類逃禪，房依紫竹。續《七哀》之詠，緒並旌懸；擬《四愁》之吟，腸同板印。加以圍檐雪悶，打屋風鏖。咽亂蛩於砌腳池頭，唳孤鴻於青虛碧落。老地荒天之內，此恨綿綿；杜門卻軌之餘，書空咄咄。根觸舊事，別譜新腔。停拍輒喚奈何，寫心如將不及。假到引宮刻羽，商量夢裏因緣；略從烏有子虛，指點空中樓閣。傾杯而澆傀儡，無過酒借他人；痛飲更讀《離騷》，豈曰情鍾我輩？

（廣東廣州中山圖書館藏稿本《藤花亭駢體文集》卷一）

附　謝同人爲題了緣記院本

梁廷枏

又醒邯鄲夢一場，珠樓枉見水湯湯。無端唱罷章臺柳，惹起詞人半斷腸。

紅牙低按尚徘徊，酒剩燈闌舊恨催。世上有情同敗絮，被風吹去復吹來。

（廣東廣州中山圖書館藏稿本《藤花亭詩集》卷一）

鹿葉夢（李湘賓）

李湘賓，嘉應（今廣東梅州）人。嘉慶、道光間諸生。擅長詞曲。楊懋建《夢華瑣簿》，稱其爲『表叔』。撰《鹿葉夢》傳奇，未見著錄，已佚。

鹿葉夢傳奇序

梁廷枏

打唱演連廂之技，傅粉墨以排場；搊彈開鎖院之科，判北南而協律。故『緊風』、『飛雁』，頓銷曲客之魂；《拜月》、《驚鴻》，屢下詞筵之淚。厥後夢圓玉茗，事譜金閨。節紅牙翠拍之和，寫紫袂烏衣之照。隨莊謔寂喧，而摹其意態；極悲歡離合，而狀其性情。大抵筆蕊豔抒，心葩怒綻。摛藻各徵乎才品，推波愈肆其神奇。

如李君湘賓所著《鹿葉夢》者，腔溜珠圓，語淘玉潔，胷貯成竹，舌妙燦花，可鏘擲地之金，不亞鈞天之瑱矣。以君蚤擅夙根，長通奇字。撐腸而儲千卷，叉手而試萬言。帶束丁年，書生名標智海；緗裝甲集，記室才數義山。此卽吻縱瀾翻，思隨泉涌，不過文章之末技，遊戲之餘波。顧其意立筆先，情鏤簡背，代旁觀而紀恨，會阿堵以傳神。豈有閣尚虛空，竟望雲而著想？何以樓非近水，能繪影而成聲？翻閱再三，蓄疑什九。

昔禪房琴斷，微之自隱姓名；思婦琶哀，論者共明心迹。斯則始親筆劄，終遂絲蘿。縱果訂韻聯吟，猶是發情止義。矧僵桃代李，原殊故劍之求；卽指柳話梅，聊當朋簪之盍。遇固偶而復偶，事亦奇而無奇。隨唱緣以造端，風流循其正軌。何煩假借，頓減光明，致礙推尋，稍留缺憾耶？

今試爲之綜提逸事，挈舉宏綱。則有系出稼軒，名符花女。才嫺咏絮，齒近破瓜。性本工愁，甥館遇高才而輒觸；雅能讀畫，妹行得同調而胥憐。龍生則氣欲淩雲，門欣立雪；艾氏更花圍蜂蝶，蔦施螟蛉。倘計雙宿雙飛，歡區何嫌鼎峙？如守一琴一鶴，癡願未免瓶枯。

而乃廉類雞餐，量同鼹飲。雖比肩聽雨，而遷鶯獨揀一枝；當快足追風，令射雀因遲半載。蓋自品茗酬箋而後，迄題圖贈策以來，不覺雁思秋添，蟲鳴夜冷。支離病骨，瘦甚黃花；憔悴藥爐，乾儕碧蘚。蠶待死而嘔絲剛盡，燭將燼而滴淚彌多。未種石上之前根，安問冢中之連理？

及至衫沾柳翠，鏡照芙紅，披錦歸來，舊硯空留。盼鵲挑燈夢醒，故人止剩孤鴻。喚到百日眞眞，忍便將肥例瘦；呼盡幾番負負，愁聞換羽移宮。豈知人事無憑，天緣有屬。構風姨之肆虐，藉河伯以爲媒。咫尺蓬窗，釵裙近接；流離梗迹，形影相依。無端疊騎聯輿，人逐梅花嶺北；

錯認挨肩並照，橈停荔子灣東。問親舍於鱣堂，息勞塵於燕翼。忽復鯨翻珠海，蜃涌銀濤。腥氛延倭醜之帆，妖霧罩蚩尤之幟。出城家小，獐眼倉黄；歸路川遥，馬頭飛白。仗書生之慷慨，依然臨水登山；望蜀道之艱難，重與餐星宿露。一則感其犯難，心許而服佩終身；一則儼若同棲，口卻而踟躇當境。孟弋何嘗期我，鍾建實已負予。侈雙雕齊落之思，及半而弓藏鳥散；愜一夔已足之願，至此而木接花移。鍥楔亦譜元音，支沱終趨巨壑。此有情無情眷屬，憑彩筆而暢繪團圞；將錯就錯因緣，借他杯而虚談夢幻也。

僕也幺弦閲撥，慣付蟲雕；短笛横吹，每成霓奏。自記曲終之豆，誰逢爨後之桐？君謬許中郎以賞音，投邀公瑾而顧誤。揚清激濁，詎逭字字經脣；煉采絺華，頗愛聲聲悦耳。從兹鬨傳繡口，掞播情場。配待闕之鴛鴦，豔小姨之夫壻。足以補佳談於服嶺，延遺響於清秋。

夫粤中溯祖瓊臺，徒責《五倫》之備；近日樵夫樂府，莫窺四齣之遺。此道本有難言，解人究非易索。欲奪元賢之席，先傳周《韻》之衣。輪異木而同規，塔沿梯而及頂。豪絲哀竹，看吾黨又出行家；墨費梨災，記客星枉誇地道。附權燕雀，攸别龍魚。（方論人新曲。）

（廣東廣州中山圖書館藏稿本《藤花亭駢體文集》卷一）

東海記（王曦）

王曦（一七九六—一八四七），字季旭，號鹿門，太倉（今屬江蘇）人。高才不遇，偃蹇以卒。

工詩詞，善畫。著《鹿門詞》。撰傳奇《東海記》。妻張紈英（一八〇〇—一八四九後），常州人張琦（一七六四—一八三三）女。傳見黃燮清等《國朝詞綜續編》卷一〇、光緒《武陽志餘》卷一一等。參見鄧長風《五位清代江蘇戲曲家生平考略·王曦》（《明清戲曲家考略續編》）。

《東海記》，《今樂考證》著錄，現存道光十一年（一八三一）宛鄰書屋刻本（《傅惜華藏古典戲曲珍本叢刊》第九〇冊據以影印）。

東海記序〔一〕

王曦

《東海傳奇》，爲西漢孝婦作也。今山東郯城縣，在漢時屬東海郡，爲孝婦故里。城東五里許，遺冢在焉。嘉慶元年，周明府宰是邑〔二〕，因禱墓獲雨，與邑中縉紳，創建專祠。嗣得請於朝，褒錫封號，春秋致祭，用答靈應，禮也。近人有《東海記傳奇》，演孝婦事，周明府以其沿襲舊訛，屬另譜十六齣。根據《漢書》及《搜神記》、《太平御覽》等書，略爲潤色。舊記所無者補之，誤者正之，疑者闕之，意在傳信而已。

按《縣志》作竇氏，於故記無據，而《搜神記》、《太平御覽》皆作周青。然《御覽》云：『母以女許同郡周少君。』周氏之女不應復爲周氏之婦，或以婦名而冒夫姓也。故竇白但稱青姐，以姓不可考，故闕之。又《御覽》載：『少君疾病，未獲成禮，求青母，見青，以父母爲屬，青許之。俄而命終，青爲供養十餘年。』此第一齣之所以始於《請見》也。又《御覽》載：『公姑勸令更嫁，青不可，公姑皆自殺。』而《漢書·于定國傳》則云：『孝婦事姑甚謹。』不言逮事舅，與《御覽》小異。今從《漢書》，以正史較爲可信也。又《搜神記》：『孝婦將死，車載十丈竹竿，以懸五旛，誓曰：「青若有罪，殺，血當順下；若枉死，當逆流。」行刑已，血青黄，緣旛行而上。』與《御覽》合。故於《法場》一齣，用旛竿事以紀其實。又《漢書》：『太守論殺孝婦，郡中枯旱三年。』夫以一人刑罰不中，而貽億萬人無妄之災，守令憒憒，東海之民何辜？以天道求之，必有任其咎者。此第十六齣之所以終於《冥譴》也，覩于公有後，可以勸；觀守令無終，可以懲。

周明府已去官。今縣宰爲徐公〔三〕，方與邑中搢紳增建祠屋，以計久遠。傳奇出，當令梨園習之，非獨以慰孝婦之靈，且使司土之君子，知獄爲萬民之命，慎之又慎，則周、徐兩明府用意之深也。周宰，名履端，徐宰，名銘，皆陽湖縣人。

道光五年仲冬，太倉王曦。

（《傅惜華藏古典戲曲珍本叢刊》第九〇册影印清道光十一年宛鄰書屋刻本《東海記》卷首）

【箋】

〔一〕底本無題名。

〔二〕周明府：即周履端（？—一八二六後），字臨莊，陽湖（今屬江蘇常州）人。由四庫全書館議敍，乾隆五十七年（一七九二），任山東郯城縣令。嘉慶間，歷署濮州、泰安、德州、德平、歷城等州縣事。《續修郯城縣志》卷一〇《藝文》收入其《東海孝婦墓》詩。嘉慶四年（一七九九），選編醫書《驗方摘要》。

〔三〕徐公：　卽徐銘，字厚渠，陽湖（今江蘇常州）人。道光五年（一八二五），任山東郯城知縣。

東海記跋〔一〕

周履端

嘉慶元年，余宰郯城。值歲凶旱，故老言『周孝婦冢，祈雨輒應』，乃禱焉，果得雨。乃鳩工建祠，請於大憲，題請敕封孝婦『柔嘉康濟夫人』，有司致祭。今邑令徐君厚渠〔二〕，又增修後殿，擴而大之。山陰陳君舊有《東海傳奇》〔三〕，情節未爲得實，更請太倉王君塡此本，情文婉至，足以揚厲奇節，激勸輿情。將付梨園，演以樂神，且梓本以廣其傳云。

道光六年春二月，陽湖周履端跋。

【箋】

〔一〕底本無題名，據版心補題。

〔二〕徐君厚渠：　卽徐銘。

〔三〕山陰陳君：　卽陳實，字泰谷，紹興（今屬浙江）人。生平詳見本卷《東海記（陳實）》條解題。

東海記後序〔一〕

包世臣

甚矣，折獄之難也。人知刑求之辭不可恃，謂熬審之辭爲可恃乎？孰知到案卽承之辭之尤不可恃也。故刑求而翻異者十五六，熬審而翻異者十二三，到案卽承則斷無翻異已。受辭者方自詡爲得情，豈知其沈冤，有更甚於刑求者乎？

漢東海孝婦事，明書史策①，雜見傳記，章章矣②。孫轉運謂其誣服，爲不欲罪坐小姑，似也。然亦③安知非逆料尸居者之聽必不聰，而不忍以純白之身見辱伍伯，爲此自承耶？故臨刑而以緡竿自雪，則知孝婦之冤結無可告訴者，非極至隔絕天地之和，歷三年之久，毒流千里不止也。且其時之守令④，非有所爲而爲，而禍已如此，良可懼矣。

世所傳《六月雪傳奇》，或借孝婦爲言，而意⑤有所寄，非傳本事。近人別作《東海記》，以紀其實，顧雜以近世之法⑥，又其文不辭，不足以聳動觀感⑦。季旭⑧更之，其詞旨悱惻⑨，其節奏簡易。吾知坐華屋綺筵而徵新曲，必有思齊內省之心，一時勃然並發⑩而不能自遏者。季旭⑪，世家子，異日出而臨民，其必能爲文吏，如兩京明詔所謂，亦從可知矣。

道光九年六月三日，安吳包世臣慎伯甫序。

【校】

①策，《藝海雙楫》本作『冊』。

②記章章矣，《藝海雙楫》本作『紀載』。

③亦，《藝海雙楫》本作『抑』。

④『令』字下，《藝海雙楫》本有『之聽此獄也』五字。

⑤意，《藝海雙楫》本作『別』。

⑥近世之法，《藝海雙楫》本作『現行事例』。

⑦感，《藝海雙楫》本作『聽』。

⑧『季』字上，《藝海雙楫》本有『太倉王君』四字。

⑨惻，《藝海雙楫》本作『怵』。

⑩勃然並發，《藝海雙楫》本作『並發勃然』。

⑪『季旭』以下至『慎伯甫序』，《藝海雙楫》本作『是季旭之志也』。

【箋】

〔一〕底本無題名，據版心補題。此文又見包世臣《安吳四種》所收《藝海雙楫》卷二『論文二』有，題《東海記傳奇敍》，見《續修四庫全書》第一〇八二冊影印道光二十六年（一八四六）白門倦游閣木活字印本。

東海記跋〔一〕

張　琦〔二〕

詞曲雖小道，然其工者，往往感人。元代音律優而文辭劣，言兒女之私則華而傷靡，敍危苦之節則俚而不雅。自玉茗堂出，而遂詣其極，其文深醇精麗，入人肺肝，意溢於言，味逾於句。後有作者，孔云亭、蔣清容二家，遞相祖述，皆以擅美一世，流譽將來，然以上規義仍，尚多未逮。季旭此本，結撰謹，用意深，摛詞宅句，與云亭、清容相伯仲，而得意處直逼臨川矣。周臨莊大令屬塡此記，未及授梓，卽歸道山。余因跋而刻之，以成臨莊之志云。

道光十一年四月，張琦。

【箋】

〔一〕底本無題名，據版心補題。

〔二〕張琦（一七六五—一八三三）：初名翊，又名羽，字翰風，號宛鄰，陽湖（今江蘇常州）人。張惠言（一七六一—一八〇二）弟。湯瑤卿（一七六三—一八三一）夫。嘉慶十八年癸酉（一八一三）舉人。道光三年（一八二三），權鄒平知縣，調館陶、章丘。長於詞曲、醫學。著有《宛鄰詩》、《宛鄰文集》、《宛鄰草稿》、《宛鄰隨錄》、《立山詞》等。撰傳奇《鴛鴦劍》，葉德均《戲曲小説叢考》卷上《曲目鉤沉錄》著錄，已佚；雜劇《玉尺記》，未見著錄，已佚。傳見張曜孫《行述》（附光緒十七年鉛印本張琦《宛鄰文》）、吴德旋《初月樓文續鈔》卷六《述》、李兆洛《養一齋文集》卷一六《傳》、蔣彤《丹陵文鈔》卷三《墓志》、梅曾亮《柏梘山房文集》卷一四《傳》、《清史稿》卷四七八、《清史列傳》卷七六、《續碑傳集》卷四一、《國朝耆獻類徵初編》卷二四七、《國朝先正事略》卷五四、《清代毗陵名人小傳稿》卷六、《清儒學案小傳》卷一二、《桐城文學淵源考》卷八、《國朝書畫家筆錄》卷三、《國朝書人輯略》卷九、《書林藻鑒》等。

東海記總評

佚名

統觀十六齣，洋洋灑灑之文，前後迴環，左右掩映，如神龍夭矯之而鱗爪無不生動。人稱其鑄詞之妙，吾服其製局之精。

（以上均《傅惜華藏古典戲曲珍本叢刊》第九〇册影印清道光十一年宛鄰書屋刻本《東海記》卷末）

南唐雜劇（管庭芬）

管庭芬（一七九七—一八八〇），原名懷許，改名庭芬，一作廷芬，字培蘭，一字子佩，號芷湘，別署芷翁、笠翁、芝翁、甚翁、芷湘居士、渟溪老漁、渟溪釣魚師、渟溪病叟等，海寧（今屬浙江）人。諸生，屢試不第。遂棄舉子業，以館幕爲生。耽於羣籍，勤於鈔録校訂。編纂《花近樓叢書》、《銷夏叢書》、《一瓻筆存》等，今存稿本。道光二十五年至二十六年（一八四五—一八四六），佐學官錢泰吉輯《海昌備志》。著有《天竺山志》、《海昌經籍著録考》、《履霜雜識》、《芷湘筆乘》、《芷湘吟稿》、《渟溪老屋自娱集》、《渟溪老屋題畫詩》、《日譜》（一名《渟溪日記》）等。撰《南唐雜劇》。傳見潘衍桐《兩浙輶軒録》卷三七、民國《海寧州志稿》卷二九、《清代畫史補録》卷三、《清儒學案小傳》卷一五、《清畫家詩史》庚下、《畫家知希録》卷六等。參見鄧長風《十四位清代浙江戲曲家生平考略·管庭芬》（《明清戲曲家考略》）、鄭偉章《文獻家通考》中册《管庭芬》。

《南唐雜劇》，《古典戲曲存目彙考》著録，僅一折，正名作『李後主歎悼舊周后』，現存清稿本，天津圖書館藏。

南唐雜劇序〔一〕

穗嫣外史〔二〕

山川佳麗，繁華六代之遺；帝子風流，文物一時之選。垂楊盡落，仙李重榮。三鳳留香，未失烟花之主；一羊兆夢，先徵水木之年。門巷櫻桃，悵芳春之易去；郊原禾黍，知前日之都非。錦洞天中，鉛華消歇；羅江亭畔，金粉沉埋。後庭玉樹之悲，良有以也；鈿合金釵之事，亶其然乎？固宜讀史者感嘆重瞳，懷古者流連一既矣。

夫其乘雞襲位，式燕言婚。鬟朵粧新，腰絃曲破。掐鵝梨之香餅，甲煎沈酥；燬鳳邏之琵琶，檀槽金屑。零星舊譜，曲補《霓裳》；柔曼新聲，舞傳邀醉。信佳人之絕世，亦天子之無愁已而。乃玉環留訣別之辭，鰥夫署號；金鼎暗容華之色，宫女傷心。蓬萊春深，感花濺淚；芙蓉地晚，望月傷娥。既而鳳續琴徽，鸞膠瑟柱。趙家姊妹，並擅專房；楊氏諸姨，類皆絕色。遂應孃來之讖，爰定親迎之儀。繡幄銜書，紅鵝奠綵。香階剗韈，金鳳提鞵。年年陳乞巧之歡，世世有長生之願。花間狹坐，綠鈿安穤；香裹孤亭，紅羅覆壁。珠光照夜，瓊粉粧春。他如内府文房，亦有掌書之媵；後宫歌舞，非無記曲之姝。小步蓮花，雙行纏足；長條楊柳，一種銷魂。其豪奢也若彼，其佳麗也如此。

然而家山終破，時事潛非。熠熠之星經天，陰陰之日就暮。郵亭旅館，初回國信之車；別第離宮，已築禮賢之宅。黃花水縮，采石橋成。方外先機，識空花之易落；孤臣急難，痛編木之先焚。何鳥獸之相依，竟蟣蝨之興吊。城南大將，牙纛焚香；江左降王，軍門銜璧。於是金泥新曲，殘稿未終；瑤殿遺蹤，舊歡難再。墨寶續荊州之火，勝撥秦灰；教坊歸凝碧之魂，誰招楚些。崇朝雨急，怱促登舟；故國塵昏，倉皇辭廟。遂失纘承之統，尚邀違命之封。本無罪也，亦可悲矣。

嗟乎！鍾峯御墨，兵燹叢殘；建業遺箋，烽烟零落。回鸞裂錦，暗麝消香。所以庭院秋風，興衰往事；闌干新月，流思當年。夢故國兮初歸，枕函有淚；望秦淮而不見，樓角無言。秋月春花，朱顏易改；人間天上，白首同歸。般若遺經，持一花以獻佛；文人慧業，歷千劫而成仙也。

客有笙鶴工詞，鐘魚協律。紅牙節拍，皓齒徵歌。拈來幼婦之辭，訂以伎師之譜。宮商悉協，情景都眞。事紀一朝，唱凡八疊。問當年之傳信，三鳥翻青；惟此日之分題，千狐集白。記紅紅之曲譜，豆是相思；和黑黑之琵琶，草成絕唱矣。

戊戌夏日〔三〕，鵑水穗嫣外史序。

【箋】

〔一〕底本無題名，版心題『序』。

〔二〕穗嫣外史：姓名、字號、生平等均未詳。鵑水代稱海寧（今屬浙江），乃其籍里。

〔三〕戊戌：道光十八年（一八三八）。

（南唐雜劇）題辭

蔣光煦〔一〕

花月神仙，粧點出金陵佳麗。從頭數、鸞膠重續，鴒行同醉。舊曲椒塗長恨傳，新詞檀板多情使。玉龜山青鳥枉傳書，貪游戲。　金鼓震，烽烟蔽；降表獻，心香誓。嘆蛾眉鎖怨，隕紅銷翠。故國照殘明月影，小樓揮盡春風淚。怪等閒攜手上蓬山，飄然逝。（右調【滿江紅】）　別下齋主人

（天津圖書館藏清稿本《南唐雜劇》卷首）

【箋】

〔一〕蔣光煦（一八一三—一八六〇）：字日甫，一字愛荀，號生沐、雅山，别署别下齋主人、放庵居士，海寧（今屬浙江）人。諸生，候選訓導。精通音律、博弈及諸般雜藝。喜藏書，好刻書。道光間輯刻《别下齋叢書》，咸豐間輯刻《涉聞梓舊》叢書。著有《吴越春秋校》、《錢塘遺事校》、《酉陽雜俎校》、《唐摭言校》、《續彙刻書目》、《别下齋書畫録》、《東湖叢記》、《花樹草堂吟稿》、《别下齋遺詩》。傳見《清儒學案小傳》卷一五。

南唐雜劇跋〔一〕

管庭芬

今年春，余受别下齋主人督梓叢書之聘，安硯峽川〔二〕。主人素①精聲律之學，修簫擫笛，殆無虚日，因得微窺九宫大旨。長夏無事，適校周雪客《南唐書箋注》，戲與仝人分塡後主逸事，擬作傳

奇。余拈得《歡悼》一齣，翌日乃成。吳中詞友謬以此闋尚爲協律，細加拍正，入之絃索。古人云：『不作無益之事，安知有限之工？』錄存其稿，以俟倚聲家采擇焉。

時道光戊戌長夏，芷湘居士自志於北亞山莊。

【校】

①素，底本作『數』，據文義改。

【箋】

〔一〕底本無題名，版心題『跋』。

〔二〕峽川：今屬浙江衢州。

南唐雜劇跋〔一〕

闕名

合數調而成一曲，早濫觴於元人，後來傳奇家多用之。此齣詞調爲【十樣錦】，乃洪稗畦先生用於《長生殿·復召》：第一段係【繡帶兒】，首至五；第二段係【宜春令】，五至末；第三段係【降黃龍】，首至五；第四段係【醉太平】，五至末；第五段係【浣溪沙】，首至七；第六段係【啄木兒】，五至末；第七段係【鮑老催】，首至七；第八段係【下小樓】，全；第九段係【雙聲子】，首至六；第十段係【鶯啼序】，五至末。雖率爾仿填，而聲律句調，大略相仝。

（以上均天津圖書館藏清稿本《南唐雜劇》卷末）

【箋】

〔一〕底本無題名。

梅花夢（陳森）

陳森（一七九七？——一八七〇？），字少逸，號石函，别署采玉山人，毗陵（今江蘇常州）人。道光間，隨父陳竹坪赴粤西官署。後流寓北京。著小説《品花寶鑑》。傳見《墨香居畫識》卷四、楊懋建《夢華瑣簿》等。撰《梅花夢》傳奇。參見嚴敦易《陳森的〈梅花夢〉》（《元明清戲曲論集》，中州書畫社，一九八二）、鄧長風《二十九位清代戲曲家的生平材料·陳森》（《明清戲曲家考略三編》）。《梅花夢》，《古典戲曲存目彙考》著録，現存稿本，《明清鈔本孤本戲曲叢刊》第九册據以影印。

梅花夢事説

陳　森

道光癸未，余游京師，有同郡錫山張生，名若水，溫然玉立，願執弟子禮以學詩，年差少余，抑抑自下，謙而彌光也。業丹青，爲花鳥、人物、山水，皆有姿致。偕其弟游京師，歷抵卿相，士大夫多契重之。其詩詞，亦斐然多雋永之句。曾有《記梅花夢》七律十二首，請余改正，並爲序。余以旅況窮愁，久置筆硯，未應也。今春［二］，授徒於故大司馬汪宅，日長炎炎，無以消夏，因製此曲，即名曰《梅花夢》，繹其詩中之意而衍之，得十八段。

有妓曰梅小玉，姑蘇人也，本良家女，誤入平康，常自愛重，不輕許人，而獨於張多婘婘意。時張年甚小，尚不甚解事，懼嚴父之教而不敢背也。梅心益切，而張形迹益疎。年餘，梅病，毁容自誓，忤其鴇。鴇大恨，不以女畜之，並拒張，使梅不得一見顔色。病危，梅自知必死，乃嘆曰：『冤哉，冤哉！』誦『清如玉壺冰，直如朱絲繩』句者再三，乃勉力起，略櫛沐。時四月下旬，即所穿衣加綿半臂，扶小婢，僱扁舟詣張。

張門臨水，舟人叩户，述其事。張父甚怒，大撲張而縛其足。張楚萬狀，而小婢復庭外窺，翁益詈。鄰里譁然，問所以而勸之，曰：『翁勿詈，且詈無益。彼病至死，尚何蒖焉？弗如令子出慰之，或可去。』翁從之，解張出。至舟中，梅起立，握手無一言，而淚落如綆縻矣。張茫然無措，亦相抱而哭。舟人懼翁之復詈也，急移舟返。梅徐曰：『非君負我，我負我也。我已自誤，君勿學我，恐亦自誤。』張曰：『爲今之計，若何？』梅曰：『死耳。妾之來也，祈一見君耳。今見矣，即死亦不憾。再生緣或可邀也。』張大慟已。

抵家，值鴇外出，張爲之拂牀席，使臥，延醫服藥。出十數金爲鴇壽，而鴇心稍轉，遂不遣張出。是夕，梅覺稍安，而張亦冀其得瘳也。明日，面暈微紅，色若秋花之競媚，而冷豔可憐，眠不成寐。再明日，而色轉黄，氣噎不通。越宿而無聲，張起視之，唯血淚班班於枕上，溘然逝矣。張號呼者三，曰：『命也夫？病也。病也夫？情也！情之速人死也如是乎？』遂勉力措裨衾，視斂而去，並直告翁。翁亦太息，而責生之損陰隲也。

張意索然，鬱鬱居鄉者數年，娶即喪偶，父又死。囑其季弟事母，遂束裝遊清江者復數年。於道光壬午至都門，與英濟庭同居〔二〕。時太湖沈愚山〔三〕、休寧海東川〔四〕，皆相聚於都，極一時交游之樂。一日，小飲薄醉，臥梅樹下，而夢入異境。見有黄石短垣，園扉半掩，遂信步入。而閒花埜草不知名者無算，有假山巋然當面。迤而東，池水溶溶，環帶左右。過赤欄小橋，則梅花修竹，相間成林，亭榭位置，俱極雅稱，都中眞不易覯也。徘徊久之，聞女郎笑聲。睇之，則一青衣婢，高鬟大袖，雲行而來。至張前，作驚訝狀，曰：『君非張若水耶？吾主正思君，君適來，何遇之巧也？』張不敢答。婢笑曰：『君猶前十年之故態也。』張因問曰：『爾主爲誰？』婢指梅花曰：『此其姓』，指身上所佩玉曰：『此其名。時隔十二稔，何遽忘之耶？』張忽悟，欲再詰，聞東南隅樓上筠簾內，隱隱有人呼曰：『玉奴速來，毋妄言。』婢驚去，張如有失。忽履聲自後猝至，則一偉道士，金冠鶴氅朱履，執珊瑚樹一枝，擊其頂曰：『眞耶？幻耶？可勿究也。』張驚仆，遂醒，耳中恍惚聞道士姓名，爲『言希立』。遂隱其夢而弗言，意簾內人必梅小玉。

及識余，而始以此事告余。余亦姑勿究其顛末，以謂此奇也，奇而不傳，負此奇也；傳而不奇，負此傳也。以子傳奇之事，而試我傳奇之手可乎？余素不解音律，亦不好聞歌吹聲，率爾爲之，未半月而就。脱稿後，亦不再閲。游戲爲文，隨所欲言，不必深爲研究。於歌喉之未叶，節目之不合，更不加意。如眞美人名士，亦非優人之所能摹擬也。是曲也，因一時之情興而有，則亦因一時之情興而無。其事夢，則其文亦夢；其文夢，則其人更無不夢。卽笑之曰：『是癡人説夢也』，亦宜。

時八月十二日，采玉山人陳森少逸甫書於都門汪氏之退逸居。

【箋】

〔一〕今春：道光四年（一八二四）春。

〔二〕英濟庭：字號、籍里、生平均未詳。

〔三〕沈愚山：太湖（今屬安徽）人，名字、生平均未詳。

〔四〕海東川：休寧（今屬安徽）人，名字、生平均未詳。

梅花夢序

劉承寵〔一〕

原夫霜飛鐵箋，水部塡詞；繡錯金刀，河間儷曲。傳妙靡於橫吹，本出江淹；引激楚於箜篌，聞之曹植。越人大去，淒其山木之歌；郢客曼聲，競發《陽阿》之響。靈均則幽蘭贈遠，小山之叢桂貽人。致各不同，情均合揆。

迺有藝林才子，江左通華。曾蜚武庫之聲，特擅文園之號。瑶琴重撥，抱明月以當筵；長鋏一彈，菱衆芳而都歇。齊珠無以泫其彩，魯酒不足蕩其憂。知己誰何，辱王孫於袴下；埋愁無地，泣傭保於堂前。驚心朔管之灰，結客屠簫之內。況復燕烏北集，海燕東迴。蓮勺下滷，五侯冠蓋之區；蘭錡高門，七相風雲之第。梧臺遷客，爭來燕石之譏；長安貴人，詎解牛衣之涕？怨之來也，抑又叢焉。寒蓬頹鬢，無所假於頹飆；皙柳空心，豈足煩乎爝火？禰正平之感遇，鸚鵡能言；蒙莊子之生平，蝴蝶同夢。

遂乃思緣情綺，藻雜香生。不無兒女之悲，大短英雄之氣。蕙心紈質，抱玉樹之一叢；葯室蘭房，疊金釭之二等。江南弱檝，桃根宛轉之辭；蜀國迷魂，杜宇傷心之句。漫有潁川俠客，三河少年，藉此牢愁，工爲戲謔。雖無參於樂府，彌有激夫閑情。是知因兔守株，非能會意；求魚緣木，不識旁通者也。於是被以金徽，諧之玉琯。鳳凰臺上，妙得新聲；青雀舫中，重安逸韻。漢庭都尉，慚無妙麗之容；吳國周郎，空有風流之號。固勝素娥挾瑟，鈞天之奏不成；麗玉調箏，渡河之引難習。而或者謂華說非經，巵言貴當。高唐行雨，定有神仙；洛浦淩波，要之玉佩。則凝情色相，難參衹樹之禪；弄姿帷房，雅負梅花之夢。

道光四年六月，同里劉承寵拜序。

【箋】

（一）劉承寵（一七九八—一八二七）：字麟石，一字憶中，武進（今江蘇常州）人。劉逢祿（一七七六—一八二九）次子。嘉慶二十四年己卯（一八一九）舉人，官知縣。著有《麟石文鈔》（道光間刻《劉禮部集》本附）。傳見劉逢祿《劉禮部集》卷一〇《壙記》、《皇清書史》卷三、《清代毗陵名人小傳稿》卷六等。

梅花夢題識〔一〕

張盛藻〔二〕

此《梅花夢傳奇》稿本。道光四年間，京朝諸名公有題咏，未見行世。同治三年，予得於書肆，弆①藏久之。今爲光緒十二年，里中無事，再覽一過，他日當付梓也。

春陔記。

（《明清鈔本孤本戲曲叢刊》第九冊影印稿本《梅花夢傳奇》卷首）

【校】

①弆，底本作「弃」，據文義改。

【箋】

〔一〕底本無題名。

〔二〕張盛藻（一八二一或一八一九—一八九六）：字春陔，又字君素，枝江（今屬湖北）人。道光三十年庚戌（一八五〇）進士，歷官江南道監察御史，署禮科給事中，山東道、四川道監察御史。光緒間，任溫州知府。著有《三雁紀遊》、《笠杖集》。傳見《清代官員履歷檔案全編》卷二七、《近世人物志》等。

梅花夢跋〔一〕

張盛藻

同治三年冬十二月廿一日，從琉璃廠肆破書攤上得此。攜歸，擁罏挑燈，快讀一過。麗情綺思，奔赴筆端，如泉涌花發，以此傳奇，此奇可傳矣。

春陔張盛藻記〔二〕。

【箋】

〔一〕底本無題名。

〔二〕題署之後有陽文方章二枚：『埜丹陽張叔子』、『君素』。

梅花夢題辭〔一〕

江繩熙〔二〕

春意催人詩意濃，深紅淺白影重重。問他蝴蝶憐香客，引入桃源第幾峯？（少逸大兄大人以《梅花夢》院本屬題，勉以應命。）　少泉江繩熙拜草

【箋】

〔一〕底本無題名。此題辭前一頁，題有『道光四年嘉平熙拜讀』九字。

〔二〕汪祿熙：字少泉，籍里、生平均未詳。

梅花夢題辭〔一〕

吴企寬　等

凍折寒梅嚼瓊雪，沁人花香作詩骨。神仙杳渺付詞章，羅浮夢冷芳魂寂。萼綠華來翠袖單，

丁東戛玉漏聲殘。曲中一唱《梅花落》，十二巫峯墮地寒。詩人粧點名花譜，美人香草吟湘浦。爲賦離憂百斛愁，新聲合奏梨園部。旭封吳企寬草〔二〕

羅浮夜雪梅花落，中有仙山舊樓閣。黃鶴飛來向玉京，紅羅誰肯貽金錯？海上巫雲更渺茫，梅花不作返魂香。投壺玉女槃絲重，夜漏初開碧瓦房。仙人曉起燒銀燭，雙服鳳釵敲新玉。晶奩蠹粉鏡梁空，隱約脩眉貼寒竹。曾經簫史泣青門，縞袂風鬟挹露痕。葯店祇餘龍骨在，舞衣重留鴨鑪溫。一曲《梅花》攜院本，閒情不斷銀瓶綆。綠蘿石屋古苔封，殘月暗藏蝙蝠影。紅牙檀板憶嬋娟，剩有烏絲界錦箋。才子名傳河水部，女郎歌愛柳屯田。（奉題《梅花夢》院本，即請吟政。）倉叔居士莊縉度具稿〔三〕

芳草盈堦晝掩門，離憂心事向誰論？人間縱有林和靖，難寫梅花一縷魂。

十死香魂意不禁，琵琶掩抑畫堂深。偶然譜入涼妙曲，不是琴心是道心。

玉立亭亭曠世才，璚宮已自築樓臺。非關誤入桃源路，難得梅花紙帳開。

柳絮紛飛逐暮春，焚香早擬誓花神。全憑一滴楊枝水，離恨天邊悟夙因。

返魂香裏最鍾情，玉茗堂前舊結盟。煉石補天非易事，可憐幽怨不分明。

才子文章擅色絲，梨園那解譜新詞？殷勤手盥薔薇露，庾嶺寒梅折一枝。（奉題《梅花夢》院本，即希少逸尊兄詞壇吟正。）弟劉沅具稿〔四〕

雲水心期，烟花幻境，風流儘力擔當。天涯芳草，何處認仙鄉？妒殺羅浮雙蝶，朝朝去、覓翠尋香。人間世、聯絲斷藕，曲盡九迴腸。參商。枉做了畫圖愛寵，影裏情郎。仗靈犀相印，巧合玄霜。休比紅兒百絕開，桃李賣弄韶光。酬清況、梅花演夢，豔譜賽《霓裳》。（調寄【滿庭芳】，奉題少逸大兄先生《梅花夢》院本，祈正。）虞球魏惠音未定稿〔五〕

幾世修成絕豔才，前身想是住蓬萊。詼諧笑啓談天口，引得神仙連袂來。

吟魂一縷入梅花，閬苑仙人臉似霞。可引香山作詩友，瓊樓後日便爲家。

三疊新聲奏綺筵，女郎解唱柳屯田。已將木石填青海，從此應無離恨天。

積年閒恨與閒愁，並作瀟湘一幅秋。漫把詞章寄小影，不教王粲擅登樓。

百尺樓中人本狂，每從筆下見行藏。自誇書劍無知己，獨拜南豐一瓣香。

辨才八面氣崚嶒，心是牟尼大智燈。龍女有情貽潤筆，珊瑚一架贈徐陵。（奉題少逸大兄大人《梅華夢》院本，即請吟教。）銅仁蘭弟協華孫昭拜稿〔六〕

（以上均《明清鈔本孤本戲曲叢刊》第九册影印稿本《梅花夢傳奇》卷末）

【箋】

〔一〕底本無題名。

〔二〕吳企寬：字洛生，號旭封，武進（今江蘇常州）人。順天宛平舉人。道光二十五年（一八四五）十二月，官鄞縣知縣，與其邑紳同輯《鄞縣金石志》。傳見《皇清書史》卷六。

〔三〕題署之後有印章二枚：陽文方章『眉叔』，陰文方章『縉度之印』。莊縉度（一七九九或一八〇二—一八五二）：字景裴，一字眉叔，號伯邕、裴齋，別署眉叔居士、黃雁山人，陽湖（今江蘇常州）人。道光十五年乙未（一八三五）舉人，十六年丙申（一八三六）進士，官戶部主事。發河工學習，改曹州府曹河同知，署兗州府運河同知。

工詩詞，善書畫。傳見《毗陵莊氏族譜》卷五、《清代毗陵名人小傳稿》卷七、《國朝書畫家筆錄》卷四、《皇清書史》卷一七、《清代硃卷集成》卷一三六等。

〔四〕題署之後有印章二枚：陰文方章『鎦沅私印』，陽文方章『子容』。劉沅：字子容，生平未詳。

〔五〕題署之後有印章二枚：陰文方章『□□其人』，陽文方章『□□□□』。魏悳音：字虞球，蔚州（今河北蔚縣）人。道光五年乙酉（一八二五）恩貢生，歷任陝西咸寧縣縣丞、乾州州判。

〔六〕孫昭：字協華，銅仁（今屬貴州）人。生平未詳。

附　梅花夢題辭〔一〕

冒廣生

一卷欷歔夢裏因，百年鼎鼎易成塵。舊時明月梅邊藏，瘦損春人又幾分？

五年飽看永嘉山，太守風流王、謝間。擬喚奚奴鈔副本，尊前紅豆教雙鬟。

溫州崑腔盛行。春陔太守官溫州日，有才名。飛露洞壁有其墨迹，余屬呂仲模刻上版，親爲題跋，附記以告斯安。丙辰〔二〕，從永嘉入都，獲覩此卷，因題。疚齋冒廣生。

（《明清鈔本孤本戲曲叢刊》第九冊影印稿本《梅花夢傳奇》卷末墨筆題）

【箋】

〔一〕底本無題名。

〔二〕丙辰：民國五年（一九一六）。

附　梅花夢題辭〔一〕

莊蘊寬〔二〕

天寒瑩骨醒肝膽，我亦梅花帳裏人。頗怪名流好多事，一池春水皺粼粼。丙辰三月，毗陵後學莊蘊寬題於京師

（《明清鈔本孤本戲曲叢刊》第九册影印稿本《梅花夢傳奇》卷末）

【箋】

〔一〕底本無題名。

〔二〕莊蘊寬（一八六七—一九三二）：初字緘三，改字思緘，以惜抱名應試，號抱閎，一號南雲，别署無礙居士，武進（今江蘇常州）人。肄業南菁書院，後捐貲入仕，以同知指分廣西，歷任平南知縣，梧州知府，思順廣道兼廣西邊防督辦。光緒末年，在桂辦理新軍。宣統末年，棄官返籍，任上海商船學校教務長。辛亥時任江蘇都督，後任北洋政府都肅政使、審計院長。傳見《毗陵莊氏族譜》卷七。參見馮飛編《莊蘊寬年譜》（民國二十三年鉛印本《毗陵莊氏族譜》卷一二上）。

酬紅記（趙對澂）

趙對澂（一七九八—一八六〇），字子澂，一字念堂，號野航，别署浮槎山樵，合肥（今屬安徽）

人。道光間廪貢生，歷任亳州、池州學官，後補廣德州學正。咸豐十年（一八六〇）擢知縣，未行，捻軍陷城，死難。著有《小羅浮館詩集》、《小羅浮館詞集》、《小羅浮館雜曲》、《小羅浮館別錄》、《野航雜著》等。撰戲曲，總名《野航十三種》，僅存《酬紅記》傳奇。傳見陳澹然《江表忠略》卷五、光緒《廣德州志》卷三三、光緒《重修安徽通志》卷二一一引《合肥縣志》、《皖志稿・集部考・詞曲類》等。參見吴曉鈴《〈酬紅記〉及其作者》（《吴曉鈴集》第五卷，河北教育出版社，二〇〇六）。

《酬紅記》，《今樂考證》著錄，現存嘉慶二十五年（一八二〇）金陵劉文奎刻本，嘉慶二十五年金陵劉文奎刻、咸豐五年補刻本（一八五五）（《傅惜華藏古典戲曲珍本叢刊》第八九冊據以影印），民國三年（一九一四）石印本，民國十三年（一九二四）上海掃葉山房影石印本。

（酬紅記）序

王　城[一]

黯淡傷心，無如離別；倉皇弱質，況是金戈。過荒驛以停車，啼盡子規之血；向壞牆而覓句，開殘躑躅之花。於虖噫嚱！此非鵑紅富莊旅舍題壁之詩乎？當夫塵昏劍閣，望斷刀環。別已無家，生原非樂。猶冀重圓破鏡，終爲歸漢文姬；暫教强理殘妝，亦似依人王粲。於是西來薊北，東指江南。斷梗飄蓬，但隨風而宛轉；孤鸞怨鶴，每警露而悲吟。無可奈何，誰能遣此？薄命人久拚決絕，五千里孰解憐伊？斷腸詩早已流傳，二十年竟逢知己。

乃有浮槎山樵，燕趙歸來，青徐憇止。從煤尾蛛絲之壁，訪鐙殘漏盡之詩。固已鈔將薛濤之箋，襲以文君之錦矣。而筠瓢道人，復念屠販傭沽之地，牛溲馬勃之場，酣齁臥榻之旁，剝落敧牆之上。雲烟過眼，詎有紗籠？風雨開心，漸多蝸蝕。美人黄土，料知蜀道魂歸；司馬青衫，誰解江州淚濕？因從暇日，爲述前塵。翻《白紵》之清詞，按紅牙之小拍。傳神寫照，姍兮其來；繪恨描愁，呼之欲出。未洗綺語研，錄以蠅頭；不補離恨天，畫非蛇足。才誇玉茗，安排豪竹哀絲；豔摘《金荃》，收拾零香斷粉。從此播新聲於菊部，聊同宋玉之招；傳佳話於蘭閨，定有平原之繡。

僕誤慚顧曲，恨惹聞歌。辱示務頭，猥令弁首。猶憶鈔從驛使，曾賡花蕊之詞；何期賭向旗亭，又點鷗波之譜。此日續開場之《四夢》，君爲酬紅；他時唱畫壁之雙鬟，我當浮白。

全椒王城小鶴題撰。

【箋】

（一）王城（一七八三—一八四二）：原名鼇成，字介農，後名城，字伯堅，號小鶴，晚號雪髯，全椒（今屬安徽）人。嘉慶六年辛酉（一八〇一）優貢生，充鑲藍旗教習。能詩，工書。著有《腹稿憶存》、《青霞仙館詩錄》、《香無忝齋詞集》。傳見《皇清書史》卷一六、《廣印人傳》、《清代硃卷集成》等。

（酬紅記）序

盧先駱〔一〕

秋絃楓葉，腸斷琵琶；春扇桃花，夢殘金粉。不曾相識，何緣令我銷魂？此恨無窮，慣爲旁人墮淚。爾乃鸞分金鼓，燕逐塵沙。珠有浦以難還，鏡上天而已破。鐙昏旅舍，傷心蜀道烽烟；夢隔鄉關，望斷燕臺落月。托霜毫而寫恨，印泥爪以留痕。剩粉誰憐，只恨飄蘋無托；殘紅將落，卻教彩筆爭鈔。非關司馬多情，愁根種就；任笑江淹好事，《恨賦》新翻。

然而壁上紗籠，已是十年舊迹；江頭尺素，又添一段閒愁。歎泡影之無痕，擎露珠而不定。可憐蓬轉，竟慘花飛。綠水灣頭，烟銷紫玉；白楊冢上，雨蝕青甎。碧草無情，誰能遣此？紅顔薄命，一至於斯哉！乃令老阮窮愁，寫清商於鐵笛；遂使阿咸狂態，現幻影於珠塵。欲教普證三生，博得同聲一哭。

嗟乎！春雲一縷，小住遙天；秋月半痕，已沉遠水。干卿甚事？使我工愁。惹將滿地閒花，遍漬啼鵑之血；絆得連天芳草，重縈夢蝶之魂。漫言恨海難填，此是情天代補。《霓裳》譜出，付一曲於梨園；珠斛歌成，奏雙聲者菊部。忍見兩行絲竹，奠殘塞北黃雲；試看十丈氍毹，撒遍江南紅豆。

嘉慶庚辰首夏，盧先駱半溪拜題於循蘭守荻軒。

【箋】

〔一〕盧先駱：字傑三，號半溪，合肥（今屬安徽）人。家貧力學。道光十二年壬辰（一八三二）恩科進士，授廣東龍川知縣，有清名。旋以艱罷，卒於任。著有《循蘭館詩存》、《紅樓夢竹枝詞》。傳見光緒《續修廬州府志》卷四五、光緒《合肥縣志》等。

（酬紅記）題詞

張丙〔一〕

【南呂調・香遍滿】才人坎坷，著甚閒情破睡魔？聽說那紅顏甘折挫，比才人一例兒蹉跎。簫管自吟哦，宮商費評度，看狂阮當場坐。

【懶畫眉】當日箇劍關閣道接嵯峨，生就箇嬌娃豔苧蘿。譜閨情細展雲羅，檀口珠璣唾，新嫁得文簫比翼和。

【二犯梧桐樹】癡蛙撼井波，黠鼠穿墉破。夫壻慈親，劫火風輪過。這的是鴛鴦夢斷悲無那，烏鵲巢翻痛若何？剩絲絲喘息魂難妥。就裏漫延俄，聊逐鴟夷一舸。

【浣溪紗】罷鈿朵，洗黛螺。眼迷離何處關河？看這南來紅粉傷心大，或者北上黃衫俠骨多。香泥涴把毫端搵，著血摩挲，剩一縷氣兒呵。

【劉潑帽】傷心字字啼痕鎖，訴衷腸委實非訛。功名兩字春夢婆。淚滂沱、怎不爲兒家墮？

【秋夜月】似俺等守巖阿、憐惜有誰箇？學冬烘、熱客原非我。陋夏蟲冰語還相左。鎮日慣愁拖，鎮日間病裏。

【東甌令】銜杯唱，擊筑歌，爲弔卿卿鬢欲皤。天公那管花枝懦，一任風姨簸。這新吟不是弔湘娥，弔出塞明駝。

【金蓮子】漫顰娥，女兒身原不合才人做。敢委地紅心任他，收拾起檀板金尊，這心情端的爲誰銷磨？

【尾聲】道人歌哭都無可，甚窮愁蟠結心窩？則索是痛飲醇醪讀楚些。

合肥張丙魚村。

【箋】

〔一〕張丙：原名延邴，字娛存，號魚村，一作漁村，合肥（今屬安徽）人。道光恩貢生。道光、咸豐間，與同縣盧駱、趙席珍、吳春俊等，結城東七子社。著有《延青堂詩存》。傳見《清詩紀事·道光朝卷》。

（酬紅記）題詞

吴慶恩 等

金戈鐵馬總無情，信斷鄉關判死生。蜀道空山遍啼鳥，最難堪是子規聲。

錦江春色劇堪憐，嬌小佳名託杜鵑。幾度欲歸歸未得，悲歌遠望一年年。

山程水驛儘淒涼，萬里嬋娟宿富莊。剩有滹沱河上月，曾經流影照平羌。

錦官城外隔天涯，不是兒家卽壻家。聞道西陲烽火靜，夢魂飛越到三巴。

壁上留題一愴神，流離忍作未亡人。新詩唱遍墳頭鬼，待覓香泥葬此身。

詞人墨妙最工愁，檀板金樽記昔遊。戰士沙場思婦恨，一齊歌按《小梁州》。甘泉吴慶恩蓋山〔一〕

才人千古總多情，寄我新詞自石城。二十年前題壁事，至今才識阿鵑名。

日憐鏡破更違親，烽火頻年落泊身。珍重曲中離别苦，天涯亦有斷腸人。

埋玉何方未可知，恨天難補轉生疑。年年春老江南路，冷月深林叫子規。

壞牆剩墨付升沉，千里關山一寸心。地下離魂應不恨，淒絃急管有知音。甘泉黄錫元又園〔二〕

驛橋楊柳綠絲絲，二月公車客到時。剗地閒愁銷不得，春風吹損壁間詩。

回首兵戈擁劍關，尚思鏡合與珠還。可憐冀北江南路，半染紅顔血淚斑。

蘇堤秋水自盈盈，碧海青天無限情。一夜吴宫聽風雨，夢魂何處覓三生。

憑誰唤醒蜀鵑魂，檀板聲中燭影昏。紅袖青衫同一哭，不知多少淚珠痕。長淵陸煜杏橋〔三〕

故鄉遥隔馬嵬坡，兵火飄零奈汝何？題到小名知是讖，萬行紅淚子規多。

飛英狼藉遍天涯，怪雨盲風去路賒。輸與寒閨春晝悄，膽瓶安穩供梅花。

一枝玉笛譜清愁，消得才名趙倚樓。可惜未尋埋玉地，墓碑親與刻蘇州。

杜宇聲中夜月高，十分哀怨寄檀槽。傷心更有西泠曲，自换青衫誦楚騷。（杭州女史吴蘋香，以自製《飲酒讀騷曲》見寄，中有《喬影》一齣，甚工，亦現在之鵑紅也。）東鄉吴嵩梁蘭雪〔四〕

春閨一夕起離愁，戎馬倉皇下劍州。那有封侯好夫壻，楊花如雪怕登樓。

翻得新聲譜玉簫，棧雲千疊夢魂遙。氍毹帖地春風暖，瘦損蛾眉學楚腰。

雙垂銀蒜押湘簾，紅豆拋殘櫻筍天。管領揚州好風月，倚樓才調接臨川。

合肥徐漢蒼荔庵〔五〕

綺語難消劫後身，空山初見海揚塵。文章自古生憂患，忍使才華屬婦人。

鐵馬金戈動地來，劍關西望陣雲開。徒留萬古秦川恨，獨向齊門灑淚回。

五岳填胷感不平，江關留滯最傷情。倩他寡女絲千尺，迸作絃間兵甲聲。

烏孫調響遏雲霄，贊普新來未款朝。試向輪臺西畔望，幾多紅粉壓金貂。

全椒許頤知白〔六〕

軍門一夜動征鼙，從此餘生寄馬蹄。飄泊天涯蓬梗斷，夢魂飛不到巴西。

燕山蜀水隔盈盈，難把金梭織別情。一曲離鸞彈不得，簪花筆底悟三生。

枉將紅豆種江南，奩鏡香銷璧月殘。自是紅顏多薄命，夜深莫怨紫釵寒。

虎阜鶯花始放船，青冥鸞鶴去如烟。寫生幸有徐陵筆，補恨新翻碧落緣。

階州邢壽愷小佺〔七〕

一縷輕雲萬斛愁，劍關烽火幾時休。子規泣盡窮途血，都付多情趙倚樓。

天心何事妒斯才，弱質經從百劫來。故使峨嵋山下住，兵戈滿地任相摧。

春山無主瘞鵑魂，欲向蘇州認墓門。三十年來芳草碧，青衫曾有幾啼痕？

今春有客秣陵還，遺我新詞夜款關。坐起挑燈吟未竟，一時同唱念家山。

南豐劉斯恒彝生〔八〕

蜀道如天路欲迷，倉皇一哭隴雲低。鵑聲暫作鄉音聽，不厭朝朝耳畔啼。

拂壁來題絕命詞，吟成恰是斷腸時。枯蠶拚抱春心死，猶吐纏綿未盡絲。

依舊萍蹤飄泊多，家山回首夢兵戈。別離草草三生事，都付當筵一曲歌。

多謝詞人代訴愁，輕敲檀板擅風流。孤鸞病鵠人間有，還要先生一例收。泰州程紹芳又橋〔九〕

蘇門楊柳綠絲絲，不盡公車驛路馳。一自杜鵑啼血後，文章千古屬情癡。

粉壁啼痕隔幾年，雪泥鴻爪認因緣。風霜剝蝕偏難盡，留與人間哭暮烟。

兵戈已靖未生還，劫火難銷血淚斑。莫把檀槽滯幽魄，夜臺猶問劍門山。建平龔舫書舸〔一〇〕

偶驚小劫便離家，遂使風塵葬落花。空向壁間留絕唱，不禁珠淚灑天涯。

綠螘滿斟澆塊壘，紅牙輕拍譜宮商。伯輿老去情雖淡，聽此新聲也斷腸。隱仙道士王樸山〔一一〕

嚼蕊吹花字字妍，才人參得美人禪。現身我亦飄零客，短夢前塵共惘然。

妖氛促得別離頻，無復雲英掌上身。情死情生誰護惜？江南紅豆老詞人。合肥吳克俊菊坡〔一二〕

風塵撲面太匆匆，記得尋詩驛壁中。萬里飄零留絕唱，幾番拂拭當紗籠。

知是花魂是女魂，詩中哀怨總難論。憑君寫入生花筆，如見啼痕漬墨痕。丹徒汪芬夢禪〔一三〕

才人一例託芳名，天與紅顔便有情。譜到江南知是讖，兵戈影裏斷腸聲。

傷心旅館月黄昏，衫袖淋漓盡淚痕。此日揚州傳唱遍，夜臺應返蜀鵑魂。（揚州黄氏家伶能演此劇〔一四〕，一時聲價倍重。他日於燈紅酒綠之間，邀君同聽，當不讓旗亭畫壁時也。）廣德陳蕚春樓〔一五〕

鼓鼙聲裏夕陽低，隱隱鄉關望眼迷。愁絕碧天飛破鏡，杜鵑休更盡情啼。

題壁詩成字字哀，紅閨幾輩軼羣才。賴他一夕郵亭夢，傳得簪花副墨來。

象管鵝笙酒半醒，紅氍毹現影娉婷。傷心法曲家山破，親向文姬拍上聽。錢塘女史袁青〔一六〕

金鼓無端撼地來，生離草草劇堪哀。若非古壁留題句，爭識閨中有此才？

劍門一別感飄零，鄉夢迢遥苦未醒。重疊烟雲遮不斷，子規啼處萬山青。

桃花短命絮隨風，詞客多情唱《惱公》。撥到箏笆人盡咽，當筵蠟淚替垂紅。

因緣難證大羅天，珠已沉淵玉化烟。我亦恨人根觸易，一回讀曲一潸然。錢塘①女史袁嘉〔一七〕

玉碎珠沉劇可哀，倩他長笛訴愁來。一聲《河滿》雙行淚，從此名花不忍開。

短長亭外雨絲絲，宛轉蛾眉上馬時。比似明妃還薄命，枉將詩句付紅兒。

燕南趙北阻重關，杜宇聲中客又還。譜得新詞留豔影，不須重爇鷓鴣斑。

清歌窈眇舞輕盈，好寫《酬紅》一段情。唱到詩人腸斷句，當筵若個不愁生！

著意東風護客裝，錦箋百幅疊巾箱。徵題到處緣何事？半是柔腸半俠腸。

一度春歸一斷魂，雨僝風僽又黄昏。人間不少傷心事，偏替愁紅寫淚痕。長洲女史吴素〔一八〕

烽烟四起遠離家，劍閣雲深望眼賒。一種春愁誰會得？倩他司馬賦《琵琶》。

漠漠征雲罨嶺低，江南春色望中迷。長途是處柔腸斷，一抹青山杜宇啼。

金戈影裏斷刀鐶，惆悵離鸞去不還。一縷驚魂歸未得，夜臺猶唱念家山。

迢迢鄉夢隔關河，恨海難填可奈何？賴有生花能寫怨，新聲譜出遏雲歌。宛平女史張季芬〔一九〕

鶯花滿眼惱柔腸，況是關山客路長。回首岷峨家萬里，春愁壓斷女兒箱。

十三橋畔任飄流，輪鐵銷磨別恨留。不是有才偏命薄，女兒身世合多愁。

鵑聲啼老淚如絲，那有多情杜牧之？珍重倚樓好才調，殷勤爲寫斷腸詞。

新聲譜出付何戡②，嚼徵含宮調自諳。一曲當筵歌未竟，已教紅豆滿江南。宛平女史王畹蘭〔二〇〕

花落江南玉笛哀，鼓鼙聲裏鈿車來。分明滴粉搓酥手，繪取嫣紅紙上開。

欲譜新詞入管絲，倚樓才調重當時。歌喉一串圓如豆，閒向花前教雪兒。

鐵馬金戈擁劍關，蛾眉一去幾時還？傷心多少啼紅淚，彈向琅玕定有斑。

楚宮腰細最輕盈，玉怨珠愁宛轉情。自剪殘燈題素壁，春風鬟影可憐生。

夢醒雙鬟促曉裝，飄零粉合冷脂箱。冰絃唱到纏綿句，淒斷深閨兒女腸。

惆悵無香爲返魂，一簾紅雨怨黃昏。美人難免燕支劫，空現曇花鏡裏痕。歙縣女史何佩玉〔二一〕

雨過涼天，蟲吟閒館，有客投我香蘅。十年親愛，頭角記崢嶸。聞道詩天酒地，歌還泣、別有深情。知多少，美人遲暮，輪汝鬢雙青。　淒清。休盡借，薛濤箋上，寫遍晨星。嘆人間何處，不築離亭。試聽蕭蕭易水，悲風作、壯士心驚。何須論，峨嵋鳥道，千里杜鵑聲。（【滿庭芳】）　鄱陽陳方海伯游〔二二〕

驛樹塵昏，棧雲夢斷，天涯舊恨新描。想情根種就，紅豆輕拋。洗盡花間綺障，掬離愁、譜入銀簫。傷心處，一聲杜宇，血染枝梢。　重教，絲哇管語，嘆蘭閨弱質，怎禁蓬飄？奈金鼙纔歇，紫玉烟銷。爲謝多情柳七，翻新曲、代把魂招。聞說道、江南傳唱，菊部爭鈔。（【鳳皇臺上憶吹簫】）

倚長笛、含宫刻羽。取次登場，恨情無數。海角飄零，故鄉回首，在何處？驛亭信宿，空剩取、銷魂句。多謝有心人，爲寫入、《酬紅》香譜。誰訴？恁才人不偶，那更美人黄土。問天底事，做弄出、者般淒楚。待唤得、蜀魄歸來，怕蝶夢、隨春易去。總拍遍《伊》、《涼》，難減愁懷千縷。（【長亭怨慢】）　長洲張毓慶妥軒〔二四〕

遣愁無計題塵壁，怕到江南魂斷。緣種三生，才矜八斗，譜出新詞一串。花飛絮亂。聽宛轉酸辛，宫移羽换。一霎香閨，可憐一霎塵沙暗。　尋常許多筆墨，將兒女閒情，低徊唱嘆。紅替鵑啼，紫留玉瑩，怎及江花璀璨？殷勤細看。悟薄命飄零，文人習慣。酒借金杯，澆愁重拍按。（【臺城路】）　上元金登瀛錡偕〔二五〕

客路情懷，孤館無眠，忍聽啼鵑。認幾行細字，燈花似豆；一腔幽緒，淚點如泉。九轉腸迴，三生緣斷，女子多才亦可憐。無聊賴，且酹他杯酒，聳我吟肩。　憾深精衛難填，借鐵板銅絃曲曲傳。願天下有情，齊聲一哭；閨中同調，屬和千篇。蘇小墳頭，真孃墓畔，更訪香魂弔九淵。非游戲，是《伊》、《涼》調苦，爲補情天。（【沁園春】）　婺源董桂洲薌泉〔二六〕

醉按紅牙拍。算無限、愁濃恨密，那能銷得？鐵馬金戈閨夢遠，衹賸些些烟墨。怎寫出傷心顔色？千古才人同一哭，擲霜毫放眼青天窄。怕銅笛，也吹折。　新聲底用添悽惻。且暫向、尊前制淚，花箋重擘。天若有情天亦老，此意茫茫誰測？不信看、浮雲西北。只合春風楊柳調，付雙鬟笑賭旗亭側。莫再賺，可憐客。（【金縷曲】）　上元歐陽長海嶽庵舊雨逢今夕。正蕭蕭、江亭秋晚，話將疇昔。讀盡人間腸斷曲，只是幽魂難覓。算此際青衫易濕。茅店頽垣無恙在，替吟箋添染傷心色。感君意，重嗚咽。　當年別緒連荒驛。問天涯、輪蹄過盡，誰曾相識？一角峨嵋顰翠黛，想見眉痕狼藉。到此日、重翻舊拍。七尺氍毹千古恨，看良宵四座邀詞客。吹裂也，倚樓笛。（【金縷曲】）　陽湖陸聰應小晉〔二七〕

一卷從頭展。怪無端、尊前燭底，寸腸千轉。祇爲憐才留隻眼，譜出宮商一片。最難得詞人筆健。二十年來離別淚，和眞珠暗滴紅絲硯。歌未已，頓悽惋。　金戈往事如馳電。嘆飄零、身經萬里，伯勞飛燕。幾度輕裝親料理，望斷劍關雲棧。何況是、杜鵑啼遍。我亦天涯萍梗似，按新聲休拍紅牙板。有情者，那能遣？（【金縷曲】）　全椒金晧華子春〔二八〕

千古難平恨。問蒼穹、美人何事，多遭愁困？拆破慈烏和燕侶，烽火流離堪閔。但盼望江南夢穩。也似才人多偃蹇，走天涯涕淚都飄盡。破鏡合，恁無分。　崎嶇蜀道傷勞頓。病長途、郵亭古壁，藉抒幽悶。佳句流傳人去也，青冢黄昏誰問？累詞客、時縈方寸。一曲徵歌今日事，代紅顔寫出無窮憤。舉大白，爲君進。（【金縷曲】）　全椒江世槐祐堂〔二九〕

鐵板金尊畔。問何人、斑斑淚點，青衫灑遍？天與紅顔天又妒，一例水流花散。忍更把風飄雨濺。只有多情啼杜宇，一聲聲不住歸來唤。歸不得，又春晚。　美人黄土知何限？剩數行、壁間鴻爪，粉痕零亂。任爾芳容誇絶代，已作辭秋團扇。何況是、臙脂血染。卿自才華能折福，卻何須長抱埋香怨。歌與哭，有誰管？（【金縷曲】）　六安徐啓山鏡溪〔三〇〕

一宿郵亭路。驀闕情、留題粉壁，斷腸新句。淡墨欹斜姿嫵媚，是衛夫人家數。有小字鵑紅親署。戎馬倉皇離別恨，掃眉人訴盡飄零苦。和淚讀，感羈旅。　憐才那有紗籠護？只愁他、頹垣剝落，斷烟零雨。自撥檀槽親拍板，一曲宮商細譜。唱徹了、淒淒楚楚。哀草白楊香夢斷，便才人怎把情天補？只此恨，無窮處。（【金縷曲】）　上元孫若霖雨村〔三二〕

（以上均《傳惜華藏古典戲曲珍本叢刊》第八九冊影印清嘉慶二十五年金陵劉文奎刻、清咸豐五年補刻本《酬紅記》卷首）

【校】

①塘，底本作『瑭』，據地名改。

②戡，底本作『斟』，據人名改。

【箋】

〔一〕吳慶恩（一七九〇——一八五三）：字藎山，甘泉（今屬江蘇揚州）人。諸生，工樂府。咸豐三年（一八五三），城陷，死難。著有《毛詩辨證》、《麗則堂詩》等。傳見江璧《江南春雜體文》卷三《傳》、光緒《增修甘泉縣志》卷一四、《清人詩集敘錄》卷六三等。

〔二〕黃錫元：號又園，甘泉（今屬江蘇揚州）人。

〔三〕陸煜：號杏橋，長淵人。生平未詳。

〔四〕吳嵩梁（一七六六——一八三四）：字子山，號蘭雪，晚號澈翁，別署蓮花博士、石溪老漁，東鄉（今屬江西）人。工詩文，然屢困棘闈，挾其行卷遊吳越間。嘉慶五年庚申（一八〇〇）舉人，以國子博士奏名，尋改官內閣中書。道光十年（一八三〇），以玉牒館議敘，出知貴州黔西州。工詩詞，善書畫，聲名遠播海外。著有《香蘇山館詩集》。傳見《清史稿》卷四八五、《清儒學案小傳》卷九、《皇清書史》卷六、《昭代名人尺牘續集小傳》卷五、《清代七百名人傳》、同治《東鄉縣志》卷一三、同治《鉛山縣志》卷一八等。

〔五〕徐漢蒼：字荔庵，合肥（今屬安徽）人。諸生。道光元年辛巳（一八二一），舉制科。主講奎文書院。年七十餘卒。工詩詞。著有《碧琅玕館詩鈔》、《蕭然自得齋詩集》（附《碧琅玕館詩餘》、《隨筆》）、《蕭然自得齋詩續集》。傳見光緒《續修廬州府志》卷四五、光緒《合肥縣志·文苑》等。

〔六〕許頤：字彥同，號知白，全椒（今屬安徽）人。著有《彥同詩話》。

〔七〕邢壽愷：號小佺，階州（今甘肅隴南）人。江西南安知府邢澍（一七六〇—一八三二）三子。道光二十七年（一八四七），署順德縣丞。

〔八〕劉斯恆：號彝生，南豐（今屬江西）人。生平未詳。

〔九〕程紹芳（一七九九—？）：改名宇光，字韜庵，號又橋，泰州（今屬江蘇）人。程應鐘子，程紹裘（約一七八九—一八六二或一八五八）弟。廩貢生，累試不售。嗣入籍順天宛平，領道光十七年丁酉（一八三七）解元，選授溧水教諭，以疾未赴。晚年主講海門書院。著有《因是齋詩文集》、《柏影軒詞稿》。傳見民國《續纂泰州志》。

〔一〇〕龔舫：字書舸，建平（今屬安徽）人。貢生，道光間由訓導保陞淮安府經歷，署山陽知縣，補安東。咸豐二年（一八五二），調阜寧，轉上元。丁憂歸，卒年七十一。傳見光緒《廣德州志》卷四〇、光緒《阜寧縣志》卷八、民國《阜寧縣新志》卷三等。

〔一一〕王樸山：上元（今江蘇南京）人。隱仙庵道士。工詩能琴。傳見顧雲《盋山志·祠庵》。

〔一二〕吳克俊（一七七三—一八五二）：字菊坡，號蔗翁，別署晚遂老人，合肥（今屬安徽）人。嘉慶間監生。

性好出遊，足迹半天下。工書畫詩詞，著有《羅雀山房詩草》、《閩遊前後草》、《羅雀山房詩存》等。傳見《畫家知希錄》、光緒《續修廬州府志》卷四五、光緒《合肥縣志・文苑》等。

〔一三〕汪芬：字桂巖，號夢禪，又號蟾客，歙縣（今屬安徽）人，寄籍丹徒（今江蘇鎮江）。汪啓淑族姪。年近三十，始得入泮。晚年失偶，更遭喪明之痛，窮愁落寞。能詩，工篆刻，尤善治玉印。傳見汪啓淑《飛鴻堂印人傳》卷四、民國《歙縣志》卷一〇等。

〔一四〕揚州黄氏家伶：未詳。

〔一五〕陳蕚：號春樓，廣德（今屬安徽）人。生平未詳。

〔一六〕袁青（？—一八五三）：字黛華，錢塘（今浙江杭州）人。袁枚（一七一六—一七九八）女孫。上元（今江蘇南京）諸生車持謙繼室。咸豐三年（一八五三），江寧城陷，投池殉難。著有《燕歸來軒吟稿》。傳見《續江寧府志》、《杭州府志》、《閨秀詞鈔》、《歷代兩浙詞人小傳》卷一三、《國朝閨秀正始集》卷一七、《金陵通傳》卷二七等。

〔一七〕袁嘉（？—一八五三）：字柔吉，錢塘（今浙江杭州）人。袁枚（一七一六—一七九八）女孫。天長（今屬安徽）廩生崇一潁（雲野）室。早寡，子女亦殤，歸依母家，假袁枚以終老焉。咸豐三年（一八五三），江寧城陷，投池殉難。著有《湘痕閣詩稿》、《湘痕閣詞稿》。傳見王榮昌《小傳》（《湘痕閣詩稿》附）、沈寶善《名媛詩話》卷九、《杭州府志》、《江蘇通志稿列女志》、《閨秀詞鈔》、《國朝閨秀正始續集》、《歷代兩浙詞人小傳》卷一三、《清代閨閣詩人徵略》卷八等。

〔一八〕吴素：長洲（今江蘇蘇州）人，生平未詳。

〔一九〕張季芬：宛平（今北京），生平未詳。

〔二〇〕王畹蘭： 宛平（今北京），生平未詳。

〔二一〕何佩玉（一八一五—一八五〇）： 字琬碧，一作浣碧，號塢霞，又號瓊若，別署藕香館主，歙縣（今屬安徽）人。兩淮鹽知事何秉堂三女。揚州祝麒（一作祝麟）室。與姊佩芬、妹佩珠，俱嫺吟詠。著有《藕香館詩鈔》、《紅薇館學吟稿》等。傳見《國朝閨秀正始續集》卷一〇、《國朝閨閣詩鈔》卷九、《小黛軒論詩詩》卷上、《晚晴簃詩匯》卷一八七等。

〔二二〕陳方海： 號伯游，鄱陽（今屬江西）人。諸生。善魏晉人文字。爲文私淑桐城，與劉開（一七八四—一八二四）、姚瑩（一七八五—一八五三）等以文學相切磋。著有《計有餘齋文稿》。傳見同治《上江兩縣志》卷二四、同治《饒州府志》卷二二、《桐城文學淵源考》卷一一等。

〔二三〕米倬： 字漢章，號曜生，滁州（今屬安徽）人。道光十七年丁酉（一八三七）舉人，官福建上杭知縣。著有《閩中吏治錄》、《味外味詩集》、《辛壬癸甲吟草》等。傳見光緒《滁州志》卷七。

〔二四〕張毓慶： 號妥軒，長洲（今江蘇蘇州）人。生平未詳。

〔二五〕金登瀛： 字偉甫，號筠偕，上元（今江蘇南京）人。生平未詳。

〔二六〕董桂洲（一七七一—？）： 字文舫，號薌泉，婺源（今屬江西）人。嘉慶十七年癸酉（一八一二）優貢，鄉闈七薦不售，官滁州、廬江、合肥訓導。道光八年戊子（一八二八）舉人。晚年肆力詩詞。著有《寶宋齋賦鈔》、《寶宋齋詞鈔》、《寶宋齋詩集》、《古歡詞》、《哀絲詞》等。傳見民國《重修婺源縣志》卷三五。

〔二七〕陸聰應： 字小晉，陽湖（今江蘇常州）人。陸繼輅（一七七二—一八三四）孫。善詩詞，工書。傳見《皇清書史》卷三〇。

〔二八〕金晧華： 號子春，全椒（今屬安徽）人。生平未詳。

〔二九〕江世槐：號祐堂，全椒（今屬安徽）人。生平未詳。

〔三〇〕徐啓山（一七九一—一八五三）：號鏡溪，六安（今屬安徽）人。嘉慶十八年癸酉（一八一三）舉人。七上公車，中道光九年己丑（一八二九）進士，授工部主事。選迦河同知，加知府銜，改東河通判，病歸。咸豐三年（一八五三），侍郎呂賢基督安徽團練，奏起爲副。舒城陷，投池死。校刊杜庭珠《朱子詩鈔》。著有《箋注毛詩集傳》、《史記論略》、《漢書碎義》、《後漢書標目碎語》、《通鑑綱目碎語》、《通雅識璅》、《喪儀質言》、《迦河事宜》、《東河雜錄》、《香草閣詩文存》等。傳見同治《六安州志》卷二七、陳澹然《江表忠略》卷四等。

〔三一〕孫若霖（一七八五—一八三八後）：字伯雨，號雨村，別署雙紅豆閣主人，上元（今江蘇南京）人。廩生。工詩善詞，入江東詞社，與戈載（一七八六—一八五六）、孫麟趾、秦耀曾相唱和。著有《雙紅豆閣詞》。傳見同治《上江兩縣志》卷二四。

酬紅記題詞〔一〕

釋定志　等

劍閣妖氛羽檄馳，人間死別重生離。彩箋難擘春江錦，牙板爭傳驛壁詩。抱病尚懷花蕊恨，埋憂端許木蘭知。料思琴鶴相隨處，園客羊公理亦宜。釋定志鷹巢〔二〕

未了三生翰墨緣，一齊補入有情天。美人顏色才人筆，夢裏花開紅杜鵑。

七字吟成幾斷腸，墨痕狼藉月昏黃。有人十斛量紅豆，抵得江州淚數行。會稽張淳澄齋〔三〕

可人情緒可憐蟲，會把閒愁唱《惱公》。檀板金尊思往事，泥他小字豔春風。

當塗朱彥喆文緣〔四〕

傷心千載比紅兒，賺出生香筆一枝。別譜風懷裁豔體，情絲裊裊界烏絲。

烽火紛紛四望愁，飄零無復夢刀頭。蛾眉自是多塵債，纔別秦州又趙州。

壁上題詩盡淚痕，傷心扶病度朝昏。美人也似秋風客，話到江南便斷魂。

那有淫哇混雅音，花天酒地苦追尋。何如別調彈孤鶴，留取憐才一片心。

法曲淒清唱斷腸，芳名從此播詞場。春魂若有歸來日，應向花前謝野航。

合肥趙對淳小坡〔五〕

萬里關山，一天烽火，傷心蜀道飄流。望家園休處，滿目松楸。無限離情別緒，都積上一寸眉頭。最堪憐、瓊華易謝，片影難留。　悠悠。早拚腸斷，況夢到江南，千疊雲稠。幸才人解意，彩筆能酬。譜出臨川絕調，付歌場、細按梁州。料芳魂、夜臺有識，應破長愁。（【鳳凰臺上憶吹簫】）

宛平女史張景芬〔六〕

燕臺客路記曾經，日日車箱醉不醒。借得酒杯澆塊壘，新聲彈與恨人聽。

劫火匆匆盡渺茫，尚留佳話在詞場。怪他玉茗堂中客，只爲朝雲暮雨忙。

記得歌樓夢醒遲，曉風殘月唱《楊枝》。廿年忽現維摩相，也似鵑聲苦喚時。

別有閒愁淚似鉛，昨宵曾讀《鏡光緣》。一般才女傷飄泊，休把芙蓉比杜鵑。（《鏡光緣》院本，吳江徐榆村爲名妓李秋蓉作。）

悲歌謾罵，問狂奴故態，而今猶是。偶蘸雞毛翻墨斗，潑出酸辛凡幾？一丈氍毹，兩牀絲竹，看灑千行淚。據筵四顧，諸君大抵都醉。　莫怪女子情多，紅顏命薄，只解求憐意。也似才人落魄了，留個人間名字。顧曲何心，回頭自省，別有宮商寄。當場一慟，江州司馬知己。（【百字令】）

筠瓢道人自題〔七〕

（中國國家圖書館藏清嘉慶二十五年金陵劉文奎刻本《酬紅記》卷首）

【箋】

〔一〕此六人題詞，《傅惜華藏古典戲曲珍本叢刊》第八九冊影印嘉慶二十五年金陵劉文奎刻、咸豐五年補刻本《酬紅記》卷首無。

〔二〕此首詩，與《傳》本相較，置於『全椒江世槐祐堂』題詞之後。釋定志：號鷹巢，生平未詳。

〔三〕張淳、朱彥喆詩，與《傳》本相較，置於『上元孫若霖雨村』題詞之後。張淳（一七九六—一八四六）：字澄齋，號藕塘，會稽（今浙江紹興）人。道光二十一年辛丑（一八四一）進士。著有《張藕塘遺詩》。傳見宗稷辰《躬恥齋文鈔》卷一四《哀辭》。

〔四〕朱彥喆（一七九一—？）：字保齋，號文緣，一號聞元，當塗（今屬安徽）人。嘉慶二十四己卯（一八一九）舉人。傳見《清代硃卷集成》。

〔五〕趙對淳：號小坡，合肥（今屬安徽）人。

〔六〕張景芬：字左卿，宛平（今北京）人。傳見徐乃昌《閨秀詞鈔》卷一四。

〔七〕筠瓢道人：據劇中情節，當即趙對澂別署。

（酬紅記）題詞〔一〕

潘精一 等

交河東下富莊驛，濤聲夜助嬋娟泣。六首吟成幽恨詩，淚珠和墨書盈壁。自言家住錦官城，豔絕鵑紅喚小名。弱質生來原善病，幽懷偏易惹閒情。十二盈盈髮覆額，十三整髻嬌妝飾。拈筆欣賡咏絮篇，學書慣仿簪花格。曲聖鍼神更兩全，前身應是掌書仙。聰明常博慈親愛，容德能教韻壻憐。自從締結姻緣好，房幃樂事知多少？恩愛如同比目魚，死生誓比同心鳥。無端一夜夢頻驚，捲地妖氛動戰爭。豺虎叢中拚薄命，干戈影裏脫餘生。餘生飄泊離鄉國，劍門回首烽烟黑。玉壘山川舉目愁，錦江花月傷心色。客路匆匆歷幾千，齊東趙北更幽燕。珠還合浦知難返，鏡破樂昌冀再圓。迴腸寸斷愁眉結，百年恨事何能說？祇是難灰憶母心，可憐泣盡啼鵑血。平生愛譜《望江南》，得到江南更不堪。蟬鬢自沾南國瘴，馬頭難耐北風寒。流離驚竄無棲息，惟將一死摧蒲質。翠柏淩霜自抱貞，紅蘭委露原無力。何處香泥葬錦裙？亂山回望但斜曛。遙知豔骨塵埋處，應化紅心草滿墳。郵亭有客停征騎，爲卿揮盡窮途淚。殺粉鈔來絕命詞，燃脂爲譜《酬紅記》。玉泣珠啼了一生，仗君彩筆爲傳神。劇憐吹竹彈絲夜，恍覩花明雪豔人。天意虛生復虛死，可憐命薄竟如此。過眼榮枯北塞花，回頭恨事東流水。多感詞人趙倚樓，新翻一曲【小梁州】。沙場碧血香閨淚，譜入哀絃萬古愁。涇縣潘精一雲亭（二）

萬點峯巒削蒼翠，杜鵑紅絢相思淚。怪雨盲風促別離，干戈影裏春心碎。秦州漸遠齊州來，指點江南腸欲摧。馬嵬漫爲玉環恨，鴛墳已與眞孃哀。風塵哀恨知多少？詎獨金閨傷窈窕。欲排閶闔叫天閽，安得返魂香不老。上元汪度鄰樓（三）

秦關蜀棧縈紆裏，金戈捲地烽烟起。紅蓮不解護鴛鴦，鼓鼙驚散無棲止。盈盈弱絮逐風馳，輪鐵銷殘古道歧。寶鏡已分難復合，春蘺重茂定何期？家山西望魂飛越，清霜冷月憐凄絕。萬種聰明一種愁，長途拚灑離人血。惱人驛柝夜偏長，滴粉研朱寫斷腸。扶病自題征婦怨，揮愁怕檢女兒箱。兒時愛譜《江南好》，夢到江南花謝早。春歸黯魄化啼鵑，埋香長遍紅心草。霎時愁雲迹未湮，壁留鴻爪幾經年？生離死別空餘恨，護玉憐花好續緣。知音幸遇周郎顧，拈來紅豆翻新句。湘絃轉撥咽哀音，淒涼抵得《招魂賦》。黯色清才幾合併，能傳姓字死猶生。世間薄命知多少？豈獨傷心杜宇聲。上元女史王瑾〔四〕

女士來岷蜀，征途訴所思。潞河傳韻事，洄水出新詞。文采固應表，仳離尤可悲。一編三復罷，抵讀變風詩。滁州王煜絅齋〔五〕

一寸傷心一寸酸，江河處處起波瀾。干戈擾攘生離易，骨肉飄零死別難。紅豆種成憐月缺，綠章奏罷惜花殘。佳人小傳才人筆，挑盡蘭燈不忍看。錢塘女史袁綬〔六〕

情天缺處補曾詩，豈料人間又落花？自是紅顏飄泊慣，月明何地不思家。

蜀山聳秀蜀江清，日日天涯紀旅程。斷雨零風行不得，惱他一路鷓鴣聲。

絕命詩從古驛傳，梨花斷送幾經年。紅綃剩有傷心淚，留取他生化杜鵑。

傳聞樂府播梨園，多謝才人舊譜翻。我是三生狂杜牧，未經識曲已銷魂。天長崇家鏊海秋〔七〕

啼紅泣翠總堪憐，端合芳名託杜鵑。休向錦江城外唱，年年夢繞大峨邊。

紅顏孱弱逐風塵，斷粉零香字字珍。鸞鏡分飛蘺草背，一抔黃土送殘春。

才高咏絮格簪花，演上氍毹燭影斜。想爲憐香留別派，含宫嚼徵當籠紗。
頹垣幾字賸風流，惹起尋春杜牧愁。吹斷玉簫明月夜，青衫紅袖各千秋。
新詞戞玉板敲檀，酒綠燈紅帶笑看。我是愁人聽不得，一時掩淚倚闌干。
殘山賸水遍題詩，自笑生平亦太癡。也似聲聲啼杜宇，春來應有賞音知。烏程沈濤譽泉〔八〕

一角烽烟起劍關，頓教香夢斷刀環。此身雖在何如死，猶得魂歸蜀道山。
倉皇紅粉走天涯，回首鄉園嘆落花。夫壻音乖慈母失，可憐歸去已無家。
地北天南路正長，客中重檢舊時箱。一行字寫千行淚，到此何人不斷腸。
玉碎珠沈已廿年，憐香空付奈何天。憑君譜入傷心曲，紅豆新詞唱杜鵑。廣德劉寶書玉堂〔九〕

啼到鵑聲客盡哀，如何忽現女身來？郵亭一曲千行淚，紅濺山花帶血開。
鼓鼙聲裏淚如絲，瘦損蛾眉上馬時。破鏡未圓珠已碎，空餘殘夢付鶯兒。
回首烽烟隔故關，何年蜀道幸生還。含冤一似湘妃竹，千古啼痕任化斑。
徵題到處淚盈盈，癡與紅顔訴別情。唱遍江南腸斷句，夢魂猶自泣餘生。
我亦燕臺屢束裝，新詩鈔得疊巾箱。天涯遍訪湘舟字，未識春風總斷腸。（舊縣旅邸，有女史題壁，末署「湘舟」二字。）
收拾花魂又女魂，蘇臺一哭隴雲昏。美人恨事才人筆，迸入啼痕與墨痕。廣德王用賓薦卿〔一〇〕

（民國十三年掃葉山房石印本《酬紅記》卷首）

【箋】

〔一〕《傅惜華藏古典戲曲珍本叢刊》第八九冊影印嘉慶二十五年金陵劉文奎刻、咸豐五年補刻本《酬紅記》卷首，無此九人之題辭。掃葉山房民國十三年石印本《酬紅記》，此九人題辭與《傳》本相較，在『甘泉吳慶恩蓋山』題辭之前，以下並錄『甘泉吳慶恩蓋山』等三十二人題辭。

〔二〕潘精一：號雲亭，涇縣（今屬安徽）人。生平未詳。

〔三〕汪度：字鄰樓，一字南莊，號白也，一號留芳，上元（今江蘇南京）人。一說歸安（今浙江湖州）人，僑寓金陵。汪堅子，汪基弟。諸生。志行修潔，爲鄉里所重。與洪亮吉、袁蘭村有詩酒之交。晚居古佛庵。曾跋臨海人侯嘉繙《彝門詩存》。著有《玉山堂詞》（汪世泰編《七家詞鈔》）。傳見《皇清書史》卷一八、《畫林新詠・補遺》、《金陵通傳》等。

〔四〕王瑾：字潤如，上元（今江蘇南京）人。早寡，以節賜旌。著有《味蘗居稿》。傳見《國朝閨秀正始集・補遺》、陳芸《小黛軒論詩詩》卷下等。

〔五〕王煜（一七九五—一八五二）：字耀堂，號絅齋，滁州（今屬安徽）人。道光二年壬午（一八二二）恩科進士，選庶吉士，散館授編修。歷侍講、庶子、右中允，擢國子監司業，陞祭酒。二十二年，乞假養親，回籍。先後主講鍾山書院、惜陰書院。與米倬齊名。著有《筆耕書屋詩》、《筆耕書屋賦草》。傳見《詞林輯略》、光緒《滁州縣志》卷七、《道光二年壬午恩科會試同年齒錄》等。

〔六〕袁綬（一七九五—一八六七）：字子卿，號瑤華，別署瑤華主人，錢塘（今浙江杭州）人。袁枚（一七一六—一七九八）女孫，南平知縣袁通女，上元（今江蘇南京）吳國俊室。著有《瑤華閣集》（含《瑤華閣詩草》、《閩南雜詠》、《瑤華閣詞》、《補遺》）、《簪雲閣詩稿》。傳見吳師祁《墓志銘》、《清朝閨閣詩人徵略》卷八、《兩浙詞人小傳》等。

〔七〕崇家鏊（一八〇一—一八五〇）：字海秋，天長（今屬安徽）人。以選拔官廣文，旋中道光二十三年癸卯（一八四三）經魁，次年甲辰（一八四四）聯捷會魁，任貴州清溪知縣。三十年，轉古州廳同知，年五十，遽終。工楷書，精古學。傳見同治《天長縣志纂輯志稿》。

〔八〕沈濤：號響泉，烏程（今浙江湖州）人。生平未詳。

〔九〕劉寶書（一八〇八—一八五五）：字玉堂，號仙珊，廣德（今屬安徽）人。道光十七年丁酉（一八三七）拔貢。鄉闈十一薦，不得售。卒年四十八。工詩文，通音律。傳見光緒《廣德州志》卷四一、《清代硃卷集成》等。

〔一〇〕王用賓（一八一七—？）：字薦卿，號翰仙，一號春垣，廣德（今屬安徽）人。生平未詳。

酬紅記題詞

丁兆奎　等

生離死別總堪憐，況復娉婷荳蔻年。萬里關山兩行淚，金戈聲裏送嬋娟。

花到江南春已殘，阿誰馬上斬樓蘭。劍關儻有魂歸日，環珮應憐蜀道難。

壁間鴻爪認前因，因首塵寰二十春。一曲斷腸誰與記？青衫濕透倚樓人。歸安丁兆奎少伯〔一〕

烽火迷離劍閣橫，娉婷弱質逐郵程。啼痕遍灑千山血，消得鵑紅喚小名。

幽困懨懨晝起遲，膽瓶課婢供梅枝。可憐再到春風發，已是烟銷紫玉時。

旅店淒涼夜月昏，挑燈搦管黯銷魂。粉牆留得傷心句，傳與人間賺淚痕。

美人黃土古今愁，幸遇多才趙倚樓。一曲《酬紅》傳院本，九原怨魄已千秋。羅田女史潘煥榮〔二〕

（民國三年石印本《酬紅記》卷首）

【箋】

〔一〕丁兆奎：號少伯，歸安（今浙江湖州）人。生平未詳。

〔二〕潘煥榮：字綺青，號蓴仙，羅田（今屬湖北）人。羅光斗女。安徽知府廖新室。著有《韻芳閣詩鈔》。傳見《國朝閨秀正始集》卷二〇。

（酬紅記）題後【賀新涼】

袁誠格〔一〕

曇影空花耳。嘆人間、紅顔薄命，古今如是。十載郵亭鴻爪蹟，拚作浮雲流水。驀觸迕、天涯才子。一領青衫撕碎了，病瑯琊幾爲多情死。干甚事，竟如此！　倚樓才調耆卿似。比風流、江州司馬，蘇州刺史。自撥檀槽親拍板，譜出辛商苦徵。唱徹了、愁雲四起。名士美人共淪落，替卿卿淚寫傷心字。都買貴，洛陽紙。歲乙卯夏四月〔二〕，商丘芰衣袁誠格題於蒞薌館。

（《傳惜華藏古典戲曲珍本叢刊》第八九册影印清嘉慶二十五年金陵劉文奎刻、清咸豐五年補刻本《酬紅記》卷末）

【箋】

〔一〕袁誠格（一八二四—？）：字藎甫，號至堂，一號芰衣，商丘（今屬河南）人。同治六年丁卯（一八六七）舉人，七年戊辰（一八六八）進士。工書，楷法精妙。傳見《同治七年戊辰科會試同年齒錄》。

〔二〕歲乙卯：咸豐五年（一八五五）。

業海扁舟（金連凱）

金連凱（一七九八？或一七九五—一八三八），名綿愷，字白山、樂齋，號悟夢子、六乙子，别署蓮池居士、吉善居士、友月居士，愛新覺羅氏，滿洲鑲黄旗人。封惇親王。道光十八年（一八三八），降爲郡王，憂憤而逝，謚號『恪』。著《靈臺小補》（一名《梨園黼論》）。撰雜劇《業海扁舟》。傳見《清史稿》卷二二一。

《業海扁舟》，一名《警世保嬰法曲》，又名《濟世保嬰法曲》，《清代雜劇全目》著錄，現存道光十七年（一八三七）序朱墨二色精鈔本（《傅惜華藏古典戲曲珍本叢刊》第八九册據以影印）、道光間五色鈔本。

業海扁舟序

金連凱

竊聞塡詞一藝，乃文人游戲三昧而作也。今觀蓮池居士所撰《濟世保嬰法曲》，又名《業海扁舟》，結構清新，排場簡易，初看去平淡無奇，再讀之漸入佳境，三玩索應接不暇，誠所謂太息痛哭流涕也。

余質本庸愚，材同樗櫟，自幼懶學，讀書善忘。若夫經史子集、古今詩文，以及《通鑒綱目》、諸傳百家，從未一晤。卽演義説部，亦不留心。平生所愛，獨酷好觀詞譜，如《律呂正義》、《九宮大成》、《雍熙樂府》，以及《元人百種》、《六十種曲》、《笠翁十二種曲》、《納書楹》、《昇平寶筏》、《勸善金科》、《鼎峙春秋》、《忠義璇圖》、《昭代簫韶》、《闡道除邪》、《芝龕記》、《燈月閒情十二種》、《綴白裘》、《歸元鏡》、《三才福》、《三星圓》、《雷峯塔》、《燕子箋》，更有湯若士之《牡丹亭》、洪昉思之《長生殿》，《琵琶》、《幽閨》等記，並各種時興雜劇院本，不可枚舉。插架連牀，曷勝詳載，無一不閲，未有塵封。

若夫戲之一業，大都舞衫歌扇之流，離合悲歡之技。或神鬼妖仙，或文忠武勇，或麗女才郎，或邪淫奸盜，或蠻爭很鬬，或謔浪詼諧，千態萬狀，怪異百出，無非供人遣興陶情，以博筵前一笑耳。此誠如悟夢子所撰之《靈臺小補序》中所載：『是劇也，無非供我賞心娱目，樂則樂矣，任彼拚命勞傷，苦太苦耳。』試三思之，絲毫不謬。儻遇貴家公子，富麗青春，血氣未定之時，能不被此奸聲亂色，引誘蠱惑，謹身自潔，不至蕩産輕家，可保一生品行，有幾人哉？

且好觀演劇者，另有一番議論，必曰：『歌咏太平，使愚夫愚婦見聞，咸知善者可法，惡者當戒。』余獨患未必能如是也，深恐大相反背者居多，必至善者不足法，惡者毫無戒耳。此亦悟夢子所作《梨園纛論》中説得透徹：『夫盗弄潢池，未有不以此爲可法。天王、元帥，大都伏蠢動之機。更有平天冠、赭黄袍，教匪窺竊流涎；又是瓦岡寨、四盟山，盗賊爭誇得志。專心留意，無非《掃北》；熟讀牢記，盡是《征西》。《封神榜》刻刻追求，《平妖傳》時時讚羨。《三國志》上慢忠義，《水滸傳》下誘强梁。實起禍之端倪，招邪之領袖，其害曷勝言哉？此觀劇之患也。』余每閲至此，必三復致意，再四細玩，不忍釋手。實可慮難彰善果，易長淫風，所關甚巨，豈淺論耶？若果能於喧闐鑼鼓中敲得風調雨順，悠揚笙管内吹來物阜民安，大有豐登，西成萬寶，果如是願，方可謂之歌咏太平。億兆蒼生，寰區樂業，遐邇康年，熙熙皞皞，不識不知。到那時間，可已算得梨園有益，明效大驗，余再不敢瀾翻强辯矣。今之梨園優伶，動曰無傷，亦謀生之一業耳。獨不思汙人品行，敗人身家，爲人所賤。考其尊卑，實擔夫販竪之不若矣。尚洋洋得意，動曰無傷，實自欺也。以余觀之，所傷大矣。

今詳觀是編所載，眞可謂别有洞天，另開佳境，一般細按宫商，緩調輕弄。此中曲白，有莊語，有逸語，有清語，有趣語，有淺近語，更有苦語，有悲語，有感慨語，有嘗試語，有忿恨語，有譏誚語，有狂妄語，種種不一，描寫如畫，曲盡人情。至再至三，苦口殷勤，脣焦舌疲。余料居士一腔心血，殆將竭矣，惻隱悲憐，有加無已，出乎天性自然，豈人力可能强也？此所謂『如保赤子，心誠求之』，信哉斯言，果不誣也。後之好事者，如能依此曲白作法，付諸管絃，開場搬演，臺上臺下，局内局外，定可相觀而善，必能化導多人，必有揮淚大慟者，翻然頓悟，猛省回頭，自新悔過，急急抽身。

憶昔曾聞搬演《歸元鏡》之傳奇，合班優伶，均剃度出家。今之《業海扁舟》，紀實若能如是，搬演亦定感動合班優伶，均改業四散，各尋門路，另謀生理。居士之功德無量，眞可謂之高比須彌山，深如大海水，等恆河沙數，誠不可思議云耳。

今承惠贈是書，並命作序，冠諸簡端。深愧粗淺俗談，毫無文義；自哂班門弄斧，恬不知羞。有玷瑤編，汗顔跼蹐。此所謂芝蘭與荊榛共種，魚鳥伴龍鳳爲羣。瑚璉碔砆，皓月流螢，上智下愚，霄壤迥異。負咎彌深，勉爲是序，尚乞教誨，幸甚多矣。

道光十有三年歲在昭陽大荒落月建塞壯中秋節，樂齋金連凱謹識〔一〕。

【箋】

〔一〕題署之後有印章二枚：陰文方章『樂齋』，陽文方章『連凱』。

業海扁舟識語〔一〕

惇順〔二〕

余本草野庸夫，未嘗學問。適莊誦樂齋先生所著《業海扁舟》之序文，言辭明爽而激烈，意味剴切而深長，兼且發明是編之義趣，評究諸傳奇及好觀劇者之損益，深切時病，誠苦口之妙藥也。此序文足可抵是編之全部云耳。

竊謂無邊之業海，彼青年子弟沉溺其中者，不可勝數，豈一葉之扁舟而能盡渡之耶？故是編名之曰《業海扁舟》者，其義要在回頭自悟耳。此所謂『苦海無邊，回頭是岸』，扁舟雖小，向善揚帆，其中或有敏悟超羣者，藉此扁舟，可以濟登彼岸；迷謬自棄者，卽金身示現，施廣長舌，誠恐莫能救度。此卽冥頑不靈之輩，若飛蛾之投火，似游魚之吞鈎，自取禍殃，雖死不悟，是其病入膏肓，雖盧醫再世，亦無可投之良劑矣。展轉熟思，眞堪浩歎。因不揣愚陋，勉識數語於後。尚當工楷錄此序文，書紳互勸，永爲身寶可也。

癸巳重陽日〔三〕，愚弟惇順謹識〔四〕。

【箋】

〔一〕底本無題名。

〔二〕惇順：字濬如，籍里、生平均未詳。

〔三〕癸巳：道光十三年（一八三三）。

〔四〕題署之後有印章二枚：陰文方章「濬如」，陽文方章「惇順」。

業海扁舟題詩〔一〕

闕　名〔二〕

詠生

假忠假孝假才郎，文武兼之何太忙？《打虎》、《探莊》同《大戰》（羅通蟠腸大戰，長坂坡子龍大戰，渾瑊渭橋大戰，一作周遇吉、岳武穆、秦瓊、楊景），《夜奔》、《疑讖》、《反西涼》（一作「蜈蚣嶺上露鋒釭」，一作「羅成托夢倍恓惶」）。

咏旦

假嬌假媚假梳粧，金定、梨花、孫二娘（一作『無鹽、三春、胡小香』）。《鬼辯》、《私奔》同《盜令》（一作『《蝴蝶夢》』，一作『《刺虎》、《藏舟》、同《水鬭》』），《懷春》、《癡訴》並搬場（一作『楊妃、西子並王嬙，』一作『《查關》、《陣產》、《鎖雲囊》』）。

咏淨

假忠假佞假豪强，塗面勾鬚鬭幾場（一作『猛勇雄威』，一作『紮靠背旗』，一作『勢焰薰天莫可當』）。《鬧》（莊）、《救》（青）慶成同《北餞》（一作『《冥判》、《訪賢》同《北渡》』，一作『《問探》、《山門》同《指路》』），《激良》、《闖帳》汗如漿（一作『惠明、義鬼並劉唐』，一作『《五臺》、《三氣》、《鬧昆陽》』，一作『《送京》、《闖宴》、《反西涼》』，一作『《爭功》、《嫁妹》並《妖王》』，一作『李逵、項羽共閻王』，一作『《冥勘》、《河套》並商王』，即紂王也。再如閔王，曹操、董卓、秦檜、屠岸賈、朱泚、朱溫、王莽、楊國忠、安祿山、李希烈、盧杞、田希監、賈似道、嚴嵩、劉瑾、魏忠賢等輩，窮兇極惡，並一切嘯聚山林大盜，及所有奇形怪狀，鬼魅妖魔、老翁醜婦，劊子中軍，不可枚舉，曷勝詳載。此其大略云耳）。

咏末

假誠假義假循良，揭諦蒼頭定改裝（一作『令尹禪僧』，一作『院子門公一樣裝』）。《闖界》、《求燈》同《借債》（一作『《反誑》、《送盃》同《看狀》』，一作『解子、黃門同道士』），《換監》眞箇慟人腸（一作『《盜孤》』）。

咏丑

假姦假惡假豺狼，醜態離奇滿面狂。《蔴地》、《茶坊》同串戲，（一作『《祭妓》』，一作『禁子、牢頭同重犯』，一作『《入院》』，一作『《金鎖》、《雙釘》同《判斷》』）《掃秦》、《姦遁》並《招商》（一作『書童、酒保並梅香』，一作『貪官汙吏共儐相』，一作『《拾金》、《探病》』，一作『《借茶》、《遊寺》』，一作『《教歌》、《羅夢》』，一作『《點香》、《墜馬》』，一作『《打番》、《趕妓》』，一作『《相梁》、《賀喜》』，一作『《投文》、《拐騙》』，一作『時遷、李鬼武家郎』，即武大郎武植也）。

五中憤懣嘆觔斗人題三五七言

爾髫齡，何孽愆？徒學卑賤技，實受惡魔纏。折骨傷筋無可訴，呼天搶地憑誰憐？

慘觀扮獅鹿馬虎熊狗等形賦長短句

人心獸面，傴僂將倦。汗如雨下，賤中又賤。悲憐落難青年，孰箇肯行方便？唉，諄諄苦勸衆優伶，很很猛跳卑田院。（余嘗聞梨園中分三院：生，翰林院；旦，勾欄院；淨，卑田院也。）

【箋】

〔一〕底本無題名，版心署『戲題』，正文題：『附錄游戲拙作非敢言詩也。』

〔二〕此組詩當爲金連凱撰。

奉題蓮池居士敬世保嬰法曲（調【西江月】）

金連凱

當頭棒喝

《勸善金科》榜樣，《昇平寶筏》規模。焚香頓首頌皇圖，感戴洪慈永護。丁亥仲春之月，叨蒙異數恩殊。各由其便盡歡呼，又賜扁舟歸渡（一作『蘭橈南渡』）。

闡明因果

老衲何來憫世，莫非淨土游東。一聲棒喝色皆空，照樣管絃輕弄。　善化投其所好，《歸元鏡》裏遺風。堪憐無數小孩童，思之令人心痛。

自愛潛行

悟徹天龍一指，回頭極樂非遥。鐘鳴漏盡漸枯焦，悔不通盤計較。　君子見機而作，逃名范蠡謀高。急流勇退果英豪，何況梨園年少。

新詞申警

九轉貨郎崑曲，依腔按調新歌。奇方妙法待如何，欲解淫污大過。　清夜捫心自問，須防衾影知麽。要提漁獵淚滂沱，你我均難結果。

彼岸同登

懺悔從前冤孽，趁風吹火偏奇。因他自悟幼時癡，抱愧存身無地。　順水推舟甚易，雙雙遠害休疑。堪嗤鄙那家師，尚在夢中得意。

大慈掃業

自古上行下效，因何尚未移風。太平村内草芃芃，聖意至深且重。　可恨南城雜戲，依然鑼鼓鏜鞳。管教歌舞一場空，封奏條陳天聽。

總敍二首

自哂《梨園粗論》，《靈臺小補》名標。拖泥帶水話勞刀，不免大方貽笑。　所幸抛甎引玉，妍詞麗句清高。殷勤苦勸衆見曹，認准扁舟快跳。莫侮優伶卑賤，須知前世魔多。難猜難料自收科，速救密羅之雀。浩嘆人生朝露，將來怎見閻羅？心慈何用念彌陀，切記善福惡禍。

道光癸巳脩禊日，白山悟夢子未定稿〔一〕。

【箋】

〔一〕題署之後有印章二枚：陰文方章『白山』，陽文方章『栽培方寸』。

謹題吉善居士惠贈業海扁舟勉成七言截句十四首

金連凱

當頭棒喝

提綱宣義仿蓮臺，依樣葫蘆信手裁。歌舞吹彈真鬧熱，一般觀聽萬人來。

學他玉女搖仙珮，也有焚香幾轉場。臺上聲明臺内問，緩調輕弄按宫商。

闡明因果

敷宣妙諦意精詳，苦海漫漫莫可量。惟願吾師施救度，中流自在現慈航。

無上甚深微妙法，慈悲爲本化愚氓。靈臺方寸須勤滌，邪正從來一念萌。

自愛潛行

全身遠害果奇男，鶴立雞羣倍自慚。棄暗投明真俊乂，無情銅臭豈能貪。

二簧腔調果糟餻，聰慧純工付鬧嘈。隱遁遂叨神默佑，長途深夜敢辭勞。

新詞申警

新翻雅調勝彈詞，苦口殷勤勸世癡。一曲未終雙淚下，捫心清夜試深思。
勝他天寶李龜年，細按宮商妙句傳。莫道新歌堪玩聽，箇中深意信超然。

彼岸同登

自慚自悔自悲辛，敗子回頭無價珍。同德同心同覺悟，雙雙上智過來人。
梨園歲月久蹉跎，花謝春殘可奈何。萬事由來人自悟，相憐回首避風波。

大慈掃葉

蓮臺法諭遣高僧，救拔優伶彼岸登。惟願慈雲常普護，密羅困鳥盡飛騰。
《靈臺小補》果新奇，《業海扁舟》最妙詞。搜索枯腸心意碎，諄諄萬語敢云疲。

總敍二截

聞道塡詞欲聽觀，管弦雅奏調新彈。箇中隱意君知否？早渡迷津莫自寬。
梨園眞是惡生涯，很勸諄諄淚似麻。一度思量一長嘆，苦憐害盡美春華。

道光十有三年歲在昭陽大荒落月建橘如清明日，愚弟金連凱拜題〔一〕。

【箋】

〔一〕題署之後有印章二枚：陰文方章『樂齋』，陽文方章『連凱』。

癸巳孟秋月朔夜宿愛吾廬夢中口占二截句醒時猶記前一首其二已忘之矣因信筆續成命題曰勸戒詞八首

金連凱〔一〕

由來人被利名牽，致使天君不泰然。勞苦浮生堪浩嘆，回頭如意信安全。

由來萬事在人謀，因甚奔波作馬牛？漏盡鐘鳴誠轉瞬，江心返棹恐難收。

貧不能移威豈屈？蠅營狗苟有如無。風波萬丈安然度，彼丈夫兮我丈夫。（《孟子》所謂『富貴不能淫，貧賤不能移，威武不能屈，此之謂大丈夫。』注云：『淫，蕩其心也；移，變其節也；屈，挫其志也。』《語》不云乎？『三軍可奪帥也，匹夫不可奪志也。』侯氏曰：『三軍之勇在人，匹夫之志在己。故帥可奪而志不可奪，如可奪，則亦不足謂之志矣。凡人各有志，孰能强之？即勉强從事，以力服之，非中心悦而誠服也，徒令其人心身兩地，又何益於我哉！』）

人生大地若蜉蝣，自古英雄付水流。何況傀儡幻中幻，須臾弄罷一齊休。

輔漢功高張子房，急流勇退水雲鄉。韓侯反被聰明誤，一點幽魂滯未央。（此所謂『飛鳥盡，良弓藏；狡兔死，走狗烹』，誠千古不磨之至論也。悲夫！）

霍六財官並虎張，馬年（一作『郝升』）唐套大頭郎。洋洋得意眞堪笑，跳耍猴孫鬧一場。（嘗聞以上五六人，皆梨園中有名之優伶也。概因其技藝精通，遂令千人喝采，遠近馳名。以余觀之，與沿街戲耍猴猻同類，朝朝苦被繩牽，敲鑼於鬧市叢中，徒代他人覓衣食耳。自亦不覺其苦，恬不爲辱，尚洋洋得意，窮思極想，好勝爭奇。試問將來之結果收場，年老氣衰，作何良策？再如魏三被盜，遺羞啣恨，能無浩嘆耶？）

一般畫影也圖形，大小泥花塑像精。更有紙鳶標姓氏，茅房高欖倍光榮。（圖形塑像，亦若輩之登場演劇也，均詳載悟夢子所撰之《梨園粗論》，茲不復贅。）

利鎖名韁因此身，解除何用覓他人？全憑自主休疑慮，猛省迷關一念眞。友月居士題於山清水秀之閣〔一〕

【箋】

〔一〕題署之後有印章二枚：陰文方章『友月居士』，陽文方章『吾知足』

附 僧無際咏走馬燈詩

僧無際

團團遊了又來遊，無箇明人指路頭。除卻心中三昧火，槍刀人馬一齊休。（善哉詩也。假遊戲句，包括無窮，喻世切矣。）

甲午清明前六日〔一〕自題業海扁舟曲譜

調西江月二首〔二〕

金連凱

笑罵由他笑罵，新詞我已編之。勸君且莫再狐疑，領略此中妙趣。不是一番諷刺，焉能追悔當時？靈臺方寸樂怡怡，休得苦爭閒氣。

堪嘆人心不古，朝朝似醉如癡。非貪卽妒亂成絲，狡詐乖張何意。 聖訓炳同星日，還淳返樸風移。上行下效豈無知，偏要干名犯義。六乙子未定稿〔三〕

【箋】

〔一〕甲午：道光十四年（一八三四）。

〔二〕題名後原注：『是作也，偶憶去歲余撰《業海扁舟》，甫就，有客言：「空費精神，恐人笑罵。」因戲答之。』

〔三〕題署之後有印章二枚：陰文方章『澹如』，陽文方章『日省齋』。

（業海扁舟）題詩〔一〕

闕　名〔二〕

六乙子、悟夢子，二子實難分彼此。金連凱、友月、白山，如影隨形同怒喜。《靈臺小補》果誰編？《業海扁舟》果誰擬？箇中趣味我獨知，說破大家笑冷齒。又自戲題於月朗風清之閣〔三〕。

【箋】

〔一〕底本無題名。

〔二〕據印章，此詩當爲惇順撰。

〔三〕題署之後有印章二枚：陰文方章『惇順』，陽文方章『九思三界』。

《業海扁舟》題詩〔一〕

金連凱

《靈臺小補》書成，即綴二律於簡末。今捧讀蓮池居士惠贈《業海扁舟》（《濟世保嬰法曲》），莊誦再三，弗能釋手。因不揣鄙陋，拙成四律，仍綴是編之末，勉效續貂之意云耳。

梨園弟子自唐傳，遺害無窮不計年。智慧徒勞卑賤技，精神空費亂彈編。一生九死憑誰訴？萬苦千辛若箇憐？打罵磨礱眞地獄，回頭早上大慈船。

保嬰濟世賴扁舟，孽海風波立待休。悟夢果然愚魯輩，白山眞是蠢獃頭。蓮池上士誰堪比？吉善高人孰與儔？無限精神全用盡，箇中隱意有來由。

箇中隱意有來由，不用沉思細細求。我即伊兮伊即我，牛仍丑也丑仍牛。迂談謬論惟心造，俚句麤文信口謅。萬語千言悲賤業，一聲長嘆淚雙流。

塡詞非比那敲詩，另具規模試講之。賦句佩文常理會（《佩文詩韻》），歌章音韻考須知（塡詞書目）。廣諮博訪眞吾友，好問多聞實我師。只爲梨園誠盡瘁，心勞神倦夜深時。道光癸巳結緣日，白山悟夢子題於問心處〔二〕

【箋】

〔一〕底本以序爲題。

〔二〕題署之後有印章二枚：陰文方章『悟夢子』，陽文方章『問心處』。

業海扁舟題詩〔一〕

闕　名〔二〕

丙申季秋中浣〔三〕，續入《業海扁舟》打諢話白，兼寫平生未了志願，復成十截。

眼酸臂痛夜三更，雖是詼諧亦有情。一片癡心無限恨，拈毫默坐對寒檠。

滿腹牢騷滿眼愁，窮思苦想淚頻流。萬般開導千般勸，不掃梨園誓不休。

不能飲酒懶贏錢，笑我浮生四十年。念念梨園諸惡趣，箇中深意果堪憐。

箇中深意果堪憐，非恨伶工厭管弦。自嘆癡獃何日了，車薪杯水信誠然。

車薪杯水信誠然，不遇同心豈可傳？但得幾人真覺悟，九泉無憾樂長眠。

此身未定何時逝，大限難期意暗牽。但得庸言常住世（《靈臺小補》、《業海扁舟》），後人須記道光年。

千言萬語早忘疲，晝夜搜羅十二時。欲曉區區腸斷處，一腔心血數行詩（一作『兩眶慟淚幾行詩』）。

『春蠶到死絲方盡，蠟炬成灰淚始乾。』一點癡情除未得，熱腸畢竟不知寒。

數盡殘更夢不成，披衣坐起到天明。思量幾度從前事，煩惱都緣太有情。

捷徑法門惟念佛，彌陀接引最相親。長舒金臂慈悲願，攜盡梨園眾苦人。（國朝夢東禪師讚血畫彌陀佛像，云：『不轉慈眸應待我，長舒金臂欲攜人。旨哉！』斯言安得大慈悲父，運大神通，施大法力，拯救梨園落難百千萬億生靈，咸臻極樂，吾願足矣。）

【箋】

〔一〕底本以序爲題。

〔二〕此組詩當爲金連凱撰。

〔三〕丙申：道光十六年（一八三六）。

（業海扁舟）題詩〔一〕

金連凱

山竊以癸巳續成四律，已云『綴諸簡末』，今何復有此作？奈九曲柔腸，實難由己耳。

九曲柔腸不我由，沉痾久矣害心頭。下愚度自庚申歲，（余性至魯極愚，從六齡甫有知。）卅七年來總是愁。

卅七年來總是愁，梨園眞箇很魔頭。至窮生變求慈佑，億萬彌陀念不休。

億萬彌陀念不休，堪憐少俊久沉浮。求生不遂惟求死，早向蓮邦自在遊。

早向蓮邦自在遊，此眞出世大因由。皮囊到底終須朽（一作『前程早辦休遲滯』），一點靈根萬劫留。

誠然四大不堅牢，自古輪迴莫可逃。多少英雄今在未（一作『誰住世』），豐功峻烈付秋毫。

豐功峻烈付秋毫，何況梨園枉自勞。業海無風三尺浪，彌陀洪願定波濤。

道光十有七年歲在丁酉季春月望，晚宿左掖，漏已三轉，尚未成寐，挑鐙獨坐，續吟六截，書於主敬齋。悟夢子〔二〕。

（以上均《傅惜華藏古典戲曲珍本叢刊》第八九册影印清道光十七年序朱墨二色精鈔本《業海扁舟》卷首）

【箋】

〔一〕底本以序爲題。

〔二〕題署之後有陰文方章『三折肱』。

花裏鐘（劉伯友）

劉伯友（約一七九八—約一八六九），一名棋，號竹齋，别署竹齋居士，阜陽（今屬安徽）人。終生未仕，設館教徒。晚年喪子，益困窘。卒年七十二歲。著《潁邊吟草》、《倦遊集》等。傳見民國《安徽通志稿·藝文考》。參見趙景深《花裏鐘傳奇》（《明清曲談》）。

撰《花裏鐘》傳奇，《古典戲曲存目彙考》著録，現存道光二十八年（一八四八）序刻本。

花裏鐘傳奇序

劉伯友

甲辰春〔一〕，偶遊古寺，與老僧握塵花下，午鐘猝動，燕雀驚飛，余亦瞿然。歸而憶之，覺鍠鍠鏗鏗者，厥聲猶在耳也。

追夏曝書，於敝簏中得一劇本，題曰《鴇姥訓妓》〔二〕，詞甚鄙俚。余覽之嘆曰：『此亦欲鼓鐘而驚花間之燕雀也，奈鐘啞何？』

抵暮，有客來，言某青樓買良女爲娼，女入門自縊死。余悲之，因作劇十折，以《花裏鐘》名焉。雖聲不甚啞，究未若向所聞者之洪而大也。伏祈才士詞客，俯賜改正，化玎玎琤琤，爲鍠鍠鏗鏗，使酣臥花間者與燕雀而俱驚，則余將焚香百拜以謝之。

時道光二十四年十二月十七日，竹齋居士識。

【箋】

〔一〕甲辰：道光二十四年（一八四四）。

〔二〕《鴇姥訓妓》：或爲雜劇，未見著錄，亦未詳作者。

花裏鐘序

朱鳳鳴〔一〕

人之相知，貴相知心。言，心之聲也，不知其言，心烏由知？予與劉君竹齋，同居於阜之曹家店，相去僅八里耳，歷四十餘年而後知，何相知之晚歟！予之始知竹齋也，以杜亦村〔二〕。亦村，仁人也，因知竹齋爲仁人；亦村，義士也，因知竹齋爲義士；亦村，孝子、悌弟、忠臣、良友也，因知竹齋爲孝子、悌弟、忠臣、良友。然猶未深知其心也。所以深知竹齋之心者，其以《花裏鐘》乎？夫《花裏鐘》一書，不過嬉笑焉已耳，怒罵焉已耳，未嘗言仁，未嘗言義，未嘗言孝悌忠良，然一展卷而仁義、孝悌、忠良之心昭然若揭，因知言爲心聲，非虚語矣。蓋嬉笑非嬉笑也，皆竹齋之血淚也；怒駡非怒駡也，皆竹齋之婆心也。不知者或以爲近於刻毒，豈足語竹齋者哉！

竹齋年踰知命而不能青一衿，終歲訓蒙而不足糊其口，債主盈門而嘯歌自得，是眞能寬放鋼腸、健撑鐵骨者，而世之知者幾人也耶？

道光二十八年歲在戊申嘉平月，癡友朱鳳鳴謹序。

【箋】

〔一〕朱鳳鳴（一七九〇——一八五七）：字曉山，號蠹仙，阜陽（今屬安徽）人。道光八年戊子（一八二八）舉人，揀選知縣，不就，歸鄉教授生徒。刻意學問，以經濟名節自勵。道光年間，嘗詣闕三上書。咸豐七年（一八五七），因説降捻軍，不成，被殺。著有《尚書論》、《家訓衍義》、《偷生百議粗説》、《食字齋文集》、《手鈔詩》。出貲鐫《花裏鐘傳奇》。傳見王則僑《行狀》（光緒九年潁郡靈寶齋刻本《食字齋文集》卷首）、曹藍田《璞山存稿》卷八《書事》、徐子苓《敦艮吉齋文存》卷二《哀辭》、《續碑傳集》卷六九、金天翮《皖志列傳稿》卷六、民國《安徽通志稿·列傳七》等。參見常任俠《兒時影事·村塾小言》（郭淑芬等編《常任俠文集》第六冊，安徽教育出版社，二〇〇二）。

〔二〕杜亦村：即杜燚，字亦村，阜陽（今屬安徽）人。與劉伯友、朱鳳鳴等爲友。生平未詳。

花裏鐘題詞

張持等

滿腹盡牢騷，杯酒難澆。寒氈困我久無聊。排悶時將新譜製，强解愁苗。　枉費募錢勞，

莫救嬌嬈。一腔熱血怎生消。僕本恨人開卷讀，清淚傾瓢。菊溪弟張持拜題〔一〕

搔首問天公，天正夢夢。不然缺陷恁重重？大筆誰能參造化，喚醒愚矇。劉子本詩翁，勸世情濃。花間陡撞一聲鐘。祇恐中郎難再世，淚灑東風。花朝日又題

素性樂潛藏，閒詠西窗。滿腔血恨願難償。藉得生花一枝筆，寫出愁腸。好句本天良，莫漫評章。鐘聲花裏韻鏗鏘。世人但解詩中謎，勝似黃粱。潁尾沈櫟拜題〔二〕

（以上均清道光二十八年序刻本《花裏鐘傳奇》卷首）

【箋】

〔一〕張持：字菊溪，阜陽（今屬安徽）人。生平未詳。

〔二〕沈櫟：字恩鴻，號成巖，宿松（今屬安徽）人。增廣生。著有《四書講義》。傳見民國《宿松縣志》卷三九、民國《安徽通志稿・藝文》等。

桃園記（顧春）

顧春（一七九九—一八七七），字梅仙，號太清，別署西林春、太清春、雲槎外史，本姓西林覺羅氏，滿洲鑲藍旗人。祖父鄂昌（一七〇〇—一七五五），官至甘肅巡撫，乾隆間因受胡中藻（？—一七五五）《堅磨生詩鈔》文字獄牽連，被賜自盡，從此家道中落。道光四年（一八二四），太清二十六歲，冒榮王府二等護衛顧文星之女呈報宗人府，爲多羅貝勒奕繪（一七九九—一八三八）之側

福晉。擅詩詞，工繪事。著有詩詞集《天游閣集》、詞集《東海漁歌》、小説《紅樓夢影》等。撰雜劇《桃園記》、《梅花引》，皆存。一九九八年上海古籍出版社出版張璋編校《顧太清奕繪詩詞合集》。傳見徐世昌《晚晴簃詩彙》卷一八八、惲珠《國朝閨秀正始集》、沈善寶《名媛詩話》等。參見黄仕忠《顧太清的戲曲創作及早年經歷》（《文學遺産》二〇〇六第六期）。

《桃園記》雜劇，别名《仙境情緣》，《古典戲曲存目彙考》著録，謂『雲槎外史』作，現存清稿本，存日本東京大學東洋文化研究所雙紅堂文庫，黄仕忠《日本所藏稀見中國戲曲文獻叢刊第一輯》第五册據以影印。

金縷曲 題桃園記傳奇〔一〕

顧　春

細譜《桃園記》。灑桃花、斑斑點點，染成紅淚。欲借東風吹不去，難寄相思兩字。遍十二、欄干空倚。冰雪肌膚人如畫，繞情絲蹙損春山翠。仙家事，也如此。　凌風待月因誰起？總無非、心心相感，情情不已。南海觀音慈悲甚，泛出慈航一筆。渡仙女、仙郎雙美。記取盟言桃花下，問三生石上誰安置？得意處，莫沈醉。

（《清代詩文集彙編》第六〇〇册影印稿本《天游閣集·東海漁歌》）

【箋】

〔一〕據《東海漁歌》編年，此詞作於道光十九年（一八三九）。

梅花引（顧春）

《梅花引》雜劇，《中國古籍善本書目·集部》著錄，謂「雲槎外史」撰，現存清稿本，河南省圖書館藏。

梅花引序

沈善寶〔一〕

雲槎外史逸才天縱，雅抱霞蒸。著作等身，溯詞源於漢魏；文章餘事，仿樂府於金元。慨塵夢之迷離，晨鐘忽警；念幻緣之生滅，慧劍初揮。此《梅花引》所由作也。

是以章後素學博情癡，爰且寓名乎五柳；羅浮仙冰肌玉骨，允宜託姓於孤梅。當夫竹屋紙窗，嬌姝入夢；清溪幽谷，吉士尋蹤。二百載舊約新諧，遂良緣於暗香疏影；卅六旬于飛共樂，結連理於月下水邊。以世外之仙姿，作人間之美眷。宜其笑彼師雄，聞翠羽而酒醒人杳；勝他和靖，調素琴而雪冷山空。誠豔福之無雙，洵清才之第一矣。

方其鴛偶綢繆，樂閨房之靜好；駒陰匆促，嘆露電之空虛。幸迷途其未遠，思覺岸以同登。

適逢好事維摩，當頭棒喝；多情天女，著手春生。天花散兮生天，佛果圓而成佛。君歸極樂，五蘊皆空；妾領羣芳，萬緣俱寂。

劇雖六齣，能含離合悲歡；製出一編，不愧清新俊逸。花本美人小影，月爲才子前身。玩花韻於午晴，騁①妍抽祕；對月明於子夜，换羽移宫。以璇閨之彩筆，奏碧落之新聲。將見不脛而走，播遍管弦，有目同珍，貴於璆璧云爾。

西湖散人拜撰。

（黄仕忠編校《明清孤本稀見戲曲彙刊》所收《梅花引》卷首）

【校】

①騁，底本作『聘』，據文義改。

【箋】

〔一〕沈善寶（一八〇七—一八六二）：字湘珮，別署西湖散人，錢塘（今浙江杭州）人。江西義寧州判沈學琳女，山西朔平知府來安武淩雲繼室。工詩善畫，著有《鴻雪樓詩選初集》、《鴻雪樓外集文》、《名媛詩話》等。晚年曾爲顧春《紅樓夢影》作序。傳見《安徽名媛詩詞徵略》卷四、《清代閨閣詩人徵略》卷八、《歷代兩浙詞人小傳》卷一四、《清畫家詩史》癸下等。

梅花引題詩

奕霌〔一〕

大地無如夢，傳奇後素章。依稀驚洛浦，彷佛入高唐。心逐空花舞，身如彩鳳翔。意中生幻想，覺後有寒香。且放游仙枕，重來覓珮裳。尋蹤分竹影，利路見橋樑。幽谷情無盡，深閨話正長。幸全眞面目，喚醒伺鴛鴦。點破迷癡案，同歸極樂鄉。仙機空寂寂，梅事兩無妨。惠亭奕霌題

（同上《梅花引》卷末）

【箋】

（一）奕霌（一八三五—一八九七）：一作奕澍，字惠亭，一作惠廷，愛新覺羅氏，滿洲鑲黃旗人。乾隆帝十一子成哲親王永瑆（一七五二—一八二三）孫，永瑆第七子鎮國將軍綿僓（一七九六—一八四一）次子。爲二等輔國將軍。咸豐間，曾任永陵副都統，於衙内建戲樓，演京腔大戲。撰子弟書《蝴蝶夢》四回（張壽崇主編《子弟書珍本百種》據梅蘭芳舊藏鈔本排印，民族出版社，二〇〇〇）。傳見《奉天通志》卷一三七、《興縣志》卷二、《興京志》卷四、《遼陽志》卷一八、《開原縣志》卷三等。參見張伯鋒《清代各地將軍都統大臣等年表（一七九六—一九一一）》（中華書局，一九六五）。

喬影（吴藻）

吴藻（約一七九九—約一八六二），字蘋香，號玉岑子，別署修月子，早年室名花簾書屋，人稱花簾主人、花簾詞人，晚年室名香南雪北廬，人稱香雪廬主人，仁和（今浙江杭州）人。吴葆眞女。同邑黃某室。一説錢塘許振清室，年十九而寡。少工詩，喜作詞曲，善鼓琴繪事。道光十七年（一八三七），移家南湖，潛心禪悦。著有《花簾詞》、《香南雪北詞》、《香南雪北廬集》。撰雜劇《喬

影》。傳見陳文述《西泠閨詠》卷一六、黄燮清等《國朝詞綜續編》卷二四、梁紹壬《兩般秋雨庵隨筆》卷二、民國《黟縣四志》卷八、光鐵夫《安徽名媛詩詞徵略》等。參見陸萼庭《〈喬影〉作者吴藻事輯》(《清代戲曲家叢考》,學林出版社,一九九五)、趙淑徽《吴藻研究》(南京師範大學碩士學位論文,二〇〇八)、江民繁《吴藻年譜》(《吴藻詞傳：讀騷飲酒舊生涯》,浙江大學出版社,二〇一四)。

《喬影》,一名《飲酒讀騷》,或名《飲酒讀騷圖》、《讀騷圖曲》,《今樂考證》著錄,現存道光五年(一八二五)萊山吴載功刻本(《清人雜劇二集》據以影印)、道光六年(一八二六)重刻本、《今樂府選》稿本。

喬影跋〔一〕

葛慶曾〔二〕

此吾杭女士吴蘋香自製《飲酒讀騷圖》曲。女士少工詩,既喜作詞,清微婉妙,慧心獨出。茲以侘傺懊咿之情,一發之於歌,不自知其涕之何從也。余與其兄夢蕉游〔三〕,得讀此本。恍如湘江千頃,澄波無際,君山縹緲,烟鬟霧鬢,相對出沒,蘭橈桂櫂,容與乎中流。復如山鬼晨吟,林猿暮嘯,夜郎遷謫,長沙被放,才人淪落,古今同慨。余也羈棲海上,迹類蓬飄,秋士能悲,中年多感。爰志傷心之曲,聊書綴尾之詞。

秋生葛慶曾識於申江寓舍。

【箋】

〔一〕底本無題名。

〔二〕葛慶曾（一七八八—？）：字墨卿，號秋生，仁和（今浙江杭州）人。郡增生。工詩詞駢文。著有《靜寄軒詩鈔》。參見汪遠孫輯《清尊集》卷首、《清詩紀事·嘉慶朝卷》。

〔三〕其兄夢蕉：即吴夢蕉（？—一八五六前），吴藻兄，生平未詳。先吴藻而逝。

喬影跋〔一〕

吴載功〔二〕

乙酉秋〔三〕，余客滬上，友人出眎此冊。讀之，覺靈均香草之思，猶在人間，而得之閨閣，尤爲千古絕調。適有吴門顧郎蘭洲〔四〕，善奏纏綿激楚之曲，爰以是齣，授之廣場演劇。曼聲徐引，或歌或泣，靡不曲盡意態。見者擊節，聞者傳鈔，一時紙貴。爰付梓人，播諸樂府，以代鈔胥云爾。

萊山吴載功跋。

【箋】

〔一〕底本無題名。

〔二〕吴載功：萊山（今山東萊陽）人。生平未詳。於上海刻《喬影》。

〔三〕乙酉：道光五年（一八二五）。

〔四〕吴門顧郎蘭洲：顧蘭洲，蘇州（今屬江蘇）人。生平未詳。或爲清唱家。

（喬影）題辭〔一〕

許乃穀 等

我欲散髮凌九州，狂吟一寫三閒憂。我欲長江變春酒，六合人人杯在手。世人大笑謂我癡，不信閨中先得之。埽眉才子吳蘋香，放眼直欲空八荒。彈琴未盡紓激越（女士善鼓琴），新詞每覺多蒼涼（著有《花簾書屋詞》）。一昨示我變相圖，珊珊仙骨人閒無。湘花湘草楚天碧，一歌再歌碎唾壺。傳觀盡道奇女子，亟付雛伶爲奏技。雛伶亦解聲淚俱，不屑情柔態綺靡。一卷難銷塊磊胷，斗酒吸盡飛酒龍。酒龍不得乘雲去，悲歌聲徹重雲重。滿堂主客皆嘘嚱，鯫生自顧慙無地。須眉未免兒女腸，巾幗翻多丈夫氣。黄土摶人天無情，青鳥填海波難平。人生缺陷古來有，不合識字憂患生。吾儕落落人閒世，彈指華年流水逝。不如學作楚宮人，倘許千秋結神契。許乃穀玉年〔二〕

一卷是《離騷》酒百杯，自調商徵寫繁哀。紅妝抛卻渾閒事，正恐鬚眉少此才。

詞客愁深託美人，美人翻恨女兒身。安知蕙質蘭心者，不是當年楚放臣。

鴨頭春水緑於醽，長醉誰知是獨醒。畢竟小青無俠氣，挑燈閒看《牡丹亭》。齊彦槐梅麓〔三〕

玉情遥怨渺無儔，曠世嬋娟第一流。金粉難消才子氣，湖山易動美人愁。酒邊踈雨涼生夢，畫裏停雲冷帶秋。惆悵青琴絃上語，花簾影澹水明樓。陳文述雲伯〔四〕

江草江花慘澹餘，譜將幽怨比三閭。全消塊壘惟澆酒，小劫年華且讀書。翠袖青衫形自幻，通睂長爪認何如？聞歌合下雙鬟拜，絕勝旗亭畫壁初。

薛荔爲衣芰作裳，鉛華洗盡舊時妝。懺除弱絮三生果，供養幽蘭九畹香。襟抱自然成灑落，才名原不礙清狂。吾儕亦有沈淪感，何止紅閨黯斷腸。

本來名媛似名流，荷鍤相隨酒作丘。合對畫中人一慟，漫論身後事千秋。笙歌偶爾翻新調，山水依然契俊游。我負西湖風景好，還憑曲裏憶杭州。

仙才傲骨兩相宜，瘦格簪花昔見之。早識大家矜絕調，每從小謝讀清詞（謂夢蕉）。憐渠滴露拈豪潤，愧我臨風屬句遲。（嘗索題《花簾書屋塡詞圖》，未就。）贏得丹青傳妙筆，不教遺恨到蛾睂。

觀演《喬影》傳奇作

傾倒靈均絕代才，自哀爭似後人哀。譜將別鶴新聲引，幻出驚鴻小影來。蘭芷江濱迎水笑，芙蓉木末報花開。秋風我正悲蕭瑟，客裏聞歌一舉杯。

檀板輕攜出畫欄，祇疑翠袖倚天寒。花間優孟千場劇，海上成連一曲彈。色相偶然今夕換，笑啼欲似此時難。美人幽恨才人淚，莫作尋常咏絮看。　葛慶曾秋生

女中有靈均，感憤寫胷臆。紛紛妄男子，我欲與巾幗。

天壤何知王謝，人間偶墮藩茵。試問六朝名士，可能似此風神？

鉛華寫盡妙明圓，色相空時恩怨捐。他日定知超欲界，不勞執手問諸天（色界天上無男女相）。　郭麐

柔情豪氣合並難，我願焚香再拜看。書味都成花馥鬱，酒痕疑化淚汍瀾。若教應舉眞崇嘏，

蘧翁

儻許從軍定木蘭。一曲知音問誰是，冰絃珍重莫輕彈。許乃濟青士〔五〕

不能庸福只能仙，日暮天寒倚竹邊。縱使鬢眉換君骨，可能圖畫上淩烟？

水哉軒畔按紅牙（尤西堂有《讀離騷樂府》），流出西谿又浣紗。倘許婉兒持玉尺，蒲輪應駐七香車。李錡嘉筍香〔六〕

書生裝換健兒裝，但解從軍笑女郎。芳字采蘋詞寫怨，高才咏絮韻生香。美人從此休稱屈，名士前生合姓黄。一種愁懷消不得，笛聲嗚咽暮雲長。胡敬書農〔七〕

巾袍灑落，看臨風、亭立依然珠樹。粉盝脂奩都不理，笑煞等閒兒女。酒一中之，《騷》還百讀，氣峻蛾眉宇。影形相對，鏡邊聊自描取。堪儘或嘯或吟，或時說劍，或坐禪談虎。三萬六千朋輩少，今日瑣窗風雨。血淚空彈，心香獨奉，只有靈均許。側身天地，繡閨誰是儔侶？（【百字令】）沈希轍少游〔八〕

【箋】

〔一〕底本題名下注：『隨題隨刊，不敘次第。』

〔二〕許乃穀（一七八五—一八三五）：字玉年，號玉子，仁和（今浙江杭州）人。道光元年辛巳（一八二一）恩科舉人，歷官甘肅環縣、皋蘭、山丹、敦煌知縣。道光十四年（一八三四）冬，調署安西直隸州牧，次年正月卒。工詩詞，善書畫。著有《瑞芍軒詩鈔》、《瑞芍軒詞稿》。傳見薩迎阿《傳》（同治七年刻本《瑞芍軒詩鈔》卷首）、《墨林今話》卷一六、《清畫家詩史》庚上、《清代畫史增編》、潘曾瑩《墨緣小錄》、民國《創修臨澤縣志》卷三等。

〔三〕齊彥槐（一七七四—一八四一）：字夢樹，一字蔭三，號梅麓，別署罨畫、谿漁，婺源（今屬安徽）人。嘉慶十三年戊辰（一八〇八），召試舉人。次年己巳（一八〇九）進士，選庶吉士。散館，授江蘇金匱知縣。二十五年，引疾退，卜居宜興，築雙溪草堂。道光四年（一八二四），攝蘇州督糧同知，保陞知府，以憂歸，遂不復出。後主講敬業書院。精天文，工詩文書畫。著有《天球淺說》、《中星儀說》、《北極經緯度分表》、《海運南漕叢議》、《梅麓詩鈔》、《梅麓文鈔》、《雙溪草堂全集》等。傳見方濬頤《二知軒文存》卷三四《墓表》、《清史稿》卷四八六、《清史列傳》卷七三、《續碑傳集》卷七七、《清代疇人傳三編》卷二、《清儒學案小傳》卷一三、《詞林輯略》卷五、《昭代名人尺牘續集小傳》卷七、《皇清書史》卷七、《國朝書畫家筆錄》卷三、金天翮《皖志列傳稿》卷六、光緒《宜興荊溪縣新志》卷八、民國《安徽通志稿·列傳五》、民國《重修婺源縣志》卷二四、民國《上海縣續志》卷二一等。

〔四〕陳文述（一七七一—一八二三）：原名文傑，字雋甫，改名文述，字雲伯，號退庵，別署碧城外史、圓嶠眞逸、玉清散吏，室名頤道堂、碧城仙館，錢塘（今浙江杭州）人。陳裴之父。嘉慶五年庚申（一八〇〇）舉人，屢應會試不售。就吏職，官江都、昭文、全椒、繁昌等縣知縣。工詩文，一門風雅，其妻龔玉晨，侍姬管筠、文靜玉、薛纖阿、蔣蕊蘭皆能詩。編輯《西泠閨詠》、《蘭因集》、《碧城女弟子詩》等。著有《碧城仙館詩鈔》、《頤道堂詩選》、《頤道堂文鈔》、《紫鸞笙譜》等。傳見熊其英《恥不逮齋集》卷三《小傳》、《清史列傳》卷七三、《碑傳集補》卷四八、《國朝詩人徵略二編》卷五二、《湖海詩人小傳》卷四二、《昭代名人尺牘續集小傳》卷六、《皇清書史》卷九、光緒《杭州府志》卷一四六等。

〔五〕許乃濟（一七七七—一八三九）：字叔舟，號青士，仁和（今浙江杭州）人。嘉慶十四年己巳（一八〇九）進士，選庶吉士。散館授編修。歷任山東道監察御史、給事中、廣東按察使、光祿寺卿、太常寺少卿等職。道光十六年（一八三六），力主弛禁鴉片。十八年（一八三八），革職。次年卒。傳見《晚晴簃詩匯》卷一二一。參見戴學稷主編《鴉片戰爭人物傳》（福建人民出版社，一九八五）。

〔六〕李筠嘉：字修林，號筍香，上海人。以例貢生，候選光祿寺典簿。工書。年六十三卒。有慈雲樓藏書數萬卷，金石文字千餘種，輯《藏書志》及《金石目》。著有《春雪集》。傳見《皇清書史》卷二三、李遇孫《金石學錄》卷四、同治《上海縣志》卷二七等。

〔七〕胡敬（一七六九—一八四五）：字以莊，號書農，仁和（今浙江杭州）人。嘉慶十年乙丑（一八〇五）進士，選庶吉士，散館授編修。歷任安徽學政、侍講、侍讀、侍講學士。參修《全唐文》、《石渠寶笈三編》、《明鑒》等。著有《崇雅堂集》。傳見《清史列傳》卷七三、《詞林輯略》卷五、《國朝院畫錄》卷下等。參見胡珵《書農府君年譜》（清刻本）。

〔八〕沈希轍（一七八五—？）：字潁聚，號少游，一作少由，寶山（今屬上海）人。嘉慶二十三年戊寅（一八一八）恩科舉人，考授國子監學正，以親老不仕。後徙居上海。復襄辦海運，議敘光祿寺署正。著有《讀蕭郝二續後漢書紀》。傳見《清代硃卷集成》（嘉慶戊寅恩科）。

（喬影）閨秀題辭〔一〕

汪端等

蜀國黃崇嘏，唐宮宋若莘。美人何灑落？詞客最酸辛。修竹難醫俗，芳蘭不媚春。江潭寫秋怨，憔悴楚靈均。　汪端小韞〔二〕

昨夜釭花墮。喜朝來一風吹落，赤城雲朵。瘦菊含嚬幽蘭笑，不負楚騷勤課。悵甚日詩賡道左。如此才華閨中少，勝書生十載親燈火。錦機畔，繡絨唾。衙齋自笑長閒坐。羨風流新聲乍譜，管絃爭播。試拍紅牙歌殘月，一縷圓珠穿過。怪底事淚痕衫涴①。太上忘情談何易，但情多自懺差爲可。聽郢曲，愧難和。（【金縷曲】）張襄雲裳〔三〕

偶從曲裏結心知，沅芷靈芬想見之。似此襟懷雲海闊，願教丁卯寄相思。岳蓮韻香〔四〕

《離騷》一卷寄幽情，樽酒難澆塊壘②平。烏帽青衫鐙影裏，爭看不櫛一書生。

換卻紅妝生面開，銜杯把卷獨登臺。借他一曲湘江水，描出三生小影來。歸懋儀佩珊

一種牢愁本性眞，致身千古想靈均。忽歌忽笑忽悲泣，不信紅閨有此人。

翩翩烏帽壓雲鬟，直欲天風御往還。愧我多情豪氣少，但調螺子畫春山。徐鈺叔芳〔五〕

（以上均《清人雜劇二集》影印清道光五年萊山吳載功刻本《喬影》卷首）

【校】

①涴，底本作『浣』，據韻改。

②塊壘，底本作『傀儡』，據文義改。

【箋】

〔一〕底本題名下注：『隨題隨刊。』

〔二〕汪端（一七九三—一八三九）：字允莊，號小韞，一作小蘊，道名來涵、心澈，室名自然好學齋、環花閣，錢塘（今浙江杭州）人。候選布政使汪瑜女，湖北候補同知錢塘陳裴之室。著有《自然好學齋詩鈔》。傳見胡敬《孝慧汪宜人傳》（《續碑傳集》卷八五）、《清史稿》卷五〇八、《清史列傳》卷七三、《清代閨閣詩人徵略》卷八等。

〔三〕張襄（一七九七—一八五〇）：字雲裳，一字蔚卿，又字蘭卿，蒙城（今屬安徽）人。蘇州參將張殿華女，

吏部主事南豐湯雲林室。陳文述（一七七一—一八二三）女弟子。工書畫。著有《支機石室詩》、《錦槎軒集》、《織雲仙館遺稿》。傳見徐乃昌《閨秀詞鈔》卷一〇、《國朝閨秀詩鈔》卷三等。

〔四〕岳蓮（一七七九—一八二七）：即王岳蓮，小名霞英，字韻香，道號淨蓮，别署清微道人、玉井道人、錫山女史，無錫（今屬江蘇）人。惠山福慧雙修庵女冠。工詩善畫，繪有《空山聽雨圖》。著有《清芬精舍小集》。傳見《清代閨閣詩人徵略》卷七、《清畫家詩史》癸下等。

〔五〕徐鈺：字叔芳，籍里、生平均未詳。

青燈淚（蔣恩瀛）

蔣恩瀛（一八〇〇—？），原名傚濂，字酉泉，號梅水道人，黄梅（今屬湖北）人。道光五年乙酉（一八二五）舉人，困躓名場。嘗客江西學政許乃普（一七八七—一八六六）幕。肆力詩古文辭。著有《毛詩廣義》、《四六古文》、《竹林老屋詩鈔》等。撰傳奇《青燈淚》。傳見丁宿章《湖北詩徵傳略》卷一七（光緒七年孝感丁氏涇北草堂刻本）、光緒《黄梅縣志》卷二五等。參見鄧長風《十二位明清戲曲作家的生平材料》（《明清戲曲家考略續編》）。

《青燈淚》，《古典戲曲存目彙考》著錄，現存道光二十二年（一八四二）稿本、同治九年（一八七九）聚珍板印本（雙紅堂藏）、光緒十六年（一八九〇）希詡齋主人校刻《竹林老屋外集》本（《傅惜華藏古典戲曲珍本叢刊》第九六册據以影印）。

（青燈淚傳奇）自序

蔣恩澂

道光十五年秋〔一〕，遊寧都，復遊南安。舟行，有錢唐茂才葉松友襄偕焉〔二〕。灘淺不進，篷窗煮茗，縱談無所不及。一日，述其鄉某閨秀事甚詳，因出所鈔閨秀詩並《事略》相示，且曰：『是宜傳也。』余笑置之。

越日，抵贛縣界，暴雨初霽，斜陽在水。禽鵲之飛且鳴者，殊音異色，紛湊於兩岸山色紅黄蒼翠之中，顧而樂焉。隨摘詩意，譜《雙評》、《意箴》二曲。松友倚聲歌之，音徽璆然。而其時擊節贊賞者，則又有湯丈退園以晉〔三〕、吴君雲上樳〔四〕、李君賓齋臨馴〔五〕、楊君重雅元白等七八輩〔六〕，俱挈榼從鄰舟來，盡醉乃返。

十二月，返棹蘄黄，中塗阻雨，度歲於南昌城北四十里之洛華，復成《苦憶》一篇。然未嘗志欲成書也。明年，再至洪都，滇生夫子見而嘻曰〔七〕：『幽思窈韻，其諸學竟陵之學而操土風者與！雖然，有旨焉，盍續成之？』於是歸而竣其事。

黄梅蔣恩澂識。

【箋】

〔一〕道光十五年：公元一八三五年。據此文，《青燈淚》撰成於次年，即道光十六年（一八三六）。

〔二〕葉松友襄：葉襄，字松友，一作菘友，號哉日，錢塘（今浙江杭州）人。諸生。工書畫。其所撰《事略》，附刻於《青燈淚》卷首。傳見《清畫家詩史》庚上、李放《畫家知希錄》等。

〔三〕湯以晉：號退園，籍里、生平均未詳。嘗爲歸懋儀（一七六一—？）《繡餘續草》撰題詞。

〔四〕吳槫：號雲上，籍里、生平均未詳。

〔五〕李臨馴（一八一一—一八九一）：字友春，號賓齋，一作葆齋，上猶（今屬江西）人。道光十八年戊戌（一八三八）進士，選庶吉士，授翰林院檢討，歷官河南道御史、湖北督糧道。光緒五年（一八七九），主修《上猶縣志》。著有《散樗書屋詩存》（附《詩餘》）。傳見《詞林輯略》卷六、《晚晴簃詩匯》卷一四二等。

〔六〕楊元白（？—一八七九）：字慶伯，號重雅，後以重雅爲名，德興人（今屬江西）人。道光二十一年辛丑（一八四一）進士，官至廣西巡撫。傳見《清史列傳》卷五九、《續碑傳集》卷二八、《近世人物志》、《詞林輯略》卷六等。

〔七〕滇生夫子：即許乃普（一七八七—一八六六），字季鴻，號滇生，一號經崖，錢塘（今浙江杭州）人。嘉慶十九年甲戌（一八一四），由拔貢生朝考，授刑部郎官。二十五年庚辰（一八二〇）進士，選庶吉士，散館授編修。擢詹事府司洗馬，提督貴州學政，陞翰林院侍講，轉侍讀。道光十三年（一八三三），擢侍講學士，旋提督江西學政。十七年，任滿回京。蔣恩濊爲其掌文牘，當在此數年中。歷官兵部、工部、吏部尚書，加太子太保。卒謚文恪。能詩，工書畫。傳見《清史稿》卷四二一、《國朝耆獻類徵初編》卷一七〇、《皇清書史》卷二四、《詞林輯略》卷六、《昭代名人尺牘續集小傳》卷八、《清代七百名人傳》、《清畫家詩史》己下、《清朝書畫家筆錄》卷三等。

書錢唐某女事略後〔一〕

蔣恩濊

蔣西泉曰：雖舉天下至微極瑣不足指數之事，皆有是非，即皆有好惡，即皆宜有勸懲予奪，好惡、勸懲，予奪衷於是非。有流俗之是非焉，有君子之是非焉。流俗如宋江盜也，扮生；潘美賢者，裝淨。退之諫佛，忠也，卻笑其迂；申伯攻周，亂也，反誇其勇。世民奪嫡，而宮門挂帶，寫秦王百行兼優；克用勤王，而沙陀辦兵，鄙晉王一錢不值。甚至相如納奔，文姬改嫁，雖學士不以爲非；甚至介推焚母，鄧攸棄兒，雖哲人猶認爲美——種種是也。若夫君子則不然。松友此文，可謂是非得其正者矣。

曲祖詞，詞祖騷，騷祖十三國風、兩變雅。元曲高、王以下數十百家，未聞有溯其源者。余竊松友意，塡詞三十六齣，庶幾言者無罪，聞者足戒與！若云有意作豔詞，黃魯直應墮惡道。細讀菘友《紀略》，是非明，好惡著，予奪嚴，余卽兢兢焉本其意爲之曲。蓋援事直書，雖以『六錯』爲面目，而其實乃爲才狂痛下鍼砭云。西泉又識。

【箋】

〔一〕底本無題名，乃葉襄《事略》跋語。

附 事略

葉襄

錢唐某女，美姿顏，善文翰。其表兄某生，少孤，生兄挈母與妻就幕江南，令生肄業舅家。生容貌昳麗，且能早登黌序，詩文書畫，悉冠羣英。與女自垂髫嬉戲，兩小無猜，出入閨幃，深相愛悅，已有年矣。（西泉批：阿舅不別嫌，一錯。）舅嘗曰：『吾甥美貌清才，吾女似之，堪稱佳耦。』心許之，而未締姻也。女與生聞結縭之言，（不謹口，二錯。）兩情尤密。以爲雖未巹飲，何妨先效于飛。於是庭月初斜，花厖不吠；西廂款步，鸞鳳歡諧。而家人不知焉。（不閑家，三錯。）

生素恃才負氣，雄辨高談，屢觸其舅。舅忌其狂，遂惡之，爲女論婚他族，業有成言。（悔婚，四錯。）遣生適江南，以探其母兄。知女屬意於生，越數月，詭言其兄爲生聯姻江南，以絶女念。（造言，五錯。然須知五錯皆由生之才狂所致。）女既知父母食言，生又他聘，悲思成疾。道光六年四月，病瘵而夭，時年一十有七。今猶寄櫬西泠，埋香未卜。生聞凶耗，避兄離母，（書法森嚴。）遁世而爲黄鶴矣。（此則愈走愈差矣。）

女歿後，父母檢其遺篋，得《雜詩》若干，中有《代札詩》數十首，欲致生而未致者。將焚之以掩其迹，爲一内戚竊取而歸，詩遂流落人間矣。（此女之幸耶，抑其不幸耶！）余於汪子筠泉案頭見之，哀其志而不知其事。錄畢，窮詰汪子，乃言其略，終不道其姓氏。豈眞未之知耶？抑知之而不余告也？

余謂美女與才士，皆天偶幻其形，不使其形常存者也。況士女俱兼才美，天雖生之，必欲殺之，其不偕老也決矣。然非摧折，又烏能發其眞情，令讀詩者爲之垂涕而痛惜哉！（此殆松友自鳴侘傺，奇之可傳以此。）生倘未以身殉，余欲徐訪雲蹤，持是詩以歸璧於趙，用慰芳靈。

錢唐葉襄松友撰。

青燈淚傳奇序

吴之騻（一）

自鴻濛開闢，輕清重濁，極地老天荒。十二萬年中，乾坤闢闔，陰陽鼓蕩，種種色色，如恆河沙，充塞天地。而千鈞一髮維繫其間，要不外一『情』字。天地無情，百物不生；聖賢無情，教化不立；仙佛無情，衣鉢不傳；人苟無情，與草木伍。顧情生有邪正，情用有變常。天地順情，聖賢閑情，仙佛多情，人有情而不免情之偏。千古英雄，才子美人，遂爲情網縛。余讀《青燈淚傳奇》，有感焉。

黄生移家白下，獨留錢唐，一見生憐，深相愛悦，正也；聞堂上言：梅未聘棠，鸞先友鳳，情入於邪矣。遣詣金陵，女望鏡圓，男祝釵合，常也；移花接木，隕玉沈珠，作黄鵠舉，情極於變矣。嗚呼！爲花月主人，既不因紅杏一枝，鎖門戶重重，春色不入，迺復春光洩露，許阿嬌金屋，索溫嶠鏡臺。月下花前，男歡女愛，金鈴小犬，欲吠無聲。至柳已藏鴉，花經宿蝶，屍居餘氣，彼昏不知，晚矣。及一言不合，標諸大門，魚雁訛傳，爲鬼爲蜮，欲使桃僵李代，別嫁東風。卒之斷送掌珠，鍾情人天涯浪迹，是誰之過歟？

吾鄉蔣西泉孝廉，深情人也。爲情語數千百言，使兒女情活現紙上，可以爲情史，可以作情箴。天下多情種子反復讀之，未免有情，誰能遣此？嗚呼！情天不老，情海常存。古人情到最無聊處，往往有此幻想，情長情短，奈何奈何！吾將叩天閽，通下悃，爲情癡一哭，俾得香氳使者，翻十二萬年古史陳案，願天下有情的都成眷屬。

同治元年百花生日，蘄州吳之驥書於江西左平外署。

【箋】

〔一〕吳之驥：字展其，黄梅（今屬湖北）人。道光二十六年丙午（一八四六）優貢，考取教習。授知縣，不就。著有《蜀船詩草》、《行篋詩存》、《伴星賡唱集》、《林蘭堂文集》。傳見《湖北文徵》卷一〇。

青燈淚傳奇敍

郭　儼〔一〕

余少讀《國風》，竊怪《鄭》、《衛》多淫詩。偶憶孟氏引『憂心悄悄』證孔子，而《柏舟》古序謂：『爲仁人不遇』，因設爲不遇者之境讀之，詞義較協。遂本此意，以讀他詩，大抵古傳序多是。而『靜女其姝』、『有女同車』諸篇，以其顯稱男女也，則仍不能通。及長，讀《離騷》『求女』、『行媒』之詞，始知詩人多託言，體似賦而義實比也。夫仁人義士，堂堂正正，託於男女，毋乃邪乎？曰：以情教也，情莫深於男女。自詩變而騷，又變而樂府，又變而詞曲。詩緣情而作，詞曲可無情乎？故託於男女者尤多。

湖北蔣孝廉酉泉先生，困躓名場，抱激昂之志，懷瑰異之才，而值迍邅之遇，鬱鬱以終其身，可悲也。今從子吉臣茂才〔二〕，今遊幕於袁，出《青燈淚傳奇》草相示。噫！此豈非先生之有託而言歟？ 特謂先生自舒其憤懣，則陋甚。古今來劉蕡下第，何可勝數？ 科目之賺人，其投珠被嗔、獻玉遭刖者，固不免侘傺鬱邑，即至懷鼠璞、寶燕石之徒，亦且拔劍斫地、投軀詬天，此文人通病，有識者深鄙之矣。今夫『三綱』之義，女之不得於夫，猶臣子不得於君父也。以陸敬媛託身黃生，無何異域生離，矢志靡他，甘九死不悔，遂以身殉。論其心，何異龍逢、比干之爲臣，伯奇、申生之爲子？ 或疑父母之命不可逆，則『治命』、『亂命』，《左傳》之論已晰；君父之命猶天，歷朝易姓之際，亦稱『改命』。然則謂留夢炎爲順父母之命，文文山爲逆父母之命，其可乎？ 惟陸之父母，未有要言，未有行媒，六禮不備，則是奔也。嗟乎！ 士之躁進而失身者，一行之玷，終身莫贖，可勿慎諸！ 是則先生之所以爲教也。故曲終揭破黃生之乖義以見例，中間描寫其驕氣傲態，亦爲才人痛下鍼砭。先生之所託，其《國風》、《離騷》之遺意也夫！

同治九年三月，廬陵郭儼書於袁州府學副齋。

【箋】

〔一〕郭儼（一八一三—約一八六四）：原名效鵬，字望之，號惺余，一作惺予，廬陵（今江西吉安）人。同治元年壬戌（一八六二）恩科舉人，任袁州府訓導。嘗襄修省志。著有《抱遺經軒詩文稿》。傳見民國《吉安縣志》卷三五、民國《廬陵縣志》卷一九、《清代硃卷集成》『同治壬戌恩科』江西鄉試硃卷等。

〔二〕令從子吉臣茂才：蔣吉臣，黃梅（今屬湖北）人。蔣恩瀛從子。諸生。生平未詳。

青燈淚題詞

駱敏修 等

一曲新聲歌《白紵》，千秋薄命怨紅顔。勸懲自是風人旨，淫語原難《鄭》、《衛》删。

生小多情兩不猜，鏡臺未下夢陽臺。只知誓海盟山重，那料翻雲覆雨來？

無端倩女竟離魂，一死聊將報舊恩。是色是空能解脱，悔抛骨肉遁沙門。

箔繭纏絲情已斷，海禽銜石願難酬。請看白髮詞人淚，不爲青燈不肯流。蘄春駱敏修鈍甫〔一〕

道人得道老空谷，利鎖名韁絕拘束。慈悲卻抱菩薩心，長歌還爲世人哭。世間萬事何紛紛，變幻無端如浮雲。離合悲歡頃刻事，蜉蝣旦暮安足云！天地膠漆『情』一字，匹夫匹婦不奪志。殺身成仁不求生，三綱鼎立道無異。忠臣自昔比烈女，不二之義昭千古。女當擇配臣擇君，一生名節關出處。豈無契合祗一言，三徵九聘文彌繁。吁嗟巧宦徑多捷，鑽穴踰牆與同論。君不見蔡中郎，又不見柳子厚，史才文名高漢唐，身後汙名亦不朽。誅戮流竄當年受，藉圖功業更何有？黄、陸恩愛頗自恃，翻雲覆雨忽已矣。此心靡他竟之死，泰山鴻毛介疑似。九原不負海山誓，玉瘞惜非完璧美。金溪何友玉玨城〔二〕

焚琴煮鶴恨何窮，待樹花幡一夜風。造物予才慳予命，幾曾庸福到英雄！

一棒當頭醒世人，驀從孽海憶前因。愛緣纏結愁根種，燈上飛蛾自殺身。

循分當前便有餘，天生巧慧轉輪愚。欲求歡樂先煩惱，妄念貪癡自覺無。
羯鼓催花暗劚根，誤將仇怨認成恩。忠臣孝子先孤孽，天意深微待細論。
誰憑慧劍斬邪魔，說法生公墮淚多。一片憐才菩薩念，怎教情海不興波？
身世茫茫百感懷，卻將歌哭付倡俳。傳奇祇說平常理，幾輩觀場眼淨揩？ 上高羅洪鈞鏡湖〔三〕

（以上均清同治九年聚珍板印本《青燈淚》卷首）

【箋】

〔一〕駱敏修（一八二六—？）：一名利鋒，字鈍甫，號試之，蘄春（今屬湖北）人。道光二十三年癸卯（一八四三）舉人，二十七年丁未（一八四七）進士。工書法。傳見《道光二十七年丁未科會試庚戌拔貢覆試齒錄》。

〔二〕何友玉：號玨城，一作珏城，金溪（今屬江西）人。道光八年戊子（一八二八）舉人，歷任玉山、上猶等縣教諭，擢袁州府教授。傳見同治《金溪縣志》卷二三。

〔三〕羅洪鈞：號鏡湖，上高（今屬江西）人。生平未詳。

青燈淚傳奇敍

余嘉穀〔一〕

余嘗讀史，觀白太傅文章風節，焜耀《唐書》。而尤嘆魏之陳思，處君臣骨肉之變，卒能以善全。斯固度越古今，昭昭在人耳目者也。獨陳思以至情所結，偶賦《洛神》，不過如屈子之《湘君》、宋玉之《神女》，藉以抒其忠愛之忱。乃後人繆以爲感甄，且謂初卽以是名賦，文帝見之，始改《洛神》。試思此何等事，而可明揭直書，矧以忍戾無親之主，奚反甘此愚賤不堪之事？其妄不待言矣。至白傅謫江州時，曾遇長安老妓，作《琵琶行》，固明明觸境嬰懷，自傷所遇。而俗子猶恣瞽說，謂太傅素狎此妓，至斯復合，且翻爲《青衫記》院本，其誣太傅實甚。由是觀之，可知自來忠臣孝子、才人志士之文，往往爲妄庸人讀壞，良可慨已。

今讀楚黃蔣酉泉先生《青鐙淚傳奇》一書，本言情之作，寄感遇之懷，而尤妙於一舉一言，胥寓儆世垂鑒之意。視《洛賦》之隱寫忠誠，《琵琶》之第形感慨，尤有進焉。讀者亦宜處處洽得是指，方不失作者本心。若徒作佳人才子觀，詎不知聖賢論人，皆以德不以才，至論女子者，且以無才爲德，是知才能病德，德不關才。矧大節已虧，才烏足惜？如謂奇爲彼傳，是反以喪節備檢爲佳話矣，有是理乎？書中首尾，固已自揭其蘊，無事深爲羅縷，中間屢示人以微旨。善讀書者開卷有得，直可以此嚴『四勿』之戒，進『二南』之學，庸第與《會眞》、《還魂》、《石頭》諸記，同類並觀哉！

是書先曾梓於江右，兵燹後，版已無存。先生之文孫曉鯤、楙才〔二〕，亦能讀祖父書，與余交且久，屢思復剞，而力有未皇。余讀此書，心儀先生爲人，且惜先生之志，恐歷久寖就湮晦，因亟爲之橬畫，以畀剞劂，庶青燈孤詣，恆如智鐙之傳耳。第後之視今，亦猶今之視昔，好事者眘勿漫逞億說，如誣陳思、白傅者誣先生也。是爲敍。

光緒庚寅仲秋，知河南陳州府太康縣事義安余嘉穀書於希訒齋。

【箋】

〔一〕余嘉穀：字穗香，義安（今屬安徽）籍，諸暨（今浙江紹興）人。監生。咸豐八年（一八五八），任河南涉縣知縣。光緒年間，歷任河南柘城、滑縣、太康等縣知縣。傳見民國《重修滑縣志》卷一四。

〔二〕先生之文孫曉鯤、楙才：蔣曉鯤、蔣楙才，均爲蔣恩濊孫。生平未詳。

自題青燈淚傳奇

闕　名〔一〕

妙樂《鈞天》不可聞，『大江東去』賞奇文。平生不上清溪閣（馬湘蘭閣名），肯唱纖纖《白練裙》！

棲鴉流水點秋光，白髮閨門事可傷。留得阿男佳句在，愛才須學老漁洋。

一曲當筵暗愴神，嫩兒簫管太清新。軟金箋底纔鈔出，早見風流好事人（謂家弟清齋〔二〕）。

長安夜雪解金貂，絲竹聲中酒興豪。彈到七條絃已斷，新聲未奏《鬱輪袍》。

【箋】

〔一〕此組詩當爲蔣恩濊撰。

〔二〕清齋：蔣恩濊弟，姓名、生平均未詳。

（青燈淚）詩餘

蔣春龍〔一〕

【沁園春】常怪天公，肯產羣芳，偏靳恆春。算古往今來，幾多恨事；天高地迥，幾許愁人。

才子懷沙，佳人出塞，憑弔千秋最斷魂。憐同病，儘青衫紅袖，淚點平分。琵琶幽怨難論。只一曲高歌泣鬼神。枉紅豆相思，啼殘鵑血；青鐙有味，枯死蟫身。未免有情，誰能遣此，安得中山酒一尊？須拚取，待情天補就，方醒長醺。孫春龍學塡

【箋】

〔一〕蔣春龍：蔣恩澂孫，生平未詳。

青鐙淚傳奇跋

蔣春龍

山間洤水，佳人傷翠袖之寒；江上琵琶，商婦動青衫之涕。感春婆而夢醒，冷宦收場；求下女以媒勞，別愁箸集。陳思寫慨，賦擬宓妃；宋玉懷忠，夢書神女。美人香草，榛苓寄賢士懷思；戍婦飛蓬，楊柳繫征夫感慨。從來兒女，最擅眞情；自昔風人，類多託興。事雖殊而理一，境以觸而神移。未免有情，慨焉欲訴；因之假物，聊以自鳴。

先大父西泉公，慧業前修，通經昌歲。胷雲夢者八九，腹文字兮五千。碧漢分章，雲綈昌黎之錦；丹梯拾級，月標閬澤之名。詎期濁水珠沈，罡風舟引。桃李華兮南國，無言自芳；芙蓉寂兮東風，未開不怨。刺無投主，墨且磨人。遂乃謝迹金臺，惆悵鉛槧。處談經於絳帳，出岸幘乎青油。東方朔生自魁梧，臣飢罔恤；北郭騷分來斗粟，母壽歆將。

然而蘐可忘憂，蝨難舒結。騷情鬱勃，時流露於一觴一咏之餘；雅韻鏗鏘，間陶寫於『三

影』、『三中』之下。適遘㴤垣之軼事，翻爲樂府之新聲。翡翠一雙，巢來珠樹；鴛鴦卅六，繡出金鍼。文以情生，音由心起。豈屑問天貢憤，爲驅窮乞巧之文；尤非斫地悲歌，作劍拔弩張之勢。一聲《河滿》，下泉憑弔才人；三尺坎侯，『無渡』翻成妙引。借酒澆重重壘塊，慨當以慷；搓酥成字字珠璣，婉而多諷。此《青鐙淚傳奇》之作，即十三國變風之遺也。

嗚虖！錬石補天，遺愛不少；結璘奔月，餘悔空留。鳩豈堪以爲媒，魚本難乎作媵。爻虛巷遇，獨行無與爲徒；迹漫牆踰，欲仕不由其道。蔡中郎自同焦尾，遑責夫塞上文姬；王摩詰進用輪袍，奚解於平陽謳者。尤惜馬長卿之賦，袛援金屋阿嬌；疇云羊叔子之名，果遜銅臺故伎。是以達人安命，誼士懷貞。三歲食貧，懲類鳴鳩之醉；十年不字，甘同老驥之羈。陋白眼之狷狂，窮途枉泣；痛青衿之佻達，學校思防。從可知梅水微辭，不僅續《竹山》遺集已。（蔣勝欲工詞，有《竹山集》。）

龍也幼宗荻訓，長類蓱浮。宮錦徒緉，屢悔抛梭之錯；嫁衣代作，頻躭壓線之勞。念家聲而清白懼湮，述祖德而埊汍莫測。奉吾家之故物，蝨已氈生；撫先世之遺編，蟫無粉潤。金枝等眎，玉楮難雕。幸逢將伯之助予，重乞手民而永世。從此井華汲處，盡識屯田；水調歌頭，堪覘玉局。青鐙讀去，應寒秋士之心；黃絹書來，漫擬冬郎之體。爰從梓末，薄綴蕪言。

光緒十六年歲次上章攝提格日躔大梁之月[一]，孫春龍恭跋於古蔣州之樂安官廨。

（以上均《傅惜華藏古典戲曲珍本叢刊》第九六冊影印清光緒十六年希訒齋主人校刻本《竹林老屋外集》所收《青燈淚》卷首）

【箋】

〔一〕光緒十六年歲次上章攝提格：公元一八九〇年。穀雨日所在的三月。

玉指環（張夢祺）

張夢祺（約一八〇〇—一八五一），字蘭坡，齋名剪紅閣，含山（今屬安徽）人。道光十五年乙未（一八三五）舉人，十八年戊戌（一八三八）進士，簽得山東知縣，歷任歷城、安丘、嶧縣、棲霞、東阿等縣。咸豐元年（一八五一），卒於德平知縣任上。早年與戲曲家李文瀚（一八〇五—一八五六）交遊。撰傳奇《玉指環》。傳見光緒《直隸和州志》卷一九、光緒《重修安徽通志》卷二〇〇等。參見鄧長風《十二位明清戲曲作家的生平材料·張夢祺》（《明清戲曲家考略續編》）、孫書磊《南圖藏『稿本』〈玉指環〉傳奇考辨》（《南京圖書館藏孤本戲曲叢考》）。

《玉指環》，《古典戲曲存目彙考》著錄，現存道光間鈔本，南京圖書館、上海圖書館藏。

（玉指環）敍

趙春元〔一〕

鳥啼花落，劇傷金谷之春；璧返珠還，深羨茅山之藥。而況絲牽再世，石認三生，芳名重播於人間，舊物仍全於指上。較彼金釵一去，難覓雲容，玉玦長埋，空嗟斠律。爲奇緣之僅見，洵佳話之堪傳。

然而稿脱葫蘆，非徒依樣；神傳阿堵，最重添毫。能吹白石之簫，曲方合①度；善效瑯琊之哭，山不須登。假令拙寫横陳，竟同嚼蠟；漫拈紅豆，未解相思。翻教唐突西施，曷貴衣冠優孟。乃以夢中之筆，閒調海上之琴。嚼徵含宫，無絃亦妙；搓酥滴粉，有色皆香。冰蠶牽不斷之絲，寶扇抱難灰之火。遂令西川節度，鴻爪分明；江夏姬人，蛾眉彷彿。墓燒竹葉，公然蘇小重逢；洞换桃花，尚有劉郎未老。至如印纍綬若，錯雜薰蕕；弓抱旗翻，剪除荊棘。靡不探源故實，寄慨興亡。子瞻之鐵板頻敲，處仲之唾壺欲缺。可謂括情天於楮墨，幻出雲烟，澆孽海以醍醐，借消塊壘者矣。

或謂《春燈》、《燕子》，錯悔從前；《邯鄲》、《南柯》，夢悲身世。譜《桃扇》而思故國，怨王四②而思③《中郎》。大抵借古抒懷，託名致慨，問塡詞之作者，當寄意於可人。然而指慮爲甄，未免綢箝子建；箋蘭注玉，將毋穿鑿靈均。樂奏《鈞天》，夢長七月；圖成蓋地，使遍八紘。情寄出於自然，果緣證之俄傾。豈必言言刻楮，字字雕瓊，然後爲蟲蠹古心，鷗盟造物哉？

反覆是編，拍浮大白。吹縐一池，干卿何事？尋香隔世，與我周旋。此亦足以平才人之坎坷，補往事之荒唐者已。作者抱鴻逵之素志，屢馬坂之低頭。鬼亦笑人，誰堪青眼？屋都礙帽，那覓黄金？固已島瘦郊寒，銜愁淹恨；一旦挑燈展卷，拍板拈毫。而見落魄風塵，得逢紅拂，論交萍水，竟惠紫雲。窮士揚眉，衍魚龍之變化；達人造命，撰仙佛之因緣。宜乎哭罷窮途，畫殘粉壁。嗟乎！春歸芳草，浩劫能還；秋怨芙蓉，東風何日？任筆墨之多情若此，奈文章之憎命如何。原知絳蠟無心，替人垂淚，或者青衫獨濕，感我斯言。

乙酉④仲春〔二〕，星符趙春元序⑤。

（南京圖書館藏清道光間鈔本《玉指環》卷首）

【校】

①合，底本原作『容』，旁改作『合』。

②王四，上海圖書館藏清道光間鈔本作『四郎』。

③思，上海圖書館藏清道光間鈔本作『嘆』。底本旁改作『嘆』。

④『乙酉』前，上海圖書館藏清道光間鈔本有『道光』二字。

⑤星符趙春元序，上海圖書館藏清道光間鈔本作『含山蘭坡張夢祺自敍』。

【箋】

〔一〕乙酉：道光五年（一八二五）。

〔二〕趙春元：字星符，籍里、生平均未詳。

附　玉指環傳奇序

吴梅

詠玉簫再世事者，有喬孟符《兩世姻緣》劇，文藻頗勝，而【隔紗窗】一套，尤膾炙人口，余少時間一按拍焉。南曲中《玉環記》以韋皋結交克孝，禍起蕭牆，命意已傷庸俗，即生旦離合，亦全襲《繡襦》通套語。他如力擒雲光，計降朱泚，皆勉强牽率，不近人情，實非愜心貴當之作。自是以後，未有重賦此事者矣。

蘭坡先生作此記，一依《雲溪友議》布局，將院本中一切俗套，刪除淨已，較舊本已雅潔矣。又以玉簫爲姜氏婢，不作曲伎，意更周匝。蓋《友議》中本不言伎，而《兩世姻緣》及《玉環記》皆作伎女者，便於戾家生活，於是俗科惡諢，滿紙讕言。余嘗謂：『傳奇家多添關目，實自形才弱也。』先生治行並龔、黃，文章追魏、晉，而南詞妍麗，又得東塘、昉思之緒，才人固無所不能耶！自藏園作曲，以扶植倫紀爲主，夏惺齋、董恆巖因之，忠孝節義，表章益力，南北曲體，遂得與唐詩、宋詞並尊。然而理障腐語，搖筆即來，與昔之桑濮言情，科第矜貴，同一膚辭耳。能剗削膚詞者，方稱作手。先生學藏園而不囿於藏園，斯所以可貴也。

《續緣》折以楊太眞作判，與《風流院》之以湯若士爲院主，同一令黠可喜。而窈娘、步非烟、霍小玉輩，又一一作陪，結人天眷屬，雖本於尤展成之《鈞天樂》，（中有《地巡》一折，痛發古今不平。）蔣心餘之《臨川夢》，（中有《集夢》一折，以『四夢』中人一一與若士周旋，亦荒唐可樂。）而文心幻曲，殊足令人籀諷。曲家專賦本事，不敢旁涉他故者，皆尋行數墨，不足登大雅之堂也。惟《釋妾》折南北合套，【雁兒落】、【得勝令】下，尚缺二三曲，確是不合格處。（他日付刊，當足成之。）

避暑里門，快讀數過。瓜棚一雨，硯席生涼。因書簡端，志吾心折云。

戊辰五月〔二〕，長洲霜厓居士吳梅書於百嘉室。

（轉引自孫書磊《吳梅手稿〈玉指環傳奇序〉的發現》，《南京圖書館藏孤本戲曲叢考》）

【箋】

〔一〕此文夾附於南京圖書館藏《玉指環》鈔本之内，由孫書磊首次披露。

〔二〕戊辰：民國十七年（一九二八）。

千金壽（沈筠）

沈筠（一八〇二—一八六二），字實甫，一字崑遊，號浪仙，別署織簾居士、六一翁，室名守經堂，平湖（今屬浙江）人。家貧，設館爲生。選刻《耆舊詩存》。著有《乍浦人物備錄》、《乍浦集咏》、《守經堂詩集》等數十種。撰傳奇《千金壽》。傳見光緒《平湖縣志》卷一七。參見吳曉鈴《〈千金壽〉傳奇及其作者沈筠》（《吳曉鈴集》第五卷，河北教育出版社，二〇〇六）、鄧長風《十四位清代浙江戲曲家生平考略·沈筠》（《明清戲曲家考略》）。

《千金壽》，《今樂考證》著錄，現存道光十四年甲午（一八三四）沈氏守經堂家刻本。

千金壽塡辭小識

沈筠

癸巳伏日〔一〕，與朱釋㐫消夏〔二〕，飲守經堂中。桃笙出火，赤日流金。釋㐫偶舉魯連事，恣談樂甚，屬余填辭寫其狀。釋鬯既去，山窗無俚，遂爲構局，依譜填辭，成一十八篇。晝和蟬韻，夕偷蚊聲，匝一月而稿脱矣。

嘗聞傳奇者，傳其事之新奇者也，事不新奇則不傳。《千金壽》何奇乎？《國策》悉載之，《史記》詳述之，里巷鄙儒能談之，皆事之陳腐焉者也。游客之空言，公子之豪華，屠沽之下交，美人之私恩，亦事之尋常焉者也。爲公子死，不知有王盜竊兵符於臥内，椎殺宿將於閫外，又事之悖逆而不足道者也。《千金壽》何奇乎？其不新奇而奇者，千金之爲壽也。千金者，酬奇功而不屑受封者也。酬功者，建議不帝虎狼之强秦者也。强秦者，方將肆其蠶食鯨吞，隳滅周家八百年之帝業者也。帝業淪亡，七雄安在？惟高人之寧蹈東海，不顧千金，閲千百載，猶嘖嘖口碑，歷歷眼界，則事之不新奇而新奇，不待人傳而自傳者矣。又何必教歌學舞，演出一場兒戲？吾過矣，吾過矣。今日有是傳奇，作當年之無是傳奇觀可也。

道光一十三年夏六月既望，浪仙沈筠漫書。

【箋】

〔一〕癸巳：道光十三年（一八三三）。

〔二〕朱釋鬯：當卽朱樽，字卣生，號釋鬯，華亭（今屬上海）人。生平未詳。

《千金壽》序

劉東藩〔一〕

夫士之得遇於世者何？曰學，曰才。無學不能裕其才，非才不足以行其學。當戰國時，約縱連橫，人才迭起。而儀、秦輩無學以裕之，其才不足重也。若魯仲連，可謂才學兼優矣。雖然，平日讀書談道，即期富貴於將來，則有學有才而無品，夫亦烏乎足重？乃以仲連之拒秦，爲天下，非爲邯鄲，千金豈屑受哉？乃或者又疑之，謂亦既不受千金，奚蹈海爲？不知世之遁迹山林者，皆無所建樹之人也。惟功業爛然，而視富貴若浮雲，其品不尤足尊與？

我友浪仙沈君，乍川布衣也。苟得一如趙平原者信任之，其經濟當必有大過人者。乃具仲連之學、之才、之品，而嗇於遇，固宜其拔劍斫地，悲歌慷慨也。歲癸巳，閒窗無事，作《千金壽》傳奇，爲消夏計，其心源有千載若接者矣。余不嫺詞調，尤不諳音律，倘異日登龍湫絕頂，極目烟波浩淼，朗誦一闋，不識九京有知，其將引爲知己否？

道光十有四年仲春之月上浣，同里劉東藩頓首拜撰。

【箋】

〔一〕劉東藩：字星階，號心葭，平湖（今屬浙江）人。道光間歲貢生。績學工詩，能書法。著有《心葭詩集》（光緒元年沈筠選刻《耆舊詩存》本）、《硯北吟巢稿》。傳見《皇清書史》卷二〇、光緒《平湖縣志》卷一七等。

千金壽題詞 隨得卽刊，未編爵齒

朱 樽 等

八咏才人揮彩筆，戲拈逸事譜新聞。笑他舌辯三千士，肉眼紛紛豈識君！

落日西風過大梁，雲龍身世兩相忘。不教市上逢公子，終遣屠沽老醉鄉。

引商刻羽寫秋心，自賞朱絃獨撫琴。一曲高風激東海，寂寥千載感知音。 華亭朱樽卣生

戰國干戈日日尋，邯鄲往事久銷沈。卻憑一管淋漓筆，寫出千秋國士心。

千金一擲等浮埃，長嘯風前歸去來。他日與君訪高躅，振衣直上魯連臺。 吴縣周國楨子蓮〔一〕

兵困誰能解倒懸？先生玉貌果飄然。一言竟撤重圍去，不但千金事足傳。

奪軍壁鄴成功易，執轡夷門下士難。交到賣漿屠狗輩，英雄原不在衣冠。 吴縣宋登書賓門〔二〕

邯鄲陳迹復追尋，特揭功成逃賞心。始信自來天下士，解排原不爲千金。

樽酒難澆壘塊平，銅琶鐵板譜新聲。如何絕調《西廂》曲，只解描摹兒女情！ 平湖陸熔春林〔三〕

顧義兼排難，邯鄲獨魯連。一言城自固，勝守卒三千。

家學淵源古，交情貧賤深。爭傳八咏句，敢憶四知金。

銷夏日塡辭，庭花刻紅瘦。願言付棗梨，正聲世堪壽。 海昌楊璉琢亭〔四〕

吾讀《千金壽》，浩氣爲一吐。壯哉魯仲連，視秦如視鼠。千金渺不顧，超超愼出處。欲使千

載下，傳奇寡儔侶。吾友良史才，得閒填新譜。信手一揮毫，良工心不苦。嬉笑怒罵中，音節俱入古。不獨悅耳目，大義藉小補。奇才有奇文，花月何足數？ 平湖潘仁錫春漁〔五〕

寫出邯鄲舊日春，唾壺擊缺豈無因？ 秋笳曉角音何壯，鐵板銅琶調更新。 漫說兵權歸婦女，須知危論得高人。 即看笑拂千金際，演向氍毹定絕塵。

珠玉都成腕下春，追蹤若士信前因。 吐辭畢竟奇而法，數典居然腐化新。 海內論才輸此客，眼中識曲定何人？ 移情久企成連調，擬挈青琴步後塵。（右題大著，用去冬《奉懷》原韻。） 海昌許增莢評〔六〕

八咏家風辨四聲，填詞銷夏有深情。 高人往事才人筆，不比空談紙上兵。 新城袁文杏魯莊〔七〕

特出於天地之間，而成奇人者曰國士；不欲使其事業淹沒，而筆之於書者有才子。嗚呼！魯連事，浪仙才，大義赫赫不可滅，逼入沈郎胷中來。嗚呼！魯連心，浪仙筆，描寫千秋慷慨情，兩人宛似生同日。一編讀罷令我意氣多，拍案起舞臨風歌。歌成仰天歎庭前，瑟瑟葉落空霜柯。吳縣顏懷宸香士〔八〕

功成身退不遲徊，一笑飄然歸去來。 卻看千金如敝屣，高風壓倒郭隗臺。

嶺南五字登臺句（謂屈翁山《魯連臺》詩），二百年來少嗣音。 輸與先生才力健，筆端寫出魯連心。 海昌許洪喬蕢那〔九〕

陳言務去翻新曲，遺迹難尋藉舊聞。 恩怨不關任排難，千秋高義薄霄雲。 閩中陳焯逸舟〔一〇〕

帝尊嬴氏難阿附，將據聊城易破除。 義激不同家國事，解圍肯射勸降書。

舊事翻新播管絃，曲傳玉貌儼神仙。轉憐趙女能歌舞，未解拈絲繡魯連。古鹽沈燮臺陌西〔一一〕

未許强秦帝妄尊，獨將大義座中論。功成擲卻千金去，博得高臺萬古存。

旗亭歌舞足陶情，曾記邯鄲道上行。時值太平鼙鼓歇，不教驚破管絃聲。平湖陶思敬靜山〔一二〕

一言壓住尊秦帝，排難解紛息戰爭。不爲邯鄲爲天下，魯連心地最光明。

筆底含宮復嚼商，摛辭高妙勝《西廂》。笑他玉茗堂中客，只把風情寫麗娘。吴縣譚文炳青藜〔一三〕

景純一管生花筆，何日飄然入君室？手揮錯落盡珠璣，詩思清新文雋逸。奇文須藉奇事傳，上下千秋廣究研。淫哇久薄《會眞記》，古調猶師《國策》篇。玉貌先生遺世者，洞識名義迹瀟灑。片言不許帝强秦，一木何慚支大廈。邯鄲歲月堂堂馳，憑誰往事爲傳奇。咏樓有客坐懷古，特開生面抽精思。三代以後論良史，龍門子長一人耳。自讀君家絕妙辭，才筆信堪推繼起。嘉興金大登霞梯〔一四〕

一代才無敵，千秋事可稽。高風蹈東海，明月咏雙谿。賞定逢知者，歌應續《簡兮》。從茲大堤女，羞唱《白銅鞮》。平湖廖維楨莘田〔一五〕

憑誰談笑破愁城？去矣千金一擲輕。片言解紛存大義，高風獨慕魯先生。

竊符妙計出夷門，一舉方能兩國存。脣喪齒寒從古慮，美人原不爲私恩。

戰國文奇事亦奇，郊居有客坐塡辭。九山風雨孤燈夜，想見秋窗咏史時。吴縣查維熊瀛山〔一六〕

無求偶識平原君，大義讋服客將軍。玉貌先生天下士，富貴於我如浮雲。邯鄲事往閒憑吊，

市義轉爲孟嘗笑。國有高人不自知，但愛雞鳴與狗盜。吴縣查夢熊吟梅〔一七〕

誓死圍城不帝秦，先生高義獨超倫。拂衣笑擲千金去，排難從今少此人。

欲銷塊磊奈君何，且把微辭托嘯歌。吴市簫聲燕市筑，不知感慨較誰多？

拂絃自向樽前顧，擫笛人來月下聽。記得酒酣歌竟後，一天暮雨數峯青。平湖陳文藻愚泉〔一八〕

礧塊長澆酒一巵，立身天地竟何爲？江湖落魄垂垂老，欲繡平原未買絲。

排解奇謀膽破秦，功成全不爲榮身。高才合在毛生上，何況雞鳴狗盜人。

明月年年照咏樓，狂歌唱徹海天秋。英雄氣概才人筆，未許偷聲菊部頭。平湖劉東藩心葭

羣議紛時識獨超，魯連高義薄雲霄。功成笑拂黄金去，此事人間久寂寥。

乍服黄郎筆一枝，（海鹽黄韻珊新刊《帝女花》樂府，指前明長平公主事，詞極頑豔，爲新城陳碩士先生所賞。）又看沈約譜傳奇。他時賭唱旗亭處，不數《春燈》、《燕子》辭。平湖鍾步崧穆園〔一九〕

秦書十上黑貂寒，荊璞三遭白眼看。何似先生淡名利，黄金笑擲海漫漫。

織簾居士擅詞場，緬寫高風意慨慷。鐵板銅琵傳唱處，不須顧曲倩周郎。上杭邱承芳桂巖〔二〇〕

兵壓邯鄲境，安危勢未分。誰能臨大難，談笑策奇勳？誓不尊秦帝，援終藉魏軍。卻金應有意，義激信陵君。古鹽沈圻硯香〔二一〕

拙作《千金壽》，承閩中陳逸舟、海昌楊琢亭、谷水宋南嶠、金閶查瀛山諸君助梓〔二二〕。事竣，賦詩報謝。時甲午中秋〔二三〕。

遠道殷勤寄赤鱗，替謀剞劂諒余貧。不圖顧曲傾心契，敢卻貽資付手民。刀被筆驅災及木，花因葉助豔成春。一編視作金蘭譜，傳唱高風東海濱。海上沈筠崑遊

（以上均清道光十四年沈氏守經堂家刻本《千金壽傳奇》卷首）

【箋】

〔一〕周國楨（？—一八七〇）：字子蓮，吳縣（今江蘇蘇州）人。諸生。精熟《文選》，道光十七年丁酉（一八三七），以《文選樓賦》受知學使者龔守正，充拔貢生。未及廷試，丁母憂。自此隱居教授，不復試。傳見葉廷琯輯《蛻翁所見詩録感逝集》卷七、民國《吳縣志》卷六六等。

〔二〕宋登書：字賓門，吳縣（今江蘇蘇州）人。生平未詳。

〔三〕陸熔：一名陸鎔，原名鏞，字春林，號水如，平湖（今屬浙江）人。績學工詩，師事武康徐熊飛（一七六二—一八三五），與林壽椿齊名。亦善畫。早卒。著有《春林詩選》（光緒元年沈筠刻《耆舊詩存》本）。

〔四〕楊璉：號琢亭，海昌（今浙江海寧）人。生平未詳。

〔五〕潘仁錫：號春漁，平湖（今屬浙江）人。生平未詳。

〔六〕許增：號萸評，海昌（今浙江海寧）人。著有《高陽醉吟草》（寫本）。爲宋棟《雞窗三續稿》撰序（道光間刻本）。

〔七〕袁文杏：號魯莊，新城（今屬江西）人。生平未詳。

〔八〕顏懷宸：號香士，吳縣（今江蘇蘇州）人。生平未詳。道光二十一年（一八四一），爲閶門外圓覺寺重修勒石爲記。

〔九〕許洪喬：號蔓那，海昌（今浙江海寧）人。生平未詳。道光十七年（一八三七），爲陳鱣《經籍跋文》一書

撰跋（《別下齋叢書》本）。

〔一〇〕陳熺：號逸舟，閩中人。生平未詳。

〔一一〕沈夔臺：號陌西，古鹽（今浙江海鹽）人。生平未詳。

〔一二〕陶思敬：號靜山，平湖（今屬浙江）人。生平未詳。

〔一三〕譚文炳：號青藜，吳縣（今江蘇蘇州）人。著有《論文新稿》，民國《吳縣志》卷五六下記載。

〔一四〕金大登：字第人，號霞梯，嘉興（今屬浙江）人。諸生。晚年館乍浦，與觀海書院山長徐熊飛、東防司馬龍光甸相唱和。著有《長梧集》、《霞梯詩選》（光緒元年沈筠刻《耆舊詩存》本）。傳見光緒《嘉興縣志》卷二五。

〔一五〕廖維楨：號莘田，平湖（今屬浙江）人。生平未詳。

〔一六〕查維熊：號瀛山，吳縣（今江蘇蘇州）人。生平未詳。

〔一七〕查夢熊：號吟梅，吳縣（今江蘇蘇州）人。生平未詳。

〔一八〕陳文藻：字愚泉，號潛子，別署天目山人，海寧（今屬浙江）人，流寓平湖（今屬浙江）。業櫛工以養母。後爲童子師。卒以貧死。著有《鏡池樓吟稿》、《愚泉詩選》（光緒元年沈筠刻《耆舊詩存》本）。傳見光緒《平湖縣志》卷一八、《晚晴簃詩匯》卷一二九等。

〔一九〕鍾步崧：字穆園，號伯琴，室名夢琴山館，平湖（今屬浙江）人。庠生。工詩詞駢體文，善寫梅蘭。著有《夢琴山館詩鈔》、《夢琴山館詩續選》、《夢琴山館尺牘》、《夢琴山館詞鈔》等。傳見《墨林今話》卷一八、《清代畫史增編》卷一、《清代畫史補錄》卷一、《清畫家詩史》辛下、《歷代兩浙詞人小傳》卷一〇、光緒《平湖縣志》卷一〇等。

〔二〇〕邱承芳：號桂巖，上杭（今屬福建）人。生平未詳。

〔一一一〕沈圻：號硯香，海鹽（今屬浙江）人。生平未詳。

〔一一二〕陳逸舟：即陳熺。楊琢亭：即楊璉。查瀛山：即查維熊。谷水宋南嶠：未詳。諸人生平未詳。

〔一一三〕甲午：道光十四年（一八三四）。

紅樓夢塡辭（褚龍祥）

褚龍祥（一八〇二？—一八五三後），字鱗字，別署希葛散人，室名希葛齋，任丘（今屬河北）人。著有《希葛齋文稿》。嗜戲曲曲藝，有短劇十餘種及鼓詞《改正好逑傳》等，編訂《南九宮十三牌曲目》，鈔錄《弋腔七齣》，均存。撰雜劇《襄陽獄》、《尋鬧》（題注『弋腔《金瓶梅》』）、《降雕》（下注『《封神演義》』）三種，傳奇《紅樓夢塡辭》、《桂花姻》、《盍簪報》三種，現傳於世。參見《河北古今編著人物小傳》、張增元《新發現褚龍祥的戲曲與鼓詞鈔本》（《文獻》一九九〇年第四期）、陳田珺《孤本傳奇〈紅樓夢塡詞〉考論》（《浙江師範大學學報（社會科學版）》二〇一七年第六期）。《紅樓夢傳奇》，未見著錄，現存咸豐間希葛齋稿本，天津圖書館藏，《中國古籍珍本叢刊・天津圖書館卷》第五七—五八册據以影印。

紅樓夢塡辭自序

褚龍祥

鴻濛初闢，天籟自鳴；抗隊永言，人聲爲貴。於是人能度曲，代有傳歌。溯夫墨胎采薇，林類拾穗，越人擁楫，楚狂接輿，買臣刈薪，甯戚叩角，馮諼彈鋏，祭遵投壺，以及析薪舒姑，泉因其姓；負水女子，山以歌名。葉落庭前，帶繫麗娟之袂；笙吹樹上，風飄飛燕之裙。南渡羨津吏之娟，北園驚王孫之瑣。數闋遺束綵，何似妖姬；一曲值千金，有如宮妓。蓋不分男女，大都解囀歌喉；無論尊卑，一概曉通曲調也。然皆倡嘆在我，非以推演於人。故夔曠通律呂之音，無傳聲譜；豹駒擅謳歌之技，未著曲文。采輕豔被以聲歌，律依竹谷；愛清新選爲法曲，樂奏梨園。所以唐代傳奇，舉世奉爲雅唱；元時雜劇，通人不斥淫哇。施、高、湯、沈之流，競尚南曲；關、白、鄭、馬之輩，俱善北音。則有忼慨興歌、激揚製曲者，紛紛起矣。味曼聲之細囀，覺逸興之遄飛。矜吐屬以賞音，擲碎珊瑚之樹；按鏗鏘而擊節，詠殘芍藥之花。好事者或梓行之，塡辭家且鱗集也。

曹雪芹刪訂《紅樓夢》一書，雖關稗說，竟自薪傳。都下傳鈔，因而紙貴；遠方借覽，盡是書淫。乃有客來慫恿，楚宋玉盍亦塡詞；僕則周遮，晉郭訥本不識曲。吹竽濫廁，無異南郭先生；拍板支離，有愧東坡居士。譬諸窺豹，管中時見一斑；效彼鳴蛙，鼓吹聊當兩部。絲抽晝夜，杜癖何妨；皮裹春秋，張顛豈避。

書內史太君者，金花羅紙，誥敕七張；板輿輕軒，起居八座。看來隔幔，侍婢豈止十人；弄必含飴，愛孫則惟一個。慈烏自喜，於時歌介壽之章；賀燕爲榮，不待上陳情之表。

夫政也者，樂有慈親；其順矣乎，福歸壽母。賈存周爲人戇直，有汲黯之風；處事糊塗，爲呂端之緒。憂同司馬，豈不曰我乃無兄；孝等封人，應亦云小人有母。非無兒之李嶠，責善何苟；類女貴之伏波，旌勛不與。被勦而珠履仍留，未嘗令嚴逐客；襲職而簪裾復至，何必論廣絕交。

寶玉則趙婆之百藥，陶令之阿宜。竇氏書癡，時或沾沾自喜；陳兒情種，亦曾咄咄書空。其忙也不爲黄花，所題者無非紅葉。憐香寶帳，每相狎而相優；弄影朱簾，亦載言而載笑。依然公子，厥名無忌；若是女兒，應號莫愁。不好讀書，偏能解夫刈稻；實難逃杖，豈有誤於耘瓜。奈何得朱衣點頭，恥作餅餤之客；不願與俗人拭淚，甘爲粥飯之僧也耶？

林黛玉羞花面嫩，雅宜朱粉之脂；弱柳腰纖，恰稱紫裙之襞。無如西施善病，常是眉顰；薛女嬌啼，凝成淚血。其奈破瓜之候，尚待字於笄年；可堪采綠之朝，或興歌於子夜。卒之倚柱而嘯，腹疾奈何；解佩無緣，浮生若夢。斑竹湘江之淚，乃槁其形；香蘭醉草之詩，竟焚其集。芳年難買，致嘆其蘭玉蚤凋；人壽幾何，每嗟與落花同瘞也已。

薛寶釵甫畢新婚，未掩紅妝之扇；才成遺腹，便作白頭之吟。雖不等李紈之槁木死灰，何害嫠也；離鸞別鶴，以勖寡人。而製就齊紈，蛾眉自若；織成秦錦，蟬鬢依然。固與宮裁，皆所謂巢燕孤飛，寡鵠獨宿者也。

史湘雲者，如觀徐傅辯論，堪作耳矺；若與琴岫衡才，足稱腰鼓。粧成點額，蝶欲尋花；剪就垂髫，蟬來飲露。

賈探春掃箒才子，不櫛丈夫。此日下堂鳴佩，辛氏姊畫策寡雙；他時出閣結褵，盧少婦金釵十二。

至於王熙鳳，嫵畫長眉，笑爲齲齒。倘來陌上，定邀使君踟躕；若在壚頭，難免監奴調笑。所喜鳳姐者，媚同孫壽，笑必回頭；其於平兒也，妒等郭槐，憐仍屈腳。若晴雯，石氏綠珠，仍爲處子；喬家碧玉，宜號針神。團扇一枚，遮羞容而未就；明珠十斛，買轉盼而不能。何嘗作婦廬江，竟遭呵遣；從此蕭郎陌路，但有淚垂。令人慨面別情深，應發破涕之笑；身熨緣淺，宜作當泣之歌也。悲夫！

鴛鴦冰雪心肝，可入列女傳矣；紫鵑松筠節操，其爲優婆夷乎！乃襲人，寶玉破荒，既開香洞；琪官拾芥，又作肉臺。衛婦重作董妻，豈得謂人盡夫也；李姬後爲牛妾，尚何言女之耽兮。鶯兒以下，概不足傳；有女仳離，奚置勿論。

於是本紅樓說夢之書，奮白望雕華之筆。曰生曰旦，想見其人；爲介爲白，如聞其語。春華秋實，閒就闋章；夏葛冬裘，動經霜白。幸彈丸之脱手，如襁葆之離身。惟是不學操縵，是用作歌。句讀之短長，莫明所以；音韻之平仄，總覺茫然。譬如拾瀋鑿空，拙工更無繩墨；所恃抽帛檢竹，依樣可畫葫蘆。誤等蹲鴟，每慮周郎顧曲；拙同疥駱，難逢鍾子知音。夫以劉勰撰文，時流輕薄；左思作賦，世俗譏訾。況僕委巷妄談，而沈約不置書案；巴人累句，豈王敦爲打唾壺也哉！劉夢得創作《竹枝》，歸於樂府；白香山撰爲《楊柳》，進入教坊。縱古有之，非吾望也。

塡成小調，如陶潛之賦閒情；　貽笑大方，憑劉歆之譏自苦。

道光壬寅芒種日，臥廬散人漫筆。

紅樓夢塡詞題詞〔一〕

褚龍祥

客來慫恿我塡詞，可奈聲歌未解知。腳色已經難配合，腔喉惟恐涉支離。何曾擬入梨園譜，不過權充委巷辭。流水高山儂自賞，知音應也有鍾期。

塡詞第一說《琵琶》，《十種》都嫌近小家〔二〕。饒我耗乾心上血，怕人見了肉頭麻。言明不許周郎顧，想鑿仍邀郭訥夸。且學顢頇且得意，疵瑕笑話但憑他。（《正字通・方言》，呼人曰『他』，讀若『塔』，平聲。）

《西廂》詞藻最超羣，不論調腔祇論文。捉筆寫生妨午睡，披衣待旦忘辛勤。短長句讀規須合，平仄推敲字最分。況且傳神憑口吻，何容赤芾溷紅裙。

不知暑也不知寒，那計晨餐與夕餐。旁午研思無覺苦，成丁自負未嘗酸。慚雖放蕩非騷客，妄擬銜封作稗官。役使多人權在握，憑吾喜怒效悲歡。

曲文不若藝文然，體驗工夫歷半年。子曰詩云須巧妙，土音俗語最新鮮。著書緣起三春季，脫稿幾成二百篇。但得傳鈔心足矣，非期付與梓人鐫。庚子冬月自題〔三〕。

詞雖小道儘難塡，四六詩歌樣樣全。寫意傳眞兼繪事，摹神打趣寓情緣。演《春秋》筆宗盲左，著《太史書》效腐遷。搜盡枯腸爲戲謔，敢撐頭詡腹便便。壬寅秋仲又題〔四〕。

【箋】

〔一〕底本無題名。

〔二〕《十種》：當指李漁《笠翁十種曲》。

〔三〕庚子：道光二十年（一八四〇）。

〔四〕壬寅：道光二十二年（一八四二）。

紅樓夢傳奇題辭

趙壐等

筆墨原來慣寫生，豈其點化獨神瑛。奇傳粉黛人如活，義演悲歡紙作聲。注脚雨村非假話，裝頭榮國是眞情。塡辭喚醒紅樓夢，也似《清平調》不平。綏鮮趙壐〔一〕

悟到空虛一喟然，等閒富貴若雲烟。誰知此老通靈筆，有夢能令入管絃。

事事都從幻境來，男癡女怨費疑猜。此情何處分眞假，先使全場演一回。

娉婷釵玉溯名姝，鳳妒雲癡絕世無。多少風流小兒女，更番口角費描摹。

隨園才子前生慧〔二〕，紅雪詞人舊拍譜〔三〕。燕趙從今傳戲墨，也如書法重河南。邊鍾嶧鄰岑〔四〕

（以上均天津圖書館藏清咸豐間希葛齋稿本《紅樓夢塡詞》卷首）

【箋】

〔一〕趙璽：　字綬鮮，籍里、生平均未詳。

〔二〕隨園才子：　指袁枚（一七一六—一七九八），室名隨園，別署隨園主人。

〔三〕紅雪詞人：　指蔣士銓（一七二五—一七八五），著有《紅雪樓十二種塡詞》。

〔四〕邊鍾嶧：　字鄰岑，籍里、生平均未詳。

浣紗石（林仰東）

林仰東（一八〇三—一八四〇），字子萊，一作紫來，號荄生，閩縣（今福建閩侯）人。道光十二年壬辰（一八三二）舉人，屢試禮闈不第。著有《讀書雜記》、《林子萊雜文》、《小芙蓉舫詩集》等。撰《浣紗石》傳奇，已佚。傳見林昌彝《小石渠閣文集》卷四《林子萊詩集小傳》、民國《閩侯縣志》等。

林子萊浣紗石傳奇序

林昌彝〔一〕

辛卯孟陬〔二〕，予假館於雲水山莊。課徒之暇，取林子萊所爲《浣紗石塡詞》讀之，覺驩然喜、懌然思，倏而悄然悲、瞿然興，繼而不忍卒讀，復藏之篋中。如是者忽忽旬日。

花朝前四日，天微雨，適某孝廉過予館，論詩賦詞章，而獨痛詆塡詞。予聞其言，乃向之所謂䵝然喜者，復愕然駭，徐詰之。某曰：『詞專言情，去道學遠矣。』余曰：『然則有道之士，必不以詞聞乎？』某曰：『然。』余曰：『范文正公何人也？』曰：『有道之士也。』余曰：『「碧雲天，黃葉地」一闋，何人之詞也？』曰：『不知也。』余曰：『此則范文正公之詞也。』某無以應，徐退去。

余復取子萊所爲詞，往復讀之，知子萊之深於詞，正其深於情而深於道也。嗟乎！人之諱言情者，皆趨而言道。余謂僞託於道者，恐並不可與言情，未聞有道之士而不近於情者。子萊長於情，其所爲詞，能曲達乎情之藴者也。倘徒執其詞，曰：『此傳情也，去道已遠。』余恐無以服子萊之心，卽難免爲有道者所竊笑。

余謂今之世無眞紫陽，亦無眞陽明，若謂有道之士不爲詞，是則不然。余聞范文正公爲秀才時，卽以天下爲己任，而『碧雲天，黃葉地』之句，卽作於爲秀才之時。豈得執文正之詞，而謂非有道之士所爲乎？

子萊素慕文正之爲人，鏘鏘乎美於詞，而復駸駸乎合於道。其所著《浣紗石塡詞》，力辨西施必死，無從范蠡游五湖事，援據確鑿，十有二證。皇皇乎忠孝之旨，款款然出於情。是子萊之詞，傳忠孝之詞，乃傳情之詞也。

夫人口不言財者，其利藪必深；口不言色者，其嗜欲必勝。子萊不諱言情而不肯假託於道，而其忠孝之旨噴溢於楮墨間，使人展卷讀之，覺情卽生於忠孝者，非有道之士，能道人之所不能道乎？

余與子萊交，頗知其事事必出於情，且事事不離乎道。讀其詞者，謂子萊之長於情也可，謂子萊之不足於道也則不可。若如某孝廉所云，不知所謂情，又烏知所謂道？彼舍詞不爲而曰有道，殆昌黎子所云：『道其所道，非吾所謂道也。』是爲序。

（《續修四庫全書》第一五三〇冊影印清光緒間福州刻本林昌彝《小石渠閣文集》卷二，頁三八〇）

【箋】

〔一〕林昌彝（一八〇二—一八七六）：字惠常，一作薫裳，號薌溪，別署茶叟、碄砨，侯官（今福建閩侯）人。道光十九年己亥（一八三九）舉人，八上公車，未第。咸豐元年（一八五一），奉旨賞官教授，歷任福建建寧、邵武。同治元年（一八六二）入粵，嘗主廉州海門書院講席。博學宏識，尤精《三禮》，旁及詩古文辭。著有《三禮通釋》、《說文二徐定本互校辨訛》、《海天琴思錄》、《海天琴思續錄》、《溫經日記》、《衣讔山房詩集》、《衣讔山房詩外集》、《衣讔山房賦鈔》、《小石渠閣文集》、《龍鴻閣文鈔》、《鴻雪聯吟》、《射鷹樓詩話》等。傳見《清史列傳》卷七三、《清儒學案小傳》卷一三、民國《福建通志・文苑傳》等。參見鄧長風《五位清代福建戲曲家暨林昌彝生平考略・林昌彝》（《明清曲家考略續編》）。

〔二〕辛卯：道光十一年（一八三一）。

玉田春水軒雜齣（張聲玠）

張聲玠（一八〇三或一八〇一—一八四八），字奉兹，一字玉夫，號潤卿，别署蘅芷莊人，湘潭（今屬湖南）人。與羅汝懷（一八〇四—一八八〇）、左宗棠（一八一二—一八八五），同壻周氏。道光五年乙酉（一八二五），輸貲爲監生。十一年辛卯（一八三一）舉人，後七赴禮部試，不得第。二十四年，以大挑一等分發直隸，次年任元氏知縣。二十八年，病歿於保定。工詩文，著有《蘅芷莊詩文集》、《中山麾古録》、《蘅芷莊人隨筆》、《集唐詩》等。傳見左宗棠《左文襄公文集》卷三《墓志銘》、光緒《湘潭縣志》卷七九、光緒《湖南通志》卷一七九、羅汝懷《湖南文徵姓氏傳》卷四等。參見《湖南文徵》卷七九張聲玠《四十自序》、龍華《張聲玠和〈玉田春水軒雜齣〉》（《中國文學研究》一九八六年第四期）。

撰雜劇九種：《訊翂》、《題肆》、《琴别》、《畫隱》、《碎胡琴》、《安市》、《看真》、《遊山》、《壽甫》，總題《玉田春水軒雜齣》，又題《蘅芷莊人外集》，《清代雜劇全目》著録，現存道光二十四年（一八四四）賜錦樓原刻本（《清人雜劇二集》據以影印）。

玉田春水軒雜齣題詞[一]

淩玉垣[二]

覆巢但有冤禽哭，伏鑽眞令死者生。一樣迴天兩純孝，願君更譜女緹縈。（《訊翂》）

烏舫題春宿酒濃，新詞博得紫泥封。湖山康樂才人貴，莫有人窺第一峯。（《題肆》）

龍沙留滯玉徽零，塞北江南總斷蓱。忍抱燕山絃上雪，歲朝重與哭冬青。（《琴別》）

白雁飛來大地秋，殘山何處寄扁舟？一般天水紅泥印，押角偏令學士愁。（《畫隱》）

箏琶俗耳耐敖嘈，誰識文章一代豪？莫笑千金輕一擲，有人新奏《鬱輪袍》。（《碎胡琴》）

白衣持戟氣淩雲，飛箭天山舊槊勛。自古男兒甘百戰，封侯不見李將軍。（《安市》）

屢貌尋常技未窮，斯人骨相定三公。可憐小宋清寒甚，學醉銷金羨乃翁。（《看真》）

伐木開山想絕倫，風流零落近千春。我嗟靈運稱山賊，不似圍碁賭墅人。（《游山》）

酒國恆春仙壽長，高歌天寶感蒼茫。莫吟飣餖相嘲句，且與先生入醉鄉。（《壽甫》）玉夫先生仁兄，暇日爲雜曲若干首，貞雅俶詭，事不一致，類情揣稱，各極傑麗，清容先生之續也。爲題後副，即希政之。庚子季春〔三〕，弟淩玉垣呈稿〔四〕

（《清人雜劇二集》影印清道光間賜錦樓原刻本《玉田春水軒雜齣》卷首）

【箋】

〔一〕底本無題名。

〔二〕淩玉垣（？—一八四六後）：字荻舟，善化（今屬湖南）人。道光十七年丁酉（一八三七）拔貢，二十年庚子（一八四〇）舉人，官工部屯田司主事。工詩古文。著有《蘭芬館詩初鈔》。傳見《國朝耆獻類徵初編》卷一四八、羅汝懷《湖南文徵姓氏傳》卷四等。

〔三〕庚子：道光二十年（一八四〇）。

〔四〕題署之後有印章二枚： 陰文方章『玉垣之印』，陽文方章『荻舟』。

玉田春水軒雜齣題詞〔一〕

胡　湘〔二〕

狴犴飛霜獄本冤，孤兒全父並身全。驚看鐵券琅琅擲，只有懷光子可憐。（《訊扮》）

畫舫風情酒肆歌，非關天子闢山河。江湖尚滯陳同甫，詩酒遭逢奈爾何？（《題肆》）

腸斷崖山借曲嗚，梨園天寶最關情。彈琴一樣江南恨，更譜宮人十玉京。（《琴別》）

浮雲變態畫中看，湖上西風半局殘。請把交柯雙入畫，南枝向暖北枝寒。（《畫隱》）

鼓瑟吹竽亦可嘲，碎琴不顧眾呶呶。黃金臺上遲丹詔，且把千金自己拋。（《碎胡琴》）

三箭奇勳壯士歌，遼東馳驟駭幺麽。白衣不畫淩烟閣，惆悵將軍馬伏波。（《安市》）

奇骨原來畫不成，皮毛何與世人爭。將軍莫點黃金目，青眼留看李北平。（《看眞》）

縋幽鑿險破山慳，崖壑風雲杖屨間。讀罷韓亡秦帝句，如何又看永嘉山。（《遊山》）

不到皇州與益州，騎箕高會醉鄉侯。箇中更有詞人壽，能了先生一代愁。（《壽甫》）謹題玉夫表兄年丈大人《玉田春水雜劇》，即請教正。甲辰八月〔三〕，筠帆弟胡湘呈稿〔四〕。

（《清人雜劇二集》影印清道光間賜錦樓原刻本《玉田春水軒雜齣》卷末）

【箋】

〔一〕底本無題名。

〔二〕胡湘（一八〇六—一八五四）：字子瀟，一字筠帆，湘潭（今屬湖南）人。諸生，以捐納入仕，署恩平、南海典史。道光十一年（一八三一），因功陞知縣，歷署廣東揭陽、興寧、新會、南海縣事，加知州銜。著有《補讀齋詩文集》、《筠帆詩草》等。傳見陳澧《東塾集》卷六《墓表》（收入《碑傳集補》、《碑傳集三編》卷二五）。

〔三〕甲辰：道光二十四年（一八四四）。

〔四〕題署之後有印章二枚：陰文方章『湖湘之印』，陽文方章『筠帆』。

安市跋

闕名

薛幽州白衣破賊，其事自可被之管絃。乃小說家穿鑿附會，粗鄙可笑，歌場亦因而演之。如張士貴能彎弓百五十斤，卒謚曰忠，亦人豪也，誣之何心？戲塡此折，以洗弋陽腔之陋。

（《清人雜劇二集》影印清道光間賜錦樓原刻本《玉田春水軒雜齣》之《安市》卷末）

玉田春水軒雜齣跋〔一〕

徐灝〔二〕

右《玉田春水軒雜齣》一卷，張玉夫大令聲玠撰。玉夫，湖南湘潭人，道光辛卯舉人，官直隸元氏縣知縣。此雜曲九齣，並取前言往行，遺聞軼事，被之管絃。大旨原本忠孝，寄托風雅，語多激昂慷慨，而時雜以詼諧，要皆不失性情之正，以視淫哇豔曲，相去遠矣。玉夫工於文而深於情，聞其風度端凝，吐屬閒雅，清歌一闋，可以想見張緒當年。今已卒於官矣。余得之其同里胡筠帆大令〔三〕，爲言如此。

道光二十九年正月，番禺徐灝記。

（上海圖書館藏清鈔本《玉田春水軒雜齣》卷末）

【箋】

〔一〕底本無題名。

〔二〕徐灝（一八一〇—一八七九）：字子遠，一字伯朱，號靈洲，别署靈洲山人、通介老人，番禺（今屬廣東）人。曾與譚瑩、葉英華等，共結越臺詩社。咸豐七年（一八五七），入按察使周越濱幕。九年，入兩廣總督勞崇光幕。同治四年（一八六五），入廣西巡撫張凱嵩幕。以貢官同知，署柳州通判、陸川知縣，官至慶遠知府，薦擢道員。著有《説文注箋》、《通介堂經説》、《樂律考》、《靈洲山人詩録》、《通介堂文集》、《攓雲閣詞》等。傳見《番禺縣續志》卷二一、《碑傳集三編》卷三九等。

〔三〕胡筠帆：即胡湘（一八〇六—一八五四）。

桃花魂（張聲玠）

《桃花魂》傳奇，張聲玠撰，未見著録，已佚。

張玉夫明府聲玠桃花魂傳奇序

高繼珩〔一〕

蓋聞劉晨采藥，聯眷屬於天台；崔護求漿，晤娉婷於籬落。雖前度仙郎再到，已嗟古洞雲迷；去年人面難逢，空賦春風花笑。然而山期重造，終遇眞妃；香爇返魂，卒偕佳耦。從未有無因而至，因以夢成，有緣可諧，緣隨醒盡，如玉夫明府《桃花魂傳奇》之喚轉癡迷，掃空結習者也。花潭君者，指仙李而得姓，冀夭桃之宜家。玳瑁書裝，鴛鴦社闕；繫援未就，寤寐求之。載來歡喜之丸，竟賴氤氳之使。紅雨青山而外，如此樓臺；桃花流水之間，別有天地。忽逢粲者，的是可人。灧灧瓊漿，解得相如消渴；纖纖春筍，攜將張碩歸來。預兆齊眉，梁鴻對案；願爲比翼，孔雀開屏。寫韻而彩鸞并工，揮毫而靈犀暗度。十二時中，機彀種此根塵；兩三年裏，夫妻味茲繾綣。

曇花一現，那禁天上罡風；善果初完，空勝水中明月。蘧蘧而覺，歷歷在前。不遇目中之仙，甘抱尾生之信。幸蹇脩之爲理，竟消息之遙通。謂李下可以成蹊，豈齊大而云非偶。指山家之門徑，清溪流出胡麻；傍綺閣之妝臺，小苑並無雜樹。境眞世外，人是意中。願遂牽絲，奚啻重懷夢草；期臻卻扇，果然再見瓊花。何姍姍其來遲，喜盈盈兮不隔。雖獨夢未曾同夢，守十年不字之貞；而新人實□舊人，儼兩世相逢之樂。熠鄉乍到，仙侶終諧。證一夕之迷離，洵十分之美滿矣。

然而短夢匆匆，五年易度；流光冉冉，百歲難期。恨二豎之欺人，乏十全之爲上。空費荀郎熨體，藥不延年；盼他倩女回生，絲難續命。君如柳絮，禪心已悟沾泥；妾本桃花，夙業安逃薄命。從此鴻都客渺，誰招環珮之魂？鸞馭人歸，並少羅浮之夢。賦五十絃之錦瑟，怊悵華年；撫十二日之瑤箋，悲涼身世。當紫玉烟消之日，正黃粱飯熟之時矣。

嗟乎！泡影因緣，大都類此；邯鄲名利，不過如斯。何人跳出迷團，幾個打開悶境？明府筆參造化，界闢光明。借桃葉之鸞笙，排成法曲；似桃都之雞唱，喚醒塵寰。六夢中超盡恆谿，恍若金繩接引；『四夢』外別開生面，何殊玉茗風流。繼珩鹿悟隍中，蝶飛堦上。久訂聯牀之誼，敢陳無夢之愚。掐檀板以高歌，如君乃先覺者；見桃花而悟道，何妨說向癡人。

（《清代詩文集彙編》第六〇〇冊影印清咸豐同治間刻本高繼珩《養淵堂駢體文》卷一）

【箋】

（一）高繼珩（一七九八—一八六五）：一作繼衍，字寄泉，遷安（今屬河北）人。寄籍寶坻（今屬江蘇）。嘉慶二十三年戊寅（一八一八）舉人，授欒城教諭，移大名。咸豐四年（一八五四），因軍功保薦知縣，借補廣東博茂場鹽大使。同治二年（一八六三），告病歸。窮二十年之功，編纂《國朝畿輔詩傳》。著有《蝶階外史》、《寄泉類稿》、《培根齋詩鈔》、《鑄鐵硯齋詩》、《養淵堂古文》、《養淵堂駢體文》、《味經齋制藝》、《海天琴趣詞》、《海天琴趣詞餘》等，合稱《培根堂全稿》。傳見同治《欒城縣志》卷九、光緒《永平府志》卷六四、《大清畿輔先哲傳》卷二五、《順天府志》卷一〇二、民國《遷安縣志》、史夢蘭《永平詩存》卷一二、《清畫家詩史》庚上、《清代官員履歷檔案全編》卷二六等。

紫荊花（李文瀚）

李文瀚（一八〇五—一八五六），字雲生，號蓮舫，別署訊鏡詞人、鏡中仙史，室名味塵軒，宣城（今屬安徽）人。道光八年戊子（一八二八）舉人，次年考取覺羅正黃旗教習。十五年，入漕運總督恩特亨額幕。十八年，以知縣用，分發陝西，歷攝郿縣、城固、鄠縣，補岐山，調長安，陞鄜州直隸州知州。二十九年，調夔州知州。咸豐三年（一八五三），補四川嘉定知府。五年，署夔州知府，次年卒於任所。工書畫，善詞章。著有《岐山須知》、《味塵軒文集》、《味塵軒詩集》（附《詩餘》）等。編曲選《盛世餘音》（民國間鈔本）。撰傳奇四種：《紫荊花》、《胭脂舄》、《銀漢槎》、《鳳飛樓》，合稱《李雲生四種曲》（一作《李雲生詞曲四種》），又稱《味塵軒四種曲》。另有《憶長安》傳奇。傳見馮桂芬《顯志堂稿》卷七《墓志銘》、光緒《宣城縣志》卷一五、光緒《岐山縣志》卷五、民國《重修岐山縣志》卷五、民國《續修陝西通志稿》卷六一九、《皖志稿・集部考》卷三四等。參見嚴敦易《李文瀚的〈味塵軒四種曲〉》（《元明清戲曲論集》，中州書畫社，一九八二）、梁淑安《近代意識的最初閃光——李文瀚的生活道路與創作道路初探》（《南京大學學報（哲學・人文・社會科學）》

一九九二年第一期)、路露《李文瀚戲曲研究》(南京師範大學碩士學位論文,二〇一四)。

《紫荊花》傳奇,《今樂考證》著録,《李雲生四種曲》第一種,現存道光二十二年(一八四二)味塵軒刻本(《傅惜華藏古典戲曲珍本叢刊》第九一冊據以影印)、道光間刻本《李雲生四種曲》本。

(紫荊花)自敍

李文瀚

《紫荊花樂府》,何爲而作哉? 爲兄弟也。爲兄弟之死而不能復生,而又不忍其死,於是作樂府以生之。

而或者曰:『生之術亦廣矣,或還魂而生,或投胎而生,或借人之屍而生,皆無不可。必借其妻之義兄之屍而生之,又從而再造之,使其兄與妹爲夫婦,似傷忠厚矣。』余起而對曰:『固知兄與妹不可以夫婦,故假造化之大權,改頭換面,易之以古人之心,使其形迹俱化耳。』

或又轉嗔爲笑曰:『唯唯,否否。子殆欲天下人盡如理生之改頭換面,易之以古人之心耶? 誠如子願,則淩戌之夫婦,不致有嫌貧愛富之心; 而其子若壻若女,卽不致有死生離别之悲,顛倒是非之事,人亦無從嘻笑而怒罵之。豈非各安其心而無所事事哉? 無如不悟何? 子誤矣,子以達人之道望愚夫婦矣。』余迺喟然歎曰:『明知愚夫婦之不達,而不能不望其悟,故設一螟蛉子之屍,還其壻之生,完其女之婚,並設一花神愛主之深心,俠客爲友之熱心,吳若葉死生患難、始終與共之心，以及匪人之不懷好心者，卒不能葆其所終，條分縷析，從而襯托之，使其知所借鑒，庶幾化爲善人也。亦何傷於忠厚耶？』

或始憬然悟曰：『有是哉！吾初不知激之正所以勸之耳。今而後謂其女不字可也，謂其子不死可也，謂迺弟死而復生亦可也。卽謂天下之能改頭換面，易之以古人之心者，雖死而不死，亦無不可也。何止爲兄弟云爾哉？』

道光壬寅六月既望，訊鏡詞人自敍於杜亭官廨之米家遺舫〔一〕。

【箋】

〔一〕題署之後有陰文方章二枚：『訊鏡詞人』、『詩畫曾聯海外緣』。

紫荊花序

金寶樹〔一〕

大江秋老，懷帝子於蒼梧；空谷春寒，盼佳人於翠竹。訪赤松而未遇，鶴駕龍驂；尋綠蕚以偏遙，蛾眉蟬鬢。湖中碧藕，絲可牽情；市上黃槐，柯能入夢。種白榆於天上，難償待聘之錢；攀丹桂於雲中，不作療飢之粟。一腔熱血，生來紅豆相思；九曲柔腸，幻出青蓮妙諦。此吾友《紫荊花樂府》所以慨乎言之也。

夫其跌蕩名場，縱橫古趣。早赴吹笙之宴，頻爲負笈之遊。杜牧三生，評花論酒；劉琨五夜，說劍談兵。八千年蠹簡叢殘，曾勞映雪；九萬里鵬程浩渺，未遂摶風。司馬題橋，人海總艱於蜀道；伯鸞賃廡，壻鄉聊托於粱溪。宜其鐵鋏常彈，銅壺屢唾矣。況復情聯鴈序，誼結鴛盟。思嘉耦之堪求，諒蹇修之可信。詎意人情翻覆，爲雨爲雲；世態炎涼，忽冰忽炭。銀屏乍射，俄成反目之占；錦幔初牽，驟作邀心之語。托鳩媒而繾綣，別選嬌賓；呼魚婢以叮嚀，恐驚幼婦。捐來蘭佩，難招隔水之船；望斷藁砧，誤拜他山之石。只道三間老屋，未鑄黄金；那知一點情由，早生白璧。鄭子晳爭徐吾之妹，遑恤人倫；季孫肥奪施氏之妻，竟忘天理！遂使鰥魚寡鵠，天涯少琴瑟之緣；從教劣虎優龍，地底絶壎篪之和。吁其甚矣，誰實爲之？

於是北海羈人，衝冠色怒；南都壯士，拍案聲高。換羽移宮，鬱青霞之異想；引商刻羽，霏《白雪》之新詞。休言鳩占鵲巢，昏狂可恃；詎料鶩更雞膳，造化尤工。俠客何來，劫紅綃於密室；情人宛在，逢碧玉於香車。骨雖死而未銷，丹砂可駐；魂試招而已返，素旐先飛。寶鏡團圞，恰合徐生半面；金環隱約，還留叔子前身。迎鵲渚之星姨，離時復合；佇蟾宫之月姊，缺處仍圓。豈曰才人竟歸廝養？須知新婦原配參軍。

至於乙乙頻抽，心如織錦；申申欲詈，舌可摧鋒。摹駔儈之庸才，百端姍笑；寫荒傖之故態，一味詆訶。牽得鹽車，臭併慚乎馬糞；煮成烟竈，爛尤甚於羊頭。生此寧馨兒，老嫗將毋賤婢；聚來阿堵物，方兄竟作尊神。一般筍妾菌奴，無非心子；幾輩販夫賈豎，還是耳孫。斯則撾鼓直前，何異禰衡之嫚罵；脱冠長笑，豈殊曼倩之詼諧也哉！

若夫蜃氣吹噓，樓臺成市；鴻文結撰，草木皆兵。蠻女彎弓，整花鬟而按隊；獠奴拓戟，穿繡襖以摩營。策勳於鸛鶴軍中，不負男兒事業；圖像在麒麟閣上，依然儒雅風流。此蓋以王郎抑塞之才，因而爲莊叟荒唐之論。眞無聊賴，孰爲可與言人？倘有機緣，胡弗作如是想？絕似公孫醉舞，極瀏漓頓挫之姿；還同燕客悲歌，多慷慨激昂之致。

嗚呼！情天浩浩，媧皇鍊石難塡；恨海茫茫，博望乘槎不到。感萍蹤之漂泊，思絮果以纏緜。迷離紫袖之人，風迴漢殿；嘹喨紫簫之韻，月落秦臺。紫錦香囊，腸斷謝安羣從；紫絲步障，心驚王愷家園。呼得紫雲，猶疑似夢；抱將紫玉，只恐成烟。紫姑神之不來，玉釵敲折；紫微郎之已去，銀燭燒殘。譜出宮詞，瓊樹與文心並麗；翻來院本，絳株偕笑靨爭妍。此時曲奏雙聲，合教籠中之鸚鵡；他日花開五色，定成冢上之鴛鴦。

道光十有八年歲在戊戌七月六日，蘋花仙吏吳門金寶樹題於武城縣境之緒官屯舟次。

【箋】

〔一〕金寶樹（一八〇〇—一八五七）：字仲珊，號吟香，別署蘋花仙吏，元和（今江蘇蘇州）人。道光十八年戊戌（一八三八）進士，以知縣分發湖北，署興國，補利川，調通山，攝蘄州。循例捐知州，咸豐三年（一八五三），揀發安徽，署和州。六年移六安，次年死於難。著有《曼陀羅館詩集》、《芳草園文甲集》、《芳草園文乙集》。傳見馮桂芬《顯志堂稿》卷七《墓碑》（收入《續碑傳集》卷六二）、《忠義紀聞錄》卷一七、《江表忠略》卷一〇等。

（紫荊花）凡例

闕　名〔一〕

一、劇名《紫荊花》，取『紫荊花下宜兄弟』之意。借花神爲樞紐，聯絡夫婦，夫婦合而兄弟自全，毋庸泥也。

一、是劇蓄意於道光丙申，漕帥舟中。因作嫁匆忙，未遑援筆。至戊戌〔二〕，通籍關中。六月買舟，偕金吟香明府出都〔三〕。篷窗對月，談及『悔親』一段故事，始擬稿爲之。未及一半，吟香卽預序之，故以其序冠首。

一、卷上十六齣，皆舟中所作。比時《九宮譜》無查處，止就手邊老院本，依樣塡之，恐於襯字誤作正文。匆匆付梓，未遑細核，内家諒之。

一、卷下十六齣，大半作於欒城，少半作於杜亭。按譜諧聲，不增減一字，韻亦的確，較上卷差堪自信。

一、名姓地名，虛實參半。虎兒，並無其人，設言爲回生地步耳。李大麻子，無足輕重之人，借來點綴場面，不問其有無可也。至於鹽梟三人，更屬烏有子虛，循傳奇之俗套耳。

一、高頭評注，系張咏仙、李式齋、劉符階、馬鶴船、潘樹人、周雨蕉、趙蘭坡、賀笠雲、張雨香、顧喈軒、方鑒之諸友之賞鑒，錄之以存故人之手澤耳。

一、校對係俞桂軒、張雷峯兩弟子。附錄於此，以志相契云爾。

（以上均《傳惜華藏古典戲曲珍本叢刊》第九一册影印清道光二十二年味塵軒刻本《紫荊花傳奇》卷首）

【箋】

〔一〕此文當爲李文瀚撰。

〔二〕戊戌：道光十八年（一八三八）。

〔三〕金吟香明府：即金寶樹（一八〇〇—一八五七）。

紫荊花題詞

陳僅等

楚些聲中字字哀，巫陽直欲起泉臺。紫荊花色紅如許，都是啼鵑血染來。

『與君世世爲兄弟』，坡老虛言最痛情。爭及田家花樹好，返魂香到便重榮。

落魄才名鬼魅欺，雨雲翻覆世情奇。要知斡①地旋天手，只在風人筆一枝。餘山陳僅〔一〕

拍成淚點灑紅牙，誼篤鴒原寄興賒。欲得椿庭悲作喜，神仙重活紫荊花。竹吾馬國翰〔二〕

蟠根仙派本瑤天，連理名葩亦夙緣。底事罡風頓吹散，護持端賴衆花仙。

聊借荊華詠棣華，情天性海共根芽。榮枯生死天能定，難定青蓮筆放花。

莫怪鹾奴勢利多，神仙眷屬本多魔。儘他做盡炎涼態，好供梨園著意摩。

信是鴉羣出鳳凰，女貞堅操拒嚴霜。墮樓已分同珠碎，救玉人眞有俠腸。
人琴俱杳痛何如，腸斷京華雁影孤。演到挂鐙庵祭處，歌兒座客淚拋珠。
嘗恨仙才赴玉樓，蓉城不使滯魂遊。文心自有回天力，何待還丹海上求。
毫端原自具洪爐，造化眞能再造無？安得錦心千百億，盡教換卻黑心符。
玉鏡重圓起夜臺，南柯事業本眞才。莫嫌仙鬼荒唐甚，祇爲情深演出來。
傳奇新格本非奇，至性流爲絶妙詞。卻笑《牡丹亭》舊譜，只將豔曲寫情癡。雨香張鐵〔三〕

罡風吹下脊令原，生拆雙雙比翼鴛。伐木已枯連理樹，焚香難返九幽魂。望空射雀屏間影，血漬啼鵑枕上痕。痛煞阿兄爲寫恨，唾餘一曲抵千言。黼卿沈廷貴〔四〕

（上海圖書館藏道光二十二年味塵軒刻本《紫荊花》卷首）

【校】

①榦，底本作『幹』，據文義改。

【箋】

〔一〕陳僅（一七八七—一八六八）：字采臣，一字餘山，號漁珊，鄞縣（今屬浙江）人。嘉慶十八年癸酉（一八一三）舉人，次年會試，挑取謄錄。以勞議敍知縣，道光十三年（一八三三），授陝西延長知縣。十五年，調紫陽。十九年冬，調安康。咸豐元年（一八五一），調咸寧。尋署漢陰通判，四年，陞寧陝廳同知，以疾致仕。通經史小學，工詩。纂修《紫陽縣志》。著有《竹林答問》、《漁珊詩鈔》、《繼雅堂詩集》、《四明陳餘山先生集》、《陳餘山詩誦》（附《羣經質》）、《捫燭脞存》、《捕蝗彙編》等。傳見民國《鄞縣通志·文獻志》、民國《續修陝西通志稿》卷六九、道光《紫陽縣志》卷四等。參見鄭繼猛、李厚之《陳僅先生年譜考》(《安康學院學報》二〇一二年第四期)。爲李文瀚《鳳飛樓》傳奇正譜。

〔二〕馬國翰(一七九四—一八五七)：字詞溪，號竹吾，室名玉函山房、紅藕花軒，歷城(今山東濟南)人。道光十一年辛卯(一八三一)舉人，次年壬辰(一八三二)進士。以即用知縣分陝西，補洛川知縣。尋調石泉、白河、涇陽等縣。十九年，丁憂歸，以文籍自娱。網羅經史諸子，輯刻《玉函山房輯佚書》七百零八卷。二十四年，擢隴州知州。咸豐三年(一八五三)，告病歸。著有《目耕帖》(含《易說》、《書說》、《詩說》、《周禮》等)、《玉函山房藏書簿錄》、《玉函山房全集》(含《詩集》、《詩鈔》、《文集》、《夏小正詩》、《月令七十二候詩》、《制義》等)。傳見徐世昌纂、周駿富編《清儒學案小傳》卷二〇、宣統《山東通志》卷一七〇、民國《續修歷城縣志》卷四一、民國《續修陝西通志稿》卷六九等。參見王重民《清代兩個大輯佚書家評傳》附《馬國翰年表》(《輔仁雜志》三卷一期，一九三二年一月)。

〔三〕張籛(一七九三—一八四九)：字述之，一字彭齡，號雨香，又號商老，磁州(今河北磁縣)人。嘉慶十八年癸酉(一八一三)舉人，道光十五年乙未(一八三五)進士，授南河縣訓導。十八年，任陝西澄城知縣。調大荔、長安，陞商州知州、留壩廳同知。二十九年九月，卒於西安。工詩文，善駢體，精繪事。著有《綠筠書屋詩稿》(附《詩餘》)。傳見《道光十五年乙未會試同年齒錄》、《清畫家詩史》庚下、同治《畿輔通志》、同治《磁州續志》卷四、咸豐《澄城縣志》卷八、光緒《重修廣平府志》卷五三、民國《磁縣縣志》卷一七等。評點李文瀚《胭肢舄》傳奇。

〔四〕沈廷貴：號黼卿，蕪湖(今屬安徽)人。道光十年(一八三〇)，署樂平知縣。咸豐四年(一八五四)，任四川華陽知縣。著有《樂有餘齋詩草》(附《試帖》)、《樂有餘齋詩集》等。

胭肢舄（李文瀚）

《胭肢舄》傳奇，亦作《胭脂舄》，《今樂考證》著録，《李雲生四種曲》第二種，現存道光二十二年（一八四二）味塵軒刻本（《傅惜華藏古典戲曲珍本叢刊》第九二冊據以影印）、道光間刻本《李雲生四種曲》本、咸豐四年（一八五四）重刻本（吴江圖書館藏）、光緒二十八年（一九〇二）重刻本。

（胭肢舄傳奇）自序

李文瀚

施愚山先生，吾鄉前輩也，文章經濟，一代傳人。《聊齋志異》載胭肢一案，藝林尤膾炙焉，蓋服其才而誦其判也。余獨以爲不然。審勘人命，固不恃其才，而在用心之細與不細耳。濟南吴太守平反已極其細，而先生官學使，憐宿介爲名士，再從而根究之，如剝繭然，抑又細矣。第拘某甲、某乙並毛大，置諸神前，以氈障殿，以灰塗壁，以煤水濯手，一一命自盥訖，繫諸壁下，戒勿動，誑以『殺人者神當書其背』，意殺牛醫者必在此三人中，而不拘拘於毛大，而吾竊爲先生危矣。人各有手有背，適痛癢而搔，匿之皆黑也，將如之何？且也提學非刑名之官，何以越俎定讞？胭肢固啓衅之首，何以有罪判婚？種種疑竇，翻謂傳先生者未必眞，而聊齋筆墨幾等三家村說官話耶？

留仙才大如海，溢貫古今，其於案律，豈不知之，而故爲此者，何與？意以稗官野史，類屬荒唐，説部傳奇，不嫌附會。而因人紀事，寫平反冤獄之苦心，成惜玉憐才之韻事，讀其文者，傳爲風月美談而已，其他何計焉！余揣先生治獄之意，與聊齋作傳之心，有感於中，假胭肢之名，假胭肢之爲以爲名，譜傳奇十六齣，補聊齋所未圓之説。非與《志異》操戈，正欲爲愚山左臂云爾。

道光壬寅秋七月，訊鏡詞人自敍於杜亭官廨之竹平安館〔二〕。

【箋】

〔二〕題署之後有印章二枚：陰文方章『鏡中仙吏』，陽文方章『男兒須到古長安』。

胭肢爲傳奇序

許麗京〔一〕

世所貴乎守牧令者，非謂奉事上官，徵收正賦，籌災賑於水旱，嚴保甲於城鄉，爲足難也，聽訟最難。聽訟之難者，非謂田土婚姻之互控，鼠牙雀角之紛爭，一訊可得其情，片言足服其志之爲難也，人命最難。其在衅起立談，爭毆以致禍者無論已，如或因謀財而殺，或因洩忿而殺，或因奸淫而殺，鬼蜮之伎倆既蓄於平時，走險之陰謀復生於事後，甚至變白爲黑，李代桃僵，不可以一端竟者，此雖明察慈惠之吏，猶恐差以毫釐，謬以千里，而況濟之以貪，乘之以酷，又深以予智自雄之心，蓋不至草菅人命不止耳！

歷稽史籍，良吏之聽訟者夥矣。下至稗官野乘，雖所載每涉於奇，中皆足爲考鏡之資。嘗閲山左蒲留仙《聊齋志異》，記讞獄者凡數事，惟施愚山先生提學山左，平反胭肢一獄最爲奇確，雖削瓜之聖，何以加兹？夫先生起家京職，未嘗一日親有司之任也，且提學亦無問刑責也，而乃慎重若此，明決若此。此由慈祥愷惻之念積於中，格物致知之學裕於素，於以體皇帝哀矜庶獄之懷，垂牧令摘伏懲奸之法。使海内恆河沙數善男信女，萬萬世尸而祝之，頂而戴之，不足以酬其功德也。第以憐才若渴之意稱之，淺矣！

予友李君雲生，以名孝廉出宰關内，所至有聲。兹權篆鄠杜，暇日製《胭肢舄傳奇》十六齣，示予。予惟雲生大才槃槃，於書無所不讀，於藝無所不精，固非徒以倚聲見長者。乃其立身接物，於愚山先生有獨契焉。以愚山之心爲心，即以愚山之政爲政。將見邑無冤民，案無留牘，頌父母，戴神君，與古循良媲美，用副聖天子特達之知，其端具見於是。若夫裁雲製霞，薰香摘豔，讀其曲者，想見玉茗風流，播諸梨園，自可傳之永久焉。而予所重乎雲生者，則在彼，而不在此也。因書所見，以附於簡端。

龍集道光二十二年歲次壬寅孟秋月下浣，綺漢愚弟許麗京拜撰。

【箋】

〔一〕許麗京：　字務滋，號綺漢，桐城（今屬安徽）人。嘉慶二十三年戊寅（一八一八）舉人，道光六年丙戌（一八二六）進士，歷任浙江安吉、蕭山，陝西安定、雒南知縣，署耀、商知州。善詩文，通醫術。著有《醫方新編》、《蘭園詩集》、《蘭園詩續集》、《蘭園駢體文鈔》、《重修古歙東門許氏宗譜》等。傳見《安徽通志·人物志·文苑二》。

胭肢舄傳奇序

周賡盛〔一〕

夫銅君燭腠，澄波不澈於碧紐；蔓畦納繐，素李每代夫絳桃。犀雖燃而水宮莫開，弧既張而鬼車忽至。劫沈黑海，冤化青磷，夥矣，酷矣！山左蒲留仙作《燕脂傳》，活萇弘之碧血，補靈芸之唾壺。薏不混珠，鹿豈指馬？迺宣城施愚山先生督學時公判也。其鄉後學李雲生大令作爲傳奇，竹肉既翕，情文益永。疊芳軌於宿學，鑒細行於士林。桑落喜其未耽，璧全尚爾可返。揆厥風旨，大有政心。僕同櫬簿書，聯襻鐺竈。絲竹感於中年，歌篇悔其少作。南天迢迢，篋師且老；北里寂寂，箏人不來。欲顧而舊譜半忘，遺情而結習尚在。姑付殺青，緩俟譚白。

太倉周賡盛雨蕉甫拜序。

（《傳惜華藏古典戲曲珍本叢刊》第九二冊影印清道光二十二年味塵軒刻本《胭肢舄傳奇》卷首）

【箋】

〔一〕周賡盛（一七九〇—？）：字政南，號雨蕉，鎮洋（今江蘇蘇州）人。嘉慶二十四年己卯（一八一九）舉人。道光十年（一八三〇），署岐山知縣。轉任永壽，復任大荔、岐山、三原等縣知縣。著有《題蕉館集》。傳見光緒《岐山縣志》卷五、《晚晴簃詩匯》卷一二八、《清代硃卷集成》卷一三二『嘉慶己卯科』等。爲《胭肢舄》傳奇正譜。

胭肢舄題詞

趙之燡 等

花落庭間室有琴，偶將案牘寄謳吟。謫仙曲譜留仙傳，兩樣文章一樣心。
何來如玉過蓬門？千線絲牽倩女魂。引得蜂狂迷蝶路，胭肢紅映血腥痕。
牆花路草舊風流，有客何嫌一宿留。隔院春光輕逗洩，賺他織女認牽牛。
欲託婚姻作寇讎，寇讎祗認此蓮鈎。文宗得定皋陶獄，兩美終當咏好逑。
網開秋隼脫風塵，人頌延陵太守神。一誤豈知成再誤，覆盆冤又倩誰伸？
戛玉聲金韻繞梁，非誇風月擅詞場。衣冠自昔傳優孟，願與愚山祝瓣香。虹橋弟趙之燡拜題〔一〕
廿載詞場閱斲輪，笑顰强半效西鄰。藏園逝後風流歇，祗有先生繼去塵。
留仙筆妙語堪思，法眼神通兩有之。演説三車添寫照，畫圖競欲妒胭肢。
牽絲漫説付春䲭，碧玉何能嫁汝南？牒給氤氲費波磔，森羅懸鏡屢開函。
誰將慧劍斬情魔，孽海沉沉再起波？貫索文昌相映射，宰官無那誤蕭何。
延陵牘背費推求，秋隼拚飛已脫韝。蕉鹿分明眞境現，那知迷夢到仙洲。
花柳風魔也索償，桃僵李代太披猖。不從蓮瓣探消息，赤水元珠總渺茫。
愚山智數絕籬藩，檮燭高擎照覆盆。灰線草蛇無別旨，不將護法頌沙門。

縛繭膠纏擘再重，匡廬面目已真逢。靈談鬼笑翻多事，畫頰添毫別托蹤。風定情波結絮因，者番眞箇比肩人。燭幽智炬坤靈扇，齊付金仙爲渡津。選鍊詞聲結構遒，華嚴樓閣幻浮漚。《遠山》《梅嶼》巴人曲，（僕舊有《遠山眉》，傳卓文君；《薄命花》，改《療妒羹》，傳小青，一名《梅嶼記》。）屈指輸君一百籌。崇川愚弟錢文偉蘭臺氏拜題〔二〕

壬寅孟秋月既望，楊君宴我華堂上（謂篠園二尹〔三〕）。嬾擕絲竹競清譚，風流未肯東山讓。座中李子清且癯，手執一卷索我題。道是《聊齋·胭脂傳》，新詞譜出爲傳奇。胭脂本是寒家女，綿綿春恨向誰語？門前驚見野鴛鴦，無限春情動眉宇。深情脈脈心難密，門前女伴俏相識。識破春閨宛轉心，風波驀地成冤獄。聊齋先生筆如椽，層層寫出成奇觀。令尹一誤太守笑，大守鐵案誰能翻？鄂生雖免宿生死，一冤未了一冤起。不遇施公仁且明，美人名士兩已矣。我讀《聊齋》心已折，更讀君詞爲擊節。世態炎涼兒女情，筆鋒補出《聊齋》缺。譜入銅撾鐵板場，歌喉轉處應飛雪。吁嗟乎！東南烽火光何烈，歌舞繁華一時歇。黃絹雖成絕妙辭，歌聲欲按增嗚咽。會當生啗夷虜血，更復何心事聲色！先生譜此別有說，且作循良勵清白。讀君辭句見君心，咫尺花封共明月。棣生弟淩樹棠拜題〔三〕

【金縷曲】折獄才休負。也須知、鏡縱能清，判還防誤。勘破驚厖爲李代，不道錯猶堪鑄。怎曷①不究、烏飛何處？翻案文宗偏解事，更簿書轉作氤氳簿。披判牒，多風趣。何如演入梨園部。便奪取、留仙妙筆，謫仙製譜。玉茗詞華應不讓，宛聽訟庭怨訴。足警動、癡邪婦豎。莫按

紅牙空點拍，要追維平反心思苦。示我輩，金針度。湓陽張鑱雨香甫拜題

（以上均《傅惜華藏古典戲曲珍本叢刊》第九二冊影印清道光二十二年味塵軒刻本《胭肢舄傳奇》卷首）

【校】

①怎曷，疑衍一字。

【箋】

〔一〕趙之燁：字燭坤，號虹橋，蘭谿（今屬浙江）人。嘉慶十八年癸酉（一八一三）選貢，授陝西鄜州州判。歷署華陰、安康、盩厔知縣。著有《字詁》、《讀史蒙求》。傳見光緒《蘭谿縣志・文學》。

〔二〕錢文偉（一七九八—一八五三）：字景禕，號蘭臺，又號費卿，通州（今江蘇南通）人。道光十五年乙未（一八三五）進士。官河南商丘知縣，咸豐三年（一八五三）殉難。傳見《道光十五年乙未會試同年齒錄》。撰戲曲《遠山眉》、《薄命花》（一名《梅嶼記》），葉德均《戲曲小說叢考》卷上《曲目鈎沉錄》著錄，已佚。

〔三〕淩樹棠（？—一八五八）：字棣生，定遠（今屬安徽）人。道光十四年甲午（一八三四）舉人，歷官陝西葭州知州、潼關廳同知，綏德直隸州、朝邑、府谷知縣。調四川天全州、酉陽直隸州、涪州知州，成都、富順知縣。咸豐八年（一八五八），平貴州苗亂，遇難，詔贈太僕寺卿銜。著有《酉陽屯田錄》、《雙藤書屋詩集》等。傳見光緒《鳳陽府志》卷一八、民國《潼關縣新志・官師志》等。

胭肢舄題詞〔一〕

張訓銘 等

檀板輕敲唱竹枝，樽前紅粉妒胭肢。愚山判合留仙記，三絕誰填《白苧詞》？

盟劫蓮鈎種禍胎，此中關鍵耐詳猜。看他一管生花筆，兒女癡情老吏才。

宗工難得苦尋根，太守多情妾感恩。相見無言雙眼淚，宿郎無賴鄂郎冤。

清①商半闋酒盃殘，說法登場現宰官。幾個得情能勿喜，諸公切莫等閒看。新甫張訓銘（二）

色障重重孽海深，苦教佻達刺青襟。黄金合鑄宣城像，千古憐才一片心。

冤獄奇中更有奇，直從明鏡判毫釐。驚人漫托神靈告，誰識虛心讞牘時。

畫餅虛名不可餐，詩才兼得吏才難。瓣香敬爲鄉先輩，政事文章一樣看。甬上餘山愚餘山陳僅

誰使門前送眼波，無端殺劫起情魔。佛心演出《胭脂鳥》，一下晨鐘一句歌。竹吾②馬國翰

雛鳳有殊姿，雲鶚卻未顧。淫鴉固多匹，鷙鳥尤兇妒。穿屋成冤獄，飛烏無覓處。太守明鏡懸，覆盆照沉錮。辨得李代桃，轉以鵠爲鶩。幸有大宗師，明察掃昏霧。慎哉折獄難，一誤復再誤。此事載《聊齋》，我輩讀滋懼。君譜入新詞，鞠部爭傳布。結撰兼勸懲，點拍有理趣。情癡與奸宄，意態各逞露。莫作院本看，宛聽公堂訴。詞華漫驚奇，治理要領悟。五聽或易窮，一錯眞堪鑄。願常置案頭，用作聽訟助。雨香張鐩拜題

一念憐才起禍根，幾罹陷井訴無門。勞他秦鏡平反再，始得奇冤雪覆盆。

孽海沉淪莫問津，突來魔障似無因。要知門第原難稱，撮合天公故弄人。

春光漏洩動奸謀，一瓣蓮香暗裏收。墮地變雛來意外，書生佻達合成因。

太守猜疑亦有由，只憑一扇費窮搜。那知誤入迷香洞，別有鴉將彩鳳求。

借名冒託假成眞，怨耦翻爲嘉耦因。苦盡回甘看結局，公堂花燭一番新。
冤外生冤歧又歧，天然一本好傳奇。塡來五色才人筆，壓倒臨川『四夢詞』。
付與梨園奏管絃，燕支顔色忒新鮮。愚山讞語《聊齋志》，好共雲生絶調傳。
已定爰書更改移，世間疑獄貴存疑。諸君請讀《臙肢舃》，莫逞才高任意爲。　黼卿沈廷貴拜題

（南京圖書館藏清道光二十二年味塵軒刻本《胭脂舃》卷首）

【校】

①清，底本作『請』，據文義改。

②此處底本衍『竹吾』二字，據文義刪。

【箋】

〔一〕底本無題名，直續本卷上文張籛題詞之後。

〔二〕張訓銘：字新甫，一字藕航，桐城（今屬安徽）人。曾任雲南縣典史。撰有《滇南遊宦流寓詩存》、《藕航詩草》等。

胭肢舃總評〔一〕

張籛

通讀全部筆墨，陶熔毫無斧鑿之痕。選詞布格，脫盡恆蹊；說白插科，皆臻妙境。何止壓倒笠翁，直欲追步尤、夏、湯、蔣諸公也。

作者心毀民社，斷非因絲竹中年之感發而爲奇文者，殆欲普天下賢令尹借鑒於柳城縣耳。費煞苦心，何止逢場作劇耶？

（《傳惜華藏古典戲曲珍本叢刊》第九二冊影印清道光二十二年味塵軒刻本《胭肢舄傳奇》卷末）

【箋】

〔一〕底本無題名。此劇卷端署『磁州張鑯雨香評點』，則此總評即張鑯撰。

附　胭肢舄跋

吴　梅

科白尚合，詞曲則大謬。宮調既紊，套數亦亂。北詞中句法，尤爲不符圖譜。讀竟，絕無可取處。

老瞿。

（中國國家圖書館藏清道光年間刻本《胭肢舄傳奇》卷首墨筆題識）

銀漢槎（李文瀚）

《銀漢槎》，《今樂考證》著錄，《李雲生四種曲》第三種，現存道光二十五年（一八四五）風笛樓刻本（《傳惜華藏古典戲曲珍本叢刊》第九一册據以影印）、道光間刻本《李雲生四種曲》本、咸豐五年（一八五五）重刻本（吳江圖書館藏）。

銀漢槎自序

李文瀚

客有讀《銀漢槎》院本，持而難予者曰：『子有禦海之韜與，有防河之略與？』予曰：『否，否。』『然則子能窺天象，而有以測河海之災所由致與？』予曰：『否否。』客曰：『子既無禦海之韜，又無防河之略，並無窺天之術，胡然而天也？胡然而河與海也？』予翻然解曰：『信如子言，必有河海之責者，迺克盡心河海，力挽天災。而凡厥小臣，皆可袖手旁觀，而無所事事矣。』客曰：『子固好事者，而顧爲此離奇光怪之文以駭俗耶？』予曰：『亦非也。予特有望於天心默轉，胥百世而享海晏河清之福。吾儕小臣，得以優遊於堯天舜日中，弄筆墨以當歌舞，藉絲竹以奏昇平。是則予譜傳奇之初意，而他何計焉？子如不釋，可以覽《凡例》，忖度予心。』

道光乙巳三月望前二日，訊鏡詞人脱稿於岐山官廨之風笛樓。

（銀漢槎）凡例

闕　名〔一〕

一、是曲制於甲辰之冬〔二〕，成於乙巳之春〔三〕，公餘之暇，陸續爲之。多頌揚而無諷刺，閲者勿視爲感時之作而詫之。
一、是劇虚實參半，並非盡屬荒唐。唯穿插附會，不能不循科白，但未免貽笑方家耳。
一、是編以河災爲主，海怪爲賓，孛星爲經，牛女爲緯。故敍主敍緯處多，而敍賓敍經，概作順帶文章。
一、起於《星渡》，結於《鑄石》者，取農桑爲本，亦以占化災爲瑞之兆耳。
一、《郎耕》、《女織》二折，雖近附會，實爲政本。故有望於普天下男女，盡如牛女之勤動耳。
一、場中脚色，以張騫爲主，汲黯爲賓，故敍張詳，而敍汲略。至東方朔、嚴君平，迺張騫之陪客，卜式迺汲黯之陪客。一則證石，一則助餉，皆湊趣於張、汲，而有功於河海斯民者，故爲牽引之。
一、場中人物，並無所託。如張騫、汲黯，正色也，故實敍之，並錄《傳》於篇首，以爲有功於河海生民者勸。至《策使》一折，張、李、霍、衛四文武，引武帝登場者，不過循傳奇之故套，借袍笏以炫觀者之目，並非故藏褒貶。至於各人口吻，不得不還其分耳。
一、豎亥能知天地數，精衛能填海，天然對偶，奇而不失於正。借來以充場面，亦見異類中尚有人心者。
一、雌黿爲帥，固暗有所指，然亦由小旦無戲，不得不暫令若輩揚眉吐氣也，其實不值一笑耳。
一、天地間怪物最多，描寫難盡。略取《山海經》中人面而鳥獸者十種登場，取『十惡不赦』之意耳。

一、水怪者，生民之仇也。水怪靖而生民自安，天然對待。故汲黯《賑難》，即接以張騫《叱怪》，不謀而合者，自然之理也。

一、編中摭拾典故，習見者多，隱諱者亦復不少。恐宜於雅而不解於俗，悉列於後《考據》卷中，以便稽核。

一、《犯斗》一折【耍三台】一曲，引用《水經注》並《禹貢·錐指》，礙於故實，音韻字句，間有不調，識者諒之。

【箋】

〔一〕此文當爲李文瀚撰。

〔二〕甲辰：道光二十四年（一八四四）。

〔三〕乙巳：道光二十五年（一八四五）。

銀漢槎序

周騰虎〔一〕

蓋聞鼓雲和之瑟，凡響皆靡；抗繞梁之音，玄塵自墜。而況劉越石行吟慷慨，寄託非常，阮步兵縱酒詼諧，推襟窈眇者乎！李君雲生，豪奇自喜，沈頓多風。姜白石善製新詞，湯玉茗妙諳度曲。乃以班、揚之藻翰，爲《莊》、《列》之寓言。所制《銀漢槎》院本者，大抵以之發攄感慨者也。

嗚呼！鼓玄濤於渤澥，赤岸皆頽；泝駭浪於沃焦，浮槎莫問。天綱渤潏，凋瘵萬靈；地洛摧殘，淪胥九野。誰摶黄土，澹此沈菑？空竭蘆灰，難迴浩劫。豈是歷陽湖陷，巫支祁竟欲肆其狂；遂使神州陸沈，王夷甫安得辭其責？君乃別翻水調，妙動筆端。危言讜論，悉賈傅之隱憂；密咏恬吟，雜鄴侯之風刺。抑揚盡致，如聞《瓠子》之歌；踸踔而前，直是漁陽之操。聞之者固已怵目劌心，動魂蕩魄者已。至其引商刻羽，擒豔舒文。春花十部，遜此芳華；秋月千樓，方其明麗。長刀大戟，集縱横馳驟之觀；暗雨秋蛩，極蕭瑟牢愁之感。上薄關、董，下驅洪、蔣，百年以來，罕見其匹焉。

騰虎審音才謝，悵對横琴；顧曲心闌，驚聞入破。乍見曼延之舞，如聞迦陵之音。方今榮光告瑞，河伯效靈；壯水安流，馮夷應鼓。織女支機之石，長傍昆明；洛濱龍魚之圖，卽登軒室。則此曲也，豈非清晏之先聲，承平之雅奏也歟！

道光二十有五年旃蒙大荒落之歲季春丁亥，毗陵周騰虎序。

【箋】

〔一〕周騰虎（一八一六—一八六二）：原名瑛，字韞甫，改名騰虎，字韜甫，一作弢甫（弢夫），陽湖（今屬江蘇常州）人。李文瀚内弟。附貢生。咸豐間寓滬，曾國藩薦爲舉人，終不得用。工詩詞。著有《餐芍華館集》（含《詩集》、《文集》、《隨筆》、《蕉心詞》）、《餐芍花館雜著》。傳見宗稷辰《墓志銘》（清鈔本《餐芍華館集》卷首）、《清代毗陵名人小傳》卷八、《昭代名人尺牘續編小傳》卷上九、民國《上海縣續志》卷二一等。

銀漢槎序

武　澄〔一〕

昔鄭虔有三絕，我師雲生有四絕：詩、詞、書、畫，而詞則爲四絕中之尤絕者也。澄於癸卯〔二〕，幸列門牆，曾披讀《紫荊花》、《胭脂舄》兩種。迄乙巳春，又出《銀漢槎》傳奇，命澄校對。其中奇奇怪怪，如大海之無所不有，如黄河自天上來，忽直忽曲，忽伏忽見。如犀然數計，衡平盡燭其形，而無一之或爽。一時爭先快覩者，皆詫爲奇才，而不知其用心之所在也。吁！士大夫居官，有不愛古人而愛今人者乎？我師博極羣書，猶且手不釋卷。其卓卓見於政治者，行當詳載邑乘，無容縷述。第卽此傳奇觀之，仁人之言藹如，其無時不心乎民可知矣，文辭特其緒餘耳。然則我師之過乎人者，詞與？詩與？書與？畫與？抑古之龔、黄與？

道光乙巳夏四月，岐山弟子武澄謹序。

（以上均《傳惜華藏古典戲曲珍本叢刊》第九一册影印清道光二十五年風笛樓刻本《銀漢槎傳奇》卷首）

【箋】

〔一〕武澄：字子仙，一作子鮮，岐山（今屬陝西）人。道光二十年庚子（一八四〇）舉人，主講鳳鳴書院。二十二年，編纂《張子全書》，撰《張子年譜》。二十七年，將岐山令李文瀚所繪《召伯甘棠圖》及《甘棠圖記》，勒石成碑，置於周公廟召公殿前。著有《鏡洲制藝》、《小劍南草》、《藹吉堂詩集》、《飲鳳集》、《杏村詩集》、《見所未見錄》

等。傳見光緒《岐山縣志》卷七、民國《岐山縣志》卷八等。

〔二〕癸卯：道光二十三年（一八四三）。

銀漢槎傳奇序

雲安小隱〔一〕

余前濫竽京曹時，卽耳李雲生先生之名，有謂其博雅者，有稱其經濟者。余心儀者久之，惜未獲登元禮堂，識荊州面也。咸豐甲寅，先生以嘉定太守權篆夔州。適余乞假在里，得讀其《味塵軒詩詞》、《建文年譜》、李氏先賢諸集，及與林文忠公倡和各搨本〔二〕，余曰：『先生眞博雅君子也。』又讀其《治岐撮要》、《守漢嘉紀要》、《鄠縣修城記》，並見其官夔時，修武備、崇文教、重建書院、整頓官學、設救生船、鑿利民池、施散綿衣、褒揚節孝諸德政，余曰：『此非當世之經濟偉人乎？』乃先生不棄鄙俗，時以詩詞書畫見教，並以重刻《紫荊花》、《臙脂舄》、《鳳飛樓》樂府，屬校對於余。余俱拜誦三復，謹志數語於卷末。

乙卯春〔三〕，余將北上，瀕行，復以重刊《銀漢槎》樂府示贈。余攜入途中，且行且吟，不禁喟然歎曰：『此先生博雅之尤彰，經濟之尤著者也。』天上列宿，海中異類，奇奇怪怪，無所不有，非博極羣書，並熟於《星經》、《爾雅》、《山海經》、《水經》者，所能道其隻字哉？已溺已饑，憂國憂民，寫得十分眞摯，十分刻露，非有治海防河之大略，以天下爲己任者，其能與於斯乎？先生名登荐牘，續書御屏，行見晉秩河帥，總制海疆，大展其救災恤民之經綸，以奏海晏河清之偉績，俾普天之下，男耕女織，共樂昇平，此先生之初願，亦余心之所厚望者也。

或曰：『是作制於甲辰，成於乙巳，揆厥時事，其有所感而發乎？』余曰：『此義先生未嘗言之，在讀者深思而自得之耳。』至其布局之精，數典之雅，排場之妙，聲調之諧，則原序諸君子已詳言之，不待余之贅詞矣。

咸豐乙卯仲春上浣，雲安小隱謹序於漢中途次。

（轉錄自蔡毅《中國古典戲曲序跋匯編》卷一三，頁二一二四—二一二五）

【箋】

〔一〕雲安小隱：　姓名、籍里、生平均未詳。

〔二〕林文忠公：　即林則徐（一七八五—一八五〇），字元撫，一字少穆，號石麟，侯官（今福建閩侯）人。嘉慶十六年辛未（一八一一）進士，官至雲貴總督，謚文忠。著有《雲左山房詩鈔》、《雲左山房文鈔》、《林文忠公詩集》、《林文忠公遺集》等。傳見李元度《天嶽山館文鈔》卷五《別傳》、《清史稿》卷三六九、《清史別傳》卷三八、《續碑傳集》卷二四、《國朝耆獻類徵初編》卷二〇三、《國朝先正事略》卷二五、《清代七百名人傳》、《昭代名人尺牘續集小傳》卷二一、《國朝書畫家筆錄》卷三、《皇清書史》卷二一、《國朝書人輯略》卷八等。參見林聰彝編《林文忠公年譜草稿》（鈔本）、左舜生編《林文忠公年譜》（《國論》一卷五號）、魏應麒編《林文忠公年譜》（民國二十四年上海商務印書館排印本）、來新夏編《林則徐年譜》（上海人民美術出版社版，一九八一）。

〔三〕乙卯：　咸豐五年（一八五五）。

銀漢槎題詞

徐元潤 等

女織男耕兩瑞星，桂陽仙籍早知名。絳河逸事誰親見？合問侍兒粱玉清。

蓮葉浮空海一杯，堯時貫月漢時迴。不逢太乙資舟楫，天上銀河那得來？

胡婦城頭夕照昏，河源星使一抔存。茂陵金盌無消息，石虎居然守墓門。（予令城固，嘗修博望侯墓，墓前石虎尚存。胡婦城，在城固，侯娶胡婦居之。）

錦繡詞人賦《子虛》，荒唐怪變演龍魚。庾詞笑煞東方朔，竟有流傳罵鬼書。

强項方頭一禿翁，河陽萬井起哀鴻。世人欲識循良吏，合在將軍揖客中。

輪邊莫解破慳囊，齊相堂堂起牧羊。從此漢廷諸侍從，文園黃霸盡貲郎。

鯨甲秋風帳殿開，漢家樓艦在靈臺。蕭條天寶憂時客，曾訪昆明古劫灰。

掃除蜃氣海無塵，重奠宣房歲月新。破費琴堂螢一點，太平歌唱太平人。秋士徐元潤拜題〔一〕

謫仙才富今絕倫，揮毫落紙如有神。上薄漢唐下齊陳，光怪離奇渺無垠。憶昔武帝御極辰，匈奴月氏互相瞋。西南有事起征塵，通使竭來應召人。張騫銜命賦駪駪，道經宛夏各城闉。窮源直到天河津，牽牛織女前含嚬。支機解贈星使身，持向君平細諮詢。更有汲黯社稷臣，心傷河內被災民。矯制發倉賑饑貧，遷守東海何忠純。卜式樂輸億萬緡，牧羊氣誼一時伸。不軌奚爲啓厥脣，東方曼倩突齗齗，詼諧那惜笑談頻。稽諸載籍未全泯，搜羅組織費勤辛。而今宇內慶平均，黃流效順絕湮淪，鯨鯢浪息海之濱。干戈已矣風俗淳，鳳儀獸舞百靈臻。萬國車書達帝宸，覆被咸沾雨露仁。多君便便積學醇，胷羅經史工縟紉。政成恰好鶴來馴，公餘譜出筆墨勻。酣暢淋漓科臼新，一字一珠一玉珉。從兹絲竹答韶鈞，時維道光乙巳春。歗堂許欽樫拜題〔一〕

雲生才幹恢鴻龐，列仙謫下蓮花𨇁。太白聲譽馳大江，牽絲來宰周岐邦。鳴琴治化孚誠悾，編氓安堵靜吠尨。訟庭闃寂滋苔茳，金石娛戲日擊撞。瓶笙繞竹聲琤瑽，層樓暇憩開軒窗。芳田布野農耘稯，芒擢穮麥莢成𨇁。連村桑柘垂旌幢，蠶孃采采過平矼。夐懷耕織牛女雙，恨不身泛天河艭。維時徐豫苦洪洚，淼漫澤國生鼉蛖。黿鼉贔屭翻濤瀧，水怪跳擲都盧橦。沉陰毒霧冥且䵨，孽龍作虐陵崆峣。廬舍漂沒輕帆䉶，流人號哭多昏眬。哀雁嗷嗷失哺䭚，九重憂軫發封椿。小臣得無心懼㦼，巫支祁勇誰能降？唯憑淋漓筆似杠，龍文百斛巨鼎扛。雷霆精銳走砰訇，天孫默助俞神娏。支機石化千矛摐，天馬行空奔驤駹。百發百中誇甘逢，腕力頓挽狂瀾淙。探源星宿底碣硿，博望豐功眾所䀬。曼倩詼嘲長孺戇，合譜鐵笛銅琶腔。情思夭矯氣勢龐，韓潮蘇海爭飛淙。嵌色小令嗤紅豇，山虛水深空谷跫。太華夜碧霜鐘摐，受而奉讀驚奇哤。珍寶如獲益壽垹，何以賞之紫泉缸？朗陰雒誦酬更梆，深宵披玩剔銀釭。竹吾馬國翰拜題

（《傅惜華藏古典戲曲珍本叢刊》第九一冊影印清道光二十五年乙巳風笛樓刻本《銀漢槎傳奇》卷首）

【箋】

〔一〕徐元潤（一七八七—一八四八）：字雲伯，號秋士，又號秋墅、林汀、少掖，晚號介石、蛻翁、蛻學翁，太倉

（今屬江蘇）人。嘉慶十五年庚午（一八一〇）舉人，歷官宜川、紫陽、洋縣、城固、白水等縣知縣。著有《蛻學翁遺集》（含《觀所養齋詩稿》、《漢東集詩》、《北樓集詩》、《蛻翁詩詞文續存》）等。傳見道光《紫陽縣志》卷四、民國《重修紫陽縣志》卷二、宣統《太倉州志》卷二一等。參見徐元潤編、徐春琪補《（介石自敍）年譜》（道光二十九年家刻本）。

〔二〕許欽樫：號歗堂，籍里、生平均未詳。

銀漢槎題詞〔一〕

張籛等

瀚海波久恬，水族滋變怪。天吳一鼓浪，馮夷助澎湃。頓嗟民爲魚，更虞毒肆蠆。謫仙大手筆，巨識洞中外。謂非塞其源，曷能祛其害？緬懷漢武時，域外起塵壒。匈奴與月氏，蠶食互興敗。通使選名臣，河源窮九派。吾家博望侯，乘槎到天界。銀漢遇雙星，贈石意有在。惜哉問君平，僅以支機對。維時多水旱，生民嘆凋瘵。矯制賑哀鴻，長孺功實大。卜式牧羊兒，輸緡拯顛沛。莫笑爲資郎，酬庸爵應拜。協力捍災患，奇勳非附會。海孽煽雌風，興波驅鱗介。形窮溫犀照，名考《山經》載。何由奠洪流，砥柱石是賴。精衛塡海勤，豎亥步算快。精誠之所通，役使固無礙。平成有偉抱，豈徒作狡獪？經濟發奇文，點拍叶靈籟。治宇久廓清，功業邁前代。好付鞠部頭，歌舞樂時泰。雨香張籛①

用吏由來似積薪，淮陽臥治棄才臣。回思矯制開倉日，濟世終須戇直臣。

區區資格限貲郎，牧豕聽經志豈常？爲問武皇朝將相，敢誰廷議斬弘羊？

窮溟萬里舞妖鼉，天地包涵赦網羅。亦有微禽能敵愾，西山木石盡干戈。

井里桑麻遍海陬，清時到處樂耕耰。甲兵不待天河洗，閒煞乘槎博望侯。漁珊陳僅

湯湯洪水怒滔天，誰斬長鯨奠海堧。譜出生平忠愛意，生花彩筆本家傳。

陸離斑駁蘭臺史，誕幻譸張柏翳經。腕底紛紛聽驅使，祆②神社鬼盡通靈。

清淺銀潢尺五流，支機片石贈通侯。好將女織男耕法，傳與人間大九州。

已饑已溺關天下，民樂民憂係寸衷。淨洗尋常脂粉氣，不須塗抹鬬青紅。

稗畦仙去藏園歿，海內中聲一線微。試起前賢同展讀，定驚咳唾落珠璣。

古事新詞托意深，宫商要眇奏元音。世人但作傳奇看，負卻先生一片心。袖石邊浴禮〔二〕

銀漢迢迢，幾曾見，客星犯斗？想當日乘槎博望，事皆烏有。地老天荒誰解脫？海枯石爛空回首。有心人、幻出好樓臺，填鼇臼。　攀不動，挽河手；說不盡，懸河口。看詞華韜略，奇才堪負。自昔曾經滄海變，從今不使蛟龍吼。待何時、相約上蓬山，傾杯酒！（調寄【滿江紅】）致堂姚詩雅〔三〕

憑將史筆作傳奇，異彩繽紛五色披。銜石恨填精衛日，乘槎星犯斗牛時。陸離光怪《搜神記》。酣暢淋漓幼婦詞。海晏河清遭聖世，太平歌舞獻龍墀。黼卿沈廷貴

（中國國家圖書館藏清道光二十五年乙巳風笛樓刻本《銀漢槎》卷首）

【校】

①『籤』字後，南京圖書館藏本有『拜題』二字。

②袄，底本作『袄』，據文義改。

【箋】

〔一〕底本無題名，版心題『題詞』。此數首，《傅惜華藏古典戲曲珍本叢刊》第九一册影印本未見。

〔二〕邊浴禮（？—一八六一後）：字夔友，號袖石，任丘（今屬河北）人。道光二十四年甲辰（一八四四）進士，選庶吉士，散館授編修。擢吏科給事中，外簡河南歸德知府。咸豐四年（一八五四），陞南汝光道。官至河南布政使。咸豐十一年，革職歸里，尋卒。著有《健修堂詩錄八種》、《健修堂詩集》（附《空青館詞稿》）。傳見《清史列傳》卷七三、《碑傳集補》卷一七、《昭代名人尺牘續集小傳》卷一五、《大清畿輔先哲傳》卷二一、《詞林輯略》卷六等。

〔三〕姚詩雅（一八二三—一八七二後）：字仲魚，號致堂，室名景石齋，番禺（今廣東廣州市番禺區）人。監生，由挑取謄錄，議敍知縣。咸豐九年（一八六三），任河南西平；次年，任滑縣。同治七年（一八六八）、十年（一八七一），兩任河南孟縣。官至懷慶知府。輯錄《景石齋叢書》。著有《景石齋詩略》、《景石齋詞略》、《醒花軒詞稿》等。傳見金梁輯錄《近世人物志》。

銀漢槎總評〔一〕

闕　名〔二〕

起之以星斗，結之以風雲雷雨，忽而七夕，忽而元朝。要之，無非令序佳辰，而用意則先憂後樂，專心在海晏河清。勸以農桑，勵以忠孝，神仙鬼怪，各逞妍媸。顛沛流離，極形酸楚。是爲血性文章，不得以莊叟荒唐目之。

此一折，聚精會神，敲金戛玉，聲調鏗鏘，用意措詞，無一不神彩欲飛。酒邊燈下，披讀一通，想見作者墨舞筆歌之樂。

（同上《銀漢槎傳奇》卷末）

【箋】

〔一〕底本無題名。

〔二〕此劇卷端署『陽湖周騰虎韜甫評點』，則此總評即周騰虎撰。周騰虎（一八一六—一八六二），生平詳見本卷前文『銀漢槎序』條箋證。

鳳飛樓（李文瀚）

《鳳飛樓》，《今樂考證》著錄，《李雲生四種曲》第四種，現存道光二十七年（一八四七）味塵軒刻本（《傅惜華藏古典戲曲珍本叢刊》第九二冊據以影印）、道光間刻本《李雲生四種曲》本、咸豐五年（一八五五）重刻本。

鳳飛樓傳奇自序

李文瀚

予既譜《紫荊花》、《胭脂舄》、《銀漢槎》傳奇數種，内弟周子弢甫笑曰：『妄爾贅爾，虚以幻爾。夫文不徵諸實行，不可謂至；立言不關乎忠孝、節義、奇烈之事，不可謂學。』予曰：『莊生《南華經》，其妄也，其説之贅也，幻也，其文之至、言之邃也，子識之乎？雖然，不可以負子。』於是取岐山舊志前明梁烈女殉節事，以其父大業，及名宦梁建廷、孝子蹇逢吉緯之，又得《鳳飛樓》傳奇。以示周子，周子曰：『異哉！文之至也，其變矣乎？言之邃也，其奇矣乎？明季之敗亡，士大夫重利而輕義，一二有廉恥畸行之士，又以無補朝廷之忠孝，輕投於兇暴一燼。俠義之氣無所洩發，而鍾於閨闥，勝國以故多烈婦女也。其變也，草之偃也風之，苗之興也雨之，子之賢也父母心之，民之良也宰官身之。忠孝、節義、奇烈，岐之民於是乎全而爲之。令者乃及其亂，而不知所終也。嗚呼！其奇矣乎？』

周子又曰：『凰鳴岐山，盛時也。明季衰甚，奚取焉？』予曰：『西狩獲麟，衰世之祥也，毋乃類是。』周子曰：『是則《春秋》之意也夫！』於是取周子之言，而自爲序。

時道光二十七年丁未秋七月，訊鏡詞人書於岐山官廨之米家遺舫。

（鳳飛樓傳奇）凡例

闕　名〔一〕

一、是劇譜於道光乙巳重九後三日，歷三夕，成二齣。嗣因鞅掌輟筆，疎懶隨之。迄今孟夏，晝永庭閒，攤卷復塡。爲友人催付剞劂，科白未遑修飾，幸大雅諒之。按譜尋聲，大概尚無佶屈聱牙。

一、事關忠孝節義，類多變徵之音，純用北譜，取其慷慨悲歌，暢所欲言。末折用南曲，以別其爲局外人，黄鐘大吕，盛世之音也。

一、是本以梁大業父女爲主，而珊如又主中主。故寫珊如處著意，寫梁大業次之。至義紳、孝子，皆梁氏之陪客，概從其略。

一、單世賞，縣主也，似應登場。而考邑乘，載單世賞「崇禎十六年任」，下無他及，直接「國朝李茂陽，直隸人，順治二年任，罷去」。則單公當鼎革之會，尚在岐山，而事蹟不詳，不敢妄塗粉面，令其當場獻醜。然篇中具有微詞，文人慧孽，其能免耶？

一、篇中引用孫傳庭、鄭崇儉、楊嗣昌、邵捷春、賀人龍、左良玉、秦良玉、萬元吉、黄澍、李光壂、高迎祥、張獻忠諸人事蹟，以及福鹿酒、上方劍、御賜詩、捐輸新餉、間架各名目，悉本《明史》及李光壂《守汴日志》、彭遵泗《蜀碧》諸書，以事關名節，不敢誣也。

一、搬演鬼神，傳奇家之故套。《遺鳳》、《鳳醒》諸齣，固屬子虛。而神燈一事，在嘉慶年間。雖時代不同，要皆爲神明保護，不妨附會於篇，以表忠武之靈。

一、生、旦無合唱之曲，兩不相涉，似乎不情。然情莫大於貞孝，生、旦各盡其情，可以並告，無愧於天地，不必以俗例拘也。

一、是劇爲幕友揚搉，主人不見，吾儕未免減色。然易地以觀，幕且如是，官當如何？區區父女，未始非勵俗之楷模也。

一、末齣，於隔代忽演一漠不相關之李昌期，似乎畫蛇添足，而不知僧繇畫龍，點睛飛去，正在此中。識者見之，當相視而笑也。

【箋】

〔一〕此文當爲李文瀚撰。

鳳飛樓傳奇序

馬國翰

《鳳飛樓》者，李子傳奇也。樓喻其高，鳳之飛喻烈女也。烈女者，梁氏珊如，浙江石門人。父大業，幕岐。逆闖之禍，父死主，女殉父，紿賊全節，故以烈女稱也。烈女而喻鳳飛，奈何？鳳鍾兩間之瑞氣，不世出；烈女維兩間之正氣，亦不世出，德輝同也。鳳篤生爲烈女，受命於太王、姜妃者何徵？岐事也。《緜》之詩咏古公及姜女，而曰『民之初生』，則岐之山作於天，岐之室家立於王及妃，鳳羽翽翽天命之，卽王及妃命之也。鳳喻烈女，鳳其女而不鳳其父，何也？唯龍生龍，唯鳳生鳳，鳳其女卽以鳳其父也。且不唯鳳其女卽以鳳其父，凡古今天下能扶綱常而輔名教者，皆鳳也。於何知之？讀《春秋》而知之也。《春秋》之法，微而顯，志而晦，婉而成章，鳳史之特筆，卽《麟經》之達例也。李子說鳳，不以傳紀垂之，而以歌曲出之者何？樂部登場，演忠孝節義之事，侔色揣稱，窮神盡相，一倡三歎，感人尤深也。感人之深若何？人目中有此鳳，則人心中有此鳳，則人倫人紀中多有此鳳。風以此化，俗以此成，此作者之微旨也。

愚弟馬國翰竹吾甫拜撰。

鳳飛樓傳奇序

李錫淳〔一〕

丁未之秋，淳侍養西安協鎮署，苦雨，市積潦盈尺，危坐不敢出門戶。愁雲墨垂，時動瓦溜。正怏怏寡歡，忽有步兵冒雨入，以岐山李矦雲生《鳳飛樓》樂府授予。讀未竟，覺慷慨激昂之氣，一一自毛髮間出。輒投袂起立，欲急就雲生，執手太息，談明季故事，而雨適大作，不果行。

嘗與友人論思陵徇難諸人，以爲五千年來史傳所未有。衣冠者勿論，宮女輩死御河，且盈三百人。而予尤奇費宮人，以公主紿賊，不能得自成首，猶刺其愛將羅某，而從容以死。毋亦天地奇烈之氣，至於明季，尤多鍾於婦人女子耶！

《鳳飛樓》者，岐山邑乘所載崇禎十六年梁氏女殉節事，而李侯以其能以智全貞，而爲之演之，以名其曲者也。嗚呼！李侯亦悲之矣。方李闖入關，肅州、山丹、永昌以次降，獨鳳翔不下。意其中必有奇男子者，建義旗，起一隅偏師，痛哭六軍，以圖恢復。惜乎天不悔禍，馴至屠滅。至今觀烈女之死，未嘗不悄然以悲也。嗚呼！甲申之變，海内烈婦女，其卓節見傳記者以數百計，其他湮沒不彰，亦不知凡幾。彼梁烈女，又惡知二百年後，有李侯雲生者，爲寫其悲憤淒慘俠烈之狀，曲盡其哀痛之懷，以彰其求死惟恐不得之意，而傳之千古而不朽耶？噫！奇矣。

予嘗述邵長蘅之言，謂有明二百八十年無恙之金甌，盡破碎於千百庸進士之手。夫所謂庸進士者，亦何必不以身殉？要以千萬人之頭顱，曾不足償烈皇一抔土。而婦人女子，反能體朝廷養士之意，朝野内外，闔閣義烈之氣，縈紆鬱積，固於金湯。脱令當時習孫武子美人戰法，召募天下娘子軍，若秦良玉、沈雲英輩，更得數十百人，假之事權，不難翦滅流寇而朝食也。而豈其泣青燐，嘑宵露，經溝瀆而無傳也哉？然而事必不至此。

予既綜其大概而論之，因思異日召樂府伎兒，按譜度曲，李侯坐華堂之上，燒紅燭數椽，賓客喧聚，吾知永新撩鬢舉袂，曼聲嗚咽，賓若客必且掩面流涕，仰視檐際星月，廣場寂寂無一言。而李侯且浮大白，且哭且笑，亦不自知其何以然也。嗚呼！其能感人也與！

道光丁未秋九月，幹難愚姪錫淳拜序。

【箋】

〔一〕李錫淳：字幹難，號厚庵，宣城（今屬安徽）人。李文瀚姪。生平未詳。《鳳飛樓傳奇》卷端署『幹難錫淳厚庵批評』。

鳳飛樓題詞

梅曾亮　等

父梁大業女珊如，石門來客岐山居。甲申之年爲賊俘，父死女執要爲拏。九死不得紿若徒，得間撞壁碎其軀。邑志不載或私書，豈非貞烈神所扶？李侯作歌要我俱，詳姓名事不敢誣。上元梅曾亮（一）

猰㺄當途有鳳鳴，岐陽回首感西京。多君椽筆淋漓甚，淨掃箏琶譜正聲。

女子捐軀酬大義，農夫橫草答君恩。中原諸將紛降走，可有心肝奉至尊？

百戰山河變市朝，蘭焚蕙嘆恨難銷。夕陽何處尋荒冢？白日青春賦《大招》。（君屬騰虎爲《貞君墓碑》。）

環珮魂歸月下遲，樽前吹裂玉參差。無端塵劫眞如夢，賺得曹江幼婦辭。

法曲當筵宛轉歌，淒涼入破涕痕多。分明奪得支機石，擲去應平衛海波。（君新譜《銀漢槎傳奇①》，衍博望乘槎事。）

草滿閒庭靜理琴，一簾花氣晝愔愔。願君臥洽絃歌俗，手種梧桐待凰吟。弢甫周騰虎

明季流賊如蜂起，臨難諸公氣何靡？辜負祖宗養士恩，丈夫偷生女兒死。女兒死者知爲誰？珊如其名梁其氏。乾坤正氣得來難，山川靈秀萃於是。可憐年甫及笄餘，百折不回志如矢。

回首忽摧堂上椿，憎他强寇逼無已。幾回雉經恨未能，況復又失徐娘七。欲語不語費商量，雙頰暈紅羞唯唯。守卒爭先報賊知，不知皆在牢籠裏。捧心祇要自分明，處變何妨應以詭？造物爲之發不平，風雲叱咤横千里。苦衷委曲鬼神驚，破壁一聲人逝矣。古今但愁死節艱，誰料求死艱如此！非術非智胡克全，蒼茫宇宙孰堪比？九泉若遇費宫人，定當把臂稱知己。迄今人來鸑鷟邦，欷歔淚染梧桐紫。欲呼父老訪遺蹤，邑乘簡略墓傾圮。爰有我師李雲翁，胸如明鏡澄秋水。生花筆傳奇外奇，貞女榮於登國史。幽光忽見道旁碑，高薄雲天羣仰止。（師爲珊如崇封，建立《墓表》。）志士慕之庸夫慚，長安市貴洛陽紙。良吏爲政重本原，教民必先顧廉恥。吁嗟乎！君不見堂堂胡尚書，節義終爲一豚累？又不見赫赫吳將軍，君父不如一妾美？子仙武澄

（以上均《傅惜華藏古典戲曲珍本叢刊》第九二册影印清道光二十七年味塵軒刻本《鳳飛樓傳奇》卷首）

【校】

①奇，底本作『寄』，據文義改。

【箋】

〔一〕梅曾亮（一七八六—一八五六）：生平詳見本卷《〈丹桂傳〉題詞》條箋證。此詩又見《柏梘山房詩集》卷八，題《記梁貞子事爲岐山令李雲生作》。

茂陵絃（黄燮清）

黄燮清（一八〇五—一八六四），原名憲清，字韻珊，一作藴山，改名燮清，又字韻甫，别署吟香詩舫主人、繭情生。家居拙宜園，改葺園中晴雲閣爲倚晴樓，繼又得硯園廢址，自號兩園主人，海鹽（今屬浙江）人。道光十五年乙未（一八三五）舉人，六應會試不第。充實録館謄録，用爲湖北知縣，因病未赴任。同治元年（一八六二），分校鄉闈，權宜都令，旋調任松滋。卒於武昌。著有《倚晴樓詩集》及《續集》、《倚晴樓詩餘》、《拙宜園集》，選刻《國朝詞綜續編》，今皆存。傳見《清史列傳》卷七三、《近代名人小傳·文苑》、《寒松閣談藝瑣録》卷一、《清畫家詩史》庚下、《清代畫史增編》卷一九、光緒《海鹽縣志》卷一六等。參見陸萼庭《黄燮清年譜》（《清代戲曲家叢考》）。

撰傳奇《茂陵絃》、《帝女花》、《脊令原》、《鴛鴦鏡》、《桃谿雪》、《居官鑒》，及雜劇《淩波影》，合稱《倚晴樓七種曲》，一名《倚晴樓樂府》或《倚晴樓傳奇》，又名《韻珊外集》。另有傳奇《玉臺秋》、雜劇《絳綃記》。參見吕莉《黄燮清戲曲研究》（首都師範大學碩士學位論文，二〇〇六）、蔡慶《黄燮清創作研究》（華東師範大學碩士學位論文，二〇〇九）。

《茂陵絃》，一名《卓文君當鑪艷》，《倚晴樓七種曲》第一種，《今樂考證》著録。現存道光十六年（一八三六）原刻本（題『《韻珊外集》第一種』）、咸豐七年（一八五七）刻《韻珊外集倚晴樓七種曲》本、同治間刻《韻珊外集倚晴樓七種曲》本、光緒七年（一八八一）刻《韻珊外集倚晴樓七種曲》本(《傅惜華藏古典戲曲珍本叢刊》第九三—九四册據以影印)、光緒三十三年(一九〇七)海鹽開通新書局重刻《倚晴樓七種曲》本。另有民國八年(一九一九)碧梧山莊石印《玉生香傳奇四種曲》本,題《卓文君當鑪豔傳奇》。

(茂陵絃)自序

黄燮清

客謂余曰:『《茂陵絃》何爲而作也?』余曰:『爲相如作也。』曰:『相如生平,惟諫獵一事差足傳,餘碌碌無奇節,特詞章士耳,惡乎取?』余曰:『否否。相如非詞章士也。使其才得大用於時,必更有所施爲,詞章烏足盡相如?於何見之?卽於相如之詞章見之。凡人心乎天下,而所值之時與勢,或不足罄其志量,則其嶔崎磊落之氣,與夫平昔所孕之抱負,鬱積至久,必磅礴傾瀉於詩古文字之間而不能自掩。相如雖事業不概見,其所著《子虚》、《上林》等賦,皆有關世道者也。當武帝時,窮兵荒遠,中外騷擾,四海之民,疲於征輪,文景富庶之業,蕩然一洗,皆帝侈勤遠略,不務生息之所致。《子虚賦》極形齊楚君臣之驕態,卽爲帝寫照也。《上林賦》歸本節儉,蓋將藥帝之病,俾知所悔悟,爲天下復已傷之元氣也。相如之賦,名臣奏疏變格也。故讀相如之詞章,正可見相如之才之不盡於詞章也。而卒以詞章顯其才者,則以武帝僅能識其詞章之才,而終不能盡其詞章以外之才也。抑亦相如之不幸也,遇使之然也。』

曰：『子既薄相如之遇，何曲中又若深豔其遇者？』余曰：『相如之遇曷足豔？以天下正有才如相如，而其遇並不能如相如者，則相如之遇，未始不可爲才人吐氣也。』曰：『子之傳相如是矣。若文君者，固失節女子也，發乎情不能止乎禮義。而子必曲折寫之，無乃犯綺語之戒，非《國風》之正乎？』余曰：『欲寫相如，不能不兼寫文君，非因寫文君而始寫相如也。閲者不以辭害志可也。故曰：《茂陵絃》，爲相如作也。』

庚寅長至日〔一〕，吟香詩舫主人書。

【箋】

〔一〕庚寅：道光十年（一八三〇）。

（茂陵絃）序

黄　曾〔一〕

蓋聞鼓以郊天，而後知賁音之大；鐵必躍水，而後識蕤賓之良。以故負薪之鄉，稀解牙奏；乞食之市，不賞員簫。難平梁鴻之噫，致動唐衢之哭。雖觭數之不偶，實知音之鮮逢。則讀家弟韻珊《茂陵絃》一譜，允足以慰巾褐之素心，洗風塵之白眼焉。

夫以相如居蜀，漢武同時。已駕才乎楊雄，竟坐困於阮籍。落莫一賦，何處博金？荒涼半椽，居然空壁。乃屈王孫之草，呼爲貴賓；牽寡女之絲，引作知己。娥月奔夜，郎星搖天。逸雲上淩，要之題柱之手；病雨秋集，療以横山之眘。凰絃未終，鳳詔已拜。流才譽於宫掖，樹偉勳於蠻夷。洗鶺鴒之舊寒，思媚有婦；幻蟛蜞之小夢，橫行讓卿。斯固極文人墨士之奇逢，洵未罄記史歌詩之黼慕。

然而畫舉世之炎涼，舍爨弄而不盡其態；窮一生之起畢，託瓠粱而益流其聲。於是組以詞章，調之水尺。酣筆醉墨，魂招酒壚；角旦商生，緣締琴柱。掩私行於多露，心如絃清；繪熱場於下風，手可簧炙。調協硯散，遏歌雲於漢粱；字鏘玉聲，翦芳雪於嵋巘。鼉羽閉而錦水齊涌，蠟板鳴而橦花亂飛。則是譜也，借人志感，因地絃詞。信足卑滁西歈之音，而上掩東屋之製者矣。

嗟乎！閩中師曠，競說蛾眉；門外鱵俞，竟屬狗監。昔年犢鼻甘心，而同處於褌；今朝馬頭回首，則有推其轂。讀曲起舞，聆音展愁。知君別寓琴心，豈抱綠綺以老？感我漸催絲鬢，怕聽《白頭》之吟。

丙申九月既望〔二〕，兄曾菊人氏序於西泠之一角山房。

【箋】

〔一〕黄曾（一八〇二—一八五〇）：字菊人，別署瓶隱生，室名瓶隱山房，錢塘（今浙江杭州）人。道光十二年壬辰（一八三二）舉人，官直隸香河知縣。才氣縱橫奔放，沈博絕麗。著有《瓶隱山房詩鈔》、《瓶隱山房詞》等。黄燮清爲手定其詞而序之。傳見《歷代兩浙詞人小傳》卷一〇。

〔二〕丙申：道光十六年（一八三六）。

（茂陵絃）序

瞿世瑛〔一〕

落葉如潮，斜陽似夢。聽茂陵之秋雨，依舊蕭疏；問漢代之白雲，幾曾翻覆？七弦彈出，依稀流水之聲；五字吟成，縹渺淩雲之氣。黄子韻珊，清襟浣月，豔骨裁花。燈前叢笑，惜青史之傳誣；酒後按歌，顧紅牙而多誤。乃吮生花之筆，掇記事之珠，巧借琴心，重翻笛譜。

爾乃雪深粱苑，正停驂恨別之年；花發都亭，是寡鵠愁單之日。故人畫策，侍者通名。一彈綠綺，便結知心；四壁芙蓉，都饒遠致。眉黛則山光欲妒，酒壚之春色平分。無何犢鼻長辭，狗監促召。磊落題橋之字，熒煌買賦之金。使節南馳，雲棧之縈紆未改；夷琛遠獻，星軺之建樹非凡。牛酒爭來，蛾眉無恙。況乃蜺旌翠葆，朝裁諫獵之書；玉簡金泥，暮草登封之表。文章華國，給斑管而何慚？眷屬疑仙，賦《白頭》而非偶。可謂清才絕世，豔福雙修爾。

其嚼徵含商，鏤金錯采。神傳阿堵，燭光與虹采交飛；體仿瘦金，詩格共梅花俱淡。替他遮掩，姮娥奔月之羞；故爾迷離，紈扇捐秋之恨。尤覺秀分山綠，幻雜仙心。僕本恨人，頗同渴病。愧蒹葭之質，無分攀嵇；覽冰雪之文，有懷慕藺。矜兹鴻藻，亟付蟲雕。吟當靜夜，恍寄三生紅豆之思；歌遍旗亭，待濕幾輩青衫之淚。

丙申中秋日，錢唐瞿世瑛。

【箋】

〔一〕瞿世瑛（一八一六——一八八六）：字良玉，號穎山，錢塘（今浙江杭州）人。以捐貲議敘道銜，候選知府。數十年，以鈔書爲日課。工書法。家藏吉金最富，其拓本上皆鈐有『清吟閣』印。校刻《東萊博議》、《帝王經世圖譜》、《陽春白雪》等善本。編《顔習齋年譜節本》。著有《清吟閣書目》、《清吟閣詩草》等。傳見《皇清書史》卷六、《杭郡詩三輯》等。

（茂陵絃）序

吴德旋〔一〕

昔人謂：『井丹高潔，不如長卿慢世。』雖曰有激之談，然長卿實東方曼倩一流人物，當其未遇時，賣酒滌器，與待詔金馬門不報者，奚優劣哉？韻珊年少才美，借《琴心記》，譜《茂陵絃》樂府，卽可作韻珊《感士不遇賦》觀。

韻珊《自序》，以曲爲長卿作，非爲文君作，余則更有説焉。文君富家女，以一念憐才，不避夜奔之辱，柔情俠骨，非鄭、衛詩人所刺者可比。予固亦好爲梁陳綺語者，若禮法之士以波蕩後生責之，不敢辭其罪矣。

道光甲午七夕後二日，宜興吴德旋序。

（以上均《傅惜華藏古典戲曲珍本叢刊》第九三冊影印清光緒七年刻本《倚晴樓七種曲》所收《茂陵絃》卷首）

【箋】

〔一〕吴德旋（一七六七—一八四〇）：字仲倫，一字半康，宜興（今屬江蘇）人。廩貢生。三試不售，絶意舉業。以古文名天下，幾二十年，與姚鼐在師友之間。著有《初月樓古文緒論》、《初月樓文鈔》、《初月樓詩鈔》、《初月樓聞見録》、《初月樓續聞見録》、《初月樓論書隨筆》等。傳見《清史稿》卷四八五、《清史列傳》卷七二、《清朝書畫家筆録》卷三、《皇清書史》卷六、《清儒學案小傳》卷九、《桐城文學淵源考》卷六、光緒《宜興荊溪縣新志》卷八等。

茂陵絃題詞

康葉封　等

兒女私情且漫論，題橋心事劇酸辛。梨花釀熟蛾眉翠，但擁文君亦可人。

空齋寂靜理瑤琴（君善琴），鸞鳳卑棲感客心。等是凌雲才子筆，可能狗監託知音。仁和康葉封子蘭〔一〕

氣鬱淩雲四壁寒，窮途狗監遇來難。分明一掬才人淚，莫作閒情綺語看。

長安風雨一鞭遥，紅豆新詞别恨撩。駟馬期君同努力，試將題曲當題橋。海昌俞輿瑞霞軒〔二〕

半簾花影逗琴聲，閒借文園寄素情。莫嘆風塵青眼少，年來才譽滿公卿。

磊落才華迥出羣，一枝健筆擬淩雲。詞人遊戲參褒貶，不載當年《封禪文》。海鹽石之英研農〔三〕

【箋】

〔一〕康葉封：原名樾，字允吉，號子蘭，别署臨平山人，仁和（今浙江杭州）人。貢生，官訓導。著有《東湖續志》、《薰可軒集》、《臨平山人集》等。

〔二〕俞興瑞（一七九六—？）：字吉暉，號霞軒，别署翏莫子，海昌（今浙江海寧）人。道光十一年辛卯（一八三一）恩科優貢，官八旗教習。晚年久館杭州，以賣文爲生。著有《翏莫子集》。傳見《海昌備志》、民國《海寧州志稿》卷二九等。

〔三〕石之英：號研農，海鹽（今屬浙江）人。生平未詳。

（茂陵絃）評語

汪仲洋　等

嘗讀《琴心記》，恨其曲詞白口不與題稱，而又抹卻諫獵一節，添出唐蒙設陷、文君信誑、相如受紲諸事，可謂癡人說夢，了無理緒。讀韻珊此本，不覺夙心爲之一快。惟才人乃能爲才人寫照，信然。

辛卯四月朔日〔一〕，少海汪仲洋手志。

積雨新霽，綠陰如幄。焚香小坐，出此本讀之。香豔在骨，消人魂魄。後與吾友黄韜庵以箋〔二〕，度《閨孌》一折，音拍悉中宫譜。視笠翁、惺齋，直如腐耳。

清和下浣，金橋弟許謹身拜志〔三〕。

初讀此本，深愛其填詞之妙。因以一笛度《閨覃》齣中【商調】、【仙呂】兩曲，宫譜悉應，極怊悵纏綿之致。亟付樂部，《牡丹》、《紫釵》之亞也。時將有江南之行，不及題詞以贈，爲書數語，以志心折。

辛卯清和月廿又三日，宗弟韜庵輝拜讀。

得元人神髓，臧晉叔輩未足窺其樊籬也。安得薛訪車子曼聲歌之，可以沈醉十日，不知肉味。

庚寅上巳〔四〕，那和提生立衙拜識〔五〕

（以上均《傅惜華藏古典戲曲珍本叢刊》第九三冊影印清光緒七年刻《倚晴樓七種曲》所收《茂陵絃》卷末）

【箋】

〔一〕辛卯：道光十一年（一八三一）。

〔二〕黄韜庵以箋：即黄輝，字以箋，號韜庵，海鹽（今屬浙江）人。黄燮清弟。生平未詳。

〔三〕許謹身（一八〇九—一八三六）：字瑞徵，號金橋，仁和（今浙江杭州）人。道光十三年癸巳（一八三三）進士，官至兵部主事。工駢文，能詞。著有《師竹軒詞鈔》。傳見《歷代兩浙詞人小傳》、《國朝杭郡詩三輯》等。

〔四〕庚寅：道光十年（一八三〇）。

〔五〕那和提生立衙：未詳。

帝女花（黄燮清）

《帝女花》傳奇，《倚晴樓七種曲》第二種，《今樂考證》著録，現存道光十三年（一八三三）馴雲閣刻本、咸豐七年（一八五七）刻《韻珊外集倚晴樓七種曲》本、同治間刻《韻珊外集倚晴樓七種曲》本、光緒七年（一八八一）刻《韻珊外集倚晴樓七種曲》本（《傳惜華藏古典戲曲珍本叢刊》第九三—九四册據以影印）、光緒三十三年海鹽開通新書局重刻《倚晴樓七種曲》本。

（帝女花）自序

黄燮清

嗟乎！循環生死，神仙無了劫之期；俯仰興亡，宇宙皆貯悲之境。大江東去，挽不住恨水波濤；小海西流，問不出冤禽消息。況乃帝王骨肉，鬱痛千年；兒女江山，同聲一哭。如明季長平公主者，尤足動廢書之長嘆，愴思古之幽懷者也。

當夫仙李蟠雲，穠桃承露。瓊樓金屋，聲叶珩璜；翠水瑶池，豔傾菡萏。體裁玉琢，香生鸞鳳之胎；掌上珠珍，出自驪龍之頷。髫猶待畫，肩問誰齊？宜遵受册之儀，賜封大國；遂詔司禮之監，妙選良家。則有周君世顯者，平叔風標，鴻圖氣節。以閥閲之華裔，締潙汭之良姻。合璧有期，射屏適中。一絲彩縷，煩月老之牽來；兩鬢宫花，待日兄之賜插。

豈意惡氛徒熾，好事多磨。鴛偶未諧，狗噬將及。當紅葉蹇修之會，正赤眚潑焰之秋。敗報星馳，警函雨集。魯陽老去，誰揮指日之戈？后羿飛行，竟發射天之箭。謂神器可以力取，虎豹磨牙；恨肉食未能遠謀，牛羊崩角。强藩縱敵，仍膺侯伯之封；貴戚守財，尚作子孫之計。六師皆墨，九廟齊灰。朝内可謂無人，國事至於此極。青蛇墮殿，知東漢之垂亡；白燕渡江，慨南宋之不振。殘棋絶援，餘燼難收。戰血模糊，冷浸中原之草；鬼燐黯澹，青燒半夜之雲。撥兒馬卷地而來，誰爲泥封函谷？孩子軍梯城而上，竟使靴蹋神京。烈皇於是淚濺重袍，手提銛刃。六宫矢節，一日捐軀。國母既誓以摩笄，貴主亦因之掩魄。三百餘年社稷，付之地老天荒；一十五歲嬋娟，同此風酸雨苦。

既乃載歸椒里，瘟以蘭衾。斷骨重連，餘絲猶裹。活雙鬟之冷翠，蟬翅蓬鬆；認半臂之殘膏，猩痕斑剝。前身青女，帶來冰雪之災；小影麻姑，閲此滄桑之變。銅人泣露，悲哉九月涼秋；石馬嘶風，消盡五陵佳氣。澒鼎湖之龍穴，無計攀髯；傾阿閣之凰巢，僅存完卵。華陽多病，嬌小可憐；臨海無家，飄流何底。半生歷劫，已空玉鏡之塵；一表陳情，乞下金仙之髮。

恭逢我聖朝，蕩平寇黨，撫馭寰瀛。闓澤溢於普天，隆恩推於勝國。太息蘭魂楚楚，亦王者香之根苗；豈宜曇影空空，爲波斯匿之舉動？詔合故劍，膏續離絃。館擬平陽，禮從優異；宅方沁水，春自繁華。車犢三千，爭看騎奴之送；金錢百萬，無須牛女之償。旛護餘芳，鏡圓前影。目憐魚比，翼稱鶼飛。

然而夙痛未捐，煩冤常鬱。亂離如夢，愁談天寶年間；金粉成烟，莫問上陽院落。回思往事，憂來無方；陡撫殘創，魂消欲絶。阿嬌新貯，漫誇眷屬同仙；望帝不歸，無復爺娘喚女。盡掃洛陽之紙，莫罄悲腸；便傾滄海之波，難完恨淚。楝花太苦，桐葉先零。三尺瓊簫，吹落秦樓之月；半牀錦被，寒沈楚岫之雲。遂使奉倩銜哀，安仁茹戚。檢箱中之紈綺，依然餘唾猶存；燒帳外之蘅蕪，難望香魂再返。一年顰笑，了此塵緣；孤冢淒涼，埋茲豔骨。飛來蝴蝶，還疑舊日羅裙；啼煞杜鵑，斷送春風錦襪。浪說大時憐壻，甘隨諸妹於黃泉；倘從地下尋親，定問烈皇於紅閣。吁其戚矣，命也如何？

僕本恨人，史傳遺事。撫青編而流覽，愁寄天邊；憐紫玉之銷沈，心傷局外。援少陵《咏懷》之例，寫太傅絲竹之情。敍作四萬言，臚分二十闋。聲捐靡曼，不同燕子吟箋；事涉盛衰，竊比桃花畫扇。彰義門收場淒惻，渺渺兮予懷；衆香國說法荒唐，非非有之想。弔靈絃於湘江水上，權爲楚客招魂；按檀板於梨園部中，尚待周郎顧誤。

時道光壬辰閏重陽，韻珊黄憲清題於海上嘯篁池館。

帝女花序

許麗京

情天有恨，媧皇之術誰傳？冤海難填，精衛之誠徒抱。然而明妃月冷，猶歸環珮之魂；紫玉烟沈，尚想衣裳之色。貍毫魚網，奇情畢宣；鳳管鷗絃，豔響斯發。何況地老天荒以後，破鏡重圓，珠聯璧合而還，芳華頓歇者乎！

維昔有明之季，魔騰阿犖，玉弩雷轟；運盡鍾離，金甌瓦裂。戚畹擁陶朱之富，貂璫盡恭顯之餘。力戰將軍，虎皮安在？迎降豎子，狗尾爭搖。遂至豕突三關，鴟鳴九殿，邦國殄瘁，傷矣君哉！假令七鬯不驚，鐘簴無恙，王姬下嫁，早賦穠華；快壻封侯，偕居貳室。將見乘凰仙史，並吹天上之簫；奚煩鼓瑟湘靈，更譜人間之曲。無如遍地橫流，飄零玉杵；燒空劫火，隔斷銀河。家國之故難言，兒女之私誰託？怒散衝冠之髮，走訴高皇；狂揮指日之戈，摧傷貴主。非思陵之忍也，蓋情有不得已焉。

斯時也，海棠雙樹，杜宇哀號；仙杏一枝，嬋娟宛轉。春蠶命薄，誰延續命之絲？倩女魂離，安問返魂之術！所幸多生公案，赤繩已牽；萬縷塵緣，青萍未斷。回天無力，可憐曙後星光；擣藥有方，特返雲邊月魄。痛一代金枝玉葉，竟隨瓊樹花凋；問九重鳳閣鸞臺，忍見銅仙淚下。三千里龍驤軍至，刁斗森然；五百年麟脯筵開，滄桑變矣。

俄焉黃巾電掃，碧落氛清。人民半非，城郭猶是。宮人未老，已談天寶當年；燕子不來，莫認王侯故宅。匪無家蔡女，猶思故劍可尋；匪織錦蘇孃，應念藁砧安在。龍蛇潛於野外，蘼蕪滿於山頭。銜石闕以無言，悵瑤琴之弗御。此則形單影隻，願禮空王；雨苦風淒，徒傷先帝者也。

我國家宏慈幼之仁，廣推恩之義；據《陳情》之表，循旁求之招。詔許完姻，備其田宅。典至盛也，禮亦宜之。雖然，身非金石，感極山河；道異神仙，攖茲疢疾。粧臺春到，淒涼賦合巹之詩；故國悲來，慷慨泣畫眉之筆。三更噩夢，鐵騎憑陵；九死餘哀，鮫珠迸落。萱草無忘憂之用，金屋豈貯愁之區？宜其一病懨懨，雙星脈脈。參苓投於水火，精炁汩於陰陽。白露既零，黃腸永閟。啜其泣矣，命實爲之。

嗟乎！結璘有悔，不聞游戲塵寰；竇婺鍾靈，何事托生帝室？聽笙歌於緱嶺，根觸蓉城；邀媒妁於仙鄉，留連桃洞。巫峽感瑤姬之夢，宋玉荒唐；雲軿降蔡經之家，麻姑狡獪。拈花微笑，大有因緣；墮劫諸天，還多煩惱。

韻珊黃君，獨參妙旨，鬱爲宏詞。覺情文之相生，悟空色之即是。鋤姦攄憤，鐵筆森嚴；對酒當歌，唾壺碎缺。借前朝之幽怨，刻羽引商；仗我佛之慈悲，驚神泣鬼。此《帝女花》傳奇之所由作也。古直蒼涼，則曹公樂府；哀感頑豔，則玉茗風流。事以信而可徵，言以婉而多諷。收二百餘年之全局，才學識應許兼長；喚大千世界之浮生，戒定慧將無一貫。昌黎云：『假善鳴者而使之鳴』，亶其然乎？讀是曲者，當不以鄙言爲阿諛也。

歲在昭陽尚章大荒落〔一〕，桐城許麗京綺漢撰於武林蔣氏巢園。

【箋】

〔一〕歲在昭陽尚章大荒落：即癸巳年，道光十三年（一八三三）。

帝女花傳奇序

陳其泰〔一〕

余友黄子韻珊，天才俊麗，逸藻雕華。墮地金鈴，人知任昉；浮波玉磬，世有高琳。能顧曲於髫年，遂安絃於綺歲。僧孺論樂，早知檀拍之名；摩詰按圖，便識《霓裳》之製。出畫羽繡鞶之餘技，爲哀絲流管之新聲。洵足令四座傾心，雙鬟垂手已。

余嘗過拙宜園，韻珊出所製傳奇數種示余。悲涼《白紵》，宛轉紅絃。璧月瓊枝，虹梁繞夢；金花銀燭，雊硯浮烟。傾倒既深，意趣彌洽。因與論列體製，俯仰古今。謂夫含咀宮商，則盛美因之流播；驅馳翰墨，則孝義藉以激揚。雖云小道可觀，亦足立言不朽。

談次適及明季長公主事。公主謹肅母儀，矜莊家法。磨錬冰霜之質，躑躅烽火之年。卒能鸞續餘膏，鳳諧前侶。自天作合，眞破格之殊恩；曠古未聞，洵非常之奇遇。所宜形爲歌舞，播諸管絃者也。夫晉陵矢志，詔適琅琊；臨海遇艱，請婚譙國。帝姬柔福，飄零五國之城；同母平安，流轉兩河之界。莫不悲飛蓬而雪涕，望故國而摧心。安有九死餘生，一絲復合。金人辭漢，尚拜鄉亭湯沐之頒；玉馬朝周，重有第宅土田之錫者哉？今使按雲璈之譜，調瑞鳥之聲，可以附熙朝之雅頌焉，可以傳貴主之孝貞焉。

韻珊於是翠管頻抽，紅牙小掐，譜興亡之舊事，寫離合之情悰。一月而成新詞二十折，緘以示余。余受而讀之，擊節則珠跳玉裂，發唱則肉奮絲飛。緣梅郙長律之敷陳，爲檀板繁音之節奏。彤闈顛沛，闢山潰蟻之辰；玉質摧殘，荊棘銅駝之際。洎乎應天兵集，雪原廟之深讐；望帝魂歸，啓山陵而禮葬。夢中家國，參破空王；雲際絲綸，竟全佳偶。螭璋魚笏，定情改朔之朝；掌瑞司輿，賜禮故侯之第。雖扶桑控鶴，金枝旋化夫曇雲；而穠李乘鸞，玉冊永流夫湛露。凡茲橫簫直笛，樂府標新，足使月朗星輝，鴻名垂遠。夜光鼂彩，非寸璧小璣所可希也；《承雲》、《六英》，非搓酥滴粉所能擬也。從此瓣香詩史，又添輝煌汗簡之章；軒舞皇仁，樂聽鼓吹鐃鉦之奏。

琴齋陳其泰拜撰。

（以上均清道光十三年馴雲閣刻本《帝女花》卷首）

【箋】

（一）陳其泰（一八〇〇或一八〇一——一八六四）：字靜卿，號琴齋，別署桐華鳳閣主人，海鹽（今屬浙江）人。以廪貢生就教職，監紫陽書院事。道光十九年己亥（一八三九）舉人，入浙江巡撫劉韻珂（一七九二——一八六四）幕府。後歷署雲和、長興訓導。咸豐二年（一八五二），入浙江巡撫黃宗漢（一八〇三——一八六四）幕府。後辭歸。駢體詩詞，無不擅長。輯《宮閨百詠》。著有《桐華鳳閣詩文稿》、《鴻雪詞》、《桐華鳳閣評紅樓夢》等。傳見《歷代兩浙詞人小傳》卷一〇、《清代硃卷集成》卷二三八、光緒《海鹽縣志》卷一六、《海寧渤海陳氏宗譜》之《第十六世廣文琴齋公傳》（民國二年刻本）等。參見劉操南《清代陳其泰〈桐花閣評紅樓夢〉考略》（《紅樓夢論叢》，《社會科學戰線》編輯部，一九八〇），嚴寶善《〈陳其泰評《紅樓夢》敍錄〉補證》（《杭州大學學報》一九八〇年第二期）。

（帝女花）跋

黄際清〔一〕

余兄弟幼就外傅，昕夕悉由庭授。各量其資之所近，與其筆所能逮，而進退之、附益之。韻珊垂髫解四聲，課餘私淑唐人詩，辨核體製，無復齟齬。以故文藝皆從詩入，比年泛濫宋元詞曲，乃所著類纖穠幽邃之作。

歲壬辰〔二〕，秋闈報罷，益放浪詞酒。陳子琴齋將發其鬱以觀其才〔三〕，請傳坤興故事。謂吾朝之恩禮勝國，與貴主之纏綿死生，皆前古希覯，當不似《還魂》等記，托賦子虚。且亦我輩未得志時，論古表微所必及也。韻珊韙之，彌月而稿出。哀感頑豔，聲情俱繪，一時傳覽無虚日。查子竹洲復爲校訂宫譜〔四〕，遂梓以行。

夫小道可觀，學士不廢。自來傳奇，寄其所寄，雖亦濫觴比興，顧必窮極詭麗，以罄其鬱勃，俄而山魈愁，俄而湘女泣，靈均其鼻祖也。若兹冊者，毋亦詞中之史，而樂府之中聲與？從此規橅雅騷，殺覈古義，當更有進於此者。譬之卉木，先華後實，於韻珊有厚望焉。

癸巳中秋，胞兄際清跋。

【箋】

〔一〕黄際清：海鹽（今屬浙江）人。黄燮清胞兄。字號、生平均未詳。

〔二〕歲壬辰：道光十二年（一八三二）。

〔三〕陳子琴齋：　即陳其泰（一八〇〇—一八六四）。

〔四〕查子竹洲：　即查仲誥，字廣侯，號竹洲，一號作舟，海寧（今屬浙江嘉興）人，僑居海鹽。善詩工畫。傳見《國朝書人輯略》、《墨林今話》、《清代畫史增編》卷一三、《清代畫史補錄》卷二等。爲黃燮清《鴛鴦鏡》定譜。

（帝女花）跋

朱泰修〔一〕

秋風蒲柳，最深榮落之悲；殘照山陵，易動盛衰之感。空空色色，幻影頻開；死死生生，情根難剪。埋憂無地，離恨有天。此非緣由情生，愁因境召者乎！況乃天家貴主，生長宮中。綺歲盈盈，一輪明月；新粧楚楚，五出梅花。方謂玉樹愛鍾，粉田恩錫，好逑君子，妙選良家。胡圖鼙鼓忽驚，嬋娟就斃。雖湯能續命，香可返魂，而燭淚難乾，蠶絲空縛。照銀釭兮夜永，倩影珊珊；擁錦被兮春寒，靈犀脈脈。銷沈王氣，樹老諸陵；黯淡荒烟，烏啼故院。宜其心空萬境，不啻棒喝一聲也。幸荷熙朝厚恩，卒成大禮，琴絃不斷，鏡影重圓。無如水淺萍枯，霜深蘭悴。《玉臺》之咏未絕，《蒿里》之歌已聞。抱紅而枯，不黃先隕。人生到此，能不淒然？韻珊以抑鬱之懷，寫蒼豔之思。江郎善恨，平子工愁。語必驚人，字能泣鬼。鐵如意空山敲碎，如聽《河滿》數聲；金佩環夜月歸來，不滅《湘靈》一曲。

癸巳立秋日，同里朱泰修跋後。

（以上均清道光十三年馴雲閣刻本《帝女花》卷末）

【箋】

〔一〕朱泰修（一八一六—一八八九）：字亦華，號鏡薌，一作鏡香，别署退叟，海鹽（今屬浙江）人。肄業詁經精舍。道光十七年丁酉（一八三七）拔貢，二十四年甲辰（一八四四）舉人，二十七年丁未（一八四七）進士。同治十二年（一八七三），官寶應知縣。著有《桂之樹軒雜錄》、《辛壬殉難錄》、《竹南精舍詩鈔》、《竹南精舍試帖詩鈔》、《竹南精舍駢儷文稿》等。傳見《清代硃卷集成》卷三九三、《晚晴簃詩匯》卷一四九等。

（帝女花）跋

錢人麐〔一〕

此編乃海鹽黄韻珊先生《倚晴樓七種曲》之一，實一代興亡之野史，非僅傳兒女離合生死之奇已也。蓋先生有絕大感慨，鬱於胷中，乃借兒女之離合生死以抒寫之。夫離合生死，可悲也。推其所以離合生死，則悲之尤可悲矣。深文曲筆，皮裏陽秋，讀者自能詳辯而深味之。至其筆墨之哀豔，早爲海内詞人所共賞，又何必再贅一辭。

先生倚晴樓原版，已遍覓不可得。數年前，友人曾以七種中《桃溪雪》石印行世者，一時大爲紙貴。余於今春在浙東竟覓得七種全本，與社友挑燈快讀，感喜欲狂。社長談小蓮君謂先以此編刊行，餘再次第出版，藉以發幽光而公同好云。

光緒丙午新秋，元和錢人麐跋。

（小説日報社清光緒三十二年出版《帝女花》卷首）

【箋】

〔一〕錢人麐：字伯奎，元和（今屬浙江杭州）人。生平未詳。

附　帝女花跋〔一〕

吳梅

韻珊《倚晴樓七種》，可以頡頏藏園。而排場則不甚研討，故熱鬧劇不多，所謂案頭之曲，非氍毹伎倆也。《帝女花》二十折，賦長平公主事，通體悉據梅村輓詩，而文字哀感頑豔，幾欲奪過心餘。雖敘述清代殊恩，而言外自見故國之感。惟《佛貶》、《散花》兩折，全拾藏園唾餘，於是陳烺、李文翰輩，無不效之，遂成劇場惡套。韻珊自序云：『聲捐靡曼，不同燕子吟箋；事涉盛衰，竊比桃花畫扇。』其微尚蓋在云亭，不知云亭之曲，僅工綺語，本色語則終卷不多見。韻珊此作，亦復似之，乃知此道之難矣。

霜崖。

（民國十九年上海商務印書館排印本吳梅《曲選》卷三）

【箋】

〔一〕底本無題名。

帝女花自題

黃燮清

不盡傷心事。引殘杯、搔首呼天，抽刀劃水。一斛牢愁何處説？芒角縱横而起。且付與、冷吟閒醉。寶瑟蒼涼彈夜月，灑青衫幾點無聊淚。君看取，斷腸字。　蕭蕭故壘西風裏。莽燕雲、十六神州，亂山如蟻。金粉繁華消劫火，鳷鵲樓臺荒矣。問日暮、美人來未？擊節悲歌誰解和，聽宫烏啼入南朝寺。敲碎了，鐵如意。（調寄【金縷曲】）

韻珊自識。

（清道光十三年馴雲閣刻本《帝女花》卷首）

（帝女花）題辭

萬立衙　等

幺鳳棲琳宫，丹彩鮮霞日。罡風忽搏霄，摧卻紫文翼。所託非不高，中道滄桑易。莫生帝王家，千古同太息。伊昔崇禎年，鍾山王氣畢。絳頭與毛面，鴟張恣狂獝。推轂將相臣，囚首競銜璧。丹烽艴龍池，白燈懸鳳闕。投璽呼蒼蒼，血淚衮袍溢。太陽將沈輝，若木枝先折。昭仁萎玉蕤，娥臺一朝坼。娉娉坤輿主，銀潢分玉葉。蕙性含芳葩，蘭儀掩瑤月。上鬟制寶釵，方選秦晉四。穠華未菜敷，山陵已崩裂。當其倉皇時，梅粧正繞膝。一揮青芙蓉，頓殘懸黎覓。帝欲彰幽貞，呵護遙神物。寶瑟雖暫僵，鵾弦竟不絕。獺髓留珊痕，鸞膠續鞶結。上書獻闕下，長齋願繡佛。皇恩渥慈幼，一物不使失。故劍茂陵求，破鏡樂昌合。都尉公侯子，金貂美承業。喈喈鳳凰鳴，相攸頌韓姞。卷葹已拔心，茹苦常戚戚。家國痛流離，玉筯停紅頰。愁碎鴛鴦心，啼殘杜鵑血。紫玉竟成烟，香魂返無術。鶴飛吳市遠，鳳去秦臺闒。南山有悲歌，露草空隋什。猗歟繭情生，遐思闌幽闃。綺情衷窈窕，摛以粲花筆。示我黃絹詞，雒誦幾擊節。阮家固佻達，玉茗終淫佚。詎如《帝女花》，風人麗以則。仰視空天雲，長喟廢瓊帙。南昌萬立衡子珏〔一〕

天荒地老日月昏，傾巢之下遺天孫。我皇盛德比覆載，重圓破鏡邀殊恩。有明帝女長平主，周皇后生年十五。掌珠孕彩自驪源，懷玉分輝出瑤圃。雲髻新更扒角鬟，九翬盤帊上笄冠。賜封已受嘉名策，選尚旋催司禮官。周家壤子朱幡族，玉帶銀鞍齊屬目。百匹紅羅爲繫親，甲門外館如期築。五雲佇降金根車，鳳管鸞弦禮孔嘉。拂臉待調天母粉，插頭預賜日兒花。忽傳烽火神京偪，兒女江山同一撇。九廟看飛貴戚灰，六宫不染朝臣血。此時良玉盡成烟，此際貞蕤盡化鵑。豈意芳魂離倩女，翻因臂斷得身全。天戈指處妖氛掃，清時留得殘生保。落彩甘爲練行尼，瀝忱特上《陳情表》。滄桑歷盡斷塵蹤，宴坐端宜聽佛鐘。望鄉笑築平城館，示履嗤留太華峯。九重動色垂隆眷，一時翔泳仁風扇。豈有金枝玉葉身，淪歸紙襖田衣伴？詔下同時禁臠求，國家禮數曲從優。當年平地生公府，應詔依然號粉侯。賜錢大啓同昌宅，輦致還教富金麥。桃李穠開故國華，粉脂黯沐新朝澤。撫膺聞樂感何如？不御臨觴坐向隅。卷施拔盡柔心早，杜宇啼殘血淚枯。回思國破家何在？不分良緣留一載。蓮子雖含得薄心，銜冤敢忘填東海？了卻前生未了因，歸從地下見君親。更賜一抔乾淨土，可憐生死感皇仁。無雙才子生花筆，天花法借瞿曇說。寵遇非彈蜀國弦，悲涼爲鼓湘靈瑟。銅琶鐵撥按當筵，媧石終難補恨天。卻有留都巢幕者，閒將燕子甥吟箋。錢塘汪適孫又邨

神仙小謫芙蓉闕，恨海茫茫塡實筏。險阻才看破鏡圓，淒涼又弔蘆溝月。蘆溝纖月照京城，帝女如花待館甥。妙選已聞開沁水，賁粧共說降長平。漢家運盡黃巾起，走卒羣思作天子。中朝節相可憐蟲，專閫將軍自鬭螘。賊騎星馳夜據鞍，夢中伸腳過長安。倉皇帝后傷心別，破碎山河掩淚看。天潢肯污凌霄節？引脰干將相訣絕。半臂先腥白刃芒，全家竟喋彤闈血。攀髯無計獨銜哀，私第移歸萬慮灰。棣萼同時逢浩劫，松楸無路哭泉臺。此生回首俱塵夢，願祝空王棲法棟。青門蕭史擬乘鸞，華表令威還跨鳳。鳳帔鸞釵瑟瑟垂，餘生猶畫遠山眉。夢回宮闕牽衣訴，話到滄桑掩袖悲。那知善感華年蹙？香桃骨瘦慵膏沐。龍馭追隨殉已遲，鹿車遲挽嗟何速？殯玉埋香劇慘悽，葳蕤長自閉春閨。可憐冷月無人夜，照見空梁落燕泥。衆香國裏旋來去，此身不作黏泥絮。天雨曼陀證辟支，靈修杳杳知何處？何處宮商叶管絃，詞人補恨寫紅箋。興亡故事傳新唱，感慨悲歌記夙緣。簾旌愁絕悲風送，吾生亦抱黃門痛。杳冥重泉哭不聞，淒清遺挂懸尤慟。針線雖存寶瑟僵，無聊空自拊繩牀。縱營齋奠人何在？不信神仙路渺茫。渺茫罷鼓湘靈曲，燈

火青熒夜深讀。根觸予懷子縉笙，悲涼往事漸離筑。悼死悲生一愴神，嫏嬛仙侶認前身。他年貼地紅氍舞，定有含悽墮淚人。海鹽陳作敬湘漁〔二〕

萬歲山前鼙鼓震，黄沙漠漠雲低陣。帝女空填碧海魂，媧皇不補蒼天恨。憶昔深宮啓未央，皇枝托體重天潢。花開上苑穠桃李，翼舞瑤池小鳳凰。冊就儀容咨保母，選來才地擅周郎。沁園好賜千金築，寶轂還傳百兩將。一朝鐵騎趨京闕，君后倉皇成永訣。百子樓頭劫火飛，九龍池畔流泉咽。牽衣慟哭入彤闈，碧濺桃花千片血。未跨秦臺彩鳳翔，遽驚漢苑芳蘭折。半體先從母后歸，餘生忍見諸王別。紫玉歸來異代魂，遭殘浩劫此身存。陳情漫自悲柔福，人道何堪共玉眞。有詔鸞臺求寶鏡，重教翟茀嫁天孫。賜第新開脂粉磑，空箱剩壘鬱金裙。傷心苦歷兵戈變，異數終邀聖主恩。江山回首浮雲改，舊時宮闕人誰在？鶯啼花落自三春，粉瘞香埋驚一載。薤歌寂寞葬同昌，彰義門邊冷夕陽。幸向窮泉歡笑語，不須故國怨興亡。自古繁華如轉轂，銅駝又見南都覆。可憐龍種豈尋常，黄衣莫問泉鳩獄。還傳故劍落人間，西風獨向空江哭。滄桑已變荷生成，恩義翻看殘骨肉。若使飄零棄道旁，庸知玉碎非爲福？往事銷沉已百年，憑君幽怨譜吟箋。乾坤有恨隨流水，興廢何常剩管絃？扇底何郎還傅粉，曲中秦女已登仙。惟餘天上瓊樓月，猶傍銀河幾處圓。海鹽吳廷燮彥宣〔三〕

上界多情下界愁，金戈鐵馬滿荒丘。神仙也墮紅羊劫，石火光中一轉頭。

投生錯入帝王家，語極酸辛淚似麻。一霎罡風吹遇處，鴛鴦劍落兒女花。

滄桑閱盡百無歡，一疏書成淚點寒。錦繡江山餘隙地，可容臣妾借蒲團。
一現曇華豔影消，黄門清淚涌如潮。今生比翼難同命，再世何因問玉簫。長洲沈彥曾士美〔四〕
劫灰飛盡亂離年，天上誰償十萬錢。秦女已悲亡國恨，鳳臺如夢月如烟。
綵絲續命悟前緣，破鏡淒涼影再圓。一曲興亡天寶恨，詞成須付李龜年。嘉興王本仁壽園〔五〕
仙子眞從歷劫來，飄零故劍出塵埃。傷心一片宫簾月，依舊流光照鳳臺。
不須顧曲待周郎，江夏才高最擅長。數點梅花笛中落，人間猶見壽陽粧。海鹽何岳齡衡山〔六〕
逐鹿光陰走電車，銅駝沒水戟沉沙。祇餘蕭史悲明月，空說劉郎問落花。上冢漫留新畫本，
昇天可認舊鉛華。塵緣仙意都淒絕，歲歲春風怨琵琶。
弔古終須仗史才，劫灰消盡亦堪哀。烏闌寫就傳歌院，杜宇啼時冷嘯臺。麥秀黍離增激楚，
霞裳雲佩莫驚猜。錦氍毹上紅牙急，定有秋魂掩泣來。仁和女史查慧定生〔七〕
精衛難填恨海波，青衫涕淚弔仙娥。不因歷盡塵寰劫，那識人間苦趣多！
荒涼陵谷暮烟收，生死因緣話粉侯。休怪神仙好遊戲，樂昌圓鏡幾生修？
閬苑東風雨露新，零花斷草總回春。傳奇儘有蘭臺筆，荃蕙何心託美人。
刻翠裁紅字字香，宫幃兒女數興亡。嗤他《燕子》、《春燈》曲，江總才華恨轉長。吳興女史許延礽
雲林〔八〕
鑾箋新擘譜笙簧，唱遍江南齒頰香。千古悲歡無限恨，且從勝國說天潢。
玉葉金枝彩鳳羣，鴛鴦小牒掌氤氳。天孫未嫁秋風緊，一道銀河隔陣雲。

鼙鼓聲聲逼鳳臺，六宮粉黛盡塵埃。可憐半臂零星血，冷濺昭陽砌下苔。

椒里迎歸玉漸溫，藕絲斷續最銷魂。自傷嬌小飄流甚，惟願禪參般若門。

小謫人間十五年，瀟湘哀怨託冰弦。舊時宮闕重回首，落日西風哭杜鵑。

興亡感慨付滄桑，故劍求來總斷腸。一歲芳菲花事了，春風憔悴泣周郎。

優曇色相本來空，夢醒瑤臺玉漏終。此夜香魂隨落月，劫塵期滿返花宮。

燕鶯啼盡故宮思，回首從前感黍離。江夏風流一枝筆，君恩併入女兒詞。海鹽女史沈金蕊竺香〔九〕

垂頭不忍看京華，殺氣蒼茫黯暮霞。一朵嬌花殉宗社，投生錯入帝王家。

笑看將軍天上來，烟消日出現蓬萊。斷絲珠顆重成串，並蒂花兒一處開。

紫燕黃鸝泣上陽，繡帷憔悴病紅粧。五更殘魄歸消歇，素女秋寒不耐霜。

玉碎香消佛亦憐，香風引到大羅天。紅顔命逐河山盡，涕泣誰談天寶年。（集本詞句）海鹽女史徐宗淑雲素〔一〇〕

詩餘

【臺城路】妖星焰奪紅鸞影，淒淒上陽春老。王氣沈山，邊愁入苑，磷火一天寒照。嬋娟瘦小。便再世因緣，收場偏早。擬賦招魂，五更殘月珮聲杳。　滄桑彈指已換，悵鴛鴦舊冢，青斷芳草。傅粉樓荒，吹簫館廢，剩有夕陽閒弔。花煩絮惱。都付與才人，傷心詞稿。冷和哀絲，杜鵑啼到曉。海昌查仲詰作舟

【滿江紅】一霎歌場，有無限纏綿悱惻。渾閱盡、綺羅蓬葆，鐘魚琴瑟。並蒂蓮開心自苦，殘枝藕

斷絲難劈。問畫眉深淺入時無，無言泣。　塵劫換，紅羊厄；　星度朗，紅鸞吉。怪鵑啼鵲噪，恁般幽寂。完璧一雙存國寶，聘錢十萬邀天錫。大排場了結再生緣，才人筆。仁和李光溥競白〔一一〕

【金縷曲】戎馬收全局。渺無端、瓊枝一樹，豔摧香國，已缺金甌誰補得？不是紅顏薄福。小兒女、同聲一哭。有限流光無限夢，斷芳魂再把情絲續。花有淚，也盈掬。　移商換羽音何促？數文心、前湯後蔣，與君鼎足。滿腹牢騷隨意洩，都付哀絃豪竹。看優孟、如何裝束？此是當年《河滿子》，韻凄涼更勝山陽曲。浮大白，又重讀。錢塘張泰初松溪〔一二〕

【金縷曲】劫後餘灰燼。掩荊榛、寂寞銅駝，待呼天問。衰草斜陽隨處是，醞釀許多遺恨。算冷月、魂歸難準。七尺珊瑚容架筆，耿良宵寫出黃姑韻。腸斷了，淚偷搵。　穠桃豔李都銷損。殉東皇、三月飛花，杜鵑紅噴。杯酒誰澆墳上土？一例雨酥烟潤。可認得、舊時啼暈？只有燕雲青不改，看御溝流盡聞金粉。傷往事，漫評論。錢塘楊尚觀醒香〔一三〕

【金縷曲】寫出傷心稿。恁收場、繁華世界，夢兒潦草。憑著蕊珠留幻影，倏忽墓門斜照。有賸水殘山相吊。坎坎箜篌聲斷絕，似宮人白髮談天寶。焚碎玉，鳳凰叫。　風情總被填詞惱。莽銷魂、池邊橫笛，花邊側帽。汗滅懷中銀字譜，化卻栴檀烟裊。一樣是、承平年少。不識悲從何處起，作神仙痛哭瞿曇笑。歌未闋，月輪小。

【金縷曲】索我題新句。十旬來、塵箋絲硯，鎮無一語。酒後森森芒角展，擊箸敲甌而舞。漫根觸、英雄兒女。金粉春秋誰解讀？杜鵑紅繪豔啼蜚苦。天有缺，煉情補。　自憐錦瑟華年誤。感離絃、蘅蕪香斷，芙蓉路阻。哀樂未經陶寫盡，祗許幺絃低訴。更莫問、畫闌叢樹。縱使罡風容舉袂，冷瑤宮能幾埋愁處。燈暈裏，淚如雨。仁和吳承勳子述〔一四〕

【鵲踏花翻】露咽秦簫，雲沉蜀鏡，青門路斷無人識。孰將舊事繁華，舊夢淒清，一齊付與寒蛩泣？依稀豪竹間哀絲，當筵細譜龜茲律。 寫出，多少王康調逸，淚痕和墨如鉛瀉。回想禁苑烏啼，鼎湖龍化，落葉添蕭瑟。千秋遺恨怕重提，休言共月隨圓缺。澠池女史席慧文怡珊〔一五〕

【滿江紅】殘照西風，渾不見、漢家陵闕。更堪傷瓊蕤珠蕊，一般摧折。家國空悲田換海，親庭不柰金寒玦。痛餘生、何處認離宮，娥臺圻。 春繭恨，絲難絕；銀燭淚，啼乾血。嘆吳門鶴去，秦樓簫咽。眼底新歡人倚玉，心頭舊怨禽銜石。比樂昌、破鏡强重圓，圓還缺。南昌女史萬鈿淑娵〔一六〕

【金縷曲】巧奪《霓裳》譜。寫不盡、兒女江山，離詞恨語。生小瑤池瓊闕種，兩字因緣天付。正羅綺、年華三五。猛底寒笳深夜警，莽天涯兵氣銷歌舞。燐影裏，落花暮。 芳魂誰遣瞿曇護？仗慈悲、幾番質證，因蘭果絜。故國粧臺圓舊鏡，一霎美人黃土。又一霎、斜陽今古。畢竟情天多缺陷，問笙娥可有癡雲補？淒斷了，戍樓鼓。錢塘女史錢寶珩儷笙〔一七〕

【浪淘沙】法曲冷《霓裳》，重譜紅腔。修簫人愛月華涼。吹得秦臺仙夢暖，小鳳雛凰。 家國感滄桑，滿地斜陽。瑤天笙鶴散花忙。江管一枝春易著，不斷生香。仁和女史吳藻蘋香

（清道光十三年馴雲閣刻本《帝女花》卷末）

【箋】

〔一〕萬立衡：字子珏，南昌（今屬江西）人。生平未詳。

〔二〕陳作敬：字湘漁，海鹽（今屬浙江）人。太學生。詞見黄燮清《國朝詞綜續編》。著有《秋警閣詩存》（光緒二十八年陳賡笙刻本，與陳新撰《滇遊計程小草》合册）。

〔三〕吴廷燮：字彦宣，海鹽（今屬浙江）人。廪膳生。工詩詞，頗負盛名。著有《小梅花館詩集》、《小梅花館詞集》。傳見《寒松閣談藝瑣錄》卷一、《清代畫史增編》卷五、光緒《海鹽縣志》卷一七等。

〔四〕沈彦曾：字士美，一作士芙，號蘭如，長洲（今江蘇蘇州）人。諸生。少負殊稟，性喜遊歷。工詞，與沈傳桂、王嘉禄等稱『吴中七子』。著有《蘭素詞》（道光二年《吴中七家詞》本）。

〔五〕王本仁：號壽園，嘉興（今屬浙江）人。生平未詳。

〔六〕何岳齡（一八〇六—？）：字衡山，海鹽（今屬浙江）人。諸生。生平爲幕爲醫。著有《漱紅山房詩集》。

〔七〕查慧：字定生，又字菡卿，錢塘（今屬浙江杭州）人。同邑詞人吴承勛繼室。工寫花卉，能詞，與吴藻齊名。傳見《兩浙詞人小傳》卷一四、《清代閨閣詩人徵略》卷八、《閨秀詞鈔》卷一二等。

〔八〕許延礽：字雲林，一字因姜，德清（今屬浙江）人。兵部主事許宗彦（一七六八—一八一八）長女，休寧貢生孫承勛室。與其妹延錦（字雲姜），並工詩詞，善畫。著有《福連室集》。傳見《兩浙詞人小傳》卷一三、《清代閨閣詩人徵略》卷八、《清代畫史增編》等。

〔九〕沈金蕊：字穗卿，號竺香，海鹽（今屬浙江）人。平江主簿沈起鯨次女，海寧查仲誥妻，襲雲騎尉查美栻母。著有《繡麟樓吟稿》。工詩善畫。傳見《墨林今話》卷一五、《清代畫史增編》卷二九等。

〔一〇〕徐宗淑：字雲素，海鹽（今屬浙江）人。生平未詳。

〔一一〕李光溥：字儉才，號競白，仁和（今浙江杭州）人。道光十五年乙未（一八三五）舉人，建德教諭。評黄燮清《桃谿雪》傳奇。

〔一二〕張泰初（？—一八四三）：字安甫，號松溪，錢塘（今浙江杭州）人。貢生。負清才而貧特甚，以詩詞噪江淮間。終以貧鬱，客死於淮上。輯《兩浙詞輯》。著有《横經堂擬古樂府》、《選夢詞》、《横經堂詩餘》（一名《花影吹笙譜》）等。傳見《歷代兩浙詞人小傳》卷一〇、《憩園詞話》卷三等。

〔一三〕楊尚觀：字改之，號醒香，一作譜香，錢塘（今浙江杭州）人。懷才不遇，習申韓之學，而中嗜好殊衆。著有《延秋佇月樓詞》。傳見黄燮清《詞綜續編》、《歷代兩浙詞人小傳》卷一〇等。

〔一四〕吴承勛：字子述，錢塘（今浙江杭州）人。諸生。性冷，不諧俗。終以幽憂死。詩有宗法，尤好詞曲。著有《影曇館詞》。傳見《歷代兩浙詞人小傳》卷一一。

〔一五〕席慧文：字怡珊，號印滄，澠池（今屬河南）人。紹興知府席椿女，梧州知府吴縣石同福（石韞玉子）繼室，舉人石峻華母。工詩，善書。著有《瑶草珠華閣詩鈔》、《鏤冰詞》。傳見《清代閨閣詩人徵略》卷八、《清畫家詩史》癸下、《清代畫史增編》卷三五、《畫林新詠》卷三、徐乃昌《國朝閨秀詞鈔》卷一〇等。

〔一六〕萬鈿：字淑娵，南昌（今屬江西）人。生平未詳。

〔一七〕錢賓珩：字儷笙，錢塘（今浙江杭州）人。生平未詳。

帝女花題詞

錢人麐

倉皇車馬已西遷，舊曲《霓裳》付斷絃。滿地落花春不管，江南又見李龜年。

燕王臺歷幾興亡，往事傷心話樂昌。昨日有人都下至，道他破鏡失鴛鴦。

畫角嗚嗚渡海來，邊聲吹到斷鴻哀。北風多少胡笳恨，輸盡黄金買不回。

臺閣高官安樂窩，累他兒女亂離多。侯門盡日調絲竹，知否人間避難歌。元和錢人廖伯奎

（小説日報社光緒三十二年出版《帝女花》卷首）

脊令原（黄燮清）

《脊令原》，《倚晴樓七種曲》第三種，《今樂考證》著録，現存道光間原刻本、咸豐七年（一八五七）刻《韻珊外集倚晴樓七種曲》本、同治間刻《韻珊外集倚晴樓七種曲》本、光緒七年（一八八一）刻《韻珊外集倚晴樓七種曲》本（《傳惜華藏古典戲曲珍本叢刊》第九三册據以影印）、光緒三十三年（一九〇七）海鹽開通新書局重刻《倚晴樓七種曲》本。

脊令原傳奇序

陳用光〔一〕

曲之感人，捷於詩書。今有至無良者，氣質乖謬，師友弗能化焉。試與之入梨園，觀古人之賢姦與往事之得失，其喜怒哀樂，無不發而中者。則曲雖小道，固亦風俗人心之所寄也。

予視學浙江〔二〕，悦黄生韻珊文而賞之。繼覽其所製《帝女花》曲，蒼鬱詭麗，益歎其才之美。爰取《聊齋》所載曾友于事，命作劇本，匝月而詞成。情文樸摯，類皆布帛菽粟之談，元人中與《琵

琶》爲近，可想見其至性之厚，非徒側豔爲工者。異日譜之管弦，形之歌舞，使普天下孝悌之心油然以生，則感人之捷，雖《詩》、《書》奚加焉？

道光甲午秋，新城陳用光序於浙江學舍。

（清道光間原刻本《脊令原》卷首）

【箋】

〔一〕陳用光（一七六八—一八三五）：字碩士，一作石十，又作實思，號瘦石，新城（今屬江西）人。陳州知府陳守詒（一七三一—一八〇八）三子。弱冠師桐城姚鼐（一七三一—一八一五），欲以文章經術自表見。嘉慶五年庚申（一八〇〇）舉人，六年辛酉（一八〇一）進士，選庶吉士，散館授編修。累官至禮部左侍郎。著有《太乙先生文集》、《太乙先生詩集》等。傳見梅曾亮《柏梘山方文集》卷一二《墓志銘》、馮登府《石經閣文集》卷四《傳》、吳德旋《初月樓文續鈔》卷七《神道碑》、《清史稿》卷四八五、《清史列傳》卷三四、《碑傳集》卷末下、《國朝耆獻類徵初編》卷一〇五、《國朝先正事略》卷四二、《昭代名人尺牘續集小傳》卷六、《道學淵源錄·聖清淵源錄》卷二二、《清儒學案小傳》卷九、《皇清書史》卷八、《桐城文學淵源考》卷四、同治《新城縣志》卷一等。

〔二〕予視學浙江：道光十四年（一八三四），陳用光任浙江學政。

鴛鴦鏡（黃燮清）

《鴛鴦鏡》傳奇，《倚晴樓七種曲》第四種，《今樂考證》著錄，現存道光十五年（一八三五）原刻本（封面題《韻珊外集》第三種）、咸豐七年（一八五七）刻《韻珊外集倚晴樓七種曲》本、同治間刻《韻珊外集倚晴樓七種曲》本、光緒七年（一八八一）刻《韻珊外集倚晴樓七種曲》本（《傅惜華藏古典戲曲珍本叢刊》第九三—九四册據以影印）、光緒三十三年（一九〇七）海鹽開通新書局重刻《倚晴樓七種曲》本、舊鈔本（《鄭振鐸藏古吴蓮勺廬鈔本戲曲百種》第二五册據以影印）。

（鴛鴦鏡）跋

黄燮清

《鴛鴦鏡》者，吾師陳石士宗伯命憲清作也〔一〕。師視學浙江，憲清初以文字受知，進謁時，出所撰《帝女花》樂府，質之師，師益擊賞。因命構是劇，意蓋爲維風俗、正人心發也。稿出，師擊賞如前，謂『好色不淫，合乎詩人之旨，詞至此可以風矣』。稍加點定，促付剞劂。乃災木未竟，而師已歸道山。嗚呼，悲夫！古之人碎琴冢上，挂劍墳頭，徒以爲知己故。今師之神明，方嬉遊於青冥碧落間，聆《鈞天》之奏，觀《霓裳羽衣》之舞，區區俗藻凡響，曾何足以問世？而師所以維風俗、正人心之苦衷，又懼其泯而弗彰也。爰畢梓事，以存師意於不忘云。

時道光乙未小春中浣，韻珊黄憲清識於吴興舟次。

（清道光十五年原刻本《鴛鴦鏡》卷末）

【箋】

〔一〕陳石士宗伯：即陳用光（一七六八—一八三五）。

鴛鴦鏡傳奇序〔一〕

陳用光

詞曲，古詩之流亞也。而世之作者，每多綺麗淫佚之語，雖曰體製類然，亦必合乎風人之旨爲佳。黄生韻珊，年少，美詩文。出其餘技，間作元人樂府，尤工言情，一往而深，渺無邊際。予賞其豔而慮其流也，因采《池北偶談·碎鏡》一則，命爲院本。稿竣來謁，覽其詞，華而不靡，新而不鑿，發乎情，止乎禮義，洵足懲創逸志而感發善心者。則是編之作，曲而進於詩矣。吾得以一言蔽之曰：『思無邪。』

甲午立秋前一日〔二〕，新城陳用光序於浙江學署之定香亭中。

（清道光十五年原刻本《鴛鴦鏡》卷首）

【箋】

〔一〕北京師範大學圖書館藏本題《鴛鴦鏡序》。

〔二〕甲午：道光十四年（一八三四）。

（鴛鴦鏡）題辭

陸　璣〔一〕

五十三參參未眞，癡魂易墮障中塵。情場全靠仙才筆，喚醒鴛鴦鏡裏人。

富貴單身識已遲，神仙無偶也憐伊。算來還是情天缺，再譜來生合鏡詞。次山弟陸𪭢拜題

（清道光十五年原刻本《鴛鴦鏡》卷末）

【箋】

〔一〕陸𪭢（約一八〇四—約一八六八）：一名璣，字次山，號鐵園，别署鐵野山人，蕭山（今浙江杭州市蕭山區）人，居仁和（今浙江杭州）。陸春圻弟。廩貢生。官四川漢州知州。與四川學使何紹基（一七九九—一八七三）爲莫逆交。工詩，善書畫。著有《陸次山集》（一名《鐵園集》）、《蜀遊詩》。傳見《昭代名人尺牘續集小傳》卷一〇、《清畫家詩史》辛上、《墨緣小録》、《畫家知希録》卷八等。

鴛鴦鏡跋〔一〕

麟　光〔二〕

按新城王文簡公所著《池北偶談》第二十三卷《談異》，載《死央鏡》云：楚人王蘭士者，嘗游江西。一日遇風雨，投宿古祠，遂假寐。門忽洞開，見翁媪二人入祠，直據上座，僕從十數人旁列。復有二翁媪，扶腋入跪其前。坐者怒數其罪，顧從者，鞭之數百。跪者哀號乞憐，且曰：『業生此不孝子，不敢辭罪。祈見釋，當碎其死央鏡，事猶可及也。』坐者沉吟釋之。王忽嗽發聲，遂無所覩。晨起雨霽，將行，忽有年少持一鏡入拜祠下。王怪而問之，曰：『此死央鏡，漢物也。』視之，背作死央二頭，益異之。謂少年曰：『肯見售乎？』少年不可，展轉間，鏡忽墜地而碎。少年方驚惋，王告之曰：『汝必有失德壞人閨門事，不實相告，且有陰譴。』少年懼，吐實，乃與里中謝氏女

宗祠也。

約私奔，期會祠中，鏡即女所遺也。因語以夜來所見，少年大悔恨，再拜而去。王視其額，乃謝氏

同治十三年祀灶前一夕，漢軍麟光石甫氏燈下呵凍，摘錄於卷尾。

（清同治間刻本《韻珊外集倚晴樓七種曲》所收《鴛鴦鏡》卷末黃燮清跋後）

【箋】

〔一〕底本無題名。

〔二〕麟光：字筆春，號石甫，又號石蓮，滿洲鑲藍旗人。著有《書春堂詩集》、《書春堂詩續集》、《玉臺舊館古今體詩選》等。

淩波影（黃燮清）

《淩波影》，《倚晴樓七種曲》第五種，《今樂考證》著錄，現存道光間原刻本（封面題《韻珊外集》第四種）、清姚燮編《今樂府選》稿本第三九冊本、咸豐七年（一八五七）刻《韻珊外集倚晴樓七種曲》本、同治間刻《韻珊外集倚晴樓七種曲》本、光緒七年（一八八一）刻《韻珊外集倚晴樓七種曲》本（《傅惜華藏古典戲曲珍本叢刊》第九三—九四冊據以影印）、光緒三十三年（一九〇七）海鹽開通新書局重刻《倚晴樓七種曲》本。光緒三十二年（一九〇六）杭州創刊之《游戲世界》半月刊第十一至第十三期連載。

凌波影傳奇序

陳其泰

善乎，惲子居先生之說《詩》也[一]。其說《桑中》曰：『吾於《桑中》，見所謂「發乎情，止乎禮義」者焉。「云誰之思」，思也。「期我乎桑中」，思乎期焉。「要我乎上宮」，思乎要焉。「送我乎淇之上矣」，思乎送焉。古人之爲《詩》也，以思言之，若曰：「若是其越也，抑之可也。」後人之言《詩》也，以事言之，若曰：「若是其亂也，絕之可也。」以思者比乎情，以事者比乎欲。比乎情，禮義之所能制也；比乎欲，非禮義之所能制也。《國風》言情之書，非紀欲之書也。』其說《蝃蝀》曰：『淫者，人之所能知也；懷者，人之所不能知也。《詩》之言曰：「大無信也，不知命也。」爲女子之懷昏姻者戒之，辭止於此而已。言《詩》者曰淫，又重之曰淫奔，豈詩人意耶？雖然，懷昏姻者不必淫，而可以至於淫。是故刑禁之於已然，禮制之於將然，《詩》防之於未然。』得是說而通之，而後可與讀一切言情之作矣。夫思之越也，其溺在人心；事之亂也，其壞在人品。君子欲正人品，先正人心。顧心不能盡出於正，於是即思之越者正之，所謂『防之於未然』也。心正則品自正，言情之書，雖謂之防淫之書可矣。且騷人女士，動言『情之所鍾，正在吾輩』。今且正容莊論，敷陳禮義，曰『吾將以防淫也』，其不以爲老生常談而惟恐臥者幾希。善於立說者，通乎《詩》之教以言禮，而後桑間、濮上之篇，可合乎《關雎》、《卷耳》之義焉。故曰：情欲之界，人禽判焉。非服習乎風人之旨者，不知制情以遏欲也。

吾友黄子韻珊，詩人也。《淩波影樂府》之作，其諸風人之風乎？曩者韻珊嘗譜《鴛鴦鏡樂府》矣，狀幽冥之鑒察，明悔過之獲佑，豈不足以針砭情癡，激揚人品歟？不知中人以下欲勝情，動於鬼神禍福而後知所返；中人以上情勝欲，明於嫌疑是非而自知所止。故《鴛鴦鏡》所以警愚蒙，防淫之書也，禮之制於將然也；《淩波影》所以牖賢智，言情之書也，詩之防於未然也。弼直主敬近乎《頌》，規諷主和近乎《風》，詩人之義固有並行而不悖者。昭明太子商榷古今，自附於立言不朽，而言情之作，顧亦存之。『好色不淫』，必有當於聖人删《詩》存《鄭》、《衛》之微意也。不然，陳思一《賦》，不幾爲越禮者所藉口，縱恣於欲而假託於情，以文過而遂孽哉？然則鍾情者，可以知所止矣。

琴齋陳其泰撰。

（清道光間原刻本《淩波影》卷首）

【箋】

〔一〕惲子居：卽惲敬（一七五七—一八一七），字子居，號簡堂，武進（今江蘇常州）人。乾隆四十八年癸卯（一七八三）舉人，官至吴城同知。著有《大雲山房文稿》、《大雲山房言事》、《惲子居文鈔》等。傳見尚鎔《持雅堂文續鈔》卷二《别傳》、吴德旋《初月樓文鈔》卷八《行述》、《清史稿》卷四八五、《清史列傳》卷七二、《國朝耆獻類徵初編》卷二四三、《國朝先正事略》卷四三、《清代七百名人傳》等。參見陳蓮青《惲子居著作年表》（清嘉慶二十年武寧盧氏刻本《大雲山房文稿》附）。

桃谿雪（黄燮清）

《桃谿雪》，《倚晴樓七種曲》第六種，《今樂考證》著錄，現存道光二十七年丁未（一八四七）馴雲閣刻本（題『《韻珊外集》第六種』）、咸豐七年（一八五七）雲鶴仙館刻《韻珊外集倚晴樓七種曲》本、同治間刻《韻珊外集倚晴樓七種曲》本、光緒元年（一八七五）雲鶴仙館重刻本、光緒七年（一八八一）刻《韻珊外集倚晴樓七種曲》本（《傳惜華藏古典戲曲珍本叢刊》第九三—九四册據以影印）、光緒三十三年（一九〇七）海鹽開通新書局重刻《倚晴樓七種曲》本、民國八年（一九一九）上海掃葉山房石印清光緒三十三年丁未（一九〇七）春成都刻本。

桃谿雪自序

黄燮清

予友吳康甫貳尹〔一〕，至誠君子也。嗜善好古，久而不衰。嘗①與邑人士稽考名勝，及前賢遺蹟之所在。凡忠孝義烈之未經表著者，必闡揚其隱，以爲世風。廉俸所入，恆以是罄。初未嘗介於懷，且甚以爲樂焉。

道光丙午春，予遇諸湖上。詢其近，概②曰：『貧而已。』語甚略。而語烈婦吳絳雪事甚詳，且囑予製曲以傳之。閲兩月，康甫以檄委至吾鹽，復手錄絳雪始末以示予。嗣後，凡三至鹽，至必及絳雪事。

絳雪者，永康才媛也。耿藩之亂，僞總兵徐尚朝犯浙道永康。邑之人以絳雪有美名，謀以之餌敵，且抒難焉③。絳雪知不免，而迫於眾，不得死，遂慷慨行。既紿敵出境，而投崖以殉。康甫丞永康，爲梓其遺集《綠華草》及《六宜樓詩》若干卷④，並廉得死烈事。懼其久而泯焉，故亟爲予言。

予既感康甫之誠，而塵勞役役，難於構思。殘冬短晷，朔風號林，予適病癱，偃臥一室，支離委頓，眾緣不交。由定生靜，由靜生感，意常鬱勃若怦怦有所動。而康甫復寓書相敦促，遂縱筆爲之。日成一闋，不一月而稿成。時方嚴寒，冰雪之氣流注紙墨，蒼激哀亮亦不知涕之何從也。名之曰《桃谿雪》，桃谿其地，雪其名也；雪喻其潔，桃則傷其薄命也。

而予竊有異者，絳雪去今百餘年，予與康甫亦別且八載矣。胡然有西湖之遇，胡然而康甫一歲四至鹽，又胡然而予忽癱之病焉。回憶百餘年來⑤，何時何地何人不可以傳絳雪？而必於一歲之中，迴旋曲折，以迫成吾《桃谿雪》之一書也？其康甫至誠之所動與，抑山川正氣久鬱必彰？而烈女之靈實有以左右之與？是皆不可知矣。嗟嗟！從容盡節，士大夫所難也，而顧得之弱女子乎？闡發奇偉以維持氣運，縉紳先生之事也，而顧得之一丞乎？然則，予之文不足傳，而絳雪赴難之烈，與康甫嗜善好古之誠，則固足以傳吾文矣。

道光丁未季春，韻珊黃憲清序於拙宜園之倚晴樓。

（清道光二十七年丁未馴雲閣刻本《桃谿雪》卷首）

【校】

①嘗，民國八年上海掃葉山房局印清光緒三十三年丁未成都刻本作『宦蹟所致必。』

②概，民國八年上海掃葉山房局印清光緒三十三年丁未成都刻本作『況』。

③『邑之人以』三句，民國八年上海掃葉山房局印清光緒三十三年丁未成都刻本作『知絳雪有美名，求之，邑人謀以之紓難焉』。

④《綠華草》及《六宜樓詩》若干卷，民國八年上海掃葉山房局印清光緒三十三年丁未成都刻本無。

⑤百餘年來，民國八年上海掃葉山房局印清光緒三十三年丁未成都刻本作『一百七十餘年以來』。

【箋】

〔一〕吳康甫貳尹：即吳廷康（一七九九—約一八八八），字元生，號康甫，又號贊甫，一作贊府，別署晉齋，晚號茹芝，桐城（今屬安徽）人。道光二十三年（一八四三），官浙江永康縣丞。精金石考據，工書及篆刻。輯有《慕陶軒古甎錄》、《墨林今話續編》、《遲鴻軒所見書畫錄》、《廣印人傳》、《竹刻錄》、《工餘談藝》等。傳見《皇清書史》卷六、《清朝書畫家筆錄》卷三、《昭代名人尺牘續集小傳》、《墨林今話》卷一八、《清代畫史增編》、《清代畫史補錄》卷一等。

（桃谿雪）序

胡珵〔一〕

茹痛千秋，誠感隕圮城之淚；解紛一諾，高蹤齊蹈海之風。委荎蕙於荊榛，國殤哀怨；庇枌榆以松柏，里社生全。其精靈，如清楓嶺之題壁留名；其貞毅，如臯亭山之撒沙退敵。其沈幾觀變，如王凝妻陷賊而不汙；其臨難無辭，如趙高婦懷刀而自衛。具斯義俠，足愧鬚眉；不謂英奇，乃鍾巾幗。

爰有步搖插舌，柔翰濡毫，以銅琵鐵撥之音，寫石爛海枯之志。四聲腸斷，恍聆逸調於青藤；一串喉圓，歌出無瑕之白璧。任天上拈花帝女，聞亦傷心；（《帝女花》傳奇，亦韻珊所作。）有殿前喋血宮娥，引爲同譜。（《鐵冠圖》傳奇，終於費宮人《刺虎》一齣。）此《桃谿雪》傳奇之所由作也。

烈婦姓吳名宗愛，字絳雪，浙之永康人。彩鸞仙子，偶謫塵寰；香茗詩才，偏傳綺閣。秉姿穠粹，藉望清華。平陽擎掌內之珠，雍伯聘懷中之玉。問唐家閨秀，光威裒序恰聯三；比宋氏女昺，英昭憲齒居最稚。方其擁燭成吟，吹簫得侶。仿璿璣於蘇蕙，寄粉鏡於秦嘉。丹青描沒骨之圖，房闥有掃眉之友。可謂容華絕世，福慧雙修矣。

無何毀容當盛鬋之年，獨活對卷葹之草。方抱終天之冰蘗，遽來滿地之風烟。登臺者指索羅敷，圍宅者交連孫秀。觸棺長慟，死別難逢；縮地無方，生還未卜。棄孱軀於鯨餌，磨豔質於猰牙。躑躅而行，伶俜何倚？人生若此，慘忍言歟！

然而經不通權，家國無兩全之理；聖能達節，剛柔有互用之時。使烈婦矢泛柏誓言，守下堂傳訓，靡笄自矢，握玦難開，身屬乎夏侯，尸還乎陰氏，詎不輝如皦日，皭比秋霜？而乃投袂請行，據鞍自若。效木蘭之代戍，佐魏絳以和戎。窺其意，蓋有不得已者三；論其才，洵有不可及者二。揆時度勢，請略言之。

當夫懷光兇狡，僕固梟雄。甌江既撤夫藩籬，婺郡遂遭其蹂躪。藐彈丸之小邑，乘破竹之長風。維時閫外將軍，尚堅壁壘；浙西弩手，未叩船舷。即欲籌細柳之防，乞賀蘭之旅，蠟丸奚達，燕幕堪危。恐骸析孤城，烹及睢陽之妾；亦烽沈列堡，銜艱荀灌之圍。於焉效少伯之行成，致先施而紓難。執箴人往，陽橋暫緩師期；賂磬謀成，淄水漸收餘燼。苟燃眉之可拯，雖粉骨以何傷。此其不得已者一也。

況乎居近鄹鄉，孰非桑梓；文成展誄，未妥楸楸。憐在褓之孤雛，螟蛉甫負；仗牽蘿之弱婢，邛蟨相依。倘寇氛相逼於近圻，民勢竟成其內潰。則覆巢之下，翼恐難完；焦土之餘，劫何可算？縱異日魂歸環珮，碧月當空；奈此時膏染郊原，青燐遍地。欲救滿城之化鶴，莫如孤注以旋盧。豈似文姬，尚貪金贖？已離合浦，何望珠還？此其不得已者二也。

更有慮者，華元之劫質已成，鄭忽之師昏潛約。欲葳蕤之自保，恐肘腋之難防。若墨崑崙預伏於重垣，沙叱利竟馳於內寢。則輕騶款段，馱出佳人；雌兔迷離，隨行火伴。指白水而沈淵莫及，託朱絲而畢命何由。與其倉猝以捐軀，不若從容而定計。一抔碧葬，裹革皮留；萬片紅飛，飄茵果悟。不賴笙媧之補恨，悔成精衛之銜冤。此其不得已者三也。

今夫芈氏享軍而荊師退舍，齊侯歸女而吳子弭兵；曲逆畫謀而平城解甲，太和遣嫁而回鶻來庭。胥隱忍以就功名，含容而存姑息。茲則師皆鷹奮，海俟螢澆。苟不突夫圈熊，遂足殲夫柙虎。惟烈婦智操成算，膝等僞降，厭之以所求，要之以出境。然後指殽函而收骨，淨土猶香；甘崖石之捨身，佛光恆滿。祔合韓憑之冢，歸尋杜宇之家。譬司農倒印追兵，暫濟奉天之急；儼紀信乘車誑楚，克援隆準於危。借箸工籌，握旄匪屈；忠臣策士，合軌同符。此智之不可及也。

若夫閉目而拒默啜，賢明者助高叡成仁；裂眥而罵姚萇，激烈者使苻登雪恥。或斷髮以明志，或匿刃而剸讐。類爲史乘之所稱，究與民功而無補。而烈婦嫠忘恤緯，愾敵同袍；身是飛仙，眾呼活佛。玩黃祖如傀儡，以紅粉執干戈。莒紡單絇，終纓請代；娥臺隻柱，禹砥能平。何物老奴，久已目無宣武；漂零晚嫁，傷哉忍負明誠。覩負風欲仆之身，具叱馭長驅之力。萬家保障，恃彼蛾眉；九拒勳勞，完其雉堞。伊誰所賜？父老能言。此勇之不可及也。

嗟乎！顧愷圖中，詎無賢媛；班昭傳裏，不乏名姝。求其危事而能安，詭遇而得正，曠觀前史，罕與比倫。始知從父從夫，尚爲庸德；謀軍謀國，乃是奇才。宜乎香火祠堂，玉顏永奉；笙匏絲竹，璈奏偕宣。安到神絃，聽步虛之法曲；唱來村嫗，任搬演於歌場。吳君康甫，暨黃子韻珊，志在闡幽，義存導俗。大雅之才兼小雅，翻成絕妙新詞；文人之筆肖天人，都是霏空麗藻。試讀珠璣滿帙，東南行慕樂府之篇；如刊金石成書，六一翁表婦人之集。是爲序。

咸豐紀元歲次辛亥夏六月既望，仁和琅圃胡珵撰。

【箋】

〔一〕胡珵（一七九七—一八五四）：字孟紳，號琅圃，仁和（今浙江杭州）人。胡敬（一七六九—一八四五）子。道光六年丙戌（一八二六）進士，官刑部主事。晚年掌教杭州崇文書院。著有《聽香齋集》、《書農府君年譜》。

傳見曹金籀《籀書·續篇》卷三《傳》、《晚晴簃詩匯》卷一三二等。

桃谿雪後序

關鍈〔一〕

參天黛色，木號女貞；滿地紅心，草名獨活。摹神肖物，女子易工；殺身成仁，深閨罕覯。謝道韞詩名太盛，奇節不傳；曹大家國史能修，俠腸未著。濺蛾眉之碧血，補麟史於金閨。兩間未有之奇，千古全歸之局。雖摩尼易失，實在人心；而太璞終完，灰珍浩劫已。國家康熙初，有絳雪女史吴宗愛者，永康閨彦，姑射仙姿，岐鳳遺祥，彩鸞舊族。碧玉初分之字，清溪最小之行。媛玉生芽，三雙種成雍伯；明珠在櫝，十五未嫁王昌。盛鬋豐容，中郎有女；傳經問字，伏生無兒。樓住六宜，糾簷月上；人驚三豔，雁影風來。分調《白苧》之歌，集補《綠華》之草。當其隨行檇李，小住稠桑。蛾術家傳，鱣堂春永。結伴泛傾脂之水，尋芳問禦兒之橋。往來羅刹江中，應接山陰道上。南國多言情之作，東征有紀遊之章。一肩秦月燕雲，千里吴頭越尾。《關雎》鐘鼓，樂在房中；『我馬玄黄』，憂深塞外。鴛鴦錯采，自舒善色善心；蜾蠃書香，且結空花空果。況復琴參賀若，管協伶倫。北苑丹青，南朝金碧。豔奪雙花錦地，神摹萬歲通天。左蕙芳繡遜其嬌，蘇若蘭手輸其巧。美人玉貌，同貽七出菱花；閨侶瑤情，巧結同心梔子。不數淑貞紅粉，集有《斷腸》；羞吟清照黄花，身慚晚節。然而獨傳韻事，恆悔幽光。生義難兼，古今同慨。當徐尚朝之入寇，正濟道山之殉身。黑白探丸，東西搜堡。鼓鼙動地，戈甲連天。幫源逞方臘之強，會稽集孫恩之眾。時有枌榆詭計，桑梓庸謀，謂紅顏尚可和戎，非白戰所能殺賊。計定美人之局，儳成出塞之詩。而女則慷慨從行，從容赴義。共姜但以死誓，文姬焉望生還。旋於疏網之時，遂作墜淵之隕。

迄今年逾二百，已失傳聞；界滿三千，不彰勝迹。佳人黄土，小劫紅羊，永沒孤芳，胡可勝道？所幸吴君康甫，攟摭是邦，乘輶式廬，披荊拾豔。得遺珠兩卷，滄海迴波；有彩筆五花，中天復旦。傳搜列女，星燃劉向之藜；序補新詩，夜起徐陵之草。從此海内爭傳三絶，閨中自有千秋矣。

間嘗考《寶鑒》之圖，披《燃脂》之録，搜香摘豔，戛玉鏘金。繪聲繪影之奇，一字一珠之秀，不過網羅散佚，收拾芳華。詎知樓臺本七寶莊嚴，錦繡皆萬花散落。芙蓉承露，圓收珠影千重；瓔珞垂雲，奇現金身丈六。況乎神仙眷屬，家近藍橋；山水清華，地連寶婺。奇葩現瑞，不爭秋白春紅；仙籟鳴空，何有巴歈越唱也哉！

咸豐三年修禊日，錢唐女史關鍈秋芙撰。

（以上均清光緒三十三年丁未春成都刻、民國八年上海掃葉山房石印本《桃谿雪》卷首）

【箋】

〔一〕關鍈：字秋芙，别署妙妙道人，錢塘（今浙江杭州）人。諸生蔣坦（一八二四——一八六一）室。晚年學佛。工詩，善書畫。著有《夢影樓稿》、《三十六芙蓉詩存》、《夢影樓詞》。傳見《清畫家詩史》癸下、《歷代兩浙詞人小傳》卷一四、《清代閨閣詩人徵略》卷九等。

桃谿雪敍

闕　名

耿逆之亂，浙民之罹寇虐者連數郡，蔓及永康。邑女子吳絳雪者，以智計款賊，永康之難以紓，絳雪死之。事具黃太守霽青所爲傳中。其宗人韻珊孝廉，復取而演爲《桃谿雪》傳奇，於以慰貞魂而揚芬烈。既脱稿，持以示余，且屬爲之序。

余維傳奇者詞之餘，於文章爲小道。士之遊戲筆墨者，往往因寄所托，假優孟之衣冠，以陶寫其性靈，而激發其志氣。指端樓閣，幻化無端，未可據爲典要。其大旨，要以正人心而扶世教爲本。然而載記所述事，多可風轉，非賢愚所共喻。間有一二見諸雜劇者，則鄉曲婦孺，莫不口耳習熟，而與爲悲涕，與爲歡愉，感歎流連，有不知其然而然者。無他，貞孝義烈之性，人心所同具，無以感之則不動，觸其機則勃發，而不能以自已。百聞不如一見，《詩》、《書》之陳説，固不若優伶抵掌之收效爲倍捷也。

夷考南北曲雜劇創自元人，由明迄今，代有作者。其始古意猶存，未嘗不一軌於正。迨其後新聲日競，妖冶之態登諸氍毹，靡曼之音叶諸簫管。蓋自《會眞》、《還魂》諸劇出，而燕溺淫僻之風，遍於海宇。人心幾何其不熄，世教焉得而不衰？此迂曲之儒所由發。

（轉録自蔡毅《中國古典戲曲序跋彙編》卷一三）

桃谿雪題詞十二首

彭玉麐〔一〕

一雙佳偶荷天成，女貌郎才遂此生。著有《綠華》詩稿在，春花秋月最怡情。（絳雪著有《六宜樓稿》並《綠華草》等集〔二〕。）

生就容華畫不如，鶼鶼比翼最憐徐。我家藏有梅花在，押角圖章愛讀書。（予家藏有絳雪《畫梅》一幅，有小印曰：『懶於針線因貪畫，不惜精神愛讀書。』可想見其丰采矣。）

底事蕭郎愛遠遊，杏花春雨感離愁。傷心暫別成長別，深鎖香閨燕子樓。

仙郎赴召杏花枯，血淚頻教染繡襦。鼙鼓攖城軍事急，退兵無策倩羅敷。

從容慷慨保全城，一女能當十萬兵。卅里坑前看撒手，是何清潔與英明！

鏡箔迴文詩繡來，鮑家小妹最憐才。祇今烟雨江南夢，杜宇聲聲喚不回。（絳雪繡有迴文詩帕，不亞蘇蕙《璿璣圖》。與族妹素聞〔三〕最相憐愛，題素聞山水，有『滿窗烟雨夢江南』之句。）

絕代才華正妙年，好從錦瑟數芳絃。傷心玉碎珠沈處，夜夜山頭泣杜鵑。（俞蔭甫太史編《絳雪年譜》〔四〕，至殉烈時，年二十五。）

天道茫茫問不眞，難將孽障證前因。桃花谿水今嗚咽，總爲和戎獻美人。

斷線風箏語可哀，堅操節烈赴泉臺。徐郎冢似韓憑冢，應有鴛鴦共化來。

黃九詞壇最擅名，玉簫細按譜新聲。杏花亂落飛紅雨，無限淒涼離別情。

天遺龍眠老叟來，《六宜樓稿》未湮埋。許多綠慘紅愁句，寫出班香宋豔才。

一曲《桃谿雪》又新，桃花舊扇已成陳。怪他造化渾無賴，慣把紅顏誤美人。南嶽山樵雪琴〔五〕

【箋】

〔一〕彭玉麐（一八一六—一八九〇）：一作玉麟，字雪琴，別署南嶽山樵、退省庵主人、吟香外史、西湖十二橋釣叟，衡陽（今屬湖南）籍，生於安慶（今屬安徽）。附生。咸豐三年（一八五三），隨曾國藩創辦湘軍水師。光緒間，累官至兩江總督、兵部尚書。謚剛直。著有《彭剛直公詩稿》。傳見王闓運《湘綺樓文集》卷七《墓志銘》及卷八《行狀》、俞樾《春在堂雜文四編》卷二《神道碑》、楊世猷《希賢齋文鈔》卷二《傳略》、《清史稿》卷四一〇、《清史列傳》卷五八、《續碑傳集》卷一四、《昭代名人尺牘續集小傳》卷一二、《咸豐以來功臣別傳》卷七下、《近世人物志》、《清代七百名人傳》、《同光風雲錄》卷上、《近人名人小傳·官吏》、《清畫家詩史》辛下、《清代畫史增編》卷二一、《國朝書畫家筆錄》卷四、《清代畫史補錄》卷三等。

〔二〕絳雪：吳宗愛（一六五〇—一六七四），字絳雪，永康（今屬浙江）人。諸生徐孟華室。著有《六宜樓稿》、《綠華草》。此劇該本卷首有嘉善黃安濤撰《吳絳雪傳》。參見華瑋《由私人生活到公共展演——對清初女性吳宗愛的記憶建構與重寫》（方秀潔、魏愛蓮編《跨越閨門——明清女性作家論》，北京大學出版社，二〇一四）。

〔三〕吳素聞：嘉興（今屬浙江）人。吳宗愛族妹，最相莫逆。

〔四〕俞蔭甫太史：即俞樾（一八二一—一九〇七），字蔭甫，號曲園，別署曲園居士，室名春在堂、茶香室，德清（今屬浙江）人。清道光二十四年甲辰（一八四四）舉人，三十年庚戌（一八五〇）進士，選庶吉士。散館授翰林院編修，出爲河南學政。咸豐七年（一八五七），因故革職。次年移居蘇州，主講雲間書院、紫陽書院。同治、光緒間，主講杭州詁經精舍，達三十一年，潛心學術。著有《羣經平議》、《諸子平議》、《古書疑義舉例》、《曲園雜纂》、

《俞樓雜纂》、《茶香室叢鈔》、《春在堂隨筆》、《右臺仙館筆記》、《小桴海閒話》、《賓萌集》、《春在堂雜文》、《春在堂詩編》、《春在堂詞錄》、《春在堂尺牘》等，合刊爲《春在堂全書》五百餘卷。傳見章炳麟《太炎文録》卷二《傳》、繆荃孫《藝風堂文續集》卷二《行狀》、《清史稿》卷四八二、《續碑傳集》卷七五、《清代七百名人傳》、《近代名人小傳・儒林》、《近世人物志》、《昭代名人尺牘續集小傳》卷一七、《清儒學案小傳》卷一九、《清代樸學大師列傳》卷六等。參見周玄青《俞曲園先生年譜》（民國十八年刊《民鐸》第九卷一期）、徐澄《俞曲園先生年譜》（民國二十九年排印本）等。編《吳絳雪年譜》，現存《曲園雜纂》卷四六、《春在堂叢書》。

〔五〕題署之後有陽印章三枚：橢圓章『神仙本是多情種』，方章『青宫少保』，方章『彭玉麐印』。

桃谿雪題詞

孫恩保 等

一谿春水洗鉛華，流恨茫茫未有涯。自是仙源塵不到，東風開遍白桃花。

雪魄淒涼散碧燐，化爲明月照紅塵。不知烽火流離日，赴難從容有幾人？

絲竹中年感慨多，冰池滌筆畫霜娥。文章悲喜關風教，此是人間正氣歌。

黄九詞名海外傳，（韻珊前製《帝女花》曲，日本人咸購誦之。）更看雅樂奏《鈞天》。分明一掬《離騷》淚，付與湘妃廿五弦。湖州孫恩保小熙〔一〕

寄與傷心譜，難辭淚萬行。煩寃屬宗袞，憑吊付詞場。夜半火珠色，秋深銅劍鋩。可憐緯餘恨，舉世已全忘。吳承勳子述

【念奴嬌】冰壺注水寫淒涼，倉黛楚絃哀裂。小影素娥憐獨處，想像前生明月。心上秋生，耳邊火發，慘澹琵琶別。家山回首，杜鵑花外啼血。　堪笑衮衮羣公，談兵兒戲，應變眞無策。卻借紅顔銷白刃，不管綠珠飛屑。化石魂歸，成烟夢杳，鸞舞蓬山雪。長歌當哭，大江同此嗚咽。嘉興王逢辰芑亭〔二〕

（以上均《傅惜華藏戲曲珍本叢刊》第九四册影印清光緒七年刻本《韻珊外集倚晴樓七種曲》所收《桃谿雪》卷首）

【箋】

〔一〕孫恩保（？—一八五二）：字小熙，湖州（今屬浙江）人。道光三十年（一八五〇），任藍山知縣。咸豐二年（一八五二），署彬州知州，死於難。

〔二〕王逢辰（一八〇二—一八七〇）：字芑亭，嘉興（今屬浙江）人。王福田子。貢生，候選訓導。工詩文，以徵文考獻爲事。續刊《自靖錄》，編纂《竹里詩輯》、《槐花吟館詩》、《檇李譜》等。傳見《清代畫史增編》、光緒《嘉興縣志》卷二三等。

桃谿雪題詞〔一〕

秦緗業　等

題桃谿雪傳奇

兒夫何苦遠離鄉，孤負同心歌一章。枯到庭前紅杏樹，人間那有返魂香？

漢家失計在和親，欲把蛾眉靖戰塵。此去懸崖眞撒手，桃花慚愧號夫人。

黃九才名動一時，譜成豪竹問哀絲。表揚賴有龍瞑叟，頭白重刊幼婦詞。（是書爲海鹽黃韻珊作，而實自桐城吳康甫發之。今板已毁，康甫將謀重刻。）

鏡箔猶留織錦文，遺編未付劫灰焚。烟嵐一幅江南景，絹素何由覓素聞？（絳雪題素聞山水，有『滿窗烟雨夢江南』句。今絳雪畫幅猶有存者，而素聞不可得矣。）梁谿秦緗業澹如〔二〕

題黃韻珊孝廉桃谿雪傳奇後

曾向秦臺泣鳳凰，（孝廉曾作《帝女花》傳奇。）紅顔碧葬更淒涼。春風寫入黃荃筆，卅里坑邊土尚香。

綺年才調女相如，翰墨留題遍國初。一擲危崖千古事，眉樓羞殺老尚書。（龔芝麓尚書有《題絳雪畫冊》詩。）

記昔看山到永嘉，永康城外屢停車。來遲未遇哦松客，誰與城西訪杏花？（吳康甫大令作永康丞，訪知城西由義巷，即絳雪故居。余兩至永嘉，距康甫作丞時二十餘年矣。）

離合悲歡任意編，傳奇體例想當然。我今更定瑤華譜，續得佳人命一年。（傳奇事實，與本集不甚合，院本體裁也。余編次《絳雪年譜》，寄康甫大令，刻之本集之前，較陳琴齋考定絳雪死年二十四者，又多一年也。）德清俞樾蔭甫

題黃孝廉韻珊桃谿雪傳奇後

昔傳《帝女花》，海外才名重黃九；今見《桃谿雪》，詞壇讋服齊俯首。冰甌滌筆寫霜娥，知是君身才八斗。忠義感激扶綱常，離合悲歡嘆童叟。巴人不識《陽春》曲，盡道此曲天上有。頹然醉夢聽《鈞樂》，八琅之璈帝左右。《霓裳羽衣》舞瓊筵，九重春色仙桃酒。淒如激鵾絃，蟪蛄鳴林皐。

圓如隋侯珍，大小珠盤走。幽如《離騷》抒哀怨，瀟湘帝子驂虯蟉。又如秦女鳳凰臺，吹參差兮佼人懰。紅顔碧葬弔忠魂，丈夫鬚眉亦可醜。珮環空歸夜月明，杜鵑啼血春光久。世事夔蚿影須臾，惟有忠孝名堪壽。君才掞天表節烈，立言如是眞不朽。卅里坑前桃花潭，潭水千尺深而黝。片片飛雪舞桃花，落英繽紛水清瀏。定海孫瑛漁笙〔三〕

絳雪篇

絳雪姓吴，名宗愛，絳雪其字也。浙之永康人，廣文士驥之女。生而國色，幼慧，工詩善琴。長嫁邑諸生徐明英，早寡。耿精忠僞總兵徐尚朝陷處州，游兵至金華，宣言於永康曰：『以絳雪獻者免。』衆議行之以紓難，勢洶洶。絳雪念徒死無益桑梓，乃僞請行，以誘敵出境。行至三十里坑，投崖死。時康熙十三年甲寅六月，年二十有四。海鹽黄韻珊大令燮清，撰《桃谿雪》傳奇，以表其事。余爲紀以長篇，俟輶軒者采焉。

桃谿風雨桃花死，一片香魂呼不起。滿地桃花吊美人，至今嗚咽桃谿水。美人生長出延陵，小字還呼絳雪頻。蘇蕙風姿原絶代，左芬才調更無倫。娭光曼睩年華盛，盈盈如玉誇溫潤。霧鬟斜簪紫燕釵，雲容嬌整青鸞鏡。阿父無聊作冷官，幸留弱女得承歡。藏書替護芙蓉粉，進食分嘗苜蓿盤。生成明慧椿庭侍，熟聞閨訓能牢記。鱣堂花煖晝傳經，馬帳春寒宵問字。妝成長日繡窗前，都梁香爇鴨鑪烟。一曲瑤琴誰更賞？玉纖常自理湘絃。徐陵才貌原非易，坦腹東牀得佳壻。鵲梁早已駕銀河，無用聘錢借天帝。夫婦神仙眷屬如，但期燕好百年居。閨房茗椀同談藝，燈火芸窗伴讀書。雕櫳綺户開妝閣，絶似絳仙花綽約。願得雙聲互唱酬，桂華長譜房中樂。夫壻翩然事遠游，飄零王粲賦《登樓》。依人蓮幕謀終左，念客蘭閨意自愁。關河渺渺音書絕，當歸欲寄愁難説。一去何能返故鄉，誰知小別成長別。噩夢俄驚一夕中，白頭偕老願成空。歌殘黄鵠空房泣，灑遍麻衣血淚紅。從此柏舟堅矢志，守節甘嘗荼蘗味。顧影方深寡鶴悲，噬人豈料封狼至。强藩盤踞八閩雄，背漢陳豨異志同。一時叛將軍威壯，北向稱兵犯浙東。到處迎降爭納土，紛紛揖盜開門戶。勢如破竹逼鄰疆，五百灘頭動鼙鼓。殺氣沈沈暗不開，連朝風鶴費驚猜。彈丸地乏孤城守，（永康縣無城。）難禦如雲蟻賊來。豈知賊意兵何舉，欲歌得寶紅樓女。帳前倘肯獻娥眉，境内休教來虎旅。欲戰無兵力不支，和戎魏絳議偏持。要憑一搦纖腰女，去抵貔貅十萬師。鐵騎奔騰將壓境，臨時無計安鄉井。豈惜傾城委虎狼，乞憐祗解登門請。此際惟圖罷戰爭，嬋娟仗義請長行。『苟能四境全桑梓，賤妾何堪戀此生！』感恩舉邑人原眾，金杯祖餞開筵送。繡服雲鬟別換裝，珠鞭手執銀鞍鞚。馬上紅妝去不停，弓刀結隊健兒迎。風吹大野牙旗動，日落嚴營畫角鳴。前程迢遞連荒驛，越山無數傷心碧。遠樹重重客路長，暮雲黯黯家園隔。死所爭尋到眼前，驚鴻影落碧峯巔。投崖慷慨追陳婦，玉碎珠沈總可憐。血染蒼崖消不得，死重泰山原爲國。青史無慚節烈名，紅顏足壯江山色。旋看天上下神兵，梗命三苗指日平。無諸城上降旗樹，露布飛傳達帝京。秉鉞元戎能剿賊，（謂康親王。）帷幄運籌眞不測。凱唱聲中壯士還，九仙山畔烽烟息。早憑巾幗出奇謀，劫免沙蟲一邑留。虱命人民全萬戶，鸞閨氣節重千秋。檀板一聲聲欲裂，新詞爭唱《桃谿雪》。谿上桃花似血紅，隕崖猶想當年烈。長洲秦雲膚雨

桃谿雪樂府題詞吴康甫二尹（廷康）屬作

國初，永康閨秀吴絳雪宗愛，色麗才清，人稱桃谿女史。著《緑華草》、《六宜樓詩》。兼工繪事，嫻音律。歸邑諸生徐，未幾寡。會耿逆叛於閩，僞總兵某寇浙東，豔絳雪名，欲致之。邑之人謀以紓難，寇至，强之行。絳雪爲一邑生靈計，遂慷慨行。以智紿寇出境，乃觸巖石死焉。康甫丞永康，摭其死節事實，屬海鹽黄孝廉（憲清），譜爲院本。間以示予，乞題卷首。道光三十年歲次庚戌十月朔，燕山徐維城韻生（四）。

潭縣日月峯芙蓉，（金華有日月潭、芙蓉峯。）鬱靈杰氣蘭閨鍾。吴家有女巾幗雄，光潔二曜羅其胷。才如花豔顔花紅，協律和聲學鳴鳳，寫生秀影藏驚鴻。椿蔭久承憐絮詠，玉臺春喜妝臺映。配稱嘉耦自無猜，歌矢同心甘並命。翩然風信一帆吹，吹醒鴛鴦各自飛。乍愴離鸞惜梔繭，俄驚寡鵠斷琴徽。星孤女是熒生側，翼覆兒空贏負悲。一杯酒奠一抔土，告慰添丁已可哀。（並見《六宜樓詩》中。）蜃霧蒸雲飄忽起，起從海角延閨裏。壓境貔貅氣欲吞，空城鼠雀神先死。志必得者傾城姝，爾獻則生否則屠。聚而謀者無丈夫，漢唐故智和戎乎。連臂而來沈墨氣，幽居之中聲鼎沸。慷慨從行仁且智，安詳應變行無事。無驚無怒無悲淚，戴二天者踵而至。闔邑萬戶同零涕，一笑揮手公自去，耳畔無爲徒絮絮。騎馬赴賊中，見賊言從容：『生吾桑梓吾若從。』一聲金鳴偃旗鼓，一擲玉碎傾泰嵩。白石照心心錬石，以身觸石石成璧，匪石能璧石血赤。血赤不作桃花瘢，千秋彝鼎同斑斕。浸於蒼壁神呵護，沃以銀漢天憫憐。一刻千秋計無左，我生我死都由我。軍張孃子何以尚，城號夫人無不可。足使一城長槍大戟無可奈何人，恨不能化玉立天人身，挺身而出全生靈，全生靈復全其名，坐令奇功偉烈七尺輸娉婷。獨奈何傳信傳疑百餘載，疑諱相仍表彰怠。芙蓉有時隱香澤，日月終難晦光采。同宗曠代來一丞，乾坤正氣千鈞承。不獨幽貞靈爽陰式憑，訪乃遺逸得其眞，被之金石旌其神。豈惟一時一事幽光潛德深仁毅，烈名不墜，直使千年萬代忠臣孝子、義士節媛胥同伸。遺我一卷使我讀，使我讀之冠帶肅，心快生花不忍笑，淚凝成珠不敢哭。歌以代哭神爲馳，唾壺擊碎如意揮。得其仿佛千古誰？無乃五代西蜀鄉貢進士妻。才色節烈相等夷，奇功奇智尚覺難追隨。轉憶永康古道穩坐肩輿時，寡聞譾陋余堪嗤。此地此人曾不知，猿鳥窺客應笑嘻。不然敬當舍輿而徒手折松柏女貞各一枝，薦清泉之明水，拜手稽首而吊之。

桃谿雪題詞（己未年作於故鄣〔五〕）

石霞山色連雲起，間氣獨鍾奇女子。清才絕貌世無雙，兼聞軼事傳鄉里。家住桃谿第幾橋，鱣堂隨宦正垂髫。劉氏一門皆穎慧，鮑家小妹最妍嬌。自小璇閨擅三絕，按曲《霓裳》識初拍。一篇巧製代庭闈，萬口喧稱滿吳越。吳宗有女名素聞，相親相愛惜離羣。到眼梅花添別恨，同心梔子得迴文。天上石麟締嘉耦，食貧巧試羹湯手。鴻案雖齊德曜胥，鹿車不共少君走。薄命紅顏自古多，望夫山下奈愁何？可憐宛轉青鸞舞，變作淒涼黃鵠歌。纔見秦嘉別徐淑，忽過高樓聞朝哭。蓼室蘭燈獨自明，墓門麥飯無人續。文姬才調文君豔，天爲蛾胥開生面。難得宜男姊妹花，榮分玉樹養瓊芽。盛會依然作湯餅，茹蘗飲冰未始奇，斷臂焚身亦何怨？由來失計是和親，漫說傾城屬美人。忍將哀感鳳凰調，去逐縱橫豺虎塵。蛾胥一騎向何處？三十里坑芳草暮。下視寒潭徹底清，撒手懸崖是歸路。桃花流水自悠悠，明月清風幾度秋？碧玉難尋他日井，綠珠曾墜舊時樓。珠沈玉碎總如此，千古傷心同一死。如何峻節貫冰霜，更有奇功庇桑梓。此事銷沈二百年，翻令篇什早流傳。不是好奇搜志乘，爭知遺烈照江天！我今但讀《桃谿》曲，憑弔不見桃谿屋。碧血春山化杜鵑，年年啼上女貞木。衡山陳偉杰人〔六〕

桃谿雪題詞（己未年作於故鄣）

蕣華容貌《柏舟》哀，鼙鼓聲聲馬上催。欲吊驚鴻何處是？空留翩影在瑤臺。

去國和戎讖已成，冰心一片最分明。祇今惟有霜天月，照見寒潭分外清。

桃花豔麗雪精神，彩筆爭題當寫眞。一代傾城好顏色，論才猶勝墜樓人。

一曲新詞唱落暉，人間豔說五銖衣。誰知碧血羅襟上，化作秋螢夜夜飛。合州女史張蘭畹香〔七〕

桃谿雪題詞並序

咸豐己未，鍾英承乏故鄣。吴康甫參軍以事見過，出示《絳雪詩集》及《桃谿雪傳奇》。時庭闈就養在鄣，皆有題。次年，即遭兵燹，零落十餘年。今爲鮮民，再晤吴君武林，道將重梓是編，仍徵題咏。並言絳雪父隨宦滬上，生絳雪，母出應氏。芝英莊窗間，有絳雪畫《杏林春燕圖》，猶及見之，屬爲入詩。棖觸往事，揮涕不已。因錄先親遺墨致吴君，並附數詩於後。同治甲戌十一月下浣書〔一二〕。

蓼莪雖廢亦徒然，往事何堪憶昔年？爲有先親遺墨在，更教和淚寫新篇。

絕世容華絕世才，一吟黃鵠不勝哀。滬川亦有明妃井，不逐琵琶過紫臺。

卅里坑前花似雪，六宜樓外月如霜。須臾忍死全桑梓，玉碎珠沈倍斷腸。
環佩何年化鶴歸，春風二月自芳菲。杏林圖畫飄零盡，應氏堂前燕尚飛。衡山陳鍾英槐亭〔八〕

吴康甫先生屬題桃谿雪樂府爰分韵各繫五古一章以應并序

按《桃谿雪》，爲永康烈婦絳雪作也。康甫昔佐治永康，詢悉生員徐明英之妻吴氏，於康熙十三年六月耿藩叛時，賊兵逼永康，官紳議以吴氏獻賊將徐尚朝，爲緩兵計。吴氏新寡，迫於眾議，慨然就道，行至三十里坑，乘間墜崖死。既保鄉里，又全志節，非才智兼備者不能，洵足傳矣。惜志乘未載，康甫特丐黄韻珊孝廉，譜是冊以表之。又刊其《六宜樓》、《綠華草》遺詩，以廣其傳，甚盛舉焉。因屬珍分題記事。

紅杏倚雲栽，並坐玩春色。願作護花仙，芳菲常愛惜。手製同心歌，情戀雙飛翼。恐遭風雨狂，合歡難再得。（《閨敘》）

浪激海濤飛，氛起南風惡。偉哉李西平，坐鎮芙蓉幕。虎旅練雄師，龍韜運方略。未雨先綢繆，營門夜吹角。（《防釁》）

生成姊妹花，種就相思草。纏綿情不斷，離愁惄如擣。既怨別時多，又恐會時少。作伴在深閨，時續吟花稿。（《延素》）

强藩太鴟張，降將甘受餌。如虎猛添翼，如犬馴帖耳。烏合效前驅，豕突拔堅壘。頓使風鶴驚，流民遍鄉里。（《閨變》）

丈夫志四方，匪必爲封侯。臨歧重惜別，欲留不能留。陌上折楊柳，腸斷送行舟。但願早歸

來，毋令怨白頭。（《送外》）

巖巖栝州城，山高灘亦險。虎豹能當關，專閫職無忝。奈何漏戎機，納款效卑諂。坐失桃花隘，貽禍誠非淺。（《約降》）

明妃昔和戎，萬里嫁單于。忍死終辱國，青冢草已枯。春風翦紙飛，出塞題新圖。自顧憐紅顔，薄命將何如。（《題箏》）

匼匝陣雲屯，桴鼓軍威振。迅馳霹靂車，大展魚龍陣。小醜敢跳梁，火急援師進。一戰遏兇鋒，不辱將軍令。（《遣援》）

朝朝驚烽火，去去送行雲。淚眼難爲別，驪歌不忍聞。臨行何所贈，錦字織迴文。同心如此鏡，清光兩地分。（《別素》）

方嗟行路難，況是新婚別。愁雨復愁風，中途病疲苶。離亂聞鄉音，家室悔輕撇。誰乞續命湯，哀哉旅魂絶。（《旅病》）

子規聲已斷，鴻雁信已沈。昨宵驚噩夢，今日聞哀音。破鏡難再圓，斷釵難再尋。空上磨笄山，淒淒哭藁砧。（《慟訃》）

昨據栝蒼城，今度縉雲嶺。戰馬紛縱横，時聽軍聲警。紛紛永康民，逋逃各馳騁。哀此嫠婦居，獨立吊形影。（《寇逼》）

强敵肆憑陵，退師苦無策。誰爲獻計人？搜羅到巾幗。婉嫿如王嫱，共羨傾城色。藉爲餌

敵謀，可以安反側。（《紳閧》）

昔日杏花盛，杯酒歌團圞。今日杏花枯，手植傷凋殘。寡鵠守孤幃，欲飛無羽翰。豈獨不能飛，迫之嫁呼韓。（《迫和》）

捨身救梓里，靦面登雕鞍。矢志終不移，撒手懸崖間。清流鳴澗底，白日燭雲端。堂堂奇女子，節烈永不刊。（《墜崖》）

青青溪上柏，皎皎溪中月。烈烈美人魂，瑩瑩美人骨。玉貌遺人間，驂鸞赴仙闕。一抔香冢青，芳草年年發。（《收骨》）

天兵有神助，忽罥蚩尤霧。玄黃龍戰野，鱗甲若飛絮。鼓振驅奔猿，網密獲狡兔。大將慶功成，詰朝馳露布。（《霧捷》）

惜別意纏綿，贈我迴文句。字字和淚珠，絲絲織愁縷。何時明鏡圓，並影鏡中顧？永懷素心人，莫訴相思苦。（《玩圖》）

舊徑尋芳蹤，花落無人問。身拚珠玉傾，命爲干戈殉。淒涼燕子樓，一例歌《長恨》。洗盞吊幽魂，無計消愁悶。（《吊烈》）

前身翠水仙，暫墮人間世。笑摘杏花枝，因緣證端委。留得一編詩，遺句珍若綺。豔雪明桃谿，芳名著彤史。（《仙證》）　江都錢國珍子奇〔九〕

（清光緒三十三年丁未春成都刻、民國八年上海掃葉山房石印本《桃谿雪》卷首）

【箋】

〔一〕底本無總題名，版心題『題詞』，據以補題。

〔二〕秦緗業（一八一三—一八八三）：字應華，號澹如，無錫（今屬江蘇）人。兵部侍郎秦瀛（一七九三—一八二一）三子。道光二十六丙午（一八四六）副榜，充史館謄錄。連試不利，援例改浙江同知，積官至候補道，以疾辭歸。曾師事梅曾亮，受古文法。著有《虹橋老屋遺稿》。傳見《碑傳集補》卷一七、《碑傳集三編》、《桐城文學淵源考》卷七、《清畫家詩史》辛上、《近世人物志》等。同治十三年（一八七四），撰《重刻徐烈婦詩序》。

（三〕孫瑛（一八三二—？）：字漁笙，鎮海（今屬浙江）人。附生，肄業詁經精舍。光緒二年丙子（一八七六），中鄉試副榜。著有《吳山草堂詩文集》。傳見《清代硃卷集成》。

〔四〕徐維城（一八一五—一八九〇）：字綱伯，號韻生，丹徒（今江蘇鎮江）人，寄籍順天通州（今屬北京）。道光十四年甲午（一八三四）舉人。晚任貴州貴筑知縣。工詩，著有《天韻堂詩略》、《天韻堂詩存》、《天韻堂賦鈔》、《天韻堂詩續存》、《天韻堂詩存遺》等。傳見李恩綬《丹徒縣志摭餘》卷八、民國《續丹徒縣志》卷一三等。

〔五〕己未年：咸豐九年（一八五九）。

〔六〕陳偉：字杰人，衡山（今屬湖南）人。陳鍾英（一八二四—一八八〇）父。生平未詳。

〔七〕張蘭（一八〇三—？）：字畹香，號士隱，別署涪陽女史，合州（今四川合川）人。舉人張乃孚女，湖南陳某室。能詩，著有《毓芝室續稿》。傳見《合川縣志》。

〔八〕陳鍾英（一八二四—一八八〇）：原名緬，字槐亭，又作懷庭，衡山（今屬湖南）人。陳偉子。諸生，遊幕江南。道光二十九年己酉（一八四九）舉人，官浙江安吉、鄞縣知縣。著有《百尺樓詩鈔》、《百尺樓文鈔》、《知非齋詩鈔》、《知非齋文鈔》、《知非齋詩文續鈔》等。參見陳鼎等《懷庭府君年狀》（光緒六年木活字印本）。

〔九〕錢國珍（一八一三—一八八二後）：字子奇，號寄廬，一號沁齋，江都（今江蘇揚州）人。道光二十三年癸卯（一八四三）副貢，二十九年己酉（一八四九）順天舉人，會試屢薦不售。客都中十五年，名播公卿間。後攝浙江瑞安、龍泉、餘杭等縣。光緒元年（一八七五），補安吉知縣；八年，遷瑞安。著有《峯青館詩鈔》、《峯青館詩續鈔》、《寄廬詞存》。傳見《歷代兩浙詞人小傳》卷一五、民國《續纂泰州志》等。

補桃谿雪傳奇下場詩跋

許奉恩〔一〕

海鹽黄韻珊孝廉所撰《桃谿雪》院本，筆墨精妙，竟欲與孔云亭《桃花扇》抗衡。大抵奇文非奇人奇事，難臻其極。《桃花扇》一書，實因時際艱屯，事多盤錯，云亭偶然得之，用以抽祕騁妍，一暢發其名士美人離合悲歡、牢落無聊之氣。諺云：『作文必得好題。』誠哉是言也。今《桃谿雪》既得好題，而文實能雅與題稱。然非康甫二尹表揚幽隱，幾使奇節湮沒不彰。於以嘆天下古今奇人奇事正復不少，特恐無好義如二尹者留意采訪，亦徒聽其與庸夫村豎，同歸澌滅而已耳，不亦重可痛惜乎哉！

余讀此書，既欽二尹之善於能表揚，又喜得黄君奇文以傳於世。詞句科白直無毫髮遺憾，而見者往往多以齣末缺下場詩爲嗛。爰不揣譾陋，爲補足之。每齣一遵詞之原韻，蓋壹踵《桃花扇》例也。續貂之誚，在所不免，識者亮之。

咸豐七年歲次丁亥秋九月，桐城叔平許奉恩並跋於涌金門之子城巷。

【箋】

〔一〕許奉恩（一八一五或一八一六—一八七八）：字叔平，號菽坪、勖屏，别署蘭苕館主人，桐城（今屬安徽）人。諸生，屢試不第，入幕爲生。同治二年（一八六三），因功薦爲知縣，授通議大夫，未得實任。著有《里乘》（一名《蘭苕館外史》）、《蘭苕館詩集》、《蘭苕館詩鈔》）、《桐城許叔平品文論詩合鈔》、《蘭苕館雜記》、《轉徙餘生記》等。傳見《安徽通志稿·藝文志》。參見李偉實、許志熹《許奉恩家世及生平考略》（《明清小説研究》一九九一年第四期）及《許奉恩評傳》（《明清小説研究》一九九九年第二期）。

桃谿雪傳奇跋

吴廷康

嗟乎！伊古以來，深山幽谷，窮巷窟門，舍生取義之人，名湮沒而不稱者，可勝道哉！或喪亂之際，覩志無人；或歲月既深，記載尟據。又或流傳失實，所聞異辭，則且疑其迹而諱其事。然而義烈之操，堅貞之志，其精靈常自存於天地之間，終使後之人得以諮訪故老，搜采逸文，爲之表章稱述，傳信千秋，則名之因湮沒而愈顯者，非偶然也。

余生平遊迹所經，輒訪求古今忠孝義烈遺蹟，爲之題墓立石，以補志乘之所未及。道光二十三年，官永康丞，喜其俗樸民醇，敦尚志節。曾采訪苦節窮嫠，未邀褒奬者，請於大府，彙而旌之。嗣聞康熙間有徐烈婦吴絳雪事，邑志家乘皆未之載，心竊傷焉。因訪得其殉難始末，屬海鹽黄韻珊孝廉，譜《桃谿雪》樂府，既梓行矣。

後復廣諮博詢，知縣城西由義巷爲徐氏故宅，縣東北四十五里後塘衖爲烈婦母家，至今吴氏聚族而居。余皆親歷其地，父老尚有能言烈婦事者。項聖模明經家，傳其先世所紀云：『烈婦初聞邑人之議，急趨母家，謀所以自全。而賊兵自縉雲踵至，索烈婦，勢洶洶。闔族具雞黍啖賊，先詭諾以緩其虐。時當六月，眾方冒暑麕集，亦暫寢息。五更復具供張，索益力。族不能匿，乃出烈婦。賊遽喜以偕行，至義烏縣界三十里坑椒川谿口路亭下，始以智計捐軀，即葬其地。』此殆所謂傳聞異辭者耶？要之，烈婦死志早決，其稍緩須臾者，徒欲使賊兵不蹂躪鄉里耳。而無識者乃從而疑之，遂從而諱之。嗚呼！此邑志所以無徵，而家乘所以失傳也。

余過三十里坑，求烈婦墓不可得，俯仰憑吊，感慨係之。於是郵乞海昌許辛木農部爲之傳，弁諸樂府之首，再付梓人，跋廣其傳，而烈婦之名益彰。豈非正氣不可磨滅，有以自存於天地間哉？梓既成，爰識數語於後。

咸豐二年歲在壬子仲春之月中浣，桐城吴廷康跋於浙江省垣寓齋〔一〕。

【箋】

〔一〕題署之後有印章二枚：陽文方章『廷康之印』，陰文方章『肅山』。

桃溪雪跋

丁文蔚〔一〕

吴康甫貳尹見示陳琴齋孝廉手訂永康《徐烈婦詩鈔》，余亟以付梓人，陳君復爲校勘，俾成善本。因謂吳君曰：『子嘗屬黃韻珊孝廉傳烈女事爲《桃谿雪》樂府，武林雖有刊本，而刷印無多，流傳未廣，若與《詩鈔》並出行世，俾好事者播諸管絃，演諸通都大邑，則人人心目中皆有墜崖遺烈，不止零篇賸句爲藝林寶貴而已，豈非維持世教之助乎？』余聞而韙之，乃與王君歛篁合貲重刊，以復於二君，而識其緣起如此。

咸豐二年中秋，永興丁文蔚豹卿甫識。

（以上均清光緒三十三年丁未春成都刻、民國八年上海掃葉山房石印本《桃溪雪》卷末）

【箋】

〔一〕丁文蔚（一八二七—一八九〇）：字豹卿，一作豹興，號藍叔、韻琴，別署大碧詞人，室名大碧山館，蕭山（今屬浙江）人。咸豐九年己未（一八五九）舉人，任長樂知縣。工詞，善畫。傳見《歷代兩浙詞人小傳》卷一一、《寒松閣談藝瑣錄》、《清代畫史增編》等。

附　桃谿雪題識〔一〕

藏　一〔二〕

此吾邑黃①韻珊先生《七種曲》之一也。先生當道光、咸豐年間，與同邑沈文節公、顏雪廬、陳琴齋諸先生齊名。（沈文節公爲先曾祖門人，而陳琴齋先生則先祖妣之父也。）而先生尤工詞曲。所居倚晴樓，在邑城南門內，擅園亭之勝。自遭兵燹，至今僅存一片荒土。所撰《七種曲》，同時被燬。先生無子，其女壻馮君纘齋，爲合詩集及所選《續詞綜》刻之，藏板於家，即邑中馮氏是也。余於前清季年，曾借板重印一次。今又卅餘年，其板不知尚存否也。比向吳中書賈購得此本，旋又得其全集，因以此本付季女藏之。

丙子季夏〔三〕，藏一識〔四〕。

（北京師範大學藏清咸豐七年雲鶴仙館刻本《桃谿雪》卷首墨書）

【校】

①黄，底本作『王』，據人名改。

【箋】

〔一〕底本無題名。

〔二〕藏一：或名蕭如。生平未詳。

〔三〕丙子：民國二十五年（一九三六）。

〔四〕題署之後有陽文方章『蕭如』。

居官鑒（黄燮清）

《居官鑒》，《倚晴樓七種曲》第七種，《今樂考證》著録，現存道光間原刻本、咸豐七年（一八五七）刻《韻珊外集倚晴樓七種曲》本、同治間刻《韻珊外集倚晴樓七種曲》本、光緒七年（一八八一）

刻《韻珊外集倚晴樓七種曲》本(《傅惜華藏古典戲曲珍本叢刊》第九三—九四册據以影印)、光緒三十三年(一九〇七)海鹽開通新書局重刻《倚晴樓七種曲》本。

(居官鑒)跋〔一〕

馮肇曾〔二〕

先外舅黄韻珊先生,以縣麗之才,負經緯之志,發而爲文,蓋自抒其所得,非苟焉已也。所箸《倚晴樓集》、《續詞綜》及《帝女花》、《桃谿雪》傳奇,僚壻錢唐宗子城太守官鄂時〔三〕,重爲鏤板行世。《脊令原》一編,以絲緒紛如,精采少減,並《居官鑒》上下卷,藏稿未刊。《茂陵絃》、《鴛鴦鏡》、《凌波影》舊附《外集》,爲五種,晚年自悔少作,懺其綺語,燬板不存。然要皆防情之作,不失乎禮義之正,海内通人亟稱之。

肇曾自維陫質,學殖無成,不足以表彰先生之盛業。幽居無那,常取數種讀之,實足以啓發善心而懲創逸志,商諸子城,請任刻貲。子城守正學,又夙聆先生之言,未之許也。去歲,子城卸蘄陽篆,養疴鵠垣,又屢致書,以是編爲言。子城鑒余之誠也,屬其門人武昌柯孝廉蓀安、錢唐翁茂才式如〔四〕,校讎附梓。甫開雕,而子城遽謝世。柯、翁二君爲促成之,以竟厥志。先生工駢偶,文稿多散佚,存者僅十數篇,容續刻焉。

光緒辛巳上巳日,子壻海鹽馮肇曾。

（《傅惜華藏古典戲曲珍本叢刊》第九四冊影印清光緒七年刻本《韻珊外集倚晴樓七種曲》所收《居官鑒》卷末）

【箋】

〔一〕此文或當爲《倚晴樓七種曲》總跋。

〔二〕馮肇曾：字纘齋，海鹽（今屬浙江）人。黃燮清次女黃琇（？—一八六四）壻。官江蘇候補同知。

〔三〕宗子城：即宗景藩（一八二五—一八八〇），字子城，號屏伯，錢塘（今浙江杭州）人。黃燮清長女黃珏夫。廩貢生，肄業詁經精舍。咸豐元年辛亥（一八五一）恩科舉人，九年己未（一八五九）進士，揀選知縣。同治八年（一八六九），授襄陽知縣。十二年，任鄂州知縣，刻黃燮清《國朝詞綜續編》。官至蘄州知州。與戲曲家張道（一八二一—一八六三）友善。著有《種茶說十條》、《蠶桑說略》。傳見《清代硃卷集成》、張鳴珂《寒松閣談藝瑣錄》卷一等。

〔四〕柯蓀安：武昌（今湖北武漢）人。孝廉。翁式如：錢塘（今浙江杭州）人。諸生。二人生平均未詳。

玉臺秋（黃燮清）

《玉臺秋》傳奇，《古典戲曲存目彙考》著錄，現存光緒七年辛巳（一八八一）桐城吴氏瓊笏山館刻本，綏中吴氏綠雲山館據以鈔錄（《綏中吴氏藏鈔本稿本戲曲叢刊》第一六冊據以影印）。

玉臺秋自序

黄燮清

《詩》三百篇，皆言情之作，而《關雎》首夫婦，以其得乎情之正也。顧人莫不知有夫婦，而情則往往難言之。彼反目而訴誶者，無論矣；或溺於燕私，昏於嗜慾，則亦登徒子之所好，曾何足語於情哉？

吴君康甫，情種也，篤於伉儷，得《國風》之正。宜人張氏，溫雅柔順，善侍君子，康甫病疫，常二十晝夜，目不交睫，侍湯藥不稍懈。夜静，輒焚香禱佛，願以身代。宜人固善病，以病者侍病者，及康甫病癒，而宜人遂至不起，其亦以身殉情者歟？康甫既痛其逝，而又憫其代己也，囑爲樂府以傳之。予不文，何足以傳宜人？而康甫請之堅，予益信康甫之情之摯，有不以生死久暫踰者。遂不忍卻其意，爲塡是本，既重康甫之託，且以風世之爲夫婦者。

丁酉送春日〔一〕，韻珊黄憲清識於擊空明室。

【箋】

〔一〕丁酉：道光十七年（一八三七）。

（玉臺秋）序

楊葆光〔一〕

桐城姚惜抱之言曰：『著書者，欲人達其義，故言之首尾曲折，未嘗不明貫，必不故爲深晦也。』夫著書之不深晦而明貫者，莫院本若矣。一人一家之事，非單辭短章所能盡，而悲慨鬱勃，必使首尾曲折以出之，此《玉臺秋》所爲作也。

吳君康父，悼亡不已，其友海鹽黃韻珊，爲譜此本。書中所稱惲士珍，即韻珊自謂也。君喜交文士，同時復有蕭山陸𡒄三人者，特見契於陳碩士學使。陳故惜翁高弟，主持風雅，得人物特盛。書中所稱高斗華即碩士，欒奇即陸𡒄次山也。君娶於張，外姑姚氏，蓋惜翁之猶女，而石甫之族妹。書所稱姚公祠，在西湖蘇公祠側，祀前明杭州守芳麓先生，爲惜翁、石甫之嫡祖。而君配宜人，實姚所自出也。宜人既生長巨族，深明《詩》、《書》大義。既歸君，事孀姑，和妯娌，戚黨無閒言。素虔奉大士，嘗夢老人偕白衣者，授以兒而感孕。宜人初未見君舅，醒以其狀告君，乃知爲君父咏泉先生。故長子候選訓導福崇之生，初名志祖，以志其異。及長女式順生，宜人病甚。其弟夢白名長庚者，禱於神，願減己壽十年，以延姊算。既感夢大士，病霍然愈。生次子福成，次女式柔，以迄於沒，適符十年之禱。《禱佛》下本，擬有《麟兆》、《試嘑》二闋，以著大士之顯應。韻珊以上、下卷次不勻，故闕之。君少好博覽，不得志於有司，謂當讀有用之書，不宜逐逐於詞章之末，益發所藏古書、金石文字，沈浸穠郁，多識前言往行。宜人復爲之收掌編纂。及宦游至浙，受知大吏，所交多賢俊士，座上客常滿。宜人主持中饋，脱簪供客，無難色。有如皋張壽承者，爲故方伯張朝覲之子，巡查錢塘門外，老病且貧，臨終以身後託君。君爲經紀其喪，供給乞貸，以歸其孥，宜人復解手釧以濟之。如《情敍》、《哭弟》等篇中所及，皆實事也。宜人既以力疾侍君之疾，又感念君姑慈母不置，鬱鬱不自解。君疾益危，宜人禱天，願以身代，竟得請而死。君之所以悲傷不能自已者，蓋不特婉孌伉儷之重。自念生平以道義忠孝爲己任，使非宜人鋭然請代，設中道而廢，則未竟之志，何暇慎始圖終？蓋君於世味淡，嘗權知杭、湖屬縣，授平湖丞，而君不以爲意，嘗曰：『吾幸不爲煩劇，得以專力闡揚，爲世道人心計。』所至必表彰節烈，修復祠宇。今杭城内外，石碣相望，皆君所表。古聖賢仙佛廟祀舊址，或已修復，或尚榛莽，行路者皆欷歔感歎，以爲君莫大之功也。尤盡力於岳忠武，考出初瘞舊地，重新廟貌，扶植忠裔。每有所興作，必請於神，神必許之。君之精神，洵足貫金石而動神明矣。次子福成，助君籌購忠骸舊址，奔走督率土木尤力。宜人二子二女，皆能金石繪事。諸孫多有入黌序有聲者，而次君贊成闡忠之功甚偉，益見宜人教澤之深矣。

予於咸豐戊、己間識君〔二〕，君已白鬚飄然。迄今二十餘年，勁健猶昔。頃以此本乞序，因得並及其生平如是。桐城固多名儒，惜翁尤以斯道自任，有契聖賢之旨。而君之以神道設教，亦推廣聖賢之餘意。韻珊此作，曲盡纏綿悱惻之情，與惜翁論文之言合。而予尤有感者，表忠義，復祠宇，皆爲有司供職中之一端，乃有司者不爲，而君獨毅然爲之。宜人之奇節懿行，感應卽在門內，可以風世之爲有司者。則《玉臺秋》之關繫實大，又豈特美其不深晦而明貫矣乎！

光緒六年歲在庚辰冬十二月，婁縣楊葆光譔。

【箋】

〔一〕楊葆光（一八三〇或一八三二—一九一二）：字古醞，號蘇庵，別署紅豆詞人，婁縣（今上海）人。歲貢生，授黃巖縣丞。光緒間，擢龍游、宣平、新昌知縣。工詩文，善書畫。罷官後，遊海上，賣書畫自給。著有《蘇庵文錄》、《蘇庵駢文錄》、《蘇庵詩錄》、《蘇庵詞錄》（合稱《蘇庵詩文集》，光緒元年刻本）。傳見張錫恭《茹荼軒續集》卷六《家傳》、《近世人物志》、《清代畫史增編》卷一四、《清代畫史補錄》卷二、《歷代兩浙詞人小傳》卷一五、民國《上海縣志》卷一七、民國《龍游縣志》、民國《宣平縣志》等。

〔二〕咸豐戊、己：咸豐八年戊午（一八五八）、九年己未（一八五九）。

（玉臺秋）題詞

徐維城

龍眠數名族，映照張與吳。合併圭璧雙，邦彥靜女姝。一解。

之子于歸，宜其室家。荏弱清癯，乃召病魔。脊令在原咨以嗟，亟假之年延春華。二解。

從夫作宦奉尊章，命鴻案輟舉。二十晝夜侍夫病，弟假年之姊，乃請以身代厥夫，禱於我佛無躊躇。夫竟起，身竟殂。三解。

展如之人邦之媛，生天侍佛語非讕。慈雲之中金童孌，信女突爲善男善。四解。眷似續，無死生，成仙成佛猶人情。愛子偶弗豫，降壇定方藥，一服霍然愈。解五。揚芳表忠隨而翁，積勞甚，不有躬。愛子今亦歸蒼穹。想見執事蓮臺中，休沐之暇，侍母洩以融。解六。

白首黄門壽末艾，大耋期頤靡有害。眷思故侶輒感喟，表彰賢淑述靈怪。屬予一言彤史綴，濡墨毫，迅掃首，舟帆將挂。辭不文，敬再拜。解七。徐維城韻生

（以上均《綏中吴氏藏鈔本稿本戲曲叢刊》第一六册綏中吴氏綠雲山館據清光緒七年刻本鈔錄《玉臺秋》卷首）

補玉臺秋下場詩跋

楊葆光

吴君康甫，昔嘗刻《桃谿雪》院本，許叔平以缺下場詩，爲之補綴於後。今復刻此本，屬予評校。踵許君之例，亦爲補作小詩。許君謂每齣一遵詞之原韻，係沿《桃花扇》舊例，今亦如之。惟《得士》、《感逝》二齣，詞後原有詩，雖非原韻，不敢更作以亂前人之眞也。

光緒六年歲在庚辰冬十二月，葆光並記。

（同上《玉臺秋》卷末）

支機石（蔡榮蓮）

蔡榮蓮（一八〇五—一八九一前），改名嘉淦，一作嘉佺，字金炬，新建（今屬江西）人。道光十七年丁酉（一八三七）舉人。二十四年，任江西德興訓導。著有《明志齋詩鈔》。撰雜劇《支機石》。傳見同治《新建縣志》卷三三。

《支機石》，《古典戲曲存目彙考》著錄，現存光緒十七年丁酉（一八九一）蔡希邠刻本，《傅惜華藏古典戲曲珍本叢刊》第一〇四冊據以影印。

（支機石傳奇）序

蔡榮蓮

客有笑蔡子者曰：『神仙之事幻矣，漢武帝求之無益，迨後輪臺一詔，尚知悔悟。子何作此《支機石傳奇》？毋乃涉於神仙一流耶？』蔡子曰：『唯唯，否否，彼世上之有神仙與否？吾不知。張騫之泛天河與否？吾亦不知。第史載武帝元狩元年夏五月，遣博望侯張騫使西域。是時張騫自月氏還，武帝聞西域諸國多奇物，乃有是使。由是尋河源，得支機石。史雖未詳，其軼乃時時見於他說。事雖莫須有，然可以云奇，則傳之而已。且世之傳奇者，每捏爲兒女苟合之事，以污惑世人，余此編不猶愈於污惑者乎？』

客曰：『信如子言，將什襲而藏之可也。』蔡子曰：『不然。彼宋人之藏石則然，余雖愚，不宋人若也。宋人得燕石，自以爲玉，藏之固，遇周客而笑之，曰：「石也。」宋人怒，藏之愈固。余方試筆填詞，節奏未嫺，如燕石之無用耳。有周客直言其非，余且因而就正，又何藏也？他日倘蒙大手筆品題之，俾優人演習之，則歌筵酒客，且樂觀之而不厭焉。吾知當場設法，作如是觀，子且目炫神迷，又安知泛天河者，非即張騫耶？又安知填詞傳奇者，非即張騫後身耶？』

客唯唯而退，以爲箇中解人也。余亦許其有悟機，遂走筆而記其問答於簡端，且以自序。

丁亥閏五月下浣〔一〕，金炬甫並書。

（《傳惜華藏古典戲曲珍本叢刊》第一〇四冊影印
清光緒十七年蔡希邠刻本《支機石傳奇》卷首）

【箋】

〔一〕丁亥：道光七年（一八二七）。

（支機石傳奇）跋

蔡希邠〔一〕

此先大夫二十三歲在西昌書院時，長夏無事，相傳一晝夜脱稿而成者也。先大夫素不嫺音律，偶閲史，至漢武帝元狩元年夏五月，遣博望侯張騫使西域。客適有談其泛天河者，並新得舒白香《詞譜》，兼取諸家院本，填製成曲，雜以科諢，實屬一時游戲之筆。然稿尚在，因刻《詩草》，特寄尹彥孫太守〔二〕，爲正而附刊之。

光緒辛卯孟秋，男希邠並跋。

（同上《支機石傳奇》卷末）

【箋】

〔一〕蔡希邠：蔡榮蓮子。生平未詳。

〔二〕尹彥孫太守：即尹恭保（一八四九—一九〇一後），字仰衡，號彥孫，又作彥清，丹徒（今江蘇鎮江）人。同治九年庚午（一八七〇）舉人，四應會試不第。由內閣中書揀發廣東知縣，歷署雷州、潮州知府，廣西右江兵備道。光緒十年（一八八四），曾參加中法戰爭。著有《抱膝山房詩文稿》、《周官瑣記》、《援越紀實》、《江東詞稿》等。傳見《清代官員履歷檔案全編》卷六、《晚晴簃詩匯》卷一七四、《詞綜補遺》卷七六等。

（支機石傳奇）題辭

杜湘等

幾人能到仙源者，羨煞張騫奇遇。出使西方，浮槎斜漢，親見天孫織女。支機付與。喜載下塵寰，卜翁驚異。耿耿明河，問誰曾泛扁舟去？　壯游已傳千載，看填成妙曲，清新如許。貫月淩雲，乘風破浪，脈脈此情遙寄。引商刻羽。會按拍他年，當場歌舞。酒綠燈紅，令人都羨汝。

（【齊天樂】）　新建杜湘秋舫〔一〕

秋墳鬼唱換塵沙，萬劫難摧筆底花。好爲鈞天增院本，宵深猶燦九光霞。

奇志應封萬里侯，星河長似漢時秋。人間天上皆怊悵，攜石歸來不復游。

清門世德遠貽芳，昨歲芝生繡節旁。（廉訪署中，去年生芝三本。）便與鉛山爭一席，檀槽漫譜《桂林霜》。

減字偷聲愧未工，銅絃猶自擬『江東』。平生虛負乘槎願，愁聽《伊》、《涼》玉笛風。丹徒尹恭保彥孫

（同上《支機石傳奇》卷首）

【箋】

〔一〕杜湘：字秋舫，新建（今屬江西）人。生平未詳。

梅心雪（姚燮）

姚燮（一八〇五—一八六四），字梅伯（或寫作某伯），號野橋、復莊，別署大梅山民，上湖生、疏影詞史、復道人、二石生等，齋名大梅山房、大梅山館，鎮海（今屬浙江）人。道光十四年甲午（一八三四）舉人，屢應會試不第。二十四年（一八四四）後，絕意仕進，歸鄉著述，亦嘗流寓蘇、滬等地。勤於鈔書，著述宏富。著有《大梅山館集》、《復莊詩問》、《散體文酌》、《玉笛樓詞學標準》、《詞律勘誤》、《疏影樓詞續鈔》、《今樂考證》、《琴譜雅音九奏》等，編選《今樂府選》，評點《紅樓夢》。撰傳奇《梅心雪》、《褪紅衫》，今存；《香山願》，已佚。傳見《清史列傳》卷七三、潘衍桐

《兩浙輶軒錄》卷三五、光緒《鄞縣志》卷五一、宣統《諸暨縣志》卷三四、民國《鎮海縣志》卷二七、民國《定海縣志》卷一〇、民國《象山縣志》卷二六等。參見汪超宏《姚燮年譜》(中國社會科學出版社,二〇一一)。

《梅心雪》,一作《梅沁雪》,未見著錄,現存稿本,浙江圖書館藏。

湘文小傳

厲志等

雪香本時姓,無錫產也。道光三四年間,江東患水,居民無以存活,其家鬻於某姓爲婢。某本籍中人,攜至上海,教以琵琶歌曲,年十四始入籍。初名素娟,字湘文,咸以素官呼之,今改名素貞,雪香其近字也。居數年,某復攜至吴門,住上塘浮香閣内。

今年三月,遇蛟門客姚生。生固豪士,負才游俠。姬平時憀悄,少有駐金鞍、共年芳者,於生若將傾委焉。生爲余友,余因生得見姬。姬儀體疏静,寡於言笑,與之同處,繡帷羅幕,如此寂闃。雖當揚音遞酌之間,皓齒依脣爲縱止,膩肌搭紗以掩映,若自矜其玉質,不輕於呈露者。幼時學曲,遂有偏好,乞師多授《牡丹亭》本。每於賓席之上,唱至『如花美眷,似水流年』,輒邑邑不能作聲。嘗與生言流年身世,忽入帳中,許時不出,蓋不欲以傷容示生也。

生感其有效愛之隱,爲作《梅心雪傳奇》,以永其好。梅心雪者,生字梅伯,用以證梅雪之因也。今生倩繢眞者繢姬小象,屬余作傳,附其卷云。

道光丁酉七月七日之夕。定海厲志心甫〔一〕。

余讀侯方域《李香傳》，慨然念香以髫稚之年，識侯生於行旅中，委身事之，無復異志。未幾，生以避難去，不復返。後人讀是傳者，往往有遺憾焉。

予友鎮海姚梅伯氏，豪士也。客吳門，嘗過曲院，遇時姬而悅之。時姬者，字湘文，無錫人。父母以歲歉，粥其女爲婢，初不知粥者之爲樂籍也。稍長，教之度曲弦索，令見客。姬業已無何，遂出見客，恆自矜重，不輕言笑。年二十矣，乃遇姚生。姬得生，自以爲得所屬矣。既度生匱，不能脱己籍，又以生客也，終不能爲己留，意恆鬱鬱，恐傷生意，不令生知其隱。生感其情，爲作《梅心雪傳奇》，以廣其意。瀕行，又倩善畫者，貌姬於梅柎間，命之曰『倚梅圖』，蓋謂己雖去而心未嘗去姬也。是事蓋始於丁酉春三月，而圖成於秋八月，於時姚生猶未行焉。

余以爲美人才士，遇合之奇，古來傳者比比，無足甚異。獨異夫生與姬，非若方域之李香，有不得已而去者，苟執是心，歷久不爽，異日鈿閣文囪，永焉相守，固亦意中事耳。乃於未别之先，慮夫既别之不可復聚，姚生行矣，將何以處姬？吾不能無疑於梅伯云。

元和楊韞華記〔二〕。

（稿本《梅心雪傳奇》卷首）

以上二文，從浮香閣本事寫出。

【箋】

〔一〕厲志（一七八三—一八四三）：原名允懷，字心甫，號駭谷，别署白華山人，定海（今屬浙江）人。諸生。

工詩，善書畫。著有《白華山人詩鈔》、《白華山人集》等。傳見《昭代名人尺牘續集小傳》卷一六、《清畫家詩史》辛上、《清代畫史增編》卷三一、《清代畫史補錄》卷四、《國朝書畫家筆錄》卷三、《皇清書史》卷二八、《國朝書人輯略》卷九、民國《定海縣志·人物》等。

〔二〕楊韞華：字稺雲，一作稺筠，號遲雲，元和（今江蘇蘇州）人。工於詞賦。梨園所演院本，半出其手。書畫皆佳。著有《棗花館詩文集》。傳見《墨林今話》卷一六、《清代畫史增編》卷一四、《畫林新詠·補遺》等。

秣陵秋（徐昫）

徐昫（約一八〇五—？），字鶴孫，别署芙蓉塘别客，泰州（今屬江蘇）人。諸生。道光中，客居山陽、揚州安東。同治初，移居東臺之安豐場。以詩名，遺稿散佚。書法米襄陽。撰傳奇《秣陵秋》。傳見民國《續纂泰州志》卷二五、程鐘（一八二五——一八九八）《淮雨叢談補編》（稿本）。

《秣陵秋》，《明清傳奇綜錄》著錄，現存鈔本，分藏於南京圖書館、南京師範大學圖書館；陳長人鈔校本，淮陰師範學院圖書館藏。參見陳美林《稿本〈秣陵秋傳奇〉作者和創作時代考辨》（《文獻》一九八八年第一期）、陳美林《清代三部以南京爲場景的傳奇》（《藝術百家》二〇〇四年第一期）、朱德慈《校定本〈秣陵秋〉考論》（《戲曲藝術》二〇一七年第二期）。

同時另有一部《秣陵秋傳奇》，乃莊逵吉與陸繼輅合撰，莊逵吉（一七六〇—一八一三），字伯鴻，一字雨香，號恂齋，室名吹香閣，武進（今江蘇常州）人。太學生，捐貲爲陝西咸寧知縣，擢潼關同知。著有《吹香閣詩草》、《三輔黄圖校正》等。撰傳奇《江上緣》、《秣陵秋》。傳見道光《武進陽湖合志》卷二四。參見車錫倫《莊逵吉和鈔本〈秣陵秋〉傳奇》（趙景深主編《中國古典小説戲曲論集》第二輯，上海古籍出版社，一九八七）。

秣陵秋自序

徐　昫

《秣陵秋》者，以秋露之筆，寫秋花之情，而又值羣英秋試之時，处六代秋城之地者也。其地秋，其時秋，其情秋，其筆秋，故一切升沉之感，離合之緣，無不與秋相繫屬。

或曰：『秋之爲言揫也，揫者愁也，子何愁乎秣陵而爲此？』噫！人孰無愁？即非秣陵，愁且莫釋，况秣陵乎哉！然而善言愁者，即可以解愁。余因愁秣陵而有《秣陵秋》之作，此余之所以解愁也。則凡見吾之《秣陵秋》而素有愁乎秣陵者，其亦可同解已夫！

庚子冬杪〔一〕，芙蓉塘别客自記於海西頭之停雲山館。

（南京圖書館藏鈔本《秣陵秋傳奇》卷首）

【箋】

〔一〕庚子：道光二十年（一八四〇）。

附　秣陵秋傳奇題識〔一〕

陳畏人〔二〕

戊辰涂月〔三〕，由邵叔武之子手購得徐鶴孫所撰《秣陵秋》傳奇，上有吳溫叟先生手筆改正〔四〕。去秋，倩董、沈二生錄此副本，今又收拾而校對之。原冊擬換通翁手批杜詩零冊，未定也。

庚午二月朔〔五〕，畏人記。

（南京圖書館鈔本《秣陵秋傳奇》卷首目錄後）

【箋】

〔一〕底本無題名。

〔二〕陳畏人：即陳宗書（一八八三—一九七〇）：本姓史，名鑒庭，五歲時出繼姨夫陳紀元，名味餘，後改名宗書，字鑒庭，號畏人，別署半間書屋主人、綠雪庵主、十石老人、打線巷南一老民，淮安（今屬江蘇）人。於清江浦經營謙益烟店。喜購買、手錄兩淮文獻。後以教書爲生，任淮安政協委員、常委。輯著有《兩淮畫友小識》、《魯一同先生簡譜》、《所知明清學者生卒年表》、《淮山肆雅錄集注》、《淮山尚友編》、《王小史綠蔭堂詩集》、《潘養一先生評陶詩》、《潘養一先生讀書記》等。傳見荀德麟主編《淮安市志》第二九編《人物》（江蘇人民出版社，一九九八）。

〔三〕戊辰：民國十七年（一九二八）。

〔四〕吳溫叟：即吳涑（一八六七—一九二〇），字溫叟，號季實，晚號擊存，室名抑抑堂，清河（今屬江蘇）人。

吳昆田（一八〇七—一八八二）子。諸生，屢不得志於有司，遂棄舉子業，致力於經史詩文。民國初，任衆議院議員。傳見吳其塤《先府君行述》（吳其稑編《淮陰吳氏宗譜》，一九九三年臺北家印本）。

〔五〕庚午：民國十九年（一九三〇）。

秣陵秋傳奇跋〔一〕

吳　涑

光緒甲午春三月，南清河溫叟吳涑校〔二〕。

（淮陰師範學院圖書館藏陳畏人鈔本《秣陵秋傳奇》卷末）

【箋】

〔一〕底本無題名。

〔二〕南京圖書館藏鈔本《秣陵秋傳奇》卷末跋云：「光緒甲午春三月，溫叟校一過。陳畏人手書。」

禱河冰（羅瀛）

羅瀛（一八〇五？—？），字小隱，南昌（今屬江西）人。道光四年（一八二四），年甫弱冠，曾入江西糧道耿維祜（一七七一—一八三〇）幕。撰傳奇《禱河冰》，《今樂考證》著錄，現存道光四年序吳儀寫刻本（《傅惜華藏古典戲曲珍本叢刊》第九〇冊據以影印）。

禱河冰譜序

耿維祜〔一〕

今之塡詞，古之樂府也。有聲有調，被之管絃，可以歌頌太平，羽翼名教，關係者甚大。第自元人以降，雖名作如林，大都風雲月露，以摹寫兒女閨情爲能事，風俗人心，貽害不淺，予嘗爲天下有才者惜之。

南昌羅君小隱，雅人也。年甫弱冠，能文章，兼通音律。愛談氣節，常誦其鄉蔣清容太史『不肯輕提南、董筆，替人兒女寫相思』之句。以故奚囊中紅樓夜月，不欲輕示於人。今年春，予督糧北上，延之幕中。適於友人處，得《漕河禱冰圖詩》一册。《禱冰圖》者，給諫陶公巡視南漕時〔二〕，因河水凍結，禱於露筋神女祠，得邀靈貺事也。小隱見而欣喜，思譜曲以咏其事，予從而贊之。不一月，曲成，凡十二闋。

嗟乎！其事可傳，其人可傳，而作者又以年少，能有此風化之文，則亦可以傳矣。予故樂爲序之，以望當世之知音者。

道光甲申中秋，東昌學友耿維祜拜書〔三〕。

【箋】

〔一〕耿維祜（一七七一—一八三〇）：字對於，號顯亭，淄博（今屬山東）人。乾隆五十七年壬子（一七九二）副貢，嘉慶七年壬戌（一八〇二）進士，簽發浙江知縣，歷官宣平、石門。擢江西南安、撫州、南昌等府知府。道光三年（一八二三）冬，補江西糧道。六年，補授廣東鹽運使，署按察使事。十年，積勞成疾，卒於任。傳見張繹武《廉訪顯亭公傳》（載《桓臺耿氏世譜》）、民國《新修新城縣志》等。

〔二〕給諫陶公：即陶澍（一七七九—一八三九），字子霖，一字子雲，號雲汀、髯樵，安化（今屬湖南）人。嘉慶七年壬戌（一八〇二）進士，官至兩江總督加太子少保。謚文毅。著《印心石屋詩鈔》、《印心石屋文鈔》、《蜀輶日記》、《靖節先生集》、《陶文毅公全集》等。傳見魏源《古微堂外集》卷四《神道碑》、《清史稿》卷三八五、《清史列傳》卷三七、《續碑傳集》卷二三、《國朝耆獻類徵初編》卷二〇一、《國朝先正事略》卷二四、《清代七百名人傳》等。參見王煥鑣編《陶文毅公年譜》（民國三十七年油印本）。嘉慶二十年（一八一五），陶澍任戶科給事中，巡視淮安漕務，漕船於高郵爲冰所封，禱於露筋祠，一夕凍解。事見陳鑾《陶文毅公行狀》。

〔三〕題署之後，另行刻『吳儀寫栞』四字。

（禱河冰）題詞

汪仲洋〔一〕

運甓功名志早酬，忽傳新譜勝《梁州》。拚將一代生花筆，傳與當場菊部頭。

冰橋萬里榜人愁，手轉陽和迸雪流。從古臥冰誰步武？忠貞孝烈總千秋。總題

蒼茫氣脈落崑崙，地軸縱橫萬馬奔。一自聖恩新簡命，百靈齊赴護龍門。《使榮》

往事淒涼一夢中，叢祠雨瘦鬼燈紅。女兒自抱千秋骨，死到荒郊亦善終。《貞歎》

黃沙無際捲塵埃，瓜蔓痕深夕照開。兩朵金焦遮不住，危檣萬疊破空來。《巡河》

誰向迷途引慧燈，茫茫人海幾超升。天曹空抱婆心熱，化作黄河萬里冰。《冰警》

霜稜十丈帶風皺，隻手終迴大地春。萬口不須齊乞命，瀕危獨仗濟川人。《漕泊》

梵語微聞過客稀，黄昏蝙蝠向人飛。一肩馱雪花如絮，宰相由來本白衣。《禱祠》

漫天一白雪聲乾，地黑天低插足難。冷劇須知腸愈熱，堅冰三尺不知寒。《履冰》

慈悲本是大神通，貞烈能參造化功。成佛昇天憑一念，斷無神女不英雄。《神應》

至誠果許格神天，使者心同鐵石堅。萬頃琉璃花影散，栴檀猶裊一鑪烟。《開冰》

風和冰泮渡飛艎，誰道仙靈事渺茫？卻笑篙師無個事，數聲欸①乃和斜陽。《慶挽》

闡揚姓氏表芳徽，錫典輝煌古所稀。環珮歸來應一笑，神鴉還傍舊魂飛。《錫封》

樽前豪竹雜哀絲，忽憶從前寂寞時。斷梗荒榛殘月墮，更無人讀米公碑。《祠宴》

脫稿傳觀墨尚青，酒酣詞客共傾聽。野風門外蓮花白，惆悵當年王阮亭。

不作喁喁兒女詞，愛將偉業譜烏絲。胷中經濟倉頭事，都付柯亭笛一吹。以上總收。成都汪仲洋

少海

（以上均《傅惜華藏古典戲曲珍本叢刊》第九〇冊影印清道光四年序吴儀寫刻本《禱河冰譜》卷首）

【校】

①欸，底作『欵』，據文義改。

【箋】

〔一〕汪仲洋（一七七七—一八二九後）：生平詳見本卷《玉門關》條解題。道光元年（一八二一）起，歷任浙江海鹽、桐廬、錢塘、鄞縣、餘姚、山陰等縣知縣。爲《濤河冰》傳奇正拍。

雙緣帕（于有聲）

于有聲，號震亭，金壇（今江蘇常州）人。諸生，屢試不第，布衣終身。撰傳奇《雙緣帕》，周貽白《曲海燃藜》著錄，現存道光五年乙酉（一八二五）夏本衙齋刻本，蘇州圖書館藏殘本。

（雙緣帕）自序

于有聲

夫天地一梨園也，則天地間之人，一梨園中之生、旦、淨、丑而已。古今來胎生、卵生、化生，生生不已，皆情也。天地之所以亙古而不敝者，豈非一情以維繫之哉！所謂情者，嫺於禮，合於義，而後得乎情之正。彼夫翠館紅樓，徵歌選舞，此富貴人之好色，而惡得謂之情。濮上桑間，采蘭贈芍，此貧賤人之好色，亦惡得謂之情。情也者，嫺於禮，合於義，而得乎情之正者也。

如吳壽仙之題帕，趙素仙之和帕，卞夢奎之拾帕，直欲什襲珍藏，香花供奉，皆情之正也。出將入相，花誥並封，天之所以隆其遇，正天之所以報其情也。余觀夫人世之離合悲歡，不啻登場傀偶，富貴貧賤，何殊優孟衣冠。所以塡此傳奇，以當夢中棒喝耳。至於扢雅揚風，引商刻羽，則吾豈敢。

道光五年歲次乙酉仲夏之月，震亭自記。

（雙緣帕）序

于尚齡〔一〕

嗟乎！傳奇一道，非小技也，所以約經史之旨而成者，發乎情，止乎義，豈僅平章絲竹、句當烟花哉？蓋於吾叔震亭所譜《雙緣帕》見之。

夫叔冰雪襟懷，風塵淪落，不得已借傳奇以見志，亦良苦矣。讀其全書，如趙崧年之留客，敦友誼也；吳壽仙之守貞，重女箴也。或借帕題詩，珠穿九曲，無其心之婉轉也；或因詩和帕，蠶吐千絲，無其意之纏綿也。至於卞夢奎遇合風雲，則朝陽之鳴鳳也；情毀定省，則夜月之啼烏也。忽焉書生禦武，海市蜃樓，不足喻其文心之百變也；忽焉仙人縛怪，水月鏡花，不足喻其靈光之四照也。忽焉邊關遠戍，秋風觱篥，不足寫其哀也；忽焉閨閣傷懷，春雨箜篌，不足抒其怨也。若夫姦雄殞命，叛逆從禽，明罰昭也；朝隆將相，室傲英皇，豔福集也。

蓋其使事之正，則芙蓉出匣，莫比其鋒之利也；言情之曲，則楊枝灑露，莫比其味之甘也。要其匠心獨出，刻羽引商，而一唱三嘆，何啻清廟明堂之奏也。倘使王實甫、關漢卿輩見之，當相與把臂，訂爲知音也已。

道光五年歲次乙酉夏五，姪尚齡題於唐昌官署。

【箋】

〔一〕于尚齡：號磻溪，金壇（今江蘇常州）人。嘉慶十五年庚午（一八一〇）舉人，道光二年壬午（一八二二）進士。三年，任杭州府昌化縣知縣。此序即撰於昌化官舍。十二年，任湖州府同知。二十年，任嘉興知府。二十六年，任陳州知府。曾主修《昌化縣志》、《嘉興府志》。

（雙緣帕）序

金清彦〔一〕

嗟乎！青天碧海，鍊骨無方；翠管紅牙，銷愁有曲。文人筆墨，直可旋轉乾坤；才子胷襟，豈僅鏤裁雲月。王摩詰號『琵琶學士』，雅擅宮商；和成績稱『曲子相公』，曾傳衣鉢。然而韻事入劉郎之夢，芳魂迷蕭史之樓。日醉紅裙，看舞《霓裳羽衣曲》；夜翻《白紵》，聽歌《玉樹後庭花》。未免傖父催粧，包彈北里；村姑寫照，唐突西施也。

金沙震亭先生，才隆吐鳳，技擅雕龍。冠度尚之八廚，負鄭虔之三絕。每懷破浪，竟屈淩雲。話春夢於三生，參空色相；繪秋波於四壁，勘破情禪。萬象羅胷，四聲播口，老淚濕香山之袖，情見乎辭；新詞呼宋玉之衙，慨當以慷。青筠亭畔，借帕題詩；梧桐院中，因詩失帕。君載賡夫鳴鹿，妾自咏乎《關雎》。名合稱仙，莫謂佳人難再；文能經武，競誇國士無雙。閨中則異姓英皇，朝右則英年將相。

三寸不律，鑿開混沌之天；五色赫蹏，巧鍊女媧之石。傳來天上，何須檀板金樽；播滿人間，推倒《陽春》、《白雪》。彥才慚刻鵠，陋比雕蟲。欲贊一辭，愧無雙管。駢言聊綴，還自笑夫塗鴉；俚韻兼酬，應致譏乎噴飯。

其詞曰：織雲錦兮龍梭花，散諸天兮明月多。君身有仙骨兮奈君何，旗亭風雪裏，好付雪兒歌。

道光乙酉五月既望，松陵仰山金清彥題。

（蘇州圖書館藏清道光五年乙酉夏本衙齋刻本《雙緣帕傳奇》卷首）

【箋】

〔一〕金清彥：字仰山，松陵（今屬江蘇蘇州）人。生平未詳。

（雙緣帕）序

馮　樞〔一〕

且夫『詩言志，歌永言』，古之借禽鳥以抒懷，托草木以起興者，皆發乎情、止乎義者也。迨後，詩降而詞，詞降而曲，情緣義起，聲以心生，何莫非《百三篇》之濫觴哉？

舅氏震亭，抱才不遇，潦倒風塵。客緒無聊，仿元人雜劇，按譜填詞。其間之選辭徵事，刻羽引商，質之當代文人學士，非樞所敢知也。若夫卞夢奎弱冠登科，不數年間，出而將，入而相，何易易乃爾也。此蓋舅氏因十躓棘圍，終身淪落，故借此以吐平生抑鬱之氣耳。至於一帕雙緣，二仙並嫁，則又舅氏因中年喪偶，抱泣鰥魚，故編此豔事，用以解嘲。此眞發乎情，止乎義，不愧《三百篇》之遺意也已。

道光乙酉夏五，甥馮樞題。

【箋】

〔一〕馮樞：金壇（今江蘇常州）人。于有聲外甥，字號、生平均未詳。

（雙緣帕）題辭

于喬齡〔一〕

自來人壽百年少，建立功名苦不早。幾番旣氉打將來，坐破青氈頭白了。吾叔生平負奇氣，長太息者少年事。指揮筆陣亦能軍，蹇躓文壇空樹幟。中歲黯傷奉倩神，高歌當哭唾成淚。設想何妨竟入非，行文無定惟其是。淮陰卞子字勳卿，姻親中表仙其名。更有趙女顔如玉，知是平章掌上珍。龍頷由來珠易得，宰腸那便鐵生成。君不見漢家投筆班超，姓氏標麟閣。又不見，漢家畫眘張敞，阿嬌貯金屋。道是儒生豔福多，出師再靖楚氛惡。榮勳直欲媲汾陽，究竟誰知李薦郭。況乃姦謀構百般，無端重遣到邊關。閨夢江南同冀北，緣雖雙結怨緣慳。若非磁石將針引，爭得沙場立柱還。男兒封侯女兒嫁，萬事無眞情無假。悵望千秋思惘然，悠悠誰是知音者。自譜宫商自寫愁，秦簫吹徹古梁州。客中一枕黄粱覺，屋角灘聲日夜流。

西峯姪喬齡題。

【箋】

〔一〕于喬齡： 字西峯，金壇（今江蘇常州）人。咸豐元年辛亥（一八五一）舉人。著有《浣綠草堂詞》。傳見《詞綜補遺》卷一五。

（雙緣帕）題辭

馮　杰　等

驤首鵬摶萬里程，有誰年少共功名。淮陰卽是邯鄲路，惆悵君身夢未成。

莫將此曲入瑤琴，別有相如一片心。彈鋏歸來千里客，空幃誰誦《白頭吟》。士奇馮杰題〔一〕

文園壯志盡消除，不賦《長門》賦《子虛》。人世難逢是知己，女中卻有兩相如。

功名兒女兩縈情，千古才人一淚傾。好事從來天也妒，非關姦佞陷儒生。

封侯夫壻喜團圞，弱冠重登上將壇。有客青衫悲老大，空懷長鋏向誰彈。

鮫帕雙題結好緣，芳名端合並呼仙。紅牙譜就相思曲，別有幽情箇裏傳。姪喬齡又題

綠窗春暖，拋書且自譜《霓裳》。素懷聊寄宮商。才子佳人遭際，此意黯神傷。看功名富貴，夢醒黃粱。　帕緣結雙，更獻賦、奏《長楊》。堪羨少年將相，異姓英皇。非非設想，訴①牢騷、幾度泛霞觴。付紅兒、好按新腔。（調寄【婆羅門引】）女甥馮蘭貞題〔二〕

平生不負便便腹，挑燈閑譜新翻曲。才子玉堂，佳人金屋。夢中一枕黃粱續。夜深月影

穿珠箔，小紅唱罷還吹竹。破悶三更，解愁千斛。倒金樽淺斟低酌。（調寄【七娘子】）　女甥陳芳藻題〔三〕

【小桃紅】天恁困英雄老，天怎掩文章妙。【月上海棠】看《雙緣》院本，譜出鈞韶。【紅芍藥】咏鳴鹿，新賜官袍；賦《關雎》，雅和鮫綃。【石榴花】好姻緣，跨鳳待吹簫，怎觸犯姦雄懊惱。【水紅花】喜相遭、平章姓趙。【玉芙蓉】疆場再把芳名表，畫閣頻將錦瑟調。【梅花塘】珠璣咳唾，欲將心事寄托，玄毫訴牢騷。【水仙子】此意誰能知道？且高歌把塊壘消。（調寄【新樣四時花】）　女姪孫曉霞題〔四〕

（以上均蘇州圖書館藏清道光五年乙酉夏本衙齋刻本《雙緣帕傳奇》卷首）

【校】

①訴，底本『訢』，據文義改。下同。

【箋】

〔一〕馮杰：字士奇，金壇（今江蘇常州）人。生平未詳。

〔二〕馮蘭貞：字馨畦，金壇（今江蘇常州）人。于尚齡室。善詩詞，著有《吟翠軒稿》。道光十三年（一八三三），于尚齡將此稿與《挹秀山莊稿》、《小瓊華仙館稿》合刻，稱《凝香閣合集》。

〔三〕陳芳藻：字瑞芝，祁陽（今屬湖南）人。金壇于彭齡室。工詩，著有《挹秀山莊稿》。

〔四〕于曉霞：字綺如，金壇（今江蘇常州）人。于尚齡女，知縣金文淵妻。著有《小瓊華仙館稿》。另有與其夫合刻詩集《玉連環草》，道光二十年（一八四〇）刻本。

仙合曲譜（何兆瀛）

何兆瀛（一八〇九—一八九〇），字通甫，號青耜，又號心盦，晚號澈叟，別署棠梨館主，江寧（今江蘇南京）人。禮部尚書、軍機大臣何汝霖（一七八一—一八五三）子。道光二十六年丙午（一八四六）舉人，充國史館謄錄，候選知州，遷戶部額外郎中。官至兩廣鹽運使。工詩詞，著有《心盦詩存》、《心盦詩外》、《老學後庵自訂詩二集》、《心盦詞存》、《老學後庵自訂詞集》、《老學後庵文集》、《泥雪錄》、《老學後庵憶語》、《有棠梨館筆記》、《水仙花唱人詩》、《說詩珠璣》、《戲寄》、《何兆瀛家書彙存》、《何兆瀛日記》等，編纂《兩廣鹽法志》。撰雜劇《仙合曲譜》。傳見《昭代名人尺牘續集小傳》卷一八、《近世人物志》、《皇清書史》卷一三、《江蘇藝文志・南京卷》等。

《仙合曲譜》，未見著錄，現存同治七年（一八六八）序刻本，南京圖書館、上海圖書館藏。參見陸萼庭《康平居曲話・關於〈仙合曲譜〉的作者》（《清代戲曲家叢考》），孫書磊《〈仙合曲譜〉雜劇考述》（《南京圖書館藏孤本戲曲叢考》）。

仙合曲譜序

吴寶鈞〔一〕

蓋聞泡夢一霎，大徹因緣；鏡花半生，小參煩惱。遊清虛境而若離合兮，翳鸞鶴以徘徊；

幻前後身而將翱翔也，揚珮環以搖曳。紀往事於鳳城，赤棒淒涼，屏怨春嬌；按清音於鴛帳，瑤琴悽惋，絃悲人遠矣。白門何青耜先生《仙合①曲譜》，殆爲元配蔡眉修、繼配管有華兩賢媛作也〔二〕。

蓋兩夫人者，馭羽輪降，搴綵旌昇，固神仙解脱，菩提游戲也。始則蓉城舊史，繫綬先駐塵寰，佩鑴于歸日下。庭生寶樹，吹芳薇垣；奩映瓊葩，詠絮柳院。卅載黽勉，彩妙秋毫；一瞬繁華，黯留春色。伊可懷也，良足悲已。繼則菊宮仙史，續蔡女之縷，隨何郎之輪。筆垂露香，風姿媚於赤柿；釜掩塵冷，冰心韻於焦桐。何妨過艤舟亭，三千里訪春浮西竺；不期返閬風苑，十二年覺秋水南華。如斯夫逝者，胡爲乎來哉？

噫嘻！隱萬重之蓬島，莫寄鈿釵；消百感於藍橋，徒貽衾枕。知幽女桑枯，鄭蘭蓀萎，能不悽愴，更增涕泗。至於溯世澤於荀龍薛鳳，名儒著於杏林；緬家風於巢鵲鳴雞，季女歌於蘋澗。固無勞於焚炷香，呈禱辭也。

獨念闘嬋娟於紫府，衣飄雲織；掩靈香於碧城，欄倚花瘦。應恨已燒殘炬，蠟凝淚紅；未斷柔情，蠶縛絲白。卽蘭言絮語，足慰幽歡於丹房；而茶鐺經牀，難寫相思於玉琯。奚必吟《長恨歌》，傳隔世之詞，作《悼亡詩》，爲來生之約也。所願玉皇案側，命侍吏塡朱字詞；金母屏邊，敕侍女翻羽衣曲。除貪嗔癡愛，盡削情根；凡幽閒貞靜，俱封香國。借島佛題句之韻，演明妝縞袂於蓉城；乞坡仙染翰之靈，摹輕霜淡月於菊時。斯亦足以盡一時色相之離，披千種聲情之綿邈矣。而況朝霞綠波，曹子建曾賦洛神；金支翠旗，杜少陵亦吟湘女。始信雪泥鴻爪，有迹皆眞；天空鳶飛，無形非實。託鼠毫以寫照，詠黃絹幼婦之辭；隨蝶板以傳神，現青女素娥之態。君本結緣宦海，向白蓮品薝蔔之香；我疑尋夢情天，倚金菊對芙蓉之譜。

同治七年歲在戊辰十月朔三日，毗陵吳寶鈞謹序。

（清同治七年序刻本《仙合曲譜》卷首）

【校】

①仙合，底本作『合仙』，據文義倒。

【箋】

〔一〕吳寶鈞：字子和，別署耕石農，陽湖（今江蘇常州）人。諸生。嗜酒善書，工詞。傳見《皇清書史》卷六、《清代毗陵名人小傳稿》卷八等。

〔二〕元配蔡眉修、繼配管有華：據孫書磊考證，何兆瀛原配蔡耆（一八〇八—一八五二），字眉修，道光十二年（一八三二）嫁何氏；繼配管鞠（？—一八六六），字有華，咸豐五年（一八五五）嫁何氏。何兆瀛《泥雪錄》有詩曰：『身世妻宮注短星，鼓盆再賦鬢猶青。記曾《仙合》翻新譜，玉笛吹殘不忍聽。』自注：『余舊有《仙合曲》，用【北新水令】一折譜之，爲蔡、管兩淑人作也。』

續西廂記（劉恭璧）

劉恭璧，字魚竹，一字心如，別署補恨使者，安宜（今江蘇寶應）人。生平未詳。撰《續西廂記》，未見著録，現存舊鈔本（《傅惜華藏古典戲曲珍本叢刊》第九六册據以影印）。

續西廂記序

劉恭璧

原夫陰晴圓缺，乃天道之常；聚合分離，實人世之幻。故投梭織女，每恨銀河；奔月姮娥，猶虚桂府。況美人香草，悲歡亦過眼之雲烟；雪月風花，富貴本浮生之露電。此《西廂記》泣別於長亭，斷夢於草橋之後也。然而弄假成眞，玉鏡有重圓之慶；將無作有，巫山結同夢之歡。《牡丹亭》中，還魂倩女；《長生殿》裏，再世良緣。塡海神工，都可了因緣十二；補天妙術，何妨幻色界三千。而傖楚於繡虎之詞，致續貂之恥，使佳人才子，改做異樣奇形，不獨聖歎先生所痛恨而刪斥之也。璧每於燈炮燭闌之暇，輒誦錦心繡口之文。因恨成癡，轉思作想；自慚伏雉，敢賦彫龍。顧書答秦嘉，尚寫花箋而寄怨；機成蕙蕙，曾托文字以傳情。因不揣庸愚，竊踏班門之弄；另續篇什，偷效西子之顰。若普天下慧業文人，指瑕顧誤，則余之幸，亦《西廂記》之幸也夫！

時在道光二十二年歲次壬寅春三月，安宜補恨使者劉恭璧魚竹氏識。

（續西廂記）後序

李少棠〔一〕

挑燈題曲，臨川締好夢之緣；寄扇傳情，云亭譜同心之調。自來剪紅詞客，唾綠少年，往往攄醒世之雅懷，寫當場之幻態，疊成歌咏，付之管絃。況夫西廂待月，公子聽琴；古寺吟風，佳人寄簡。訂三生之鳳侶，結百歲之鴛盟，洵屬玉鏡良緣，璇閨妙偶矣。惜乎草橋別後，莫傳青鳥之音，遂令銀漢橫來，終梗紅鸞之信。情天有缺，恨海難填，此女媧待鍊石之功，月老藉繫繩之手也。

魚竹夫子，粲花妙舌，題葉芳懷。唱和之餘，兼工雅律；披吟之暇，間譜新詞。深恐薄倖才人，如逢李益；不願離魂倩女，悔嫁王昌。爰刻羽而引商，更搓酥而滴粉。遂使人間情種，眷屬都成；石上姻緣，團欒共樂。如傳鞠部，鶯聲妙囀歌喉；倘付梨園，鳳紙爭鈔院本。世有鍾子，宜證知音；我非①文姬，敢云拍板。

道光壬寅仲春，廣陵山農隴西郡玉如少棠氏題於醉月西樓。

（以上均《傳惜華藏古典戲曲珍本叢刊》第九六冊影印舊鈔本《續西廂記雜劇》卷首）

【校】

①非，底本作『周』，據文義改。

【箋】

〔一〕李少棠：字玉如，別署廣陵山農，隴西（今屬甘肅）人。生平未詳。批評《續西廂記雜劇》。

續西廂記題詞〔一〕

劉恭璧 等

石上姻緣五百年，悲歡離合過雲烟。多情何必西廂月，也照人間處處圓。補恨使者魚竹氏心如題

巧奪天孫組織精，都成眷屬最多情。何時也續《紅樓夢》，唱和新詞過一生。白門校書張佩娥月仙題〔二〕

江家彩筆謫仙才，續得姻緣自寫懷。儂愧一生皆俗骨，天台有路可重來。廣陵薄命儂王小雲氏題〔三〕

（同上《續西廂記雜劇》卷末）

【箋】

〔一〕底本無題名，僅題『心非才子，不能知才子之文』。

〔二〕張佩娥：字月仙，江寧（今江蘇南京）人。生平未詳。

〔三〕王小雲：別署廣陵薄命儂，廣陵（今江蘇揚州）人。生平未詳。

天上有（黄璞）

黄璞，字同石，順德（今屬廣東）人。道光十五年（一八三五）修、同治八年（一八六九）重刻《南海縣志》卷二六《藝文略二》記載：「《戰古堂前後集》，國朝黄璞撰。」該書刊於乾隆九年（一七四四）。參見鄧長風《十二位明清戲曲作家的生平材料·黄璞》（《明清戲曲家考略續編》）。

撰傳奇《天上有》，《今樂考證》著録，作無名氏撰。現存道光十五年（一八三五）萃古堂刻本（《傳惜華藏古典戲曲珍本叢刊》第四七册據以影印）、影鈔道光十五年（一八三五）萃古堂刻本（《綏中吴氏藏鈔本稿本戲曲叢刊》第一六册據以影印）。

（天上有傳奇）序

布星符〔一〕

黄同石子所訂《天上有傳奇》，妙想天開，巧思綺合，以才人之幻筆，爲曲子之新腔，洵世所未有者也。是書久已膾炙人口，而坊間向無刻本，藏之者祕若家珍，借之者恨無瓻酒。今春，適於友人黄君文閣處〔二〕，得見原稿，知其先人素與同石爲族親，朝夕過從，酒酣耳熱間，作此以資諧噱，故遺帙特正。因慫慂其亟付梨棗，公諸同好，毋令是書之祕而弗傳也。雖然，同石之傳，固不在乎是書。

時道光歲在乙未二月花朝日，南海布星符泰階序〔三〕。

（《傅惜華藏古典戲曲珍本叢刊》第四七册影印清道光十五年萃古堂刻本《天上有傳奇》卷首）

【箋】

〔一〕布星符：字泰階，南海（今屬廣東）人。生平未詳。

〔二〕黄君文閣：字號、籍里、生平均未詳。

〔三〕題署之後有印章二枚：陰文方章「布星符印」，陽文方章「泰階」。

附　天上有傳奇序〔一〕

吴曉鈴

己未四月十四日（公元五月九日）〔二〕，得此書於海王邨，不悉是孰氏家鈔本，然必我輩人也。同石斯劇，衍李賀耦飛瓊、雙成於天界故事，雖屬補恨故技，而爲詩人鳴不平，别闢谿徑矣。余曾見刊本，已不憶在何許，得此亦足珍也。

曉鈴。一九七九·五·廿一。

（《綏中吴氏藏鈔本稿本戲曲叢刊》第一六册影印清光緒十五年萃古堂刻本影鈔本《天上有傳奇》卷首）

【箋】

〔一〕底本無題名。

〔二〕己未：公元一九七九年。

四喜緣（春橋）

春橋，姓名未詳，古虞（今河南虞城）人。嘉、道間，作幕於嶺南。撰雜劇《四喜緣》，現存道光間鈔本（《傅惜華藏古典戲曲珍本叢刊》第八七冊據以影印）。

四喜緣弁言

春橋

夫采桑陌上，歌傳子貢三桃；弄筆閨中，韻數丁娘十索。自謂無傷大雅，何妨偶託微詞。吾友李子也仙、陶子雲松〔一〕，擅綜覈之才，負俊邁之氣。花天月地，酒國詩城。揮麈則娓娓可聽，夢蝶則栩栩欲活。依然可愛，況逢張緒當年；猶尚多情，不礙徐娘老去。洵爲風月之主人，合占鶯花之壇坫已。則有江湖劉叟，棹扁舟而鬻技，挈二美以嬉春。細骨輕軀，步香塵而無迹；彩繩畫架，嚲長袖以疑仙。於是少府周君，華鐙張讌，二君綺席偎紅，而陶尤眷眷於其第二姝所謂喜姑焉。雛髮未燥，清矑暗迴。問年當碧月將圓，待價值青溪獨處。由是手拈紅豆，爲表相思；身背銀釭，微聞細語。解漢皋之珮，居然琢就同心；皺掌上之裙，端合文成連理（陶有玉珮、羅襦之贈）。迨乎拏舟江上，許桃葉以自迎；走馬章臺，問楊枝其在否？可謂情深一往，當亦緣在三生者矣。

同人浼予彙其韻言，譜爲樂府。俾獶花犵鳥，聽覩一新；瘴雨蠻烟，襟塵共浣。當作嶺頭梅贈，無虚此日萍逢。僕命少金星，音荒《水調》。放懷游戲，任嗤顰效東家；矢口謳吟，索勝簫吹吳市。倘便願諧金屋，重賡得寶之歌；行將妙選珠娘，用繼《摸魚》之唱。

道光乙酉仲夏，古虞春橋氏題。

【箋】

〔一〕李子也仙、陶子雲松：二人籍里、生平均未詳。

附　四喜緣雜劇題識〔一〕

鄭　騫〔二〕

此書確是舊鈔曲文，亦整潔可誦，羨季以爲勝湯雨生《逍遙巾》多矣〔三〕。惜末折佚去，無從覓補，區區一雜劇，其傳亦有幸有不幸耶？春橋，不知爲何許人，讀其自序，知曾作幕嶺南，所可知者如是而已。

丙子秋日〔四〕，過羨季夜漫漫齋，案頭得見此書，攜歸插架。書爲隆福寺保萃齋所售，價洋二元也。

是年中秋後，因百記於北平東城寓廬之慕歌室〔五〕。

（以上均《傅惜華藏古典戲曲珍本叢刊》第八七冊影印清道光間鈔本《四喜緣雜劇》卷首）

【箋】

〔一〕底本無題名。

〔二〕鄭騫（一九〇六—一九九一）： 字因百，遼寧鐵嶺人。先後執教於北京匯文中學、燕京大學、臺灣大學。編纂《北曲新譜》、《北曲套式匯錄詳解》。著有《景午叢編》、《校訂元刊雜劇三十種》、《桐陰清晝堂詩存》等。

〔三〕羨季： 即顧隨（一八九七—一九六〇），本名顧寶隨，字羨季，筆名苦水，別號駝庵，河北清河縣人。先後執教於天津女子師範學院、燕京大學、中法大學、北京大學、輔仁大學、北京師範大學、河北大學等。著有《顧隨文集》、《顧隨詩文叢論》等。

〔四〕丙子： 民國二十五年（一九三六）。

〔五〕題署之後有陰文方章二枚： 「鄭」、「騫」。

紅樓佳話（周宜）

周宜，別署悼紅樓主人，籍里、生平均未詳。撰《紅樓佳話》雜劇，現存道光六年丙戌（一八二六）趙麟趾據稿本景鈔本，北京師範大學圖書館藏。

紅樓佳話跋〔一〕

趙麟趾〔二〕

江陰齊笑梅老世伯〔三〕，家藏藁本《紅樓佳話》一巨冊，世無刻本，世傳亦罕見。故借來讀閱，甚愛，隨閱隨寫，至道光六年立冬前一日畢。故題於聊以自娱不足齋南窗之燈下。

武進趙麟趾珍藏並記〔四〕。

（清道光六年趙麟趾據稿本景鈔本《紅樓佳話》卷末）

【箋】

〔一〕底本無題名。中國藝術研究院圖書館亦藏一稱趙麟趾影鈔稿本，《傅惜華藏古典戲曲珍本叢刊》第九六冊據以影印，卷末題有『聊以自娱不足齋借吴縣齊筱庵家藏稿本景寫一部，武進趙麟趾題記』，鈐『麟趾珍藏』陽文方章。

〔二〕趙麟趾：室名聊以自娱不足齋，武進（今江蘇常州）人。道光六年（一八二六）秋日，曾鈔録《乾隆玉門縣志》（見《北京師範大學圖書館藏稀見方志叢刊》第四冊）。

〔三〕齊笑梅：號筱庵，吴縣（今江蘇蘇州）人。生平未詳。

〔四〕題署後有章二枚：陽文長章『貴陽趙氏壽堂軒藏』，陽文方章『麟趾珍藏』。

東廂記（湯世潆）

湯世潆，字洄川，號鶴汀、行素，琴城（今江西南豐）人。早年遊歷燕、秦、楚、粤等地二十餘年，晚年寓居福建。著有《四書解》、《學庸考》、《性論朱注辨》，合稱《鶴汀初稿》。另有《訓蒙雜字》等。撰傳奇《東廂記》。

《東廂記》，一名《後西廂》，《古典戲曲存目彙考》著録，現存光緒二十年甲午（一八九四）上海奎光閣石印袖珍本、清光緒間申報館仿聚珍板排印《申報館叢書餘集》所收本（《傳惜華藏古典戲曲珍本叢刊》第九五册據以影印）。

（東廂記）自序

湯世潆

余編《東廂記》甫脱稿，客見而問曰：『《西廂》一書，近世文人奉爲拱璧，續者曾遭物議矣。子工於填詞，曷不憑空另撰？』余應之曰：『唯唯，否否。僕於填詞，不特不工，且不甚諳然。所以作此者，蓋亦有故。今天下好閲《西廂》者多矣。不知者，喜其傳冶容苟合之神；其知者，誇其得禪理文訣之妙。而僕獨取其以驚夢結之，良工心苦也。夫張生本元稹託名，文人無行，見色而迷，不足深究。顧我既不德，淫人處子，倘遂終爲夫婦，問心或少可自安。乃一朝富貴，厭故喜新，而詭言德不足以勝妖孽，其將誰欺？且縱不終與之配，隱絶之可也，而奈何傳之友朋，播之詩記，使天下後世盡知之哉？當其談笑作詩，自鳴得意，備詳巔末，託名張生而記之，只憑自己興豪，不計他人名穢，其將何以處鶯耶？幸而鶯亦别適，從前恩愛，一如夢裏陽臺。設以人盡知之之故，羞愧而死，則因奸而斃命，實名教之罪人。作《西厢》者，殆亦鄙其後之不義，故極寫其前之多情，以爲如獸斯交，如鳥斯尾，此後不足言，歸之一夢云爾。續者妄添四齣，强爲收科，惡知夫作者之意哉！僕惡《西厢》之誨淫，而惜其夢結之猶有可取也，爰另作十六齣。以張生留京候試，寓大覺寺之東厢爲題，叙其悔過潛修，悲沉淪於既往，辭婚拒色，堅操守於方來。鶯鶯則風聞别贅，誤信訛傳，嘆紅顔薄命，惟之死而靡他，念白髮高堂，暫皈空而留養。庶幾「失之東隅，收之桑榆」，不甚憾於人心，即不大違乎天理。然後與以作合，與以成雙。僕之不知而作，職是故耳。若夫曲詞賓白，偶然摹仿，果否合於宫商，所不計也，工拙云乎哉？』

客曰：『是則然矣。然不曰《續西厢》，而曰《東厢記》，何也？』曰：『《西厢》結局，意在鶯夢，續之則畫蛇添足。且東厢之人雖與西厢相同，東厢之事實與西厢相反。東者西之反，故目之以東，不必目之以續也。』客肅然起，喟然歎曰：『思深哉！《東厢》之作，固若此乎，子之詞不必工，子之心亦良苦矣。請書之，以質後之閲斯記者。』乃握筆而弁之簡端。

道光辛卯春月，書於琴城之是亦居。鶴汀主人自識。

(東廂記)復序

湯世瀠

張菊知孝廉〔一〕，晉陽才子也。栽花未幾，出塞爲元戎司纂曹。嘗另撰十六齣，名曰《新西廂記》。其前後離合，仍同舊本，而於崔、張淫褻之處，極力翻改，可謂有心世道者矣。

雖然，聽《鄭》聲則忘倦，從古皆然。彼崔、張者，縱實如《新西廂》之所云，吾知把筆填詞，登場度曲者，必且以風流豔冶之態加之。況實甫之所作，原於元稹之自記，其淫泆之處，人皆共信爲實錄，欲天下舍舊曲而歌新調，亦綦難矣。夫嬰赤之初生也，呱呱之聲，四海皆同，及其既長，則齊、楚、秦、越，言語不通，無他，習慣久而不能變也。崔、張之事流傳已數百年，迨金人瑞許爲才子，閱其書者日益多，李日華改作南調，演其事者日益熟。一旦改絃易轍，以此換彼，其誰傳之？

余謂與其拔幟立幟，與舊《西廂》決輸贏，毋寧就幟添幟，與前《西廂》明因果。因果明，而輸贏不較。昌言排之，曷若婉言化之之爲力易而入人深也。他日者演之氍毹，藏之卷軸，觀者咸知數年轗軻，皆由一念沉淪慾海，既超迷途未遠，雖感發善心未敢奢望，或亦懲創逸志之一端。宋法秀道人，嘗呵涪翁好作樂府填詞，謂「犯綺語戒，於我法中，當墮拔舌獄」。今此十六齣，庶其免夫！菊知先生有知，其將頷我。

鶴汀再識。

【箋】

〔一〕張菊知孝廉：即張錦（約一七四一——一七九九後）。

（東廂記）凡例

闕　名〔一〕

一、此記大意，爲救《西廂》之誨淫。夫張生見色而迷，鶯鶯聽琴而蕩，甚至朝出暮入，醜聲穢態，毫不知羞，而世人贊之慕之，苟無果報昭彰，何以驚醒愚俗？故始以道童指點起，終以道童援引結。神道設教，自古如斯，而舞榭歌場，亦得藉爲烘託。不然，貞淫別則勸懲明，何必侈談因果哉？

一、此記兼爲駁《會眞記》之不義。自長亭別後，張既舍崔而娶韋，崔亦復委身於鄭，見異思遷，前情安在？而元稹方以尤物爲殃，是用忍情等語文過飾非。記中詞曲賓白，於『悔過』二字著意發明，視恝然棄置、遺人惡名爲補過者，自當有別。

一、金元舊曲，向無收場詩句。前明及國初諸名家樂府，每齣落場，始有集唐一首，讀之恰好收科，殊有妙趣。此記賓白內，或詩或詞，不拘一格，而落場必用集唐，仍諸名家例也。

一、集唐詩，每句必注某人。間有遺忘，則書闕名。集杜詩，每句必注某題。凡集唐、集杜，有逐句改一字者，爲改字集句；又有通首只改一二字者。蓋斷章取義，諸家破例爲之，此記亦間有效之者。

一、此記原爲遏淫善俗起見，非欲與作《西廂》者爭長也。故賓白集句，穿插排場，盡屬拙作，而詞曲間用舊句。夫事有適符，與其改頭換面，暗襲前人之意，何如直用其詞，而意致各別之爲得也。如必以琢句爲才，明季阮髯輩未嘗不佳，而薰風燕子，涼月鷄鳴，人品安在？

一、記中借用舊詞，未及詳注某句出某部某齣。緣曲句非詩句之比，有一齣内借用一二調者，有一闋内借用一二句者，並有添減字面、更改韻腳者，逐處注出，徒滋煩瑣。如元人作《西廂記》，多用金元舊詞，亦未嘗載出處，非掠前人之美也。

一、填詞宫譜，某宫幾套，某套幾闋，某闋幾韻，雖有定例，然亦不必過拘。譬如玉茗《四夢》，興到疾書，往往不守宫格，字之平仄聱牙，句之長短拗體，不勝枚舉。長洲葉堂嘗譜《四夢》，皆宛轉就之，而被之管絃，較他曲之齣齣合拍，闋闋中矩者，反別有一種幽深豔異之致。此以知移宫換呂，偶有不諧，原無碍於演唱。敢以質諸知音者。

一、填詞之家，於每齣曲文多寡，每不經意。故一齣之中，有多至一二十闋者，有少至一二闋者，並有全齣皆白，絕無曲詞者。此等處，演之場上，或猶有可觀，閱於卷中，則索然無味。此記各齣詞曲，必少略均。

一、院本起結，只在全部，至每齣起結，亦多不經意。故有一腳連演數齣，不爲惜力，不分起止者；有一齣中用隔尾，疊換數腳，各自過場，並無主腦者。此記一齣既終，必間他腳，眚眼頗清，亦可惜力。而一齣之中，某人出場，仍用某人收場，縱有他腳，不過中間穿插，斷不攙亂本齣起結。

庶幾全部如一齣，而一齣卽如一小部云。

一、唱曲點板，梨園熟手，自能按譜諧聲，緣情叶律，不須注及工尺。但於介及曲内說白，以小字別之，牌名等以【】別之，用清眉目。

一、出場腳色，隨意分注，以醒閲者之目，原不必拘。班大人衆，自可各充一腳。如班小人希，不得不更翻改用，但於服飾、鬚臉等處，著意分別可也。

一、崔、張之事，傳聞異辭，度理揆情，自當以元稹挾恨誣崔爲斷。此曲據《會眞記》作案，而特翻其後事者，以《西廂》詞曲，膾炙人口，未易以筆舌爭，姑就其事引而伸之，誨淫之事，庶幾不辯而自無也。

一、記中特寫節義，並無影射譏彈。所有新添腳色，惟鄭生、韋女，實崔、張之正配，藉作陪賓，以昭因果。至白、杜二公，雖有其人，不過偶借執柯，無關淑慝。此外皆子虛烏有。深知刻薄譏刺，無益世風，徒傷心術。但姓名官爵，古今最易雷同，淺見寡聞，保無誤合，閲者幸勿以此致疑。

一、韋女本名蕙叢，此記則更名瓊華。蓋張生舍崔娶韋，罪只在張，與韋女究屬無涉。故雖寫韋女適鄭以報張，姓則是而名則非，存厚道也。

一、吳江徐君靈胎〔二〕，有『讀書人最不齊』一闋，實可爲讀書不務實學者戒。故於《議賛》齣偶爾借用，欲以廣其傳耳。其餘間有評論，總爲規戒起見，均非有所指斥也，識者諒之。

一、《西廂記》詞鋒入妙，久爲俗流珍貴，見此必爲不平。但金聖歎心折《西廂》，至於五體投地，而許爲才子。之後二三先正，駁之翻之，仍不遺餘力。今有此記，駁者不再駁，翻者不必翻，刪《詩》遂不妨存《鄭》、《衛》焉。然則齊人何如我敬王哉？

一、湯臨川《牡丹亭》填詞，當臨川在時，已遭呂玉繩改竄，云便吳歌。臨川聞之，呀然失笑，曰：『昔有人嫌摩詰冬景芭蕉者，割蕉加梅，冬則冬矣，非王摩詰冬景也。』迨臨川歿後，臧晉叔、沈伯英、馮子猶三人，皆有改本。呂、臧尚因舊名，沈本直更名爲《合夢》，馮本又更爲《風流夢》。以臨川之香詞妙曲，擅名一時，而改者接踵。此記倘遇顧曲周郎，不知尚有一齣一調之可仍舊貫否也？雖然，素琴清簟，高枕北窗，吾自得夢中之趣，何必人面盡如吾面，而喃喃然說之耶？

【箋】

〔一〕此當爲湯世潆撰。

〔二〕吳江徐君靈胎：即徐大椿（一六九三—一七七一），生平詳見本書卷十二《樂府傳聲》條解題。

東廂記序

濬寧居士〔一〕

引商刻羽，清時熙皞之音；扢雅揚風，聖世昇平之象。惟寫至情於篤摯，不妨借徑香奩；苟貽薄俗以津梁，奚事比肩絕唱？琴城韻士，記反《西廂》；藝苑名流，書添東壁。笙歌入耳，恍清夜之鐘鳴；傀儡登場，儼高僧之棒喝。

慨自微之作記，實甫填詞，誣崔氏以洩私嫌，揑張生而鼓簧舌。風流豔冶，既導慾而誨淫；

薄倖澆漓，復絕情而背義。當其西廂待月，靦顔哀侍婢，搖尾乞憐；嗣而北闕題名，豪興對同人，反脣相訕。郎也畫眉有筆，已重牽繡幕之絲；姬兮化石無心，亦別選雀屏之箭。縱多麗句清詞，羞殺佳人才子。是以競誇幼婦，詆斥不免於先賢；妄説禪宗，翻駁尤多於時彦。亞清女士〔二〕，欲火其書；菊知山人〔三〕，遂更其調。無如覩間色而奪朱，聽《鄭》聲而亂《雅》。闢邪崇正，翻嫌腐氣難堪；掬啖揚波，偏覺達觀應爾。故讜論雖登梨棗，而頹風難與轉移。

邇乃佛性慈悲，仙機玄妙。具旋乾轉坤之力，作行遠傳世之文。藉因果以明勸戒，王詞褻穢，無事更張；即怨艾而別賢姦，元記荒唐，特昭筆削。苟於初，正於終，人果多情莫須有；淫斯禍，善斯福，天如開眼想當然。勸嫁非無慈母，姑作順志權詞；招贅亦有侯門，不效趨炎惡調。行行灑淚，都憑青鳥銜來；字字明心，亦共紅綃寄去。奴爲姐，後先抱痛，生面獨開；婦與夫，彼此傳訛，冰心共凜。

紀誦禱則《周詩》、《魯頌》，一彈再鼓，隨宸翰以齊輝；寫戎旅則《泰誓》、《商書》，三令五申，偕凱歌而並美。狀思春之妖態，笑可哄堂；幻説夢之微辭，賞堪擊節。集詩則玉潤珠圓，賓白則月明花淨。錦心繡口，描來謦欬如聞；檀板金樽，看去儀型宛在。舊詞可惜，不爭琢句之工；俗套必删，具見匠心之巧。

閱東塘、昉①思之曲，未免情多；讀山陰、玉茗之詞，惟欽才大。此直羽翼經傳，豈僅爲慾海慈航；且將黼黻謨猷，奚止作狂瀾砥柱已哉！

道光癸巳嘉平上浣，澮寧居士書於凝暉別墅。

【校】

①昉，底本作『彷』，據人名改。

【箋】

〔一〕澮寧居士：姓名、籍里、生平均未詳。

〔二〕亞清女士：即林以寧（一六五五—一七三五）。

〔三〕菊知山人：即張錦（約一七四一—一七九九後）。

（東廂記）李序

李　島〔一〕

昔袁子才不善於樂府，遂鄙詞曲爲文章末藝。顧逢場作戲，現身說法，倘有關於人心風俗，其感發懲創，較老生講經義，老衲說佛法，爲更神更速。嘗有演忠孝節義之事，當其蹭蹬轗軻，流離悽楚，觀者每涕泗橫流，不能自止；迨因果報應，絲毫不爽，乃破涕爲笑，鼓掌稱快。將樂善之心油然生，奸淫詐僞不懲而自化，則傳奇之有關於世教，非淺鮮也。無如近時院本，寫男女私媟之事，十居八九，而《西廂》一書，尤梨園慣熟之劇。其事淫謔褻穢，備極醜態。小慧之人，許爲才子，煽焰揚波，流風滋甚。雖有一二先正起而排之駁之，改作而翻新之，然口衆我寡，反脣相稽，牢不可破。

湯君鶴汀，南豐處士也。童時學應制帖括事，每舉筆輒謂：『我留此有限精神，講求實學，縱欲握管作文，要使有關世教，庶幾希冀千百年而後，乃受王介甫籠絡，作無益之事耶？』年未冠，即決然棄去，遍游燕、秦、楚、粵之郊二十餘年，而退棲於闤市。詩古文詞，所在多有。

近復編《東廂記》一書，蓋惡崔、張之誨淫於前，特寫因果以警人聾聵，且鄙崔、張之不義於後，特寫操守以增人氣節。辭微旨遠，慘淡經營。其間除《西廂》舊脚外，以韋、鄭爲賓，以芮如花爲線，以丁夫人、白居易、杜牧之及師姑、道童等聯貫其間，布置得宜，排場恰當。行之天下，傳之後世，將謂昔人眞有此事，咸知暗室虧心，神目如電，戒慎不覩，恐懼不聞。今而後，誨淫之曲且化爲遏淫之書，而又何必排之駁之，改作之之徒費唇舌哉？若夫詞句之工，則本非湯君所尚。故組繡編珠，特出新裁者有之；移花接木，直塡舊調者有之。要其旨趣，主於節義，間於《慰母》、《平芮》等齣，偶見忠孝仁慈，而吉凶消長之理，穿插伏應之法，奥義深藏，匠心獨運。讀是編者，但求其意之所在，蓋感發懲創，凜然有關於人心風俗之詞，安得鄙爲文章末藝，與近世院本一例忽之耶？

蓬山李島序。

【箋】

〔一〕李島：蓬山（未詳指山東或四川）人，字號、生平均未詳。

（東廂記）引訓

闕　名〔一〕

王陽明先生《傳習錄》曰〔從略〕〔二〕。

劉念臺先生《人譜類記》曰〔從略〕。

先輩陶石梁曰〔從略〕。

陳榕門先生《訓俗遺規》曰〔從略〕。

黄叔琳先生序《芝龕記》，其略曰〔從略〕。

林亞清女士序《吳吳山三婦牡丹亭評本》，其略曰〔從略〕〔三〕。

成錫田先生序《新西廂記》，其略曰〔從略〕〔四〕。

愚按：以上各條皆先儒切要之論，其欲寓懲勸於傳奇，爲世道人心救，不謀而合，皆可互相發明。惟成《序》『必借大忠大孝』數句，微有語病。經曰：『小人以小善爲無益而弗爲也，以小惡爲無傷而弗去也。故惡積而不可掩，罪大而不可解。』漢昭烈訓皇子亦曰：『勿以善小而不爲，勿以惡小而爲之。』實見道之言。今謂小善小惡爲無關懲勸，則秉燭斷袖之節，無足以風世，而偷香竊玉之流，又何足以爲戒哉？雖然語偶過當，而其心固與人爲善之心，讀者勿以辭害意可也。

又按：梨園演劇，於男女褻狎之事，備極形容。先儒謂：不獨少年不檢之人，情意飛蕩，即禮義自持者，亦未免津津有動，最爲人心風俗害。愚謂：更不止此。夫男女之欲，至於津津有動，情意飛蕩，小則蕩檢踰閑，私奔苟合；大則瀆倫犯義，伐性傷生。蓋淫興勃發，不能自制，稍遇邪緣相湊，則乾柴烈火，無怪其燃；其或防閑頗密，邪緣不湊者，多鑿開混沌，朝夕自戕，甚至隱害相思，致成癆瘵。天下男女之少年短折者，不可勝紀，謂非寫淫詞演戲劇①者害之耶？

【校】

①劇，底本作『戲』，據文義改。

【箋】

〔一〕此文當爲湯世瀠撰。

〔二〕以下五條，均出自董榕（一七一一—一七六〇）《芝龕記》傳奇卷首《芝龕記引訓》，見本書卷七該條，此不具録。

〔三〕林亞清：即林以寧（一六五五—一七三五）。其序《吴吴山三婦牡丹亭評本》，見本書卷四《還魂記題序》條，此不具録。

〔四〕成錫田序《新西廂記》：見本書卷七成錫田《新西廂序》條，此不具録。

（東廂記）先輩駁語

闕　名〔一〕

女士林以寧序《吴吴山三婦牡丹亭評本》曰〔從略〕。

范秋塘先生序《新西廂記》，其略曰（從略）〔二〕。

又跋語曰（從略）。

張菊知先生《駁會眞記》曰（從略）〔三〕。

愚按：崔、張誨淫之事，董、王之罪浮於元稹，聖歎之罪又浮於董、王。何也？元稹《會眞》一記，雖誣揑之首，然必通曉文義者，乃得悉其事迹，凡婦孺①之流，工農之屬，目不識丁，皆不與焉，其爲風俗人心之害也尚淺。董、王乃相繼演爲院本，形容於舞榭歌場，然後男女老幼，智愚賢不肖，咸目擊而心動，罪加一等矣。然猶有一二三老成之士，詆其淫蕩，斥其浮誇。子弟之閲此書者，尚畏其父兄；婦女之觀此戲者，尚背其夫壻，廉恥未盡喪也。自聖歎目爲人人盡知，家家必有之事，以男女苟合與夫婦正配同類並觀，既譽其詞華，復牽以禪理，於是詆斥者爲迂士，贊誦者爲通儒，父兄且率其子弟閲其書，夫壻且幃婦女觀其劇，傷風敗俗，莫此爲甚。聖歎眞罪不容誅者矣！

又按：聖歎之讚《西廂記》，其論文訣處，已阿其所好，然猶有中肯之處，唯牽合禪理，更爲謬妄。昔人有言：『釋氏之説，其精者前聖所已言，其粗者吾儒所不屑道。』是眞實禪理，已無裨於世教，況以邪淫之説，强爲牽合耶？佛法開宗，戒淫止殺，雖云色相皆空，而因果輪迴，仍步步皆從實地立教，且必出以淺近之詞，使愚夫愚婦皆能通曉。而寓棒喝於風流放誕，渺茫恍惚，可乎？爲是説者，蓋淫溺於詞，而邪不勝正，無以屈端人之論，因以『禪理』二字曲爲之護。見道未眞者，乃箝口結舌，不復訾議，而天下後世，遂爲所惑。嗚呼，愚矣！

【校】

①孺，底本作『儒』，據文義改。

【箋】

〔一〕此文當爲湯世瀠撰。

〔二〕范秋塘：　即范建杲（約一七四六—？）。其《新西廂記序》，見本書卷七該條，此不具錄。

〔三〕張菊知：　即張錦（約一七四一—一七九九後）。其《駁元稹會眞記》，見本書卷七該條，此不具錄。

（東廂記）傳聞四說

闕　名〔一〕

一、《會眞記》，唐人元稹作，《西廂》曲詞原本於此。其略謂：張生始以戚誼，護崔眷屬，既而見色動念，因婢圖奸，早去夜來者，幾及一月。迨後赴試長安，猶書札來往，兩相饋贈。乃一舉進士，遽易初心，遂目崔爲尤物，以『德薄不勝妖孽，是用忍情』等語自掩。又發崔書於知，作《會眞詩》三十韻，與友朋互相唱和。後之考古者，按其年譜，謂張生即元稹託名。據此則崔雖後亦別適，而稹實首先背盟。始於宣淫，終於不義，眞天理人情所必不可恕者。此一說也。

一、《名媛尺牘》，國朝青浦水鏡山房輯，內載《崔鶯答元微之書》一篇。其書辭與《會眞記》所載回書同，惟書前《小序》云：『鶯字雙文，唐永寧尉崔鵬女也。顏色豔異，尤工文詞，與元稹爲中表。適同寓河東普救寺，值軍人大擾，稹屬將黨護之，崔免於難。鶯與母鄭夫人同出謝，稹心動，誘其侍女紅娘，以詞挑之，遂通焉。明年，稹赴長安，文戰不利，久不至，而崔竟委身於人。後稹至，以外兄求見，崔不出，以詩絕之。稹怨而作《會眞記》云。』據此則鶯之他適，在元稹未第之先，不得專咎元稹矣。此一說也。

一、《吴吴山三婦牡丹亭評本序》，國朝錢唐才女林以寧作，其首語云：『昔元稹欲亂其表妹而不得，乃作《會眞記》誣其事』云云。元之誣崔，宋儒朱文公亦嘗辯之。林《序》諒本朱説，抑或别有所考據。此則元雖有援琴之挑，而崔實無薦寢之事。但逞其淫穢之辭，以洩其忿恨之私，使崔鶯抱憾千古，元稹之罪，更擢髮難數。此一説也。

一、《納書楹曲譜・補遺》，長洲葉堂訂，内載《崔鶯鶯時劇》一套曰：『【山坡羊】崔鶯鶯怨天恨哎呀地，衆賓朋請坐下，聽奴家訴一番的情緒。喒父親也曾在當朝爲相國，也曾在翰林院内爲學士。昔日有一個關漢卿他來應舉，只因他才疏學淺，喒父親不曾把他名題。誰想那姦賊將沒作有，把奴家編成了一本什麽《西廂記》。幾曾有寄棺槨在普救寺裏？幾曾有孫飛虎興兵來掠娶？幾曾有白馬將軍把半萬賊兵剪除？幾曾有老夫人使紅娘請君瑞來結爲兄妹？幾曾在太湖石畔去聽琴？幾曾與他暗裏偷情寄柬傳書？幾曾有送張生在十里長亭而來也？幾曾爲他鬆了金釧，減了玉肌？聽知，哎呀，就是我這裏害了相思病，哎呀天吓，他那裏曉得？聽知，哎呀，枉口白舌自有天知！【挂枝兒】一家兒埋怨著這一本《西廂記》，只恨關漢卿狠心的賊，將沒作有編成戲。張生乃是讀書客，紅娘怎敢亂傳書？奴是崔相國家千金也，怎敢辱沒了先君的體？』據此，則誣撰崔、張之事者乃關漢卿，與元稹、董、王無涉。此一說也。

愚按：以上四說，各自不同，而皆不可考。時劇所演崔鶯自唱之詞，其子虛烏有，固不待論。當唐時，只有《會眞記》，至金、元，始先後演《西廂》曲本，去唐時已數百年，安有鶯鶯早知自訴之理？且關漢卿者，亦元時人。今謂當鶯父在日，曾來應舉，此爲近世好事者所撰明甚。至《會眞記》所云情節，亦殊可疑。張果以尤物爲懼，隱絕之可也，乃必發其書於所知，何怨何仇而爲此已甚耶？且既絕矣，又復求以外兄見，其意何居？縱文人無行，亦不應顛倒無恥至於此極也。《名媛尺牘·小序》一說，謂崔先舍元稹而他適，稹怨之而作記，庶幾近是。然稹倘實有普救護崔、西廂苟合之事，則此記一傳，崔固靦顔於其夫，稹亦已自彰其過。稹在當時，聲名藉甚，寧不畏人指摘？反復推求，惟林《序》云欲亂崔而不得，乃誣揑以洩忿，其說與朱子同。蓋稹、鶯本屬中表，其欲亂之也，不必果在普救之西廂，特欲誣其事以汙衊之，而已置身於事外，故借普救以諱欲亂崔之實地，借兵擾以諱欲亂崔之事由。眞者，稹之偏旁；會眞云者，諱己之名也。張者，世之著姓；張生云者，諱己之姓也。諱姓不假及他而獨以張者，族大望繁，張、李爲甚，昔人多借用之，如諺所云『張三李四』、『張冠李戴』之類。又以亂崔者張，作記者元，爲尚有破綻，人將悟元之卽張也，乃伏發其書於所知，一語圓融自己所以得知作記之由，並以證崔失身之確。崔固未嘗實有此書也，事關名節，昔人已有代爲辯者，故附論於此。噫嘻！崔一女子耳，無此事耶，人固咸冤之；有此事耶，人猶共諒之。獨元稹以高才博學，而忍爲此犬彘之行，鬼蜮之言，其有其無，皆得罪於名教。汙人者適以自汙，凡百君子，尚其鑒諸。

【箋】

〔一〕此文當爲湯世潆撰。

鶯鶯答張生書

湯世潆

捧覽來問，撫愛良深。兒女之情，悲喜交集。兼惠花勝一，合口脂五寸，致耀首膏脣之飾，雖荷殊恩，誰復爲容？覩物增懷，但積悲嘆耳。伏承使於京中就業進修之道，固在便安，但恨僻陋之人，永以遐棄。命也如此，知復何言？自去秋以來，嘗忽忽如有所失。諠譁之下，或勉爲笑語，閒宵自處，無不淚零。乃至夢寐之間，亦多敘感咽離憂之思。綢繆繾綣，暫若尋常；幽會未終，驚魂已斷。雖半衾如煖，而思之甚遙。一昨拜辭，倏逾舊歲。長安行樂之地，觸緒牽情，何幸不忘幽微，眷念無斁！鄙薄之志，無以奉酬。至於終始之盟，則固不忒。鄙昔因中表相依，或同宴處，婢僕見誘，遂致私誠。兒女之情，不能自固。君子有援琴之挑，鄙人無投梭之拒。及薦枕席，義盛意深，愚幼之心，永謂終托。豈期既見君子，而不能定情，致有自獻之羞，不復明侍巾櫛，沒身永恨，含嘆何言？倘仁人用心，俯遂幽劣，雖死之日，猶生之年。如或達士略情，捨小從大，以先配爲醜行，謂要盟之可欺，則當骨化形銷。丹誠不泯，因風委露，猶托清塵。存歿之情，言盡於此。

臨紙嗚咽，情不能申。玉環一枚，是兒嬰年所弄，寄充君子下體之佩。玉取其堅潤不渝，環取其始終不絕。兼亂絲一絇，文竹茶碾子一枚，此數物不足見珍。意者欲君子如玉之貞，俾志如環不解，淚痕在竹，愁緒縈絲。因物達誠，永以爲好耳。心邇身遐，拜會無期。幽憤所鍾，千里神合。千萬珍重！春風多厲，强飯爲佳。愼言自保，無以鄙爲深念。

右書卽《會眞記》所謂張生發於所知之書也。蓋張生別鶯赴試，文戰不利，留京肄業，寄書慰鶯鶯，因答之如此。本記於《拒色》齣內，從張生接書，對面寫出。緣文長，不能詳載曲內，故另錄於此。記中《劫寺》齣，張生中後，寄鶯之書，雖非實事，然詞意半與此書針鋒相對，須當合看。

鶴汀自記。

（以上均《傳惜華藏古典戲曲珍本叢刊》第九五冊影印清光緒間申報館仿聚珍板排印本《申報館叢書餘集》所收《東廂記》卷首）

三字緣（汪闇）

汪闇，字雲湄，青浦（今屬上海）人。生平未詳。撰傳奇《三字緣》，葉德均《戲曲小說叢考》卷上《曲目鈎沉錄》著錄，已佚。按，青浦人諸聯（一七六五—一八四三後）《明齋小識》（清道光間刻本）卷三『三字緣』條云：『泗鎮汪雲湄（闇），性情恬適，與物無競。隨亦齋（照）、雲海（熙）、峭崖（烈）三先生後，偕其弟春槎（純璧）以詩詞相唱和。詩既高遠閒適，詞復風流婉麗。暇撰《三字緣》傳奇，演成八齣，爲鉅野人王維翰及妓謝天香作也。深情逸韻，紙墨皆香。』

三字緣序

陳　琮〔一〕

婁村汪公，青箱家學，黄絹才華。借逸事於香奩，寫深情於音律。春風玉笛，譜出緩緩之詞；明月金尊，度出紅紅之曲。調高則羣繙《白雪》，辭豔則兼擅青蓮。正令讀其詞者，當以薔薇盥手；思其度也，謂如芍藥生姿。

（清道光間刻本諸聯《明齋小識》卷三『三字緣』條引）

【箋】

〔一〕陳琮（一七六一—一八二六後）：字應坤，號愛筠，室名繡雪山房，青浦（今上海）人。諸生。少喜詩詞，從錢大昕（一七二八—一八〇四）遊，博極羣籍。偕諸聯結苔岑社。王昶（一七二五—一八〇六）主講青溪書院，深賞其才，招爲校讎，以親老辭。年四十後，絕意進取，專事撰述。嘗開書局於三泖漁莊。著有《岑溪詩鈔》、《烟草譜》、《墨稼堂稿》等。傳見光緒《青浦縣志》卷一九。

護花記（朱□□）

朱□□，名字、生平均未詳，四明（今浙江寧波）人。撰傳奇《護花記》，《古典戲曲存目彙考》

著録，已佚。

護花記題辭

王衍梅〔一〕

請斟碧鑿落，高酌紅氍毹。攝四大之豪光，圓成菩薩；放千花之魂魄，散作神仙。誰其主者芙蓉城，何以報之錦繡段？於是一聲檀板，三疊《霓裳》。邯鄲竺歎爲天人，崑崙奴捐其故伎。陳宮金鳳，步搖朱雀之窗；契國銀貂，膜拜青獅之座。風動旛動，是仁心動；花香水香，聞功德香。

則有百越先賢，四明狂客。按崔徽之軼事，摹李委之新腔。偶喚荼荼，偏逢醋醋。綠衣象簡，當場貌出參軍；紅裏烏絲，入室尊爲都講。掌上棄宜春之苑，毫端開護世之城。雪月佳哉，人琴往矣。爰傳玉斧，載檢珠囊。集下字於蓮經，付瓣香於菊部。

嗟乎！金花潭上，孟婆之沉璧無靈；繡襪坡前，肥婢之墜釵可惜。屧廊香徑，誰招西子之魂？月地雲階，終負東昏之約。玉谿生十三事，寃有甚於曬褌；龔使者五百金，責孰償乎賫版。加以諸郎年少，帳下無兒；魔母道高，被中有蝨。蕭伯梁瓜州醉殺，情種遂亡；楊狀元胡粉妝成，妖鬟競侮。岐亭捉鼻，恨桓子之聲雌；別館纏頭，笑洛姬之肚大。

僕也含香廣殿，曾捧紅靴；選舞叢臺，慣遺白氎。攀桃花而思崔護，指松樹以傲封彝。誦微

四，普蓋鴛鴦。波擎繡之詞，卿眞擊節；唱老鐵花游之曲，我替吹簫。從教緑黛千升，遍描蝴蝶；安得紅羅萬

（《清代詩文集彙編》第五一七冊影印清道光間刻本《緑雪堂遺集》卷一九）

【箋】

〔一〕王衍梅（一七七六—一八三〇）：字律芳，號笠舫，别署紅杏村人、蒼梧下吏，會稽（今浙江紹興）人。嘉慶六年辛酉（一八〇一）貢成均，十二年丁卯（一八〇七）舉人，十六年辛未（一八一一）進士，授廣東武宣知縣，以吏議，改教諭。入阮元（一七六四—一八四九）幕府爲書記。晚年思歸不得，歿於桂。工詩古文辭，善書法。著有《王笠舫先生文鈔》、《會稽王衍梅笠舫稿》、《緑雪堂遺集》等。傳見《清史列傳》卷七四、《碑傳集補》卷四八、《皇清書史》卷一六、道光《會稽縣志稿》卷一九、《晚晴簃詩匯》卷一二五等。

夢花因（鷗波亭長）

鷗波亭長，名子貞，浚儀（今河南開封）人，姓氏、生平均未詳。嘉慶、道光間在世。撰《夢花因》雜劇，《今樂考證》著録，現存道光元年（一八二一）桐陰書屋刻本、姚燮《今樂府選》第三二冊所收本。

自題夢花因曲本

闕　名〔一〕

十載青衫涕未收，尋春惆悵總悲秋。秦淮兩岸花如雨，能似劉郎玉貌不？
色色空空大有緣，贖花能散買花錢。郎君尚義佳人烈，縱不風流亦可憐。
天下傷心折柳亭，生離死別太丁寧。妾身那抵古梅綠，郎意不如楊柳青。
草頭清露已飛仙，不在梅邊在柳邊。祝爾三生望夫石，化爲一片夢花天。
天涯芳草怨王孫，殘照西風白下門。丁字簾前一溪水，縱無人在也銷魂。
詩君端合拜花王，香國收來繞後堂。從此百花仙夢醒，紅塵莫漫九迴腸。
我久江東賦浪遊，梅妍柳翠訊朱樓。布颿無恙花旛靜，子夜聲中起暮愁。
吳儂度曲悔情多，恐有桓伊喚奈何。持謝風流何水部，替他補恨替徵歌。（何衛廷詩人捐資付梓〔二〕。）

【箋】

〔一〕底本無題署，當爲鷗波亭長撰。

〔二〕何衛廷：字號、籍里、生平均未詳。

（夢花因）序

李兆洛〔一〕

樂譜雅頌，宮調互通；安世楚聲，絃管斯備。古發天籟，今事音節。詞與詩分，曲別詞二，元人矜尚，其濫觴也。學士訂古，不能審音；伶工習數，不解明理。求調合轍，尟所當行。

吾友子貞，起譽列侯，齊名仲子。能工韻語，能作儷文。曇首善謳，茂倩得解；相如製曲，延年合音。出其《夢花》，常爲花夢。此本初出，世人競傳。如哀家梨，取其爽口；如迦陵鳥，時作妙聲。藉生滅因，演悲喜夢。心花怒發，筆花亂霏，舌花忽開，天花齊豔。英雄兒女，悟作神仙；名士嬋娟，證成正果。良乎技矣，進而觀之。

夫遊仙者，辭多慷慨；而詮理者，心忘是非。本天人也，轉成鶻突；本聞見也，轉訝鴻荒。曷如被歌，翻易覺世，匹俗共賞，日月斬新。情生於文，彼勝乎此。玉茗《四夢》，高枕未涼；紅雪《九種》，孤燈復續。嗟夫趙子，行矣劉生。不見古人，不見來者。生幸同夢，傳豈異因？琉璃瓶花，瑪瑙盤果。請以自證，勿卻人嗤。

道光元年正月，武進愚弟李兆洛申耆拜撰。

【箋】

〔一〕李兆洛（一七六九—一八四一）：字紳琦，更字申耆，號養一，別署養一老人，武進（今江蘇常州）人。嘉慶九年甲子（一八〇四）舉人，十年乙丑（一八〇五）進士，選庶吉士。散館選授安徽鳳臺知縣，兼理壽州事。二十年，因父喪去官居家。後主講江陰暨陽書院，幾二十年。精於天算、輿地、歷史，工詩文、書法。修《鳳臺縣志》、《懷遠縣志》等。編《常州先哲遺書》、《駢體文鈔》、《皇朝文典》等。著有《歷代地理韻編》、《皇朝輿地韻編》、《養一齋集》等。傳見包世臣《藝舟雙楫》卷七下《傳》、魏源《古微堂外集》卷四《傳》、蔣彤《丹棱文鈔》卷三《述》、《清史稿》卷四九七、《清史列傳》卷七三、《續碑傳集》卷七三、《國朝耆獻類徵初編》卷二四七、《國朝先正事略》卷四三、《清代毗陵名人小傳稿》卷六、《清代七百名人傳》、《清儒學案小傳》卷一三、《清代樸學大師列傳》卷一七、《桐城文學淵源考》卷九、《昭代名人尺牘續集小傳》卷九、光緒《武進陽湖縣志》卷二三等。參見蔣彤編《武進李先生年譜》（一名《養一先生年譜》，道光二十二年洗心玩易室活字本）。

夢花因題詞

劉連穀〔一〕

碧草蝦蟆之路，紅樓蝴蝶之天。大地皆因，浮生是夢。縱使拋殘紅豆，濕透青衫。而去去美人，梅花樹底；招招我友，楓葉林中。誰則腰纏解罄於揚州，怨拍贖歸於塞上。然而舊傳解珮，曾有湘皋。黯說離魂，多逢倩女。結笑緣於拈花之會，牽情緒於折柳之亭。綺障三生，繭絲百裹。香雪詞客《夢花因傳奇》所由作也。

以倚樓之才藻，寫中壘之風流。一段俠腸，百年離恨。當夫燃停乙杖，酒熟丁簾。覓琴劍之居停，傍鏡奩於窈窕。渾身花雨，本來兜率天姬；噩夢罡風，幾墮阿鼻地獄。仗飛仙之妙手，拯魔劫於纖腰。問前生是柳是梅，夙因願託；計此後爲朝爲暮，好夢將圓。韓冬郎乃金鈿辭懷，董夜來因玉鈎埋豔。託王孫以空護，思公子而偏慳。聚窟洲何返魂無香，楚王臺竟割雲有劍哉！詎知髩絲扇影，泡幻紅塵；瑤草琪葩，謫由紫府。不辭現身說法，以見飛溷隨緣。冀爲《阿難經》七種忘憂，勿令古莽國一生多誤。拓開色界，扇引師風。又何待瓦既裂鴛，始歸大覺；蕉難覆鹿，方悟沉迷？合神仙義俠化身，變《燕子》、《桃花》俗格。此禪關之棒喝，其卽作者之墨航乎？持子奇因，醒人幻夢。所願證羅天眷屬，遍賚夢草以往還；休教入岐路風塵，枉作狂花之開落。

石耕居士劉連穀題。

【箋】

〔一〕劉連穀：別署石耕居士，籍里、生平均未詳。

夢花因題詞

左輔等

陽湖左輔仲甫〔一〕

義卽英雄烈卽仙，情通天地悟通禪。等閑一覺荒唐夢，非想非因總是緣。
夢中說夢夢能通，現夢中身出夢中。聽說有情能勝欲，可知無色不成空。
俠腸眞可配香心，不愛紅粧不惜金。看老窗前綠梅樹，花花葉葉自成陰。
人天何地不文章，少傅眞堪主括蒼。慷慨婆心忠義氣，功名不作作寒荒。
人間何事不情多，蒼狗浮雲奈了何。揮手名場蠻觸鬬，得高歌處且高歌。
《夢花》仙曲夜深聞，惹我槐柯屢覓君。聽說多生俱是夢，衹爭醒與不醒分。

曾記邯鄲入夢時，並無一箇漢鍾離。眼前諸累紛紛在，知是蟲兒是蟻兒。
無金可鑄趙王孫，有酒聊堪倒一罇。莫在夢初醒處唱，英雄兒女怕銷魂。長白惠顯體仁〔二〕

六朝金粉澹烟光，流水春風歲歲芳。偏是小倉山一角，花開時帶美人香。
醒眼看花夢作詩，鷗波遊戲感人思。神仙風度英雄膽，鑄此臨川筆一枝。
好花生就一春愁，我有平章語當不。梅聘海棠原有例，李花端合嫁安榴。江寧鄧廷楨維周〔三〕

倚樓慧舌麗三春，翻出宮商調倍新。蝴蝶有生仍不假，蟭螟無幻豈非眞。色天宜放花前眼，塵海難抽夢裏身。萬事年來情緒少，期君同證本來因。南豐鄒翰軒霞〔四〕

羅浮仙夢在君家，綵筆矜飛五色霞。證罷天人還自證，前身是月是梅花？
伽藍覺樹久皈依，月更玲瓏露更緋。還讓蟠根上天易，桃花薄命柳花飛。
前度劉郎今又來，胡麻香裏到天台。因緣了悟根塵洗，枕上文章絕點埃。
慧業眞通知慧神，天衣一品夢中身。芙蓉城畔花如霧，半屬詩人半麗人。崇慶楊國楨海粱〔五〕

夢中說夢夢難醒，死死生生盡渺冥。定要還魂殊不必，《夢花因》勝《牡丹亭》。
一生一劫一因緣，恩愛歡場噩夢前。只有嗽花老居士，婆心爲證祖師禪。壺關申瑤南村〔六〕

愛花曾爲種花忙，前度人來歲月長。不種夭桃種仙李，怕他薄倖到劉郎。
雲雨荒唐事未眞，神仙縹緲想皆因。而今說法登場去，知是眞身是色身。
我亦黃粱夢裏來（時余官江寧中鎮），秦淮舊恨已塵埃。平原慷慨淮南義，一例王孫兩樣才。長白和

欽敬齋〔七〕

酒灑倉山土。共王孫、心香一瓣，數十（讀作平）寒暑。香火因緣交性命，詩債翻成義舉。同策馬、軟紅塵土。萬里江山吟未倦，按宮商、細把新腔譜。教筆墨，作歌舞。　禪因絮果成今古。惜花心、無端幻出，深情豔語。富貴功名如露電，說甚英雄兒女。春夢醒、雲堂粥鼓。悟到正因無一字，問花花、葉葉春誰主？香不斷，耐含咀。（調寄【金縷曲】）　上元周之桂玉枝〔八〕

女郎何故貌如花，生長江南碧玉家。不若此身作花去，更無人唱【浣溪紗】。

媚香人去水樓空，丁字簾前樹又紅。一樣女兒身姓李，桃花如故變東風。

暮雨朝雲夢亦眞，功名富貴想皆因。好從十四諸天上，保重金剛不壞身。石屏丁應鑾文園〔九〕

才子英雄，有如此、時名紙價。曾夢遍、三千世界，無非是假。揮手黃金豪且爽，向人白眼狂而罵。半傳人、半自寫牢騷，無須借。　相思淚，柔腸化；風義氣，剛心霸。都一齊、收入平生悲咤。驀地花魂成夢覺，忽然因果從天下。只難分、蝴蝶與莊周，蘧蘧化。（調寄【滿江紅】）　順德龍元任辛田〔一〇〕

絕豔驚才笑拍肩，英雄名士易神仙。因因果果夢中緣。　妙色已圓塵色盡，靈根不昧道根堅。眾香國在種民天。（調寄【浣溪紗】）　通州陳士楨仲木〔一一〕

長相思。短相思。長短相思總不支。雙雙夢裏知。　情也癡，恨也癡。好護靈根自主持。花開夢覺時。（調寄【長相思】）　順德龍元侃覺齋〔一二〕

天上人間鑿空，因結六州四眾。回首散花時，才子佳人一慟。如夢，如夢，睡醒桃源仙洞。（調

寄【如夢令】）　商城熊方焜翼堂〔一三〕

能有幾多愁。沒箇人收。不如說夢與吾儔。聊借看花爲演戲，苦口嬌喉。清夜發清謳。一覺紅樓。因因果果證從頭。盡道黑甜鄉最好，世界溫柔。（調寄【浪淘沙】）　碭山張立勳建園〔一四〕

我本三生杜牧之，爲君朗誦讖花詞。維摩低首春婆笑，紅豆江南老幾枝。

夢花因果呪花魂，爭向邯鄲道上論。十五江陵好兒女，買絲齊繡趙王孫。　全椒王晉槐春卿〔一五〕

【箋】

〔一〕左輔（一七五一—一八三三）：字仲甫，一字蘅友，號杏莊，別署維衍、雲在，陽湖（今江蘇常州）人。乾隆四十八年癸卯（一七八三）舉人，五十八年癸丑（一七九三）進士，歷任安徽府州縣官，廣東雷瓊兵備道，浙江按察使，湖南布政使、巡撫等。道光三年（一八二三）休致。文章醇雅，尤工於詞。著有《念宛齋詩集》、《念宛齋文集》、《念宛齋尺牘》等。傳見李兆洛《養一齋文集》卷一一《墓志銘》、《清史稿》卷三八七、《碑傳集》卷末下、《國朝耆獻類徵初編》卷一九六、《清代毗陵名人小傳稿》卷五、《昭代名人尺牘續集小傳》卷四等。參看左輔編、左晟等續編《杏莊府君自敘年譜》（道光間刻本）。

〔二〕惠顯：字體仁，富察氏，滿洲鑲黃旗人。葉赫那拉氏外祖父。諸生。歷官至安徽按察使。道光七年（一八二七），任駐藏辦事大臣。九年，授理藩院左侍郎。十年，調盛京刑部侍郎。十二年，擢山西歸化城副都統。傳見民國《奉天通志》卷一三四。參見吳豐培、曾國慶編撰《清代駐藏大臣傳略》（西藏人民出版社，一九八八）。

〔三〕鄧廷楨（一七七六—一八四六）：字維周，號嶰筠，晚署妙吉祥室老人、剛木老人，江寧（今江蘇南京）人。嘉慶六年辛酉（一八〇一）進士，選庶吉士，散館授編修。十五年，出爲寧波知府。歷任湖北按察使、安徽巡撫，兩廣、閩浙總督，陝西巡撫、署陝甘總督等。精於韻學。著有《許氏說文解字雙聲疊韻譜》、《雙硯齋詩鈔》、《紫毫雜詠》等。傳見梅曾亮《柏梘山房文集》卷一四《墓志銘》、《清史稿》卷三六九、《清史列傳》卷三八、《碑傳集》卷末下、《續碑傳集》卷二三、《國朝耆獻類徵初編》卷一八九、《國朝先正事略》卷二四、《昭代名人尺牘續集小傳》卷六、《桐城文學淵源考》卷四、《皇清書史》卷二九、同治《上江兩縣志》卷二四等。參見鄧邦康撰《鄧尚書年譜》（宣統三年江浦陳氏刻本）。

〔四〕鄒翰：字軒霞，號壽堂，南豐（今屬江西）人。乾隆間，由方略館供事議敘，選授四川松潘廳南屏巡檢。六十年（一七九五），陞雲安鹽場大使。嘉慶二年（一七九七），擢巫山知縣，歷陞州同知、知州、知府。十二年，調福建建寧知府，署臺灣府。官至安徽按察使。道光元年（一八二一），歸組鄉里。卒年七十。著有《霞軒詩集》。傳見同治《南豐縣志》卷二六。

〔五〕楊國楨（一七八二—一八四九）：字海梁，崇慶（今四川崇州）人。嘉慶九年甲子（一八〇四）舉人。十五年，入貲爲郎中。歷任刑部郎中，安徽潁州知府，雲南鹽法道，按察使，河南布政使，巡撫，山西巡撫，閩浙總督，未至任即以病開缺。傳見《清史稿》卷三四七。參見楊國楨編、楊炘補述《海梁氏自述年譜》。

〔六〕申瑤：字鶴翔，號南村，壺關（今屬山西）人。乾隆四十四年己亥（一七七九）舉人，五十四年己酉（一七八九）進士，授兵部主事。轉河南道監察御史，出爲廬州知府，遷知懷慶，調蘇州、安慶。引疾歸，年七十七卒。曾校點《青陽山房集》、任環《山海漫談》、馮文止《馮東山先生遺集》等。傳見光緒《壺光縣續志》卷上、光緒《山西通志》卷一三四等。

〔七〕和欽：號敬齋，長白人。生平未詳。

〔八〕周之桂：字玉枝，號午塘，一號玉犀，上元（今江蘇南京）人。乾隆五十九年甲寅（一七九四）恩科舉人，官安徽蒙城知縣。嘉慶二十三年（一八一八），任婺源知縣。著有《午塘詞集》。傳見道光《上元縣志》卷一〇。

〔九〕丁應鑾：原名丕模，字敬儀，號文園，一號仙坡，石屏（今屬雲南）人。沂州知府丁運泰父。乾隆五十一年丙午（一七八六）舉人，大挑知縣，歷權安徽青陽、來安、五河、鳳陽、英山等縣知縣。以外艱歸，服闋，攝取桐城，調婺源，遷祁門。後解組歸，卒年八十餘（一說七十餘）。工詩，善書畫。著有《落花詩刻》、《仙館唱酬》、《仙坡詩草》。傳見《雲南通志》卷一六九、《石屏縣志》卷一〇、龍雲等《新纂雲南通志》卷二〇四（雲南人民出版社，二〇〇七）等。

〔一〇〕龍元任（一七七九—一八三七）：字仰衡，號莘田，一作辛田，順德（今屬廣東）人。龍廷槐（一七四九—一八二七）子。初以廩貢任開平訓導。嘉慶十三年戊辰（一八〇八）舉人，二十二年丁丑（一八一七）進士，選庶吉士，授編修，督學山西。擢詹事府右中允，遷侍講，轉左庶子。大考左遷中允，主試河南，還京，卒於官。工詩文，善書畫。著有《春華集》、《律詩賦》等。傳見《道光二十七年丁未科會試庚戌拔貢覆試齒錄》、《詞林輯略》卷五、《清代畫史增編補編》、《嶺南畫徵錄》卷七、咸豐《順德縣志》卷二六、民國《順德縣志》卷一四等。

〔一一〕陳士楨（一七八四—？）：字仲翰，一字仲木，號雲櫺，又號秋竹，通州（今江蘇南通）人。嘉慶十九年甲戌（一八一四）進士。道光六年（一八二六），任臯蘭知縣。傳見《嘉慶十九年甲戌科會試同年齒錄》、光緒《甘肅新通志》卷五七、光緒《重修臯蘭縣志》卷二一等。

〔一二〕龍元侃：號甓齋，順德（今屬廣東）人。龍廷槐（一七四九—一八二七）子，龍元任兄。舉人，任兵部員外郎。傳見咸豐《順德縣志》卷二六、民國《順德縣志》卷一四等。

〔一三〕熊方焜：號翼堂，商城（今屬河南）人。生平未詳。

〔一四〕張立勳：號建園，碭山（今屬安徽）人。應例，任河南府知府。

〔一五〕王晉槐：字樹三，一字春卿，號定庵，全椒（今屬安徽）人。嘉慶二十一年丙子（一八一六）舉人，歷署浙江餘杭、於潛等縣，以慎勤著稱。以積勞，卒於任。著有《定庵詩草》。傳見民國《全椒縣志》卷一〇。

夢花因題詞〔一〕

宜蘭〔二〕

咄咄劉生，我有狂言，子其聽之。有絕代才華，幾人知己；平生懷抱，未免情癡。小玉彈箏，雙鬟打槳，賭唱【楊枝】更【竹枝】。君不見，在丁簾縱酒，子夜填詞。　黄金不買蛾眉，但買得春愁更怨誰？便干卿何事，傾囊以贈；其人如玉，全璧而歸。杜牧三生，劉郎前度，流水桃花是也非。西窗下，問寒梅著未，一夜相思。

有美一人，解后相遇，清揚婉兮。況秋娘家近，六朝金粉；小姑居處，九曲青溪。陌上花開，江南草長，春鳥能歌滑滑泥。人將去，見短長亭畔，楊柳絲絲。　兩行珠淚偷垂，卻恨煞長江不向西。怕三疊『陽關』，魂銷南浦；一聲『河滿』，腸斷蛾眉。住亦難留，不如歸去，杜宇傷心恰恰啼。人何在？在斜陽古道，衰草長堤。

無可奈何，誰能遣此，長歌短歌。把唾壺敲缺，匣中寶劍；酒杯吸盡，天上金波。此叟支離，所言俶詭，富貴一場春夢婆。堪一笑，是談天曼倩，說鬼東坡。　流連把卷吟哦，似讀罷《離騷》壁屢呵。有美人窈窕，幽居空谷；山魈睇笑，在彼中阿。殘月曉風，天涯芳草，鐵板銀箏唱也麼。君休矣，說有人顧曲，付與青蛾。

若有人兮，是也非耶，現居士身。證百花生日，人天歡喜；千秋佳話，香火緣因。飛絮沾泥，落花逐水，愁思看春不當春。憑指證，到離魂倩女，說夢癡人。　非關幻作奇聞，第今古詩人各有神。況瑤臺花鳥，人間傳語；　玉樓詞賦，天上修文。　月下絲牽，棒頭禪喝，此事推袁幻也眞。依稀似，見金支翠羽，飛下紛紛。（調寄【沁園春】）　青豆山人季弟宜蘭

（以上均清道光元年桐陰書屋刻《夢花因傳奇》卷首）

【箋】

〔一〕底本無題名。

〔二〕宜蘭：姓未詳，別署青豆山人，浚儀（今河南開封）人。鷗波亭長季弟。生平未詳。

鸞鈴記（儀亭氏）

儀亭氏，姓名、生平均未詳，蘇州（今屬江蘇）人。撰傳奇《鸞鈴記》，一名《鸞鈴小集》，未見著錄，現存清鈔本，日本天理大學圖書館藏，《日本所藏稀見中國戲曲文獻叢刊》第二輯據以影印，黄仕忠《明清孤本稀見戲曲叢刊》據以校錄。

鸞鈴記自序

儀亭氏

丁未小陽〔一〕，余僑寓梁苑。旅邸無聊，輒取稗官野史之雅馴者，隨意翻閱，以破岑寂。一日，

讀《琵琶傳奇》，偶有所感，因仿其大略，戲成二十四齣。不過任意撮空，原無成見。自慚愚鈍，技之雕蟲，至集曲填詞，尤屬茫然莫解。今塗雅《下里》，徒貽畫虎之譏。旋欲付之丙丁，免污高明之矚。

吾友趙虛圃先生〔二〕，見斯詞而詢曰：『子非仿《琵琶記》而作邪？』余曰：『然。』虛圃曰：『東嘉之作《琵琶記》也，因王四之棄妻再取百花，故托蔡中郎重婚牛氏而寓諷之。茲子之作，似亦有所寓意焉。方今宦海汪洋，兼收並蓄，磊落之士，剗迹霾名而韜晦其中者，固屬不鮮；愚頑無藉之徒，溷迹其內者，尤難勝計。薰蕕同器，涇渭莫分。每嘆英雄失意，彈鋏羞歌；惡類操權，嗟來愧食。此中劣況，不可言宣。子非以韓新欲抒所憤乎？』余曰：『君何所見聞而窮詰若是？』虛圃默然含哂，納於袖而去。越旬日，已裝序成帙，並顏其額曰《鸞鈴小集》云。

乾隆歲次丁未仲冬既望，姑蘇儀亭氏書於梁園三省草堂。

【箋】

〔一〕丁未：乾隆五十二年（一七八七）。

〔二〕趙虛圃：名字、籍里、生平均未詳。

（鸞鈴記）參論

闕　名〔一〕

韓向平，韓者，寒也。向平者，向昔家貧也。

冷氏，冷局面也。

韓新，何以取『新』爲名？寓棄舊而更新也。

巫氏，巫卽無也。家居附義村，附義，無義也。村名無義，豈淑媛所居？深明惡婦之來歷也。

巫奇仁，言本無其人也。

賈正經，賈者，假也，非眞正人也。

尹成，尹卽引也。引進韓新，成全其志之義。

胡集、鄒備文，係傳中陪襯，言胡謅集文，備名而已。

惠及民，以惠及民，盛世之賢臣也。

錢爲命，以錢爲命，一時之姦胥也。至領賑之孟大、項楚裔，乃陪襯而已。

況婆，況者，謊也。

況牆花，牆花路柳，譬譽土妓流娼。

趙同、錢陞、孫相、李應，以上四人，《犒宴》齣之陪襯，取『同聲相應』之義。

魏才生，爲財生也。爲生財而萌惡念，韓新因財而生出禍端，財可生人，亦可禍人。何嫣，和成人事。

闞清眞，闞者，看也。人既得道，自然看透世情，清而且眞矣。《羞圓》一齣，惟闞道及錢爲命通名，其他六人，以酒色財氣與儒釋道合成一會，作通本之結局收場。

或有駁《鸞鈴記》二十四齣，二十三齣既仿《琵琶》，第二十四齣忽更別體，何也？ 答曰：事有權變，理有可遷。《琵琶記》之末齣，係《滿門旌獎》，如仍仿是齣作結，何從下筆置詞？

至明書屋主人〔一〕

【箋】

〔一〕此文當爲儀亭氏撰。

鸞鈴記題記

嘉慶歲次戊午仲春，適居廣陵郡舍。偶於友人處，得閱是集，頗堪解頤抒悶，是以照原本錄之。知音者賞鑒，幸弗玷污，有辜彌月筆墨之勞爲禱。

至明書屋主人珍玩。

（以上均《日本所藏稀見中國戲曲文獻叢刊》第二輯影印清嘉慶間鈔本《鸞鈴記》卷首）

【箋】

〔一〕至明書屋主人：姓名、籍里、生平均未詳。

賢星聚（孤嶼學人）

孤嶼學人，號山癯，姓名、籍里、生平均未詳。撰傳奇《賢星聚》，《古典戲曲存目彙考》著錄，現存舊烏絲欄鈔本（《傅惜華藏古典戲曲珍本叢刊》第一一三冊據以影印）、舊鈔本（殘存下卷一六出，中國國家圖書館藏）。

賢星聚序〔一〕

孤嶼學人

至今日而友道已乖，溯疇曩而交情何摯。遊期山澤，折屐以從；狎共水涯，褰裳而就。洮洮清辯，理不詭而情諧；荏荏風流，迹雖殊而道合。探《老》、《莊》之祕義，皆溯精微；企巢、許之逸情，同懷高蹈。何論千里相思，則命駕以尋；只此寸心衿契，直披帷而對。檀欒脩竹，坐餘愛聽風生；晼晚斜陽，吟罷乍看霞舉。視險夷而一致，胥玩物以肆情；齊得喪於萬期，悉任天而委運。蘭眞如臭，聿稱同心；芝竟長焚，斯緘永恨。恠河流之浩浩，淒笛韻之嗚嗚。盟未終寒，賦成《思舊》；幽難可泯，痛迫如新。惻愴河山，不禁百端交集；思維泉壤，從知一諾非輕。

誰謂晉人清狂，不循禮制；竹林曠達，專尚虛無？詎知崇雅黜浮，謹標持乎情性；而洒落華收實，非放浪乎形骸。寓山傳以《絕交書》，都屬由中之語；嗟嵇生之《廣陵散》，無非迸血之言。爲憶而翁，寄聲厥嗣。佳城鬱鬱，閉白石於何年；岐路茫茫，感黃壚於俄頃。父子弟兄之不相及，厥有明徵；楩楠杞梓之可兼收，何容恝置？豈似今人得路，即昧平生，薄俗論交，遂乖寒燠。雲翻雨覆，委信誓於寒烟；電轉星馳，藐深情於蔓草。

余塊居空谷，屏迹寒廬。聆兹林下之風，益愜丘中之賞。死生契闊，殊不忘白水之盟；歲月侵尋，彌自凜青松之節。爰翻曲調，間爲譜其孤高；譬借酒杯，聊試澆夫壘塊。鬚眉刻畫，吹氣欲生；肝膽照人，聞風興起。命小紅而低唱，吾不敢託諸淫哇；浮大白以豪吟，人冀全斯雅韻。

山癯漫題。

【箋】

〔一〕底本無題名。

賢星聚序〔一〕

子虛子〔二〕

傳奇，傳奇也。事不奇不傳，事不傳不奇；使奇矣，而無筆舌以宣之，亦不傳。論者謂：『寫善人，要使人人感發；寫惡人，要使人人儆惕，惟史能之。』余以史雖懲勸互見，要惟善讀書者始領其要，若愚夫愚婦，非劇戲不能洞心達口。何則？史隱而約，傳奇則嬉笑怒駡，令人色飛眉①

舞，某者賢，某者不肖，瞭如指掌，其功固不在史下也。

癯翁病，閱三年之久，擁衾伏枕，間事倚聲，以寫其無聊。憫交道衰頹，編次酒壚賢躅，櫽括《晉書》紀傳，卽一顰笑，無不原原本本，初不臆爲之。或曰：『此綴竹林佚事耳，與友誼乎何與？』余曰：不然。伶之荷鍤，籍之痛哭，雖不盡繫嵇生，而向秀《思舊》之賦，王戎顧此雖近，邈若河山，深迫人琴之感也。至延祖靖居私門，辟祕書丞，微山傳之力而誰歸？余擬爲之論文，爰弁其緒於簡端，覽者毋徒侈其辭之工而失其旨也。

子虛子識。

（以上均《傳惜華藏古典戲曲珍本叢刊》第一一三冊影印舊烏絲欄鈔本《賢星聚院本》卷首）

【校】

①眘，底本作『舞』，據文義改。

【箋】

〔一〕底本無題名。

〔二〕子虛子：姓名、籍里、生平均未詳。

合浦珠（芙蓉山樵）

芙蓉山樵，姓何，甘泉（今江蘇揚州）人。或疑爲程瀚，别署芙蓉山樵，參見本書卷七『黄鶴樓題辭』條箋證。或疑爲經濟（一八〇一—？），字子通，號半園，甘泉（今江蘇揚州）人。諸生。道光二十年（一八四〇），旅居金陵（今江蘇南京）。著有《半園詩錄》、《懷古堂詩》、《韻糜詞》等。傳見《畫家知希錄》卷五。均非。撰《合浦珠》傳奇，現存道光十六年丙申（一八三六）序刻本，《鄭振鐸藏珍本戲曲文獻叢刊》第四五册據以影印。

（合浦珠）自序

芙蓉山樵

嗚呼，歐陽生尚得謂之有情人乎？爲名諸生，不能有一小星，受制僉壬，致挾堂上命劫之以去。去則已耳，又荷荷書空，形諸歌咏，大江南北，和者百數十人。一病瀕死而竟不死，有情人固如是乎？余倚聲寫之，所以實歐陽之過，非望三千大千，憐而迴護之也。

脱稿在己丑夏〔一〕，知者纔三數人。藏之巾箱，蓋八閱年矣。今劉子蒲泉〔二〕，助以鐫貲，屬授剞劂，誠盛舉也。雖然，聲音之道甚微，工如玉茗，當時尚謂拗斷人顙子。予何人，能免人之訾議乎？嗟嗟！宇宙蒼茫，元音具在。嶧陽桐孤，柯亭竹盡。安得與天下後世知音之有情人，一討論之？

道光十六年歲次丙申十月，書於半園密梅花下。芙蓉山樵並識〔三〕。

【箋】

〔一〕己丑：道光九年（一八二九）。

〔二〕劉子蒲泉：名字、籍里、生平均未詳。

〔三〕題署之後有印章二枚：陽文方章「子通」，陰文方章「懺情精舍」。

（合浦珠）題詞〔一〕

阮亨等

香添紅袖少年時，人不鍾情亦是癡。蝶夢未回鴛夢醒，半修倉史半吟詩。

他生尚有誓言存，雲散妝臺漬淚痕。面似芙蓉心似鐵，可憐黃生吊貞魂。

秋齋定讞或相如，勸到蟾圓喜大書。（時有其事相同，予主斷合之說。）直把就中心說破，一家雍睦咏《關雎》。　儀徵阮亨梅叔〔二〕

不是天公要忌才，妙文都向苦中來。若無入骨傷心處，爭得江花四面開？

一卷冰絲欲斷腸，愛河難擺費思量。此中日夕渾無事，拚得殘生淚幾行？

惹恨無端是我曹，況教平地起波濤。世間多少蟲和蟻，都付收場烈士刀。

斷絕塵根冷若冰，逃禪自比在家僧。（見君《三十初度》詩。）若教綺語都銷盡，除卻珠還斷不能。

醒來蹤迹又如何，萬事癡聾且任他。乞得邯鄲如意枕，一生長願夢中過。

不須蕅斷說絲纏，只要郎君石比堅。十二萬年容易過，有情終結再生緣。江都陳逢衡穆堂〔三〕

蜂作冰人蝶作媒，黃金滿地買春來。班香宋豔無知遇，僥倖名花嫁秀才。

風折梧桐拆鳳皇，强爲錢樹太荒唐。蕊珠只合歸天上，合浦從無兩孟嘗。

移坐謀聽落葉聲，袖中短匕雪霜迎。杜鵑血盡桃花死，化作冬青結女貞。

筆代媧皇補恨天，寫他缺月夢中圓。歐生福比盧生薄，有夢何曾四十年。甘泉許之翰春卿〔四〕

妙華惟我曾親見，十五婷婷貌若仙。一自珠沉人鬢改，丁香開過十三年。（君舊居韻廛仙館，有紫丁香一株。）儀徵汪志功建勳〔五〕

聰明人是有情癡，譜出心醉絕妙辭。莫道珠沈春已去，賺他潘鬢早成絲。

風流休比杜司勳，不是當筵乞紫雲。夢裏明珠還合浦，雖天無可奈何君。儀徵貴正元巍卿〔六〕

碧海青天恨渺漫，明珠空換淚珠彈。人間多少鴛鴦夢，顛倒都從曲裏看。

雲散釵梁雨不收，花開依約紫闌頭。何郎一管春風筆，腸斷當年《香祖樓》。儀徵王翼鳳勾生〔七〕

緣會憑文字。看那時、閨中占盡，美人名士。一霎生離同死別，死別惟酬涕淚。最苦是、生離難慰。怪煞風狂兼雨驟，把名花、顛倒蒼苔裏。蜂與蝶，浪遊戲。他生未卜今休矣。可知他、優曇暫托，柏舟終矢。翻笑柳花輕薄甚，覷慣穠桃鬱李。更那識、淩波仙子。一粒明珠留不住，算書生、福薄都如此。還合浦，夢中事。（調寄【金縷曲】）儀徵朱鉉震伯〔八〕

才名合並掌中珍，甲帳鸞交正好春。歌得定情詞一曲，應知不負斷腸人。

一家麟趾咏芳年，地久天長誓亦堅。那忍鴛衾春夢散，瑤情擬結再生緣。　儀徵阮榮少梅〔九〕

一曲徵麟意倍長，無端人世有悲傷。雨風竟把名花妒，不入愁鄉即醉鄉。

帖寫靈飛筆一枝，當年應悔買春遲。倘教合浦明珠返，金屋嬌藏世莫知。　儀徵阮祚華甫〔一〇〕

急管繁絃一曲新，錦心繡口羡才人。鴛鴦驚散渾難定，忙煞花神與夢神。

青銅打碎再圓難，夢裏還珠不算還。懵懵紫風流一樹，不知天上是人間。

狂蜂浪蝶自紛然，絕豔驚才太可憐。願得都依慈父母，不教貪取賣兒錢。

手軟心柔稚女人，抽刀偏欲斷情根。已判貞石鐫名字，多事梅花又返魂。　錢唐金楷竹簃〔一一〕

雲母屏開梟博山，鈿車隱隱叩花關。烏絲銀燭圍紅袖，織女牽牛自等閒。

書劍漂零正少年，功名富貴但憑天。梨花一樹和烟瘦，好樹朱幡玉砌前。

粉頸紅生一縷霞，神仙品地女兒家。世間只有情難盡，幾處香泥葬落花。

閒庭芳草總宜男，珠在驪龍頷下探。神女生涯原是夢，他將人慢總心甘。

步步猶疑是夢中，偎紅倚翠可憐蟲。些兒一點無人見，爲甚吹簫下碧空。

不夢相親夢別離，乾坤一箇夢包兒。夢中忽被人身誘，一種傷心衹自知。（集本集句。）　江都夏濤

松庵〔一二〕

終古難平離恨天，身辭掌上劇堪憐。猶餘妙筆傳心曲，字字珠流水折圓。

鳩媒蜮伺本尋常，燕僽鶯僝枉自傷。安得伶倫爲裁竹，聲聲都是協歸昌。

曾聞本事增惆悵，載讀新詞意渺綿。解道夢中還入夢，蝶飛栩栩亦蘧然。儀徵吴廷颺熙載〔一三〕

（清道光十六年序刻本《合浦珠》卷首）

【箋】

〔一〕版心作『題辭』。

〔二〕阮亨（一七八三—一八五九）：字仲嘉，號梅叔，一號梅生，室名珠湖草堂、爾雅山房，儀徵（今屬江蘇）人。阮元（一七六四—一八四九）從弟。嘉慶二十三年戊辰（一八一八）副貢。咸豐元年（一八五一），舉孝廉方正，不就。爲謝堃（一七八四—一八四四）《春草堂集》撰序（道光二十年重刻本）。輯刻《淮海英靈續集》、《文選樓叢書》、《皋亭倡和集》。著有《瀛洲筆談》、《珠湖草堂詩鈔》、《⿱雨叟桂軒吟稿》。傳見民國《甘泉縣續志》卷二四、《清詩紀事·嘉慶朝卷》等。

〔三〕陳逢衡（一七八〇—一八五〇，一作一七七八—一八五五）：字履長，號穆堂，江都（今江蘇揚州）人。藏書家陳本禮（一七三九—一八一八）子。諸生。道光元年辛巳（一八二一），舉孝廉方正，力辭不就。學長於考據，尤精古史。著有《逸周書補注》、《竹書統箋》、《穆天子傳補證》、《山海經纂說》、《博物志考證》、《讀騷樓詩集》等。傳見《碑傳集補》卷四九（金長福撰《陳徵君傳》）、《清儒學案小傳》卷一四、《清代樸學大師列傳》等。

〔四〕許之翰（一七七八—？）：字春卿，號淨齋，甘泉（今江蘇揚州）人。許瓚子。歲貢生。著有《說文堂詩集》。

〔五〕汪志功：字建勛，號桂齋，儀徵（今屬江蘇）人。著有《桂齋詩鈔》（道光二十五年刻本），首有阮亨序。

〔六〕貴正元：字巍卿，號墨仙，儀徵人。吏部員外郎貴徵子。隨父入京師，數應京兆試，屢薦未中。後應例，權泰和尉，義寧判，補瀘溪丞，調武寧丞，權臨川令。歸里後，以教授生徒讀書作畫爲樂。卒年六十三。工詩，善書畫，兼善琴棋。著有《夢華詩詞》、《休完倡和集》、《西江宦遊集》、《遂初集》、《讀書管見》、《駢字考證》等。傳見道光《重修儀徵縣志》卷四〇。

〔七〕王翼鳳（？—一八六〇）：字勾生，一作句生，儀徵人。王僧保弟。貢生。客浙江學政幕者十餘年。咸豐十年（一八六〇），太平軍攻杭州，自縊而亡。治經通《公羊春秋》，善詩文。著有《舍是集》、《聲遠堂文鈔》等。傳見同治《續纂揚州府志》卷一三、《碑傳集補》卷五〇（《楊季子傳》附）、《忠義紀聞錄》卷二一、《江表忠略》卷一〇、《浙江忠義錄》卷九、《皇清書史》卷一六等。

〔八〕朱鋐（？—一八五三）：字震伯，儀徵人。錢國珍（一八一三—？）母舅。師事包世臣（一七七五—一八五五），精隸書篆刻。傳見《皇清書史》卷四。

〔九〕阮榮：號少梅，儀徵人。生平未詳。

〔一〇〕阮祚（？—一八五三）：號華甫，儀徵人。阮元族姪。諸生。咸豐三年（一八五三），太平軍攻揚州，死於難。

〔一一〕金楷：字以莊，號竹簃，一號露香，錢塘（今浙江杭州）人。太學生。著有《懶雲草堂詩合存》（與金世祿合撰，道光十四年刻本）、《聽松樓詞鈔》。傳見《歷代兩浙詞人小傳》卷一〇。

〔一二〕夏濤：號松庵，江都（今江蘇揚州）人。生平未詳。

〔一三〕吳廷颺（一七九九—一八七〇）：字熙載，避同治帝之諱，改字讓之，亦作攘之，晚號讓翁，別署晚學居士、言庵、言甫、方竹丈人、攘翁，室名師慎軒，儀徵人。諸生。師事包世臣（一七七五—一八五五），精小學，擅金石考據。工詩，善書畫篆刻。著有《通鑒地理今釋稿》。平生印作，輯爲《吳讓之印譜》、《晉銅鼓齋印存》、《師慎軒印譜》、《聽雨草堂印集》、《師慎軒印拾》。傳見《皇清書史》卷六、《墨林今話》、《清代畫史增編》、《清代畫史補錄》等。

（合浦珠）題後

貴正辰〔一〕

夢裏珠還矣。算□□、傾城名士，大都如此。棖觸青衫淪落感，況是春寒如水。爭更把、眞眞喚起。優鉢曇花難再現，剩溶溶、滿院梨雲耳。留豔影，畫圖裏。　沈園休憶年前事。有歲歲、清明寒食，月明烟醉。今日登場君痛否？又髣髴珠沉玉碎。何處問、殯宮荒寺。（聞妙華瘞玉西門雙橋布金庵側。）換羽移宮無賴甚，便幺絃都有淒涼意。聽字字，迸清淚。（調寄【金縷曲】）

儀徵貴正辰蓉舫。

（清道光十六年序刻本《合浦珠》卷上末）

【箋】

〔一〕貴正辰：字祈年，號蓉舫，儀徵（今屬江蘇）人。曾爲經濟（一八〇一—？）《韻麋詞》作注（光緒宣統間國學萃編社排印本《晨風閣叢書》第一集）。道光間纂輯《瓊花題詠全集》（一名《瓊花集》），咸豐二年古蕃釐觀刻本）。

梅花福（臥園居士）

臥園居士，姓名、籍里、生平均未詳。撰傳奇《梅花福》，《明清傳奇綜録》著録，現存清刻本，北京大學圖書館藏。

（梅花福）序

闕名

從來才子，合配佳人；難得傾城，恰歸名士。心殷伉儷，固由兒女之私；禮重婚姻，仍屬性情之正。則有繡閨豔質，粉滴酥搓；墨綬仙郎，霜明月湛。縣中春滿，栽潘令之桃花；林下格高，咏謝家之柳絮。可謂宜風宜雅，相對相當者矣。而乃星照紅鸞，妖氛忽起；雲成蒼狗，魔障旋生。淄澠之水殊源，邪難容正；姊妹之花滿樹，妍轉疑媸。未免五角六張，一波三折。卒之鴆媒空毒，任從鶩集翰林；燕婉可求，不致羊亡歧路。紫竹與方喬爲配，寶鏡得遇純陽；叔良蒙窈窕相思，錦囊忽生舍利。鸞鳳之新膠許續，璧合珠聯；鴛鴦之祕牒無差，花團錦簇。佛心仙骨，根器不凡；愛葉情苗，纏綿莫解。試從夙慧，追溯前緣。本碧落之神仙，蕊宮抗手；締紅塵之眷屬，官閣憑肩。三疊琴心，絕調信爲希有；一枝梅影，清修知是幾生。攜竿木以隨身，逢場作戲；現宰官而說法，覺世指迷。宦海浮沉，那識回頭是岸；上清淪謫，何愁換骨無丹。

享風月之綢繆，難並美具；極人天之歡喜，徵嚼宮含。檀板鶯喉，聲情綿邈；雪泥鴻爪，蹤迹分明。請浮大白以同傾，爰付小紅而低唱。吐青蓮於舌底，雅韻欲流；舞弱質之腰支，丰神畢肖。

嗟乎！貪嗔癡愛，安能跳出閻浮；離合悲歡，底事鑿開混沌。蠶吐絲而自縛，解脱洵難；鳳翽羽以雙飛，和鳴最樂。浮生若夢，原如水月鏡花；我輩多情，詎昧蘭因絮果。訂潘陽之密戚，試由今日證前身；結吳楚之良緣，翻笑天涯同咫尺。覓得藍橋之杵，金屋藏嬌；塡將黃絹之詞，玉臺製序。緣非倖致，瓊霄舊列仙班；福本夙修，塵世漫生妒念。綺語破釋迦之戒，色卽是空；俳優追曼倩之諧，諫何妨譎。雙鬟曲奏，亦豔亦香；四座神傾，欲歌欲泣。虛空打破，好參非有之禪；妙諦拈來，莫認《會眞》之記。

（清刻本《梅花福傳奇》卷首）

螭虎釧（闕名）

《螭虎釧》傳奇，《曲海目》著錄，現存道光間陳金雀重訂稿本，《傅惜華藏古典戲曲珍本叢刊》

第一三〇冊據以影印。

螭虎釧題識[一]

陳金雀[二]

嚴先生見字： 今將此本付來，望駕可急鈔寫一□，駕元將此本還交朱先生帶回勿誤。三月初六日。

（《傅惜華藏古典戲曲珍本叢刊》第一三〇冊影印道光陳金雀重訂稿本《螭虎釧》頭段卷首）

庚子冬至至朔日編完[三]。

（同上《螭虎釧》貳段卷首冊）

予以一己之見，重定曲文、工譜、串頭、穿戴、關目，未知可使得否？萬望更正。

歲在庚子十月後二日，吳下陳金雀錄於燕都宣武坊觀心室中。

（同上《螭虎釧》三段卷首冊）

【箋】

[一]底本無題名。

[二]陳金雀（一七九九或一七九一—一八七七）：一作金爵，本姓姚氏，冒其母氏之姓，改姓陳，原名雙貴，又名大榮，號煦堂，別署學古篆伶人，蘇州（今屬江蘇）人。幼習音律。嘉慶十六年（一八一一），入京師，司樂南

府，專工小生，嘉慶帝賜名『金雀』。道光七年（一八二七），裁革南府，出宮歷四喜、三慶、集芳諸部。咸豐十年（一八六〇），再入南府，爲昇平署總教習。同治二年（一八六三），再革南府，僑居都下，閉門讀書。尤嗜古篆，自號『學古篆伶人』。著有《七聲反切易知》、《見聞雜記》、《塡詞姓氏考》、《劇齣羣書目錄》、《雜劇考源》等。同治間，山西洪洞人董文煥撰《陳金雀傳》（見胡忌《如何認識梨園傳本的理論著作》，收入《菊花新曲破》，中華書局，二〇〇八）。參見王芷章《清代伶官傳・小生・陳金雀》（商務印書館，二〇一四）。

〔三〕庚子：　道光二十年（一八四〇）。

樊榭記（闕名）

《樊榭記》傳奇，撰者未詳，《今樂考證》著錄，現存道光九年（一八二九）題識鈔本，浙江圖書館藏。

樊榭源流

闕　名

唐陸龜蒙、皮日休作《四明九題詩》，一曰『樊榭十道』。《四蕃志》及《太平廣記》、《神仙傳》，云卽漢劉綱與妻樊夫人上昇之地。《丹山圖》記載，劉綱字伯經，下邳人。任上虞令，與夫人樊氏雲翹，居四明山，皆得仙道。嘗與夫人較術，綱作火燒碓屋，夫人禁之卽滅。庭中兩樹桃，各呪一，使相鬬擊。良久，綱所呪者，走出籬外。綱吐盤中成鯉，夫人吐成獺，食魚。入山，遇虎阻道，綱禁之不動，去則便號；夫人繩繫虎頸，牽歸牀側。每共試術，不勝。將昇天，大蘭山有皂莢樹，綱升樹數丈，方能飛舉；夫人平坐，冉冉如雲氣之升。

樊樹記題識

臥虹子〔一〕

癡福都從積德來，笑他幻迹記天台。煇煌志乘吾鄉事，富貴神仙莫浪猜。道光己丑乞巧日，臥虹子閱畢漫題。

（清道光九年題識鈔本《樊樹記傳奇》卷首）

【箋】

〔一〕臥虹子：姓名、籍里、生平均未詳。

訂夜宴（闕名）

《訂夜宴》，作者未詳，未見著錄，已佚。

訂夜宴梨園序仿李白《春夜宴桃李園序》

張淳〔一〕等

夫天地者，千古之戲局；搬弄者，一時之傀儡。而雅俗共賞，所費幾何？古人俳優爲謔，良有興也。況良宵召我以風景，當場娛我以笙歌，會佳客於梨園，演太平之故事。生旦淨丑，皆奏異能；離合悲歡，獨開生面。正本未已，餘韻轉清。建迴欄以止譁，侑羽觴而醉月。不有雜齣，何足暢懷？如約不來，罰以全席賞數。

自出機杼，不同優孟衣冠。繆蓮仙。

（清道光元年藕花館刻繆艮彙纂《文章游戲四編》卷六）

【箋】

〔一〕張淳（一七九六—一八四六）：字澄齋，號藕塘，別署陶谷主人，山陰（今浙江紹興）人。道光二十一年辛丑（一八四一）恩科進士。居金陵，富藏書。著有《張藕塘遺詩》。傳見宗稷辰《躬恥齋文鈔》卷一四《哀辭》。梅曾亮《柏梘山房詩文集》（咸豐六年刻本）有《陶谷記》一文，撰於道光三十年（一八五〇）。